JULIE LESCAULT

Rosalie und die Farben des Südens

GOLDMANN
Lesen erleben

Julie Lescault

Rosalie und die Farben des Südens

Kriminalroman

GOLDMANN

Sollte diese Publikation Links auf Webseiten Dritter enthalten, so übernehmen wir für deren Inhalte keine Haftung, da wir uns diese nicht zu eigen machen, sondern lediglich auf deren Stand zum Zeitpunkt der Erstveröffentlichung verweisen.

Dieses Buch ist auch als E-Book erhältlich

MIX
Papier aus verantwortungsvollen Quellen
FSC® C014496
FSC
www.fsc.org

Verlagsgruppe Random House FSC® N001967

1. Auflage
Deutsche Erstveröffentlichung April 2018

Dieses Werk wurde vermittelt durch die
Literarische Agentur Thomas Schlück GmbH, 30827 Garbsen.
Umschlaggestaltung: UNO Werbeagentur, München
Umschlagmotiv FinePic®, München
Redaktion: Rainer Schöttle
BH · Herstellung: kw
Satz: Buch-Werkstatt GmbH, Bad Aibling
Druck und Bindung: GGP Media GmbH, Pößneck
Printed in Germany
ISBN: 978-3-442-48545-1
www.goldmann-verlag.de

Prolog

Bédoin war eines jener malerischen Provence-Dörfer, die auf einem vorgelagerten Hügel an der Südseite des Mont Ventoux lagen. Dieser mächtige, so entrückt wirkende Berg verlieh der Gegend ihren unverwechselbaren Charme, wohl weil er einsam und mächtig aus der flachen Ebene aufragte. Über dem alten Marktflecken erhob sich die barocke Kirche St. Pierre mit ihrem geschwungenen Giebel und dem seitlich platzierten Glockenturm. Enge Gassen zwischen unregelmäßig gebauten Häusern zogen sich den Hügel hinab bis zur Hauptstraße, die von Schatten spendenden Platanen gesäumt war. Hier reihten sich Cafés und Restaurants, Bäckereien, kleine Boutiquen und Feinkostläden mit örtlichen Spezialitäten aneinander – wie in so vielen anderen Dörfern auch. Einzig Bédoins Lage machte aus ihm etwas Besonderes, denn von hier aus führte die wohl wichtigste Straße direkt auf den Gipfel des Mont Ventoux – den Berg der Götter, den Windumtosten. Seit Urzeiten sagte man dem Berg magische Fähigkeiten nach. Der Philosoph Petrarca erlag dem Ruf, den Berg zu bezwingen, genauso wie später die touristischen Wanderer und Radsportler aus aller Welt. Seit 1951 wurde der Berggipfel der ersten Kategorie immer wieder als Etappenziel für die Tour de France gewählt. Vom Glanz dieses riesigen Medienereignisses profitierte das Dorf das gesamte Jahr.

An diesem Morgen, Anfang Juni, tummelten sich besonders

viele Fremde in dem kleinen Dorf. Schon frühmorgens waren die Cafés gut besucht, während sich zahlreiche Radsportler auf den Weg machten, um vor der großen Mittagshitze den fast zweitausend Meter hohen Anstieg auf den Berg zu bewältigen. Seit dem Vormarsch von E-Bikes und Pedelecs gab es auch für die weniger Sportlichen die Möglichkeit, sich an dieser Herausforderung zu messen. Eine größere Gruppe Touristen vom nahe gelegenen Campingplatz passierte auf ebendiesen Rädern mit ihrem Reiseleiter die Hauptstraße, sehr zum Ärger einiger Radrennfahrer, die vergeblich versuchten, an der etwas chaotisch fahrenden Truppe vorbeizuziehen. Mit heftigem Geklingel und lautstarken Aufforderungen erzwangen die Sportler schließlich die Gelegenheit für ihr Überholmanöver, was die E-Biker nur nebenbei registrierten, denn ihre Aufmerksamkeit wurde von etwas anderem angezogen. Auf dem Parkplatz vor der Schule befand sich ein Aufgebot von herumeilenden Menschen, die eifrig dabei waren, Requisiten, Kameras und anderes Film-Equipment von einem Lastwagen zu entladen. Eine Gruppe Journalisten wartete ebenfalls. Noch während E-Bike-Touristen diskutierten, was der Auflauf wohl zu bedeuten habe, schnurrte ein roter Ferrari FF auf den Platz, aus dem ein etwa dreißigjähriger Mann stieg. Sofort versammelten sich die Fotografen und Journalisten um den gut aussehenden Mann und begannen ihn abzulichten. Der Kameramann eines Regionalsenders brachte sich ebenfalls in Stellung und zeichnete das Gespräch auf, das einer der Journalisten mit ihm führte. Von den Seiten her strömten immer mehr Schaulustige auf den Platz.

»Das ist Yannis Quebec, der Radrennprofi!«, verriet der Reiseführer den Umstehenden stolz. »Er schrieb Berggeschichte, weil er den Mont Ventoux schneller bewältigte als irgendjemand vor ihm während einer Tour de France. Wirklich ein Jammer, dass er keine Rennen mehr fährt.«

»Dieses ganze Tamtam um den Radsport kann mir gestohlen bleiben«, bemerkte eine der Teilnehmerinnen mit hartem deutschem Akzent. »Die sind doch alle gedopt!« Ihre abfällige Bemerkung löste sofort eine eifrige Diskussion aus.

»Das können Sie nicht einfach so behaupten«, meinte ein national gesinnter Nordfranzose. »Nur weil es ein paar schwarze Schafe gibt, kann man doch nicht alles in Bausch und Bogen verurteilen!«

»Quebec ist absolut sauber«, bestätigte der Reiseleiter sofort engagiert. »Man hat in seinem Blut nie auch nur die geringste Spur eines Dopingmittels entdeckt. Er tritt für den sauberen Radsport ein und engagiert sich noch heute dafür, obwohl er längst kein Profi mehr ist.«

»Ich finde ihn einfach nur süß, ein absoluter Frauenversteher – und sooo sexy«, schwärmte eine attraktive Italienerin. Sie hatte längst ihr Handy gezückt, um ein paar Aufnahmen zu machen, was ihr Begleiter mit großem Befremden zu registrieren schien.

»Außerdem ist er wohl der derzeit angesagteste Sportmoderator und ein absoluter Megaschauspieler«, wusste eine belgische Jugendliche, die mit ihren Eltern unterwegs war. »Ich muss unbedingt ein Selfie mit ihm haben! Sonst glaubt mir in der Schule kein Mensch, dass ich Yannis Quebec so nah war.« Sprach's, lehnte ihr E-Bike an die nächste Platane und mischte sich unter die Zuschauer, die sich nun immer zahlreicher auf dem Platz versammelten. Die attraktive Italienerin folgte ihr kurzerhand, ohne sich um ihren Freund zu kümmern.

Die Nachricht, dass Yannis Quebec sich in Bédoin aufhielt, hatte sich im Dorf wie ein Lauffeuer verbreitet. Innerhalb weniger Minuten war der ehemalige Radrennfahrer von einer ganzen Schar weiblicher Fans umringt. Die Mitarbeiter des Filmteams hatten alle Hände voll zu tun, sie auf Abstand zu halten, bis die Interviews beendet waren. Doch auch danach war es keinesfalls leicht, an den Star heranzukommen. Dafür sorgte ein bulliger Typ, der ganz offensichtlich zu cholerischen Anfällen neigte. Es handelte sich um Rémy Raunard, Quebecs Agent und Manager. Er tat alles, damit keiner seinem Schützling zu nah kam.

»Schluss jetzt! Lassen Sie uns durch! Monsieur Quebec muss weiter. Er hat dringende Termine!« Immer wieder versuchte Raunard sich zwischen seinen Schützling und die Wand von Handys zu schieben, die sich vor ihm erhob. »Wer ihn sehen will, hat im Anschluss an das morgige Querfeldeinrennen genug Möglichkeiten. Monsieur Quebec nimmt daran teil und steht anschließend für Fotos zur Verfügung.« Die Fans ließen sich von seinen Worten nicht beeindrucken. Im Gegenteil, sie bedrängten ihn von allen Seiten und versuchten Selfies mit dem Star zu ergattern. Je zudringlicher die Menge wurde, desto wütender wurde Raunard.

»Verdammt! Es reicht!« Nachdem seine Worte keine Wirkung zeigten, begann er mit Körpereinsatz, einen Abstand zwischen den Fans und seinem Schützling zu schaffen. Dabei war er keinesfalls zimperlich, was zu einem empörten Aufschrei der Anwesenden führte. »Nun mach schon«, drängte er den Star. »Im Café ist alles für dich vorbereitet.« Doch Yannis Quebec hatte es nicht eilig. Er genoss die Aufmerksamkeit seiner Fans und stellte sich immer wieder für die gezückten Kameras in Pose.

»Nur ein Selfie!«, bettelte die junge belgische Schülerin, die sich mittlerweile erfolgreich bis ganz nach vorn durchgedrückt hatte. Noch bevor Raunard sie davon abhalten konnte, war sie schon unter seinen Armen hindurchgetaucht und hatte sich neben ihrem Star positioniert.

»*Vous êtes un superstar*«, seufzte das Mädchen hingerissen und drückte sich mit gezücktem Handy ganz nah an seine Seite. Yannis machte gute Miene, legte seinen Arm um das Mädchen und lächelte ihr charmant zu, woraufhin ein Aufschrei der Begeisterung durch die Menge ging. Nun wollte jede der jungen Frauen ein Selfie mit dem Profi haben. Die Belgierin wurde von den Nachdrängenden einfach beiseitegedrückt, und schon stand die nächste Bewunderin neben ihm. Noch bevor diese zum Zug kam, wurde sie grob weggeschubst.

Der nachfolgende weibliche Fan war besonders dreist. Bevor Yannis sich dagegen wehren konnte, legte die junge Frau ihre Arme um seinen Hals und küsste ihn mitten auf den Mund. »Meine Handynummer«, flüsterte sie in sein Ohr und steckte ihm gleichzeitig einen Zettel in die Hosentasche. Quebec war erst überrumpelt, dann genervt. Als sie ihn ein zweites Mal zu küssen versuchte, war zum Glück Raunard zur Stelle. Er packte die Frau mit einem Zangengriff an den Oberarmen und zerrte sie von dem Star weg. Dabei gebärdete sich die Frau wie eine Furie. »Wir gehören zusammen! Ich liebe dich!« Ihre Stimme schnappte vor Aufregung über.

»Wenn du nicht augenblicklich verschwindest, mach ich dich fertig!«, brüllte Raunard und drehte ihr so den Arm auf den Rücken, dass sie sich nicht mehr wehren konnte. Dann ließ er sie abrupt los und stieß sie mit aller Wucht von sich. Die Frau knallte auf den Boden und blieb liegen. Ihre Dreistigkeit war wie weggeblasen, während Raunard immer noch vor Wut kochte. »Hau ab, oder ich schlag dir die Zähne aus!« Er hob drohend die Faust. Die Frau rappelte sich eilig auf und verschwand stolpernd in der Menge. Keuchend sah er ihr hinterher. Erst dann wurde er der Stille gewahr, die plötzlich eingetreten war. Die Umstehenden sahen ihn fassungslos an. »Was ist? Habt ihr noch nicht genug?« Sein wilder Blick erinnerte an einen bis aufs Blut gereizten Bullen im Stierkampf.

I

Mit wiegenden Schritten bewegte sich Rosalie LaRoux über den sonnenbeschienenen Marktplatz von Brillon-de-Vassols. An diesem herrlichen lauen Frühsommertag war ihre Laune besonders gut. Sie fühlte sich leicht und beschwingt und freute sich auf ihren freien Nachmittag, den sie in diversen Boutiquen in Avignon zu verbringen beabsichtigte. Die Vögel zwitscherten aus dem frischen Grün der Platanen, die den kleinen Platz wie ein Rondell umstanden. Zwischen den Schatten spendenden Bäumen mit ihren fleckigen Stämmen herrschte das wöchentliche Marktgeschehen. Da Vassols nur ein kleiner Ort war, ließ sich alles recht gemächlich an. Ein Fleisch- und ein Käsestand, daneben etwas Gemüse und Obst von Bauern aus der Umgebung, Marianne aus Mazan mit frischen Blumensetzlingen und der alte Gustav mit allerlei Haushaltswaren bildeten die übliche Hauptbesetzung. Wie immer gab es eine längere Schlange bei Albert, dem Fischhändler, der an seinem ausladenden Stand alles anbot, was die Meere um Frankreich zu bieten hatten. Rosalie entdeckte unter den Wartenden auch Arlette Farnauld, die dralle Bäckersgattin, die sich gestenreich mit ihrer Busenfreundin Josette Balbu unterhielt. Die hagere Besitzerin des örtlichen Zeitungsladens kannte sich bestens mit dem neuesten Dorftratsch aus, den Arlette gierig in sich aufsog. Rosalie winkte den beiden fröhlich zu. Josette grüßte gedankenverloren zurück, während Arlette sie geflissentlich übersah. Rosalie konnte sich ein schadenfrohes Schmunzeln nicht verkneifen. Die Bäckersfrau hatte ihr immer noch nicht verziehen, dass sie ihr kürzlich karottenrote Haare vor einer Versammlung des rechtsgerichteten Front Radical verpasst hatte, was natürlich kein Versehen, sondern sozusagen eine kleine Rache für Arlettes unmögliche politische Äußerungen gewesen war. Gegenüber dem Marktplatz befand sich die Bar *Mistral,* an deren Außentischen sich ein paar Handwerker zu einem morgendlichen Kaffee niedergelassen hatten. Dazwischen bewegte sich die zierliche Maryse, wie immer schäkernd und zu flotten Sprüchen aufgelegt. Rosalie konnte quer über den Marktplatz ihr glucksendes Lachen hören. Obwohl ihre Freundin immer alle Hände voll zu tun hatte, war sie stets guter Laune. Für viele im Dorf war es unfassbar, dass sich ausgerechnet die Dorfschönheit den bärenstarken, aber wenig attraktiven Josef als Ehemann ausgesucht hatte. Rosalie dagegen konnte Maryses Entscheidung gut nachvollziehen, denn sie kannte keinen Mann, der treuer und zuverlässiger war als ihr alter Jugendfreund. Außerdem las Josef seiner kleinen Frau jeden Wunsch von den Augen ab.

Unterdessen hatte sie ihr Auto erreicht. Es war etwas abseits vom Marktplatz in einer Nebenstraße geparkt. Der alte Renault Express hatte wahrlich schon bessere Tage gesehen. Er war das letzte Relikt aus ihrem früheren, sehr bewegten Leben. Nachdem ihr langjähriger Lebensgefährte Jérôme sie vor wenigen Monaten hinterhältig um ihr Erspartes betrogen und im Stich gelassen hatte, war ihr die Blechkiste als einzige Erinnerung an den miesen Typen geblieben. Rosalie hatte immer noch an seinem Verrat zu knabbern, was zu dem Entschluss geführt hatte, dass sie so schnell keinen Mann mehr in ihr Leben lassen wollte. Sie schloss das Auto auf, warf die Tasche mit den Fußpflegeutensilien und ihre Handtasche auf den Beifahrersitz und stieg ein. Bevor sie nach Avignon fuhr, hatte sie noch einen Fußpflegetermin bei der alten Suzanne Rivas, deren Sohn vor einigen Monaten ermordet worden war. Als sie den Motor anließ, tat sich nichts. Immer wieder drehte sie den Zündschlüssel und spielte mit Gas und Kupplung, aber außer einem altersschwachen Röcheln gab die Schrottkiste keinen Laut von sich.

»Nun komm schon! Verdirb mir nicht den schönen Tag!«

Schon nicht mehr ganz so gut gelaunt kramte sie nach dem kleinen Hammer in ihrem Handschuhfach, stieg wieder aus und öffnete die Motorhaube, um damit mehrere Male auf den Anlasser zu klopfen. Den Trick hatte sie von Rachid, dem Gemüsehändler. Er hatte schon so manches Mal zum Erfolg geführt. Sie stieg ein, um den Motor nochmals zu starten. Dieses Mal blieb jedoch sogar das müde Röcheln aus.

»*Merde!* Du bist genauso eine Enttäuschung wie Jérôme!« Rosalie sah genervt auf die Uhr, während sie auf ihrem Handy die Nummer von Raoul Dubois wählte und ihm eindringlich ihre Misere schilderte.

»Du musst sofort vorbeikommen und meinen Wagen wieder flottmachen«, forderte sie. »Ich habe gleich einen wichtigen Termin.«

»Wer hat das nicht?«, brummte der Automechaniker, der sich von nichts und niemandem aus der Ruhe bringen ließ, keinesfalls beeindruckt. »Du kannst ihn stehen lassen, dann hol ich ihn später ab.«

Rosalie kannte Raoul mittlerweile gut genug, um zu wissen, dass er sich anfangs immer zierte und seine Kunden gern zappeln ließ. Dummerweise war er der einzige Mechaniker am Ort, sodass sie gezwungen war, ihn zu bestechen und vielleicht auch ein klein wenig zu erpressen.

»Du kannst Agnes sagen, dass sie einen Sonderpreis in meinem Haarstudio bekommt, wenn du in den nächsten zehn Minuten auftauchst«, flötete sie charmant. »Das wird sie sicherlich milder stimmen, wenn sie nachher beim Einkaufen erfährt, wie viel ihr geliebter Mann gestern beim Kartenspielen verloren hat.«

»Bist du verrückt? Woher willst du das überhaupt wissen, hä?«

Rosalie sah vor ihrem inneren Auge, wie er sich gerade am anderen Ende der Leitung die Haare raufte.

»Keine Angst, ich verrate dich nicht!«, beschwichtigte sie ihn sofort. »Leider sind nicht alle so rücksichtsvoll wie ich. Doch wenn du im Dorf etwas geheim halten willst, solltest du nicht mit Jean-Luc Karten spielen«, gab sie ihm einen großzügigen Rat. »Der plaudert alles ungefiltert noch am selben Abend an sein Goldstück Arlette aus. Was das bedeutet, muss ich dir ja wohl nicht sagen.«

»Verflixt! Daran habe ich nicht gedacht!« Rosalie konnte spüren, wie sich der Mechaniker endlich einen Ruck gab. »Also gut! Ich bin gleich da. Muss nur noch den Ölwechsel hier über die Bühne bringen!«

Eine knappe Viertelstunde später kam Raoul tatsächlich in seinem Lieferwagen an und begann Rosalies Auto zu inspizieren. Die Diagnose war niederschmetternd.

»Verteiler, Anlasser, Getriebe, alles kaputt oder kurz davor zusammenzubrechen«, knurrte er, als sein Kopf wieder aus dem Motorraum auftauchte. »Am besten du lässt die Karre so schnell wie möglich verschrotten. Wenn ich sie dir nochmals herrichte, dann kostet dich das mehr als ein neues Fahrzeug.« Er wischte sich die Hände an seinem Overall ab und sah sie abschätzend an. »Hab da allerdings was Günstiges auf meinem Grundstück stehen. Einen Citroën C4, sieben Jahre alt, fast wie neu, für schlappe sechstausend, weil du es bist …«

Rosalie verdrehte die Augen. »Sechstausend Euro? Bist du

wahnsinnig? So viel Geld kann ich im Augenblick nicht aufbringen. Kannst du das Auto nicht wenigstens notdürftig reparieren?« Sie blinzelte ihm mit schief gelegtem Kopf bittend zu.

Raoul schüttelte den Kopf. »Ich fass die Karre nicht mehr an. Das ist mein letztes Wort. Aber wenn du willst, schlepp ich sie auf mein Grundstück, bis du dir überlegt hast, was du mit ihr machen willst.«

»Aber ich brauche das Auto!« Rosalies gute Laune war endgültig verflogen. Viele ihrer Kunden waren älter und lebten auf dem Land. Sie fuhr zu ihnen hinaus, um ihnen die Haare zu schneiden und die Füße zu pflegen. Ohne dieses Zubrot konnte sie ihren Haarsalon gleich dichtmachen. Sie war so mit sich beschäftigt, dass sie den Radrennfahrer, der neben ihr zu stehen kam, erst auf den zweiten Blick erkannte. Es war Vincent. In seinen bunten Radklamotten, mit der verspiegelten Sonnenbrille und dem schnittigen Helm bot der Apotheker einen sehr ungewöhnlichen Anblick.

»Salut, ma Chérie!«, begrüßte er sie gut gelaunt. »Mal wieder Probleme mit dem Auto?«

»Das ist ja wohl offensichtlich«, knurrte Rosalie mürrisch. »Raoul meint, dieses Mal lohnt es nicht mehr, die Karre zu reparieren.«

»So ein Pech! Vielleicht solltest du auch besser aufs Fahrrad umsteigen. Seitdem ich mein neues Rennrad habe, lasse ich das Auto am liebsten stehen!«

»Danke! Danach steht mir, weiß Gott, nicht der Sinn.« Rosalie hatte nicht vorgehabt, so schnippisch zu sein, aber sie ärgerte sich, dass Vincent nur an sein Vergnügen dachte, während sich vor ihr unlösbare Probleme auftürmten.

»Verzeih, das war nicht gerade einfühlsam«, setzte er rasch nach. Er schob seine Sonnenbrille in die Stirn und sah sie aus seinen warmen braunen Augen um Verzeihung bittend an. »Natürlich werde ich dir helf…«

Weiter kam er nicht, weil Rachid Ammari, der algerische Gemüsehändler, sich wild gestikulierend ins Spiel brachte.

»Ist es wieder das Auto?«, fragte er so mitfühlend, dass es Rosalie gleich viel besser ging. Er drückte ihr die üblichen drei Bisous abwechselnd auf die Wangen, während er Rosalie umarmte.

»Raoul meint, die Karre sei endgültig am Ende«, erklärte sie auch ihm.

»So ein Blödsinn«, erklärte Rachid auf seine unbekümmerte Art. »Mein Cousin Ali in Mazan bekommt das Auto unter Garantie wieder zum Laufen.«

»Der Wagen ist Schrott«, brummte Raoul finster. Es war nur allzu offensichtlich, dass ihm Rachids Bemerkung überhaupt nicht gefiel. »Soll ich die Karre nun abschleppen?« Er nahm von Rachid keine Notiz und wandte sich nachdrücklich an Rosalie. Diese war sich immer noch unschlüssig.

»Warte mal! Ich rede kurz mit Ali.« Rachid hatte bereits sein Handy in der Hand und wählte die Nummer. Kurz darauf begann er auf Arabisch zu diskutieren, wobei Raoul ihn mit keinem Blick aus den Augen ließ. Rosalie musterte unterdessen Vincent.

»Findest du deine Aufmachung nicht etwas übertrieben?«, fragte sie belustigt. »Du siehst darin aus wie ein Papagei.«

Vincent errötete wie ein Schuljunge. »Ich … nun … ich hab mir die Sachen in dem Fahrradladen in Avignon besorgt. Das ist alles Funktionskleidung, die jeden Schweiß aufsaugt. Die Leuchtfarben sind dazu da, dass man auf der Straße nicht von den Autofahrern übersehen wird. Sie sind reiner Selbstschutz.«

Als Rosalie sah, wie peinlich ihm ihre Bemerkung war, tat

es ihr fast schon wieder leid, dass sie so direkt gewesen war. Manchmal wurde sie aus dem gut aussehenden Apotheker aber auch nicht schlau. Mal war er geradezu unverschämt direkt und dann wieder verlegen wie ein Teenager, der es zum ersten Mal mit Mädchen zu tun hat. »Seit wann hast du das Gefährt denn schon? Es sieht aus, als hätte es ein Vermögen gekostet«, erkundigte sie sich, um ihm zu zeigen, dass sie wirkliches Interesse hatte.

»Nun ja, billig war das Fahrrad nicht«, gab Vincent zu. Sein scheues, aber offenes Lächeln nahm ihn sofort für sie ein. »Es ist eine italienische Rennmaschine, die besonders leicht und windschnittig ist. Sie fährt gewissermaßen von ganz allein. Ich habe sie für einen guten Preis bekommen.«

»Dann hast du bestimmt schon einige Touren hinter dir.«

»Ähm … nein!« Er schmunzelte selbstbewusst. »Das ist meine erste Fahrradtour. Ich möchte damit mal kurz auf den Mont Ventoux hoch. Das dürfte mit der Technik kein Problem sein, meint der Fahrradhändler.«

»*Mon Dieu,* da hast du dir aber was vorgenommen.« Rosalie warf Vincent einen skeptischen Blick zu. »Ich wusste gar nicht, dass du so gut im Training bist. Ich käme wahrscheinlich nicht mal bis Bédoin. Mir geht die Luft schon auf dem Weg nach Vacqueiras aus.«

»Daran ist nur dein altes Fahrrad schuld«, behauptete Vincent. »Mit einem besseren Rad wäre das auch für dich kein Problem.«

Rosalie zuckte nur mit den Schultern. »Leider habe ich gerade ganz andere Sorgen.« Sie deutete mit dem Kopf auf ihr Auto und seufzte. »Bei Suzanne Rivas bin ich bereits seit einer halben Stunde überfällig. Es tut mir leid, die alte Frau so lange warten zu lassen …«

Vincent dachte nach. »Ich könnte mein Auto holen und dich …« Sie hörte nicht das Ende des Satzes, weil Rachid soeben sein Telefongespräch beendet hatte und ihn unterbrach.

»Alles geregelt«, teilte er Rosalie freudestrahlend mit. »Ali wird in einer halben Stunde hier sein und deinen Wagen mit in seine Werkstatt nehmen.«

»Kommt überhaupt nicht in Frage«, mischte sich Raoul sofort ärgerlich ein. »Rosalie hat mich mit der Reparatur beauftragt. Wenn hier jemand den Wagen abschleppt, dann bin ich es. Ich komm doch nicht einfach umsonst hierher.« Er stemmte seine Fäuste in die Seiten und baute sich vor Rachid auf. Der klopfte ihm nur gutmütig auf die Schulter.

»Immer mit der Ruhe, Kumpel. Das hier ist einzig und allein Rosalies Entscheidung, *n'est-ce pas*?« Seine treuherzigen Augen auf Rosalie gerichtet wartete er auf ihre Zustimmung. Doch sie hatte noch Skrupel. Schließlich hatte sie Raoul gerade erst genötigt, ihr zu helfen, da konnte sie das Auto doch nicht so einfach jemand anderem geben. Andererseits … Rachid bemerkte ihre Unentschlossenheit und schritt ein.

»Du hast selbst gesagt, dass das Auto nicht mehr zu reparieren ist, stimmt's?«, wandte er sich an Raoul.

Der brummte zustimmend. »Kostet mindestens ein bis zwei Tausender, um ihn wieder einigermaßen flottzumachen, und auch dann gibt es keine Garantie, dass nicht bald etwas anderes kaputtgeht.«

»Okay, dann ist es ja nur in Ordnung, wenn mein Cousin auch noch mal einen Blick draufwirft«, schlug Rachid vor. »Kommt er zum selben Schluss wie du, schleppst du den Wagen ab. Falls Ali anderer Meinung ist, kann sich Rosalie überlegen, ob sie ihn bei ihm reparieren lassen will.«

»Ach macht doch, was ihr wollt«, schimpfte Raoul ungehalten. »Ich hab keine Zeit, um den Tag zu verplempern wie ihr Araber.« Er fuchtelte abfällig mit der Hand und stapfte, ohne sie eines weiteren Blickes zu würdigen, zu seinem Lieferwagen.

»Mit dem habe ich es mir wohl verdorben«, stellte Rosalie nicht sehr begeistert fest, als sie dem Abschleppwagen hinterhersah.

Rachid legte seinen Arm um ihre Schulter. »Ali macht das schon, keine Bange. Er hat Zauberhände, was Motoren angeht, und wenn nicht …«

»… leih ich dir das Geld für ein neues Auto«, mischte sich Vincent selbstbewusst ein.

Rosalie fühlte sich von den beiden Männern plötzlich in die Zange genommen. Wie kamen sie dazu, so einfach über sie zu entscheiden?

»Was für eine dumme Idee«, brauste sie auf. »Ich mach doch keine Schulden bei dir«, meinte sie an Vincent gewandt. Dann machte sie sich ungehalten von Rachid los und ging auch zu ihm auf Abstand.

»Versteht ihr denn nicht? Wenn das Auto kaputt ist, bin ich erledigt!« Es war die pure Verzweiflung, die aus ihr sprach.

»Damit ist ja alles gesagt.« Vincent nickte ihr knapp zu und schwang sich auf sein Rad. Erst als er bereits auf die Straße in Richtung Malaucène eingebogen war, begriff Rosalie, dass sie ihn soeben gewaltig vor den Kopf gestoßen hatte.

2

Vincent trat wütend in die Pedale, als ginge es darum, einen neuen Rekord aufzustellen. Die Freude über seine erste Fahrradtour nach so vielen Jahren war auf ein Minimum geschrumpft – und das alles nur wegen Rosalie. Mit ihren Launen schaffte sie es immer wieder, ihn aus der Fassung zu bringen. Er nutzte den Schwung von der kleinen Abfahrt aus Brillon-de-Vassols heraus und bog unterhalb von Le Barroux auf die Hauptstraße ein, die in Richtung Malaucène führte. Die Bedingungen für eine Radtour waren heute ideal. Um diese Tageszeit waren die Temperaturen noch erträglich, und die Sonne schien an einem blank geputzten blauen Himmel. Die Sicht war klar, und um ihn herum explodierte die Welt in einer Wucht von Farben. In den Olivenhainen leuchteten die Blüten des roten Klatschmohns wie Farbkleckse auf einem impressionistischen Bild. Im milden Südwind bildeten sie einen wohltuenden Kontrast zu dem changierenden Hell- und Blaugrün der Olivenblätter. Schwarzrote Kirschen hingen schwer an überladenen Zweigen und warteten darauf, von ihrer Last befreit zu werden.

Am Wegesrand sprang Vincent das intensive Gelb von Ginster in die Augen. Normalerweise hätte er dieses Fest der Sinne tief in sich aufgesogen, doch heute hatte er kaum einen Blick dafür. Stattdessen gingen ihm Rosalies Worte durch den Sinn.

»Ich mach bestimmt keine Schulden bei dir!« Sie hallten in seinem

Kopf wie eine Ohrfeige nach. Dabei hatte er ihr doch nur ganz uneigennützig seine Unterstützung angeboten.

Wahrscheinlich würde es ihn weniger wurmen, wenn sie auch Rachids Hilfe abgewiesen hätte. Dieser Kerl entpuppte sich als sein größter Konkurrent im Wettstreit um Rosalie. Dabei hatte er sich bis vor Kurzem noch eingebildet, dass sie ihm, Vincent, den Vorzug gab. Irgendetwas machte er falsch. Nun gut, er war kein Aufreißertyp, eher zurückhaltend und diskret. Dennoch bildete er sich ein, durchaus Chancen bei Frauen zu haben, eben nur nicht bei Rosalie.

Er seufzte, während er sich den ersten Anstieg hinaufquälte. Vielleicht sollte er seinem Rivalen einfach kampflos das Feld überlassen. Schließlich war Rachid weder unsympathisch noch arrogant. Er war sogar das genaue Gegenteil, noch dazu witzig und charmant. Möglicherweise war es genau das, was Rosalie von einem Mann erwartete. Außerdem musste er zugeben, dass Rachid eben die besseren Karten gehabt hatte. Er hatte ihr einen Automechaniker verschafft, während er nur mit seinem neuen Fahrrad versucht hatte, bei ihr Eindruck zu schinden.

Verdammt! Was war er doch für ein Idiot! Warum hatte er sich auch in eine Frau verliebt, die so gänzlich das Gegenteil von ihm war? Sie war unkonventionell, kreativ, impulsiv und auch unberechenbar, alles Eigenschaften, mit denen er nicht aufwarten konnte. Außerdem sah sie einfach umwerfend aus. Ihre zierliche Statur und das dichte Haar mit den schweren roten Locken musste sie von ihrer algerischen Mutter mitbekommen haben, während ihr Stolz und die auffallend grünen Augen offensichtlich ein Erbe ihres Vaters waren, der ein angesehener Weinbauer aus der Gegend von Vacqueiras war.

Rosalie war als uneheliches Kind bei ihrem Vater aufgewachsen. Ihre Stiefmutter hatte sie nie richtig akzeptiert, und auch die Beziehung zu ihren Halbbrüdern war nicht einfach gewesen. Vincent wusste, dass sie keine einfache Kindheit gehabt und deswegen ihr Elternhaus früh verlassen hatte. Schon als junges Mädchen war sie zu ihrer Patentante Babette gezogen, um dort eine Friseurlehre zu machen. Damals hatte sie sich aus Protest ihre dunklen Haare knallrot färben lassen und sich sogar den Künstlernamen LaRoux zugelegt, nur um ihrer Familie eins auszuwischen. Nach dem tragischen Unfalltod ihrer Stiefmutter, für den sie sich verantwortlich gefühlt hatte, hatte sie Vassols vor vielen Jahren verlassen und geschworen, nie wieder hier aufzutauchen. Vor ein paar Monaten war sie überraschend wieder aus der Fremde zurückgekehrt. Babette war gestorben und hatte ihr den Friseursalon und eine gute Summe Geld hinterlassen. Rosalie war in der Absicht gekommen, das Erbe anzunehmen und gleich wieder zu verschwinden. Doch der Zugriff auf das Geld war an die Bedingung geknüpft, dass Rosalie für einige Jahre den Friseursalon ihrer Tante führen musste. Anfangs hatte sie damit gehadert, doch mittlerweile hatte Vincent den Eindruck, dass sie sich in Vassols wohlzufühlen begann.

Seine schwerer werdenden Beine zwangen Vincent wieder zurück in die Realität. Auch wenn die Kurbelgarnitur der neuen Rennmaschine überaus leichtgängig war, brauchte man für diesen Sport nicht nur die Technik, sondern eben auch die Kondition. Es war vielleicht doch etwas vermessen gewesen, sich gleich den Berg der Extreme als sein erstes Ziel auszusuchen. Vielleicht sollte er nur eine kleine Runde über den Col de la Madeleine fahren und einen Abstecher zu Claude und Magali machen? Vincent verwarf den Gedanken. Er würde seine Freunde erst auf der Rückfahrt besuchen. Etwas anderes ließ sein Stolz nicht zu. Schließlich hatte er ein wochenlanges Trainingsprogramm auf seinem Spinning-Bike absolviert. Hinzu kam, dass er vor Rosalie schon damit geprahlt hatte und sich nicht ihrem Spott aussetzen wollte.

Von Le Barroux aus führte die Straße in Kurven und durch einen in den Fels geschlagenen Tunnel immer bergan in Richtung Malaucène. Im Moment war die Strecke nicht besonders schwierig im Vergleich zu der Steigung, die ihn noch erwartete. Wegen der zahlreichen Touristen war die Panoramastraße leider ziemlich befahren. Unter Einheimischen wurde auf die Radfahrer Rücksicht genommen. Die meisten Autofahrer hielten Abstand und überholten nur, wenn kein Gegenverkehr kam. Doch mitten in einer unübersichtlichen Kurve setzte eine dunkle Limousine plötzlich zu einem waghalsigen Überholmanöver an. Da Gegenverkehr war, zog der Wagen so dicht an Vincent vorbei, dass der Fahrtwind ihn in Richtung Seitengraben drückte. Es gelang ihm in letzter Sekunde, sein Rennrad wieder auf die Fahrbahn zu lenken und das Gleichgewicht zurückzuerlangen. Sein Herzschlag hatte sich verdoppelt, als er dem Fahrzeug mit Pariser Kennzeichen fassungslos hinterhersah.

*

Nach etwa einer halben Stunde hatte er den Ausgangspunkt für die Bergetappe erreicht und gönnte sich eine kleine Pause. Seine Motivation war nun gut, und er fühlte sich stark genug für die bevorstehende Herausforderung. Vor ihm lagen noch einundzwanzig harte Kilometer, die ihn ständig bergauf führen würden. Von Malaucène aus galt es einen Höhenunterschied von 1558 Metern zu bewältigen. Die durchschnittliche Steigung zwischen sieben und zehn Prozent war auch für einen guten Sportler eine Herausforderung. Vincent aß noch einen

Energieriegel und trank einen Schluck von seinem isotonischen Getränk, dann startete er.

»*Bon courage!* Viel Glück!«, rief ihm ein Weinbauer freundlich winkend vom Wegesrand zu. Er grüßte frohgemut zurück. Zu Beginn der Etappe war die Steigung noch gut zu bewältigen. Vincent fuhr durch Weinfelder und kurbelte munter vor sich hin. Seine Beine traten wie von selbst, auch noch, als die Strecke durch kühlende Pinien- und Steineichenwälder führte und die Steigung anzog. Die ersten fünf Kilometer bezwang er ohne Schwierigkeiten. Dann wurde es schwieriger. Der Blick auf den Tachometer zeigte ihm, wie unendlich lang so ein Kilometer sein konnte. Er schwitzte und spürte, wie ihm das Wasser schon bald aus jeder Pore drang, da vermochte auch die beste Funktionskleidung nur wenig zu helfen.

»*Allein vom Drang beseelt, diesen außergewöhnlich hohen Ort zu sehen*« – die Worte des italienischen Humanisten Petrarca erschienen Vincent immer mehr wie blanker Hohn. Dabei bewunderte er diesen außergewöhnlichen Mann, der vor über siebenhundert Jahren den kühnen Entschluss gefasst hatte, als erster Mensch rein aus Selbstzweck und um des Erlebnisses willen einen Berg zu besteigen. Mit seiner Unternehmung hatte Petrarca damals die Schwelle zu einem neuen Weltgefühl überschritten. Niemand vor ihm hatte sich jemals ohne Sinn und höheren Zweck solchen Strapazen unterworfen. Man muss die Erde nicht als Jammertal sehen, sondern man kann sich auch an ihren Schönheiten begeistern, war seine Botschaft gewesen. Doch Vincent war augenscheinlich zu solcher Größe nicht fähig. Er nahm die Landschaft um ihn herum kaum wahr. Das Einzige, was ihm im Bewusstsein war, waren die Mühen, die noch vor ihm lagen.

Tapfer trat er weiter in die Pedale. Tritt für Tritt, Meter um Meter, immer weiter. Irgendwann dachte er über gar nichts mehr nach, sondern konzentrierte sich nur noch auf den Asphalt, der vor ihm lag. Ab und zu griff er zu seiner Trinkflasche, trank einen Schluck und mühte sich weiter ab. Wenn ihn sportlichere Radfahrer überholten, versuchte er sie einfach zu ignorieren. Als ihn von hinten ein Fahrer einholte und für eine ganze Zeit in seinem Windschatten fuhr, fühlte er sich wieder angespornt und strengte sich mehr an. Dann überholte der Mann und zeigte ihm an, dass er sich nun an ihn hängen konnte. Vincent sah an seinem Trikot, dass es ein Holländer war. Er versuchte das Tempo mitzuhalten, hielt aber nicht lange durch. In einer Kurve versuchte er noch einen Gang zurückzuschalten, aber er war schon auf dem letzten Ritzel. Auch im Wiegetritt ging nichts mehr. Ihm blieb nichts anderes übrig, als den anderen abreißen zu lassen. Seine Niederlage war umso bitterer, weil sein Mitstreiter keinesfalls ein durchtrainierter Radsportler war, sondern ein teigiger Mittvierziger, dem das Trikot um die Hüften spannte. Ausgerechnet jemand, der aus einem Land kam, das so flach wie ein Pfannkuchen war, ließ ihn hier am Berg so alt aussehen.

Nach sechzehn unendlich langen Kilometern mit unzähligen Kurven und mörderischen Zwischensteigungen hatte er elfhundert Höhenmeter geschafft und verließ kurz darauf die Waldzone. Sechs weitere quälende Kilometer lagen noch vor ihm. Dabei hatte er Glück, dass ihm kein kalter Wind entgegenschlug, als er das karge obere Drittel des Berges befuhr. Bei knapp zehnprozentiger Steigung gelangte Vincent endgültig an seine Grenzen und musste mehrmals kurze Pausen einlegen, die ihm jedoch kaum Linderung brachten. Danach fiel es ihm jedes Mal noch schwerer, wieder auf sein Fahrrad zu steigen. Jeder einzelne Muskel tat ihm weh, und seine Lunge brannte wie Feuer. Nichtsdestotrotz lag die karge Mondlandschaft des Mont

Ventoux nun in aller Pracht vor ihm. In der strahlenden Sonne blendete der Kalkschotter, der den Gipfel überzog, selbst durch die Sonnenbrille. Der hässliche Turm auf dem Gipfel, der an eine Festung mit schmalen Fenstern wie Schießscharten erinnerte, kam immer näher. Das daneben liegende Observatorium sah nicht minder abweisend aus. Dann hatte er den Gipfel endlich erreicht. Schwer atmend und abgekämpft, aber glücklich war er an seinem Ziel angekommen.

Die Aussicht war an diesem späten Vormittag hervorragend. Kein anderer Berg verstellte das Rundumpanorama. Im Osten leuchteten die verschneiten Alpengipfel in der Sonne, im Süden glitzerte blau das Mittelmeer. Im Westen konnte er das Rhônetal mit seinen Weinbergen erkennen und unter der Dunstglocke sogar Avignon mit seinem Papstpalast. Obwohl Vincent schon oft auf dem Gipfel des Ventoux gewesen war – so intensiv hatte er den Blick noch nie erlebt. Seine Leistung erfüllte ihn mit großer Zufriedenheit und ließ ihn sogar seinen Kummer um Rosalie vergessen.

Als er spürte, wie ihm vom frischen Bergwind kalt wurde, zog er seine Windjacke über und schwang sich wieder auf sein Fahrrad. Dieses Mal nahm er die Teerstraße in Richtung Bédoin. Zwei Kilometer unterhalb des Gipfels tauchte ein grauer Stein auf, der die gebückte Silhouette eines Radfahrers zeigte. Das Monument erinnerte an den englischen Radfahrer Tom Simpson, der am 13. Juli 1967 auf der dreizehnten Etappe der Tour de France an dieser Stelle umkippte und verstarb. Er war das erste bekannt gewordene Dopingopfer in der Geschichte des Radrennens gewesen. Bei seiner Obduktion entdeckte man, dass er Amphetamine geschluckt und Alkohol im Blut hatte. Unter den Radfahrern war es Brauch geworden, an seinem Gedenkstein etwas abzulegen. Dementsprechend lagen abgefahrene Bremsgummis, ein geplatzter Reifen und eine ganze Batterie an Trinkflaschen auf den Stufen vor dem Stein herum. Vincent verzichtete darauf anzuhalten und rollte leichten Herzens daran vorbei. Er genoss die zunehmend wärmer werdende Luft, die seine verschwitzten Beine längst getrocknet hatte, und träumte sich durch die Landschaft.

Über den Col de Tempêtes, der über den Grat der Schotterlandschaft führt, passierte er einen kleinen Skilift, der um diese Jahreszeit wie ein Fremdkörper wirkte. Darunter befand sich das Restaurant *Chalet-Reynard,* vor dem eine Menge Rennräder und Mountainbikes lehnten. Auch das ließ er links liegen, denn er hatte sich längst entschlossen, auf der Rückfahrt doch noch einen Abstecher bei Claude und Magali zu machen. An der Schutzhütte, die eine kleine Ausstellung über die Flora und Fauna des Mont Ventoux zeigte, hielt er an. Seine vom Bremsen strapazierten Handgelenke benötigten eine kurze Pause, außerdem beabsichtigte er, seine Trinkflasche an dem Brunnen aufzufüllen.

Als er auf den Parkplatz vor der Schutzhütte zurollte, stand dort die Limousine, die ihn auf der Fahrt nach Malaucène beinahe in den Straßengraben abgedrängt hatte. Zwei Männer in teuren Anzügen waren ausgestiegen und bedrängten einen Radfahrer, der offensichtlich von Bédoin aus unterwegs war. Der kräftigere der beiden Anzugträger hatte den Radfahrer an den Schultern gepackt.

»Bis übermorgen, sonst bist du fällig«, konnte Vincent verstehen.

Dann sah es einen Moment so aus, als wollte der Hüne dem ebenfalls kräftigen Radfahrer einen Faustschlag versetzen, doch sein Begleiter hatte Vincent entdeckt und gab ihm ein Zeichen.

»Wir behalten dich im Auge«, hörte Vincent noch. Ihm

entging nicht die massive Drohung, die dahintersteckte. Dann wandten sich die Männer ab und stiegen in ihr Auto. Die Reifen drehten auf dem hellen Kalkschotter durch, als der Fahrer Vollgas gab und in Richtung Bédoin davonfuhr.

Vincent sah, dass das Gesicht des Radfahrers trotz seines Vollbarts ganz bleich war. Seine Hände umklammerten den Lenker so fest, dass die Knöchel weiß hervortraten.

»Kann ich Ihnen helfen, Monsieur?«, erkundigte sich Vincent, der näher gekommen war.

Der Radfahrer starrte dem Wagen immer noch hinterher, bevor er Vincent endlich wahrnahm. »Was wollen Sie?«, fuhr er ihn unfreundlich an. Vincents Anteilnahme kam ihm offensichtlich nicht gelegen.

»Ich hatte das Gefühl, dass die beiden Männer Sie bedroht haben«, rechtfertigte sich Vincent unbeeindruckt. »Möchten Sie, dass ich die Polizei rufe?«

»Wir haben uns nur unterhalten.« Der Bärtige musterte Vincent unfreundlich. »Kümmern Sie sich gefälligst um Ihren eigenen Kram. Mir geht es gut.« Dann stieg er auf sein Mountainbike und fuhr grußlos in Richtung Berg davon.

*

Wenig später erreichte Vincent Bédoin und wunderte sich über den Auflauf, der dort herrschte. Im Dorf war heute noch mehr los als gewöhnlich. Da waren nicht nur Touristen, sondern auch Handwerker, die auf dem Platz vor der Schule irgendetwas installierten. Durch die Straßen war kaum ein Durchkommen, obwohl an diesem Tag nicht einmal Markttag war.

Vincent fühlte sich sofort unbehaglich. Er litt seit geraumer Zeit an einer Psychose, die es ihm unmöglich machte, längere Zeit in Menschenansammlungen zu verbringen. Das war unter anderem ein Grund dafür gewesen, dass er seine gut bezahlte Stelle als Forensiker in Paris aufgegeben hatte und zurück in das beschauliche Brillon-de-Vassols gezogen war.

Mehrere Lastwagen blockierten die ohnehin schmale Hauptstraße, und auf den Gehwegen schoben sich Touristen, als gäbe es etwas Besonderes zu sehen. Vincent verspürte keinen Drang herauszufinden, was die Ursache für den Auflauf war. Er schob sein Fahrrad durch die Menge und verließ den Ort, so schnell es ging.

Gegen Mittag erreichte er den Bauernhof der Belliers, der etwas abgelegen unterhalb der Dentelles lag, einem dem Mont Ventoux vorgelagerten bizarren Gebirgskamm. Die junge Familie saß gerade beim Mittagessen unter der schattigen Weinlaube vor dem Haus.

»Du hast dich in letzter Zeit ja ganz schön rargemacht«, warfen ihm Claude und seine Frau Magali vor. Sie waren offensichtlich sehr erfreut, ihn zu sehen, und begrüßten ihn herzlich.

»Komm, setz dich«, forderte ihn Claude auf. »Du siehst aus, als könntest du eine Stärkung brauchen. Es gibt frisch ausgebackene Zucchiniblüten aus dem Garten und danach noch etwas von Magalis wunderbarer Daube mit Wildstierfleisch aus der Camargue.«

Vincent lief das Wasser im Munde zusammen. »Ich bin noch ganz verschwitzt und möchte euch nicht zur Last fallen«, zierte er sich der Form halber. Doch Magali hatte ihm schon aus dem Haus einen Teller und ein Weinglas geholt und auf den Tisch gestellt.

»Du bist hier immer gern gesehen«, ließ sie keine weitere Widerrede zu und wies ihm den Platz neben dem Hochstuhl ihrer kleinen Tochter zu. Die kleine Emma war offenkundig über den Besuch hocherfreut und schlug voller Begeisterung mit ihrem

Löffel auf den Tisch. Vincent schnitt ein paar Grimassen, was die Kleine nur noch mehr amüsierte. Dann fing sie plötzlich an zu quengeln.

»Sie hat Hunger«, erklärte Magali und begann ihre Tochter zu füttern. »Am besten kriegt sie ihren Willen, sonst können wir unser Essen später nicht in Ruhe genießen.«

»Lass uns schon mal ein Glas Wein trinken«, schlug Claude vor und schenkte aus einer Karaffe allen etwas Rosé ein. Er stieß mit Vincent an und fragte ihn über seine Radtour aus. Voller Stolz berichtete dieser über sein kleines Abenteuer und ignorierte tapfer seinen strapazierten Hintern und seine müden Knochen.

»Donnerwetter, da hast du dir ja so einiges zugetraut«, meinte Claude voller Anerkennung. Er war selbst ein begeisterter Rennradfahrer. »Ich wünsche dir nur, dass du es morgen nicht allzu sehr bereuen wirst.«

»Ich weiß schon jetzt, dass ich mich morgen vor Muskelkater kaum mehr werde rühren können«, fürchtete Vincent. Im Augenblick war ihm das jedoch völlig gleichgültig, weil der Stolz auf seine Leistung immer noch alles überstrahlte.

»Hast du in Bédoin auch etwas von den Filmarbeiten mitbekommen?«, wollte Magali wissen, die unterdessen mit dem Füttern ihrer Tochter fertig geworden war.

»Ich hab nicht allzu viel davon gesehen«, gestand er.

Magali ging nicht darauf ein. Sie war ganz aufgeregt. »Sie drehen dort einen Dokumentarspielfilm über die Geschichte des Mont Ventoux. Es ist eine Idee von Yannis Quebec. Er hat das alles wohl initiiert. Soweit ich gehört habe, hat er sowohl das Drehbuch geschrieben als auch gemeinsam mit seinem Manager das Geld dafür beschafft. Er wird außerdem die jeweiligen Hauptrollen in den begleitenden Spielfilmszenen übernehmen.

Der Schwerpunkt liegt natürlich auf der Auto- und Radfahrgeschichte. Die ganze Gegend steht deswegen kopf. Sie suchen Statisten aus den umliegenden Dörfern und auch sonst Leute, die ihnen bei den Dreharbeiten zur Hand gehen. Sag bloß, du hast noch nichts davon erfahren.«

Vincent hatte von alldem natürlich keine Ahnung. »Ihr wisst ja, dass ich Menschenmengen nicht gut vertrage, deswegen bin ich gar nicht stehen geblieben«, gestand er freimütig.

»Mir kann der ganze Trubel auch gestohlen bleiben«, sprang ihm Claude zur Seite. »Diese Filmarbeiten werden nur noch mehr Radfahrer an unseren Ventoux locken. Man kann ja jetzt schon kaum mehr in Ruhe radeln. Jeder Tourist bildet sich doch ein, einmal auf den Berg fahren zu müssen.«

»Ganz schlimm finde ich die Mountainbike-Fahrer mit Elektromotor«, empörte sich Magali sofort. »Mittlerweile zerstören ganze Horden den Wald. Claude und seine Leute haben alle Hände voll zu tun, um den Schaden, den sie anrichten, wieder in den Griff zu bekommen.«

»Mal ganz abgesehen davon, dass es zunehmend Verletzte gibt«, fügte Claude hinzu. Als *Garde Champêtre*, als Forstpolizist, war er für die Instandhaltung der Wälder rund um den Ventoux zuständig. »Die E-Biker sind doch alle nicht trainiert. Der Motor hilft ihnen vielleicht, den Berg hinaufzukommen, aber beim Runterfahren kommt es immer wieder zu heftigen Stürzen, weil sie ihre schweren Räder beim Bremsen nicht im Griff haben.«

»Wir sind hier schließlich alle auf die Touristen angewiesen«, gab Vincent zu bedenken.

»Das sollte uns nicht davon abhalten, nun endlich zu essen!«, beendete Claude das Thema und stand auf.

Wenig später stand eine Platte mit frisch in Olivenöl und Eierteig ausgebackenen Zucchiniblüten auf dem Tisch. Dazu ein bunter Wildkräutersalat mit Walnüssen und frisches *Pain à l'ancienne.* Magali hatte vor dem Ausbacken in die Zucchiniblüten einen Löffel Ziegenfrischkäse gegeben, was dem Gericht einen raffinierten Anstrich verlieh. Vincent, der selbst ein passionierter Hobbykoch war, lobte die Köchin begeistert. Auch der Rosé aus der Cooperative in Caromb passte hervorragend dazu.

»Warte nur, bis du die Daube kostest«, versprach Claude grinsend. »Die habe ich selbst angesetzt. Ich habe sie über dem Feuer nach alter Tradition mindestens sieben Stunden garen lassen.«

Er hatte nicht zu viel versprochen. Wenig später stand die tönerne Daubière auf dem Tisch und verströmte einen würzigen, aromatischen Geruch. Das knusprige Landbrot passte hervorragend zu dem Schmorgericht, in dem sich neben dem dunklen Stierfleisch auch Kartoffeln, Möhrenstücke, Zwiebeln, Oliven und Kräuter der Provence befanden. Die Schale einer Orange verlieh dem Gericht eine raffinierte, herbe Fruchtnote. Vincent aß mit großem Appetit auch noch eine zweite Portion. Dazu tranken sie ein Glas Rotwein aus Vacqueiras.

Als Claude ihm noch ein drittes Mal auftun wollte, winkte Vincent ab. »Wenn ich jetzt noch etwas esse oder trinke, dann kann ich nach Vassols hinunterrollen, und zwar ohne Fahrrad«, stöhnte er. Doch Magali kam schon mit einem *Clafoutis,* einem herrlich lockeren Kirschauflauf, aus der Küche und nötigte Vincent, auch davon noch ein Stück zu probieren. Erst nachdem er dieses verzehrt und einen kleinen *Café noir* getrunken hatte, waren seine Gastgeber zufrieden.

»Das Essen war hervorragend. Ihr könntet wahrlich ein Restaurant eröffnen.« Er erhob sich schwerfällig von seinem Stuhl und machte Anstalten zu gehen.

»Apropos Essen – hast du nächsten Freitagabend Zeit?«, erkundigte sich Magali. »Claude hat mal wieder Lamm von der

Causse bekommen. Ein Kollege von der dortigen Police rurale hat ihm eine wunderbare Lammkeule überlassen ...«

Vincent hob abwehrend die Arme. »Ich kann doch nicht schon wieder zu euch ...«

»Rosalie kommt übrigens auch.« Claude zwinkerte ihm vielversprechend zu, woraufhin Vincent freudig zusagte. Die Aussicht, endlich einmal wieder einen Abend mit Rosalie zu verbringen, verlieh ihm neue Hoffnung.

3

»Okay, das war's!«

Rachids Cousin Ali hatte soeben den letzten Gurt auf dem Anhänger festgezurrt und saß bereits wieder in der Kabine seines Abschleppwagens. »Ich mach mich gleich morgen an dein Auto. Mach dir keine Sorgen, das wird schon.« Er zwinkerte Rosalie zum Abschied zu.

»*L'affaire est dans le sac!* – die Sache ist so gut wie geritzt!« Rachid strahlte Rosalie treuherzig an. »Was ist, kommst du noch mit auf einen Kaffee zu Josef?«

»Ein andermal gern, aber die Zeit läuft mir davon«, bedauerte Rosalie. »Ich geh noch kurz über den Markt, und dann muss ich mich wohl oder übel auf mein Fahrrad schwingen. Suzanne wird schon ganz ungeduldig sein!«

»Ich werde dich hinbringen«, schlug Rachid großzügig vor. »Ich muss nur vorher kurz meiner Schwester Bescheid geben, damit sie im Laden bleibt.«

»Lass mal!« Rosalie wiegelte ab. Rachids Hilfsbereitschaft schien keine Grenzen zu kennen, und genau das war es, was ihr plötzlich missfiel. Sie mochte nicht, dass er ihr noch einen Gefallen tat. »Ein wenig Bewegung wird mir guttun. Außerdem muss ich noch über etwas nachdenken.«

»Wie du meinst!« Rachid nahm es gelassen. Im Gegensatz zu Vincent war er weit weniger empfindlich, wenn man seine Hilfe ablehnte. Sie mochte seine direkte Art und schätzte seine Fähigkeit, alle Probleme pragmatisch zu lösen. Vor allem in handwerklichen Dingen war er unschlagbar und hatte für alles eine Lösung bereit. Außerdem verbanden sie beide ihre nordafrikanischen Wurzeln. Auf der anderen Seite war nicht zu übersehen, dass er in letzter Zeit auffällig darum bemüht war, möglichst viel Zeit mit ihr zu verbringen. Rosalie fürchtete, dass er in sie verliebt sein könnte, und das machte die Beziehung zu ihm dann doch wieder kompliziert … Während sie ihren Gedanken nachhing, bekam sie überhaupt nicht mit, wie Rachid sie etwas fragte.

»Und, was denkst du? Hörst du mir überhaupt zu?«

Sie zuckte unwillkürlich zusammen und lächelte ihn entschuldigend an. »Verzeih, ich hab nur gerade überlegt, ob ich meinen Laden abgeschlossen habe«, log sie rasch. »Was hast du gesagt?«

»Na, dass ich dich Freitagabend gern zum Essen ausführen möchte«, wiederholte Rachid geduldig. »In Carpentras hat ein Bekannter meiner Mutter ein neues Restaurant eröffnet. Seine Tajine ist fast noch besser als die von Zora.« Er lächelte und nahm ihre Hand. »Es ist mir sehr wichtig, denn ich habe eine Überraschung für dich!«

»Schade, das wird wohl nicht gehen!«, bedauerte Rosalie. »Ich habe für diesen Abend schon bei Magali und Claude Bellier eine Einladung.«

Dieses Mal gelang es ihm nicht, seine Enttäuschung zu verbergen.

»Wie schade! Der Abend sollte etwas ganz Besonderes werden.«

»Ein anderes Mal gern.« Rosalie hatte plötzlich das Bedürfnis, die Unterhaltung rasch zu beenden. »Wir finden bestimmt einen anderen Termin.« Sie gab Rachid einen Wangenkuss und machte, dass sie davonkam.

Auf dem Wochenmarkt war um kurz vor zwölf reger Betrieb. Viele Bewohner von Vassols und aus der näheren Umgebung nahmen die Gelegenheit gern wahr, sich einmal in der Woche über den neuesten Tratsch auszutauschen. Rosalie rief Suzanne an und teilte ihr mit, dass sie erst am Nachmittag zu ihr kommen könne. Die Pläne für den Einkaufsbummel durch Avignon hatte sie längst aufgegeben. Nun, da alles wegen des kaputten Autos durcheinandergeworfen war, konnte sie genauso noch ein wenig Zeit auf dem Markt verbringen.

Vor dem Obststand, an dem heute hauptsächlich Kirschen und die ersten Aprikosen feilgeboten wurden, traf Rosalie auf Hervé Ligier und Bruno Bouvier. Bei ihnen stand ein ausnehmend gut aussehender junger Mann, den sie noch nie gesehen hatte. Nachdem Rosalie ihre beiden Bekannten mit Küsschen und dem üblichen Smalltalk begrüßt hatte, stellte Bruno ihr seinen Begleiter als Lucas Leroy vor. Er war der neue Gehilfe in seiner Boucherie und ebenfalls Traiteur. Bruno und sein Bruder Etienne betrieben die örtliche Metzgerei, in die ein Feinkostladen integriert war. Es war ein offenes Geheimnis, dass Bruno lieber ein eigenes Restaurant eröffnet hätte, als hinter der Fleischertheke zu stehen und ständig seiner strengen Mutter Joséphine Rechenschaft abzulegen. Doch bislang hatte er nicht den Mut dazu aufgebracht. Immerhin hatte er sich seiner Mutter gegenüber so weit durchgesetzt, dass er neben seiner Metzgerei noch einen Catering-Service aufgebaut hatte. Das Geschäft musste gut angelaufen sein, überlegte Rosalie, wenn er es sich jetzt schon leisten konnte, einen Gehilfen anzustellen.

Für einen Traiteur war Lucas Leroy noch ziemlich jung. Sie schätzte ihn auf Anfang, Mitte zwanzig. Sein halblanges samtschwarzes Haar fiel in einer leichten Außenwelle auf seine Schultern und verlieh ihm einen femininen Anstrich. Rosalie konnte sich ein Schmunzeln nicht verkneifen, als ihr Hervé Ligiers schmachtende Blicke auffielen. Er fühlte sich offenkundig von dem Traiteur angezogen. Es war ein offenes Geheimnis im Dorf, dass Hervé schwul war, obwohl er mit Lucinde verheiratet war. Die beiden betrieben den örtlichen Lebensmittelladen und hatten eine *liaison arrangée,* die allein dem Zweck diente, dass sie ein gemeinsames Auskommen hatten. Das Betreiben dieser Art von Ladenketten war nämlich nur Eheleuten erlaubt. Hervé hatte ungefähr so viel Interesse an Frauen wie eine Kuh am Zeitunglesen, während man über Lucinde munkelte, dass sie über das Internet immer wieder Männerbekanntschaften unterhielt. Das alles wurde in dem kleinen Ort allerdings nicht an die große Glocke gehängt, auch wenn die meisten Einheimischen sich sehr wohl ihre Gedanken darüber machten.

Das Gespräch der drei Männer drehte sich um das Eintreffen der Filmcrew in Bédoin. Bruno war überaus stolz, dass er den Auftrag bekommen hatte, für das leibliche Wohl des gesamten Teams zu sorgen.

»Vier Wochen lang liefere ich jeden Tag dreißig Mittag- und Abendessen. Außerdem verlangt Quebec für sich und die anderen Schauspieler Snacks für zwischendurch, und ab und zu kommt noch eine größere Presseveranstaltung hinzu«, verkündete er zufrieden. »Damit habe ich meinen Jahresumsatz schon fast in der Tasche.«

»Gratuliere!« Rosalie freute sich für den begeisterten Koch. In Anbetracht solcher Herausforderungen wuchs er über sich hinaus. »Also wirst du in nächster Zeit hauptsächlich in Bédoin sein?«

»*Pas du tout,* überhaupt nicht, ich bereite das Essen hier in Vassols zu, und Lucas«, er deutete auf seinen Gehilfen, »wird die

Gerichte dann ausliefern und sich vor Ort um alles kümmern.« Er grinste schelmisch. »Er sieht einfach besser aus als ich.«

»Da wird dir wohl keiner widersprechen«, meinte Hervé mit einem Zwinkern in Richtung Lucas. Dieser lächelte ohne Scham zurück, was den armen Hervé zum Erröten brachte.

»Wer weiß, vielleicht werben sie dir ja deinen Mitarbeiter gleich wieder ab«, setzte Rosalie gleich munter noch einen obendrauf.

Lucas strahlte nun auch in ihre Richtung.

»Das wird er ganz schön bleiben lassen«, brummte Bruno. »So einen guten Job wie bei mir bekommt er so schnell nicht wieder.«

»Keine Angst, ich liebe meinen Beruf!«, versicherte Lucas treuherzig. Rosalie fand den Kerl auf Anhieb sympathisch. Er schien unkompliziert und offen zu sein.

»Warst du schon mal bei dem Filmteam?«, erkundigte sie sich neugierig.

»Gestern Abend war ich zum ersten Mal dort. Quebec hat in seiner Villa eine Party für die Filmleute geschmissen. Alles war furchtbar durcheinander, aber sooo aufregend!« Er lächelte in die Runde. »Dabei habe ich Yannis Quebec sogar persönlich kennengelernt. Wir hatten Gelegenheit, uns ein wenig zu unterhalten.« Sein Blick bekam etwas Versonnenes, als er über den Star sprach. Offensichtlich war er von ihm sehr beeindruckt.

»Ist er wirklich so charmant, wie alle Welt immer von ihm behauptet?« Rosalie wusste aus den Gazetten in ihrem Salon, dass Quebec als vielumschwärmter Herzensbrecher galt.

»Mehr als das!« Lucas geriet sofort ins Schwärmen. »Er ist elegant, weiß sich zu bewegen und hat eine Ausstrahlung, die im Innersten berührt.« Nun war sich Rosalie sicher, dass Hervé nicht umsonst einen Blick auf Lucas geworfen hatte.

»Und erst seine Figur«, fügte Hervé hingerissen hinzu. »In *Les Enfants d'Amour* verblassen einfach alle anderen Hauptdarsteller neben ihm, nicht wahr?«

Bruno warf seinem Freund einen irritierten Blick zu. »Also mich interessieren ja in den Filmen die Weiber und nicht die Männer.«

»Und ich finde, dass man viel zu viel Aufhebens über seine schauspielerischen Qualitäten macht«, gab nun auch Rosalie ihren Senf dazu. »Als Sportmoderator hatte er wenigstens Ahnung und wusste, wovon er sprach. Als Schauspieler ist er für mich austauschbar. Er zeigt für mich einfach keine Ecken und Kanten.«

»Auf jeden Fall ist er *superbe* sympathisch«, resümierte Lucas. »Allein seine Anwesenheit macht aus dem provinziellen Bédoin nun eine Metropole rund ums Filmgeschehen. Ich bin froh, dass Bruno mir den Job überlassen hat!«

»Ach, ich wünschte, ein wenig von dem Glamour käme auch hier in Vassols an«, seufzte Rosalie sehnsüchtig. »Brauchen die nicht noch jemanden, der ihnen die Haare macht?« Die Arbeit in ihrem Friseursalon *Les Folies Folles* machte ihr zwar Spaß, doch sie sehnte sich nach ein bisschen mehr Ablenkung. Das Dorfleben war doch oft sehr beschaulich.

»Na klar!« Lucas' Augen funkelten vergnügt. »Du bist doch hier die Friseurin, nicht wahr?«

»Haarkünstlerin«, stellte Rosalie klar.

»Die Maskenbildnerin sucht tatsächlich noch jemanden, der ihr zur Hand geht, am liebsten eine Friseurin!«

»Haarkünstlerin«, wiederholte Rosalie. Ihre Neugier war jedoch geweckt. »Meinst du, die Stelle ist noch frei?«

»Wenn du willst, kann ich gleich heute Nachmittag nachfragen«, bot sich Lucas sofort an. »Ich kann dich auch gleich mitnehmen, wenn du willst!« Er schenkte ihr einen hinreißenden Blick aus seinen dicht bewimperten Augen, was Hervé überhaupt nicht gefiel.

»Heute nicht, da hab ich schon was vor. Aber wie wär's mit morgen Nachmittag? – Ich bin übrigens Rosalie!« Sie lächelte ihm kokett zu. Damit war die Sache abgemacht.

4

»*À bientôt, ma Chérie!* – Ich kann es kaum noch erwarten, bis du endlich bei mir bist!«

Mit einem genussvollen Seufzer legte Yannis sein Handy beiseite und blickte selbstzufrieden von seiner Terrassenliege aus in Richtung des Mont Ventoux. Wie angenehm es doch war, wenn das Leben endlich in den richtigen Bahnen verlief. Beruflich befand er sich als Schauspieler, Koproduzent und Drehbuchautor auf dem Zenit seiner Laufbahn. Alle bewunderten ihn, und er konnte es sich leisten, endlich die Projekte umzusetzen, von denen er immer geträumt hatte. Obwohl er auch als Radsportler viele Jahre überaus erfolgreich gewesen war, war sein jetziges Leben sehr viel angenehmer. Ohne Wehmut dachte er an all die Jahre, in denen er sich nur gequält hatte, um ein guter Sportler zu sein. Er konnte sich heute kaum noch vorstellen, wie er die Plackerei der ständigen Trainingseinheiten und die Disziplin des damit verbundenen mönchischen Lebens überhaupt ausgehalten hatte. Feiern, Liebschaften, Alkohol – all das hatte er erst in seinem Leben danach kennengelernt. Er griff nach dem Glas Pastis neben sich und trank es in einem Zug leer. Obwohl es gerade erst Mittag war, hatte er bereits mehrere Gläser intus und spürte die beruhigende Kraft des Alkohols. Vor ihm spiegelte sich das glitzernde Sonnenlicht in dem türkisfarbenen Wasser des Swimmingpools. Aus den Borken der umstehenden Olivenbäume zirpten die ersten Zikaden ihre schnarrenden Sommerlieder. Alles war wunderbar!

Das Haus, das man ihm während der Filmarbeiten zur Verfügung gestellt hatte, bot wirklich jeden erdenklichen Luxus. Sieben Zimmer, vier Bäder, eine offene Wohnküche und ein *Séjour* mit einem großen offenen Kamin. Von der ausladenden Terrasse hatte Yannis einen unverstellten Blick auf den Ventoux, zum Dorf waren es weniger als zwei Kilometer. Vielleicht sollte ich mir das Haus kaufen, falls ich Melissa bitte, mich zu heiraten.

Der Gedanke, sich an diese Frau zu binden, schwirrte Yannis schon seit einiger Zeit durch den Kopf. Melissa war schon etwas ganz Besonderes. Er hatte immer noch ihre samtweiche Stimme im Ohr, die ihn selbst durch das Telefon erregte. Ob sie wohl bereit war, ihm das Jawort zu geben? Natürlich liebte sie ihn. Er hatte gerade erst gespürt, wie verrückt sie nach ihm war – und er auch nach ihr. Aus all den unzähligen Affären, die er in den letzten Monaten und Jahren gehabt hatte, stach sie schon als etwas ganz Besonderes hervor, dabei spielte das Vermögen, das ihr Vater besaß, nicht einmal die größte Rolle. Melissa Broutignant hatte es als erste Frau verstanden, ihn als Mensch zu berühren. Deswegen liebte er sie. Sie war ihm vor einigen Monaten einfach so in Paris über den Weg gelaufen, ohne zu wissen, wer er überhaupt war. Ihr unbekümmerter Charme hatte ihn sogleich beeindruckt. Er hatte sie spontan zu einem Kaffee einladen wollen, doch sie hatte ihm die kalte Schulter gezeigt. Als er sich zu erkennen gegeben hatte, war sie keineswegs beeindruckt gewesen, wie er es sich erhofft hatte. Er hatte sich mächtig ins Zeug legen müssen, um ihr ein erstes Date abzuringen.

Yannis tat etwas Eis aus dem Eiskübel ins Glas und goss neuen Pastis darüber. Der klare Alkohol vermischte sich mit dem Eis zu einer milchigen Flüssigkeit.

Mit Melissa konnte er sich tatsächlich vorstellen, alt zu werden. Sie war nicht nur sexy, witzig und intelligent. Sie teilte auch sein Interesse für den Radsport und bewunderte ihn als Schauspieler und Mensch. Darüber hinaus hatte sie ihm gezeigt, dass es auch noch andere Dinge gab, für die es sich einzusetzen lohnte. Als sie ihn zum ersten Mal mit in das Hospiz genommen hatte, in dem sich sterbenskranke Kinder aufhielten, hatte er sich völlig überfordert gefühlt. Doch dank ihr war es ihm gelungen, sich darauf einzulassen. Zu seiner Überraschung zog er aus dem Zusammensein mit den todkranken Kindern sogar eine gewisse Befriedigung. Das war eine ganz neue Erfahrung für ihn, der nur gelernt hatte, an sich selbst zu denken. Ja, Melissa würde in der Lage sein, aus ihm einen besseren Menschen zu machen, wenn das alles hier überstanden war.

Seit Yannis den Radsport vor zwei Jahren an den Nagel gehängt hatte, um als Sportmoderator und später dann als Filmstar Karriere zu machen, hatte er begonnen, sehr ausschweifend zu leben. Der Ruhm und die Bewunderung seiner Fans hatten das Übrige getan. Und doch fühlte er sich oft allein und konnte die Einsamkeit nur ertragen, wenn er sich mit Alkohol volllaufen ließ. Er war sich bewusst, wie schädlich das war, und konnte doch nicht anders. Wenn er nicht vor die Hunde gehen wollte, war es höchste Zeit, sein Leben wieder in geordnete Bahnen zu lenken. Doch für das neue Projekt benötigte er nochmals alle Energie, die er aufbringen konnte.

Die Produktion des Dokumentarspielfilms über die Rad- und Autosportgeschichte des Mont Ventoux, die er gemeinsam mit seinem ehemaligen Geliebten und Manager Rémy Raunard auf die Füße gestellt hatte, war nicht nur eine große Herausforderung, sondern auch ein finanzielles Wagnis. Sie hatten keine Kosten und Mühen gescheut. Ihm wurde noch jetzt ganz schwindlig, wenn er an die auf zweieinhalb Millionen Euro geschätzten Kosten dachte. Allein schon aus diesem Grund war es gut, dass ihm jemand zur Seite stand, der ihn auch erden konnte. Der einzige Wermutstropfen war der Umstand, dass Melissa von ihm auch in sexueller Hinsicht Treue verlangte. Und gerade damit hatte Yannis enorme Schwierigkeiten. Er hatte es mehrfach versucht, doch sein Schwanz schien, losgelöst von seinem Verstand, oft ein Eigenleben zu führen. Sobald ihm jemand Attraktives über den Weg lief und sich noch dazu die passende Gelegenheit bot, fühlte er sich wie fremdgesteuert. Dabei war es völlig gleichgültig, ob es sich um eine hübsche Frau oder einen attraktiven Mann handelte. Yannis war nicht nur sexsüchtig, sondern er fühlte sich gleichermaßen zu beiden Geschlechtern hingezogen, was ihn nicht nur einmal in Schwierigkeiten gebracht hatte. Würde es ihm gelingen, Melissa zuliebe so ohne Weiteres auf all die schönen Abenteuer zu verzichten?

Yannis trank das nächste Glas leer. Vielleicht sollte er sich mit dem Heiratsantrag doch lieber noch etwas Zeit lassen, wenigstens bis zum Ende der Dreharbeiten? So konnte er noch einmal das Leben in vollen Zügen genießen, bevor er sich an die Kette legen ließ. Der attraktive Traiteur kam ihm plötzlich in den Sinn. Er fand ihn ungemein sexy. Unwillkürlich ging sein Griff wieder in Richtung Flasche. Da hörte er über den Kies der Einfahrt ein Fahrzeug kommen, das kurz darauf energisch hupte. Yannis zuckte zusammen. Verdammt! Er hatte Rémy und das Fahrradrennen ganz vergessen.

*

Rémy hupte genervt. Vor gut einer Stunde war er in Bédoin mit Yannis verabredet gewesen. Doch der Kerl war einfach nicht aufgetaucht. Verärgert stieg er aus dem Wagen und klingelte

Sturm. Als ihm Yannis kurz darauf die Tür öffnete und mit seinem arglosen Lächeln verriet, wie hoch sein Alkoholpegel war, bestätigten sich seine Befürchtungen.

»Hey, Rémy, komm rein.« Die Begrüßung klang so entspannt, als hätten sie alle Zeit der Welt. Ein Blick in die glasigen Augen und die schwerfällige Aussprache sprachen Bände. Yannis war angetrunken, obwohl sie ausgemacht hatten, dass er wenigstens so lange keinen Tropfen Alkohol anrührte, bis das Rennen und die Interviews vorüber waren.

»Wir waren vor einer Stunde in Bédoin verabredet, und du lässt dich hier volllaufen?«, brach es aus Rémy nun doch heraus. »Was fällt dir ein? Weißt du nicht, was für uns auf dem Spiel steht? Deinetwegen musste ich schon einen wichtigen Pressetermin verschieben. Du kannst von Glück sagen, dass der Reporter von *L'Équipe* sich auf ein Exklusivinterview für nach dem Rennen vertrösten ließ.«

»Nun halt doch mal die Luft an.« Yannis blieb völlig unbeeindruckt. »Die Typen sind das Warten doch gewohnt. Außerdem sollen sie sich nicht so anstellen. Die müssen froh sein, dass ich mich überhaupt mit ihnen abgebe!«

Rémy musste an sich halten, um seinem Partner nicht an die Gurgel zu gehen. Dessen arrogante Überheblichkeit war für ihn im Augenblick nur schwer zu ertragen. Er hatte es immer noch nicht verwunden, dass Yannis ihn wegen dieses Dessous-Models Melissa so eiskalt abserviert hatte. Dabei war er sich seiner Liebe immer so sicher gewesen. Unter anderen Umständen wäre er längst auf und davon gewesen, doch unglücklicherweise waren sie durch das Filmprojekt so sehr aneinandergekettet, dass sie es durchziehen mussten, wollten sie nicht beide pleitegehen. Wegen Yannis' Unzuverlässigkeit drohte bereits einer der wichtigsten Sponsoren, seinen Geldhahn zuzudrehen, sollten nicht bald die Dreharbeiten beginnen. Außerdem steckte er persönlich ebenfalls in erheblichen finanziellen Schwierigkeiten. Und dieser Idiot schien den Ernst der Lage nicht einmal im Ansatz zu begreifen.

»Jetzt hör mir mal zu«, schnaufte Rémy und bemühte sich, nicht allzu erregt zu klingen. »Wenn du den heutigen PR-Termin vermasselst, dann können wir einpacken! Kein Geld von den Sponsoren, kein Film. So einfach ist das.«

Yannis hob beschwichtigend die Arme. »Is ja gut«, meinte er schwerfällig, »ich zieh mich ja schon um! Alles kein Problem.« Er wankte in Richtung Schlafzimmer und musste sich dabei wiederholt an der Wand abstützen.

Rémy stieß einen resignierten Seufzer aus. Auch das noch! Der Kerl war viel zu betrunken, um an dem Rennen teilzunehmen. Er sah auf die Uhr. In eineinhalb Stunden ging das Radrennen los, das im Prinzip eine reine PR-Veranstaltung war. Bis dahin würde er niemals nüchtern genug sein. Er packte Yannis an den Schultern, bugsierte ihn in Richtung Küche und setzte ihn auf den Hocker vor der Küchentheke. Dann bereitete er ihm einen Kaffee zu und stellte ihn vor ihm ab.

»Hör zu, du trinkst jetzt den Kaffee aus und versprichst mir, keinen Schluck Alkohol mehr anzurühren! Um Punkt fünf Uhr erwarte ich dich in Bédoin auf der Tribüne. Ist das klar?«

»Aber ich muss doch erst noch das Rennen fahren …« Der Blick aus Yannis' intensiv blauen Augen hätte ihn vor wenigen Wochen noch all seinen Groll vergessen lassen. Doch heute musste er sich beherrschen, um ihn überhaupt zu ertragen.

»Das Rennen kannst du vergessen«, knurrte Rémy und ging fieberhaft alle Möglichkeiten durch. Das anstehende Radrennen war rein aus Publicitygründen initiiert worden. Weit über die Region hinaus hatten sich unterschiedliche Hobbyteams für das

Querfeldeinrennen angemeldet. Es trug den Namen des Filmes: *L'histoire d'un Giant* – die Geschichte eines Riesen. Zugpferd der Veranstaltung war natürlich Yannis Quebec, der als ehemaliger Tour-de-France-Bergetappensieger dem Rennen einen besonderen Glanz verlieh.

»Ich muss aber fahren. Die Leute wollen mich sehen!«, behauptete Yannis und machte Anstalten aufzustehen.

Rémy drückte ihn wieder auf seinen Hocker zurück. »Du bleibst gefälligst hier sitzen und sorgst dafür, dass du wieder nüchtern wirst. Einen besoffenen Hauptdarsteller will kein Mensch sehen! Rougemont rückt keinen Euro mehr heraus, wenn er dich so sieht.« Rémy warf ihm einen finsteren Blick zu. »Er hat sich ohnehin schon darüber aufgeregt, dass wir in die Requisiten und das Animationsstudio zu viel Geld investiert haben. Über deine Gage möchte ich gar nicht reden.«

»Ich bin mein Geld auf ganzer Linie wert«, protestierte Yannis beleidigt.

Rémy platzte nun endgültig der Kragen. »Hör zu!«, drohte er ihm mit einer Stimme, die keinen Widerspruch mehr zuließ. »Wir machen das jetzt genau so, wie ich es dir gesagt habe. Du erscheinst nüchtern zum Pressetermin nach dem Rennen und überlässt das Rennen mir. Wenn nicht, können wir den Laden genauso gut gleich schließen!«

»*Du* willst das Rennen fahren?« Yannis kicherte verächtlich. »Mit deiner Wampe schaffst du es ja nicht mal bis ins Ziel.« Als Rémy ihm einen bitterbösen Blick zuwarf, ruderte er rasch zurück. »Okay, okay! Ich weiß, dass du mal ein ganz ordentlicher Downhiller warst«, lenkte er friedfertig ein.

»Ich war südfranzösischer Meister«, knurrte Rémy finster.

Yannis nickte. Endlich schien er wenigstens ansatzweise den Ernst der Lage zu begreifen. »Wahrscheinlich ist das die beste

Idee. Im Grunde genommen spielt es nur eine untergeordnete Rolle, dass ich persönlich an dem Rennen teilnehme.«

»Endlich hast du es begriffen. Und jetzt mach, dass du nüchtern wirst! Deine Fans wollen einen strahlenden Star und keine versoffene Memme sehen. Sorg dafür, dass du nach dem Rennen einen guten Eindruck hinterlässt. Du musst dafür sorgen, dass möglichst viele Medien über den Star und die Filmproduktion berichten.«

Damit ließ Rémy Quebec allein. Leise vor sich hin fluchend ging er zu seinem Auto. Worauf hatte er sich da nur eingelassen? Er besaß zwar ein Fahrrad, aber kein geeignetes, um solch ein Querfeldeinrennen zu fahren. Sein Blick fiel auf den Schuppen neben dem Haus. Er wusste, dass Quebec dort seine Fahrräder aufbewahrte. Die Tür war nur angelehnt, also ging er hinein und fand tatsächlich eine Auswahl unterschiedlicher Räder vor. Bis auf eines waren sie noch nicht einmal montiert. Rémy pfiff durch die Zähne, als er an der gegenüberliegenden Wand ein Wilier Cento 10 Air entdeckte. Die nagelneue Hightech-Rennmaschine war fahrbereit. Offensichtlich hatte Yannis vorgehabt, damit heute an den Start zu gehen. Das Teil mochte gut und gern zehntausend Euro gekostet haben. Es würde ein Vergnügen sein, damit zu fahren. »Na wenigstens das«, brummte Rémy schon etwas zufriedener. In dem Bewusstsein, dass Yannis überhaupt nicht darüber erfreut sein würde, nahm er das Fahrrad und verstaute es in seinem SUV.

5

»Heute ist der letzte drehfreie Tag. Danach wird es hier wie in einem Bienenschwarm zugehen«, gab sich Lucas als Insider, während er den schwarzen Lieferwagen mit der hellen Aufschrift »Catering-Bouvier« an den Rand des Platzes steuerte, den man dem Filmteam außerhalb von Bédoin zur Verfügung gestellt hatte. Er sprang aus dem Wagen und begann den oberen Teil der Seitenverkleidung hochzuklappen, sodass aus dem Fahrzeug eine Imbissbude mit einer Theke wurde.

Rosalie stieg ebenfalls aus und sah sich neugierig um. Um den Platz vor Neugierigen abzuschirmen, hatte man rund herum Absperrgitter aufgestellt. Innerhalb der Begrenzung standen diverse Lastwagen mit dem Film-Equipment sowie einige Wohnmobile. Um sie herum war geschäftiges Treiben, das nur schwer zu durchschauen war.

Rosalie spürte ein emsiges Vibrieren, das viel Aufregung versprach. Genau das, was sie in letzter Zeit so sehr vermisst hatte. Während ihrer Wanderjahre hatte sie auch eine Saison als Handlangerin in der Maske am Theater in Marseille gearbeitet. Sie war guter Dinge, dass diese Erfahrung ausreichen würde, um sie für den Job hier zu qualifizieren.

Zwei Setrunner, die als Mädchen für alles beim Dreh fungierten, schleppten Kisten und Kabel aus den Fahrzeugen, um den Drehort für den morgigen Tag schon einmal vorzubereiten. Andere bauten Tische und Bänke vor dem Cateringwagen auf.

»In einer Stunde kommen alle zum Essen her«, erklärte Lucas geschäftig. »Bruno hat alles vorbereitet, ich mache hier nur den Service.«

Rosalie beobachtete unterdessen, wie eine Requisiteurin den Aufbau einer Tribüne anordnete, während der Beleuchter gemeinsam mit einem Kameramann und einem Gehilfen die Lichtverhältnisse prüfte. Um sie herum wuselte der Best Boy, der für die Koordination und den Betrieb des lichttechnischen Equipments zuständig war. Ein kräftiger Mann mit Hipsterbart und dunkler Sonnenbrille brüllte quer über den Platz, ob jemand Yannis Quebec gesehen hätte. Als er eine abschlägige Antwort erhielt, stapfte er laut vor sich hin fluchend wieder davon.

»Was war das denn für ein unangenehmer Typ?«, fragte Rosalie brüskiert.

»Das ist Raunard, der Produzent.« Lucas verzog verächtlich das Gesicht. »Der Kerl ist irgendwie immer auf hundertachtzig, aber die anderen sind dafür alle in Ordnung.« Er wechselte rasch das Thema. »Ist doch eine coole Stimmung hier, was?« Seine Augen funkelten vor Begeisterung. »Die Leute hier befinden sich alle irgendwie in einem Ausnahmezustand – und das, obwohl die Dreharbeiten noch gar nicht begonnen haben!«

»Bist ja ein richtiger Fachmann«, spottete Rosalie amüsiert. »Man könnte glatt meinen, du bist schon seit Monaten dabei und nicht erst seit zwei Tagen!«

Sie fand es süß, wie Lucas geschmeichelt lächelte, während er mit einem Lappen die Theke abwischte. »Die Leute hier sind eben was Besonderes. Aber nun muss ich mich beeilen. Die Jungs und Mädels bestehen auf pünktlichem Essen.« Er deutete mit dem Kopf auf die gegenüberliegende Seite des Platzes. »Dahinten ist die Maske. Frag nach Yvette, sie ist die Chefin.«

»Man sieht sich!«

Rosalie stolzierte selbstbewusst auf den Lieferwagen zu. In ihren hochhackigen knallroten Pumps und dem hellen Sommerkleid mit dem zarten Blumenmuster zog sie allerlei Blicke auf sich. Sie hatte sich absichtlich herausgeputzt, um ihrer neuen Chefin zu zeigen, dass sie kein Landei war. An der Rückseite des Fahrzeugs befand sich der Eingang. Sie erreichte ihn über eine vorgestellte Gittertreppe.

Da die Tür nur angelehnt war, trat sie mit einem kurzen Klopfen ein.

»Madame Yvette?«, rief sie aufs Geratewohl. Sie sah sich suchend in dem schmalen und lang gezogenen Raum um. Es gab keine Fenster, die linke Seite war bis auf eine Ablagefläche komplett verspiegelt. Davor standen Drehstühle. Die Stirn- und die gegenüberliegende Längsseite war mit Schubladen, Regalen und Schränken versehen. Frisurenköpfe mit angefangenen Perücken, Masken und mehrere Gussformen für Nasen und Ohren standen ebenso herum wie Schminkpaletten, Farbtöpfe und Pinsel. Das grelle Licht einer Neonlampe blendete Rosalie, sodass sie die etwa fünfzigjährige Frau, die im hinteren Teil des Wagens auf einem Hocker saß, erst spät entdeckte. Sie zog mit einer feinen Häkelnadel Haare durch ein rautenförmig geschnittenes Netz. Als sie Rosalie bemerkte, blickte sie sie kurz über den auffällig hellblauen Rand ihrer Brille an und bedeutete ihr mit einem Kopfnicken, sich auf einen der Drehstühle zu setzen. »Bin gleich so weit«, murmelte sie und prüfte noch einmal in aller Ruhe ihr Werk, bevor sie es endlich beiseitelegte.

»Das werden Achselhaare für Yannis Quebec«, plauderte die Maskenbildnerin drauflos und nahm die Brille ab, um Rosalie näher in Augenschein zu nehmen. Ihre lustigen braunen Augen musterten sie interessiert. »Er gehört zu diesen Typen, die sich alle Körperhaare abrasieren«, fuhr sie fort, als wäre Rosalie eine alte Bekannte. »Nicht nur die Mädchen scheinen darauf zu stehen.« Sie kicherte vielsagend, ohne ihre Bemerkung näher zu erläutern. »Für eine Szene, die in den Siebzigerjahren spielt, muss er jedoch Achselbehaarung zeigen. Da die Zeit nicht reicht, sie nachwachsen zu lassen, muss ich mal wieder ran.« Sie hob die Augenbrauen und kam endlich zur Sache. »Doch Schluss damit. Ich nehme an, du willst dich um die freie Stelle in der Maske bewerben. Sonst wärst du wohl nicht da. Erzähl, was du kannst.«

Rosalie gefiel die unkomplizierte Art der Frau. Sie hatte eine sympathische Ausstrahlung. Eine wichtige Voraussetzung für gute Zusammenarbeit. Für Rosalie stand von vorneherein fest, dass sie die Anstellung nur nehmen würde, wenn auch das Drumherum für sie stimmte.

»Ich kann ganz gut mit Haaren umgehen«, erklärte sie selbstbewusst, »und habe auch schon mal in einem Theater in der Maske ausgeholfen. Vielleicht habe ich nicht viel Erfahrung, aber ich bin geschickt und habe eine schnelle Auffassungsgabe. Falls die Bezahlung stimmt, fange ich sofort an.«

Yvette lachte herzlich. »Also Bescheidenheit ist auf alle Fälle nicht deine Stärke. Aber mir gefällt deine zupackende Art. Traust du dir zu, Perücken der jeweilig passenden Kopfform anzupassen?«

»Ein Kinderspiel!«

»Du musst mir außerdem beim Schminken der Komparsen helfen und die Kostüme aus der Requisite holen. Oft sind wir in Zeitdruck, dann muss alles ganz schnell gehen. Du stehst auf Abruf jederzeit bereit und brauchst eine Menge Geduld. Traust du dir das zu?«

»Mit der Geduld habe ich es nicht so«, gestand Rosalie freimütig, »aber der Rest ist kein Problem. Du wirst es nicht bereuen!«

»Geduld wirst du hier schon noch lernen«, meinte Yvette und reichte ihr die Hand, damit sie einschlagen konnte. »Dann fangen wir also gleich an. Um die Formalitäten kümmern wir uns später. Ich muss noch ein paar Perücken für den ersten Drehtag fertig bekommen. Da ist mir jede Hilfe recht.«

»Erst muss ich wissen, was ich verdiene, dann sind wir uns einig.« Rosalie legte den Kopf schief, während sie Yvette abwartend ansah.

»Mon Dieu«, schnaufte Rosalies neue Chefin. »Wenn du so gut arbeitest, wie du dich verkaufst, dann mach ich mir keine Sorgen.« Sie nannte ihr eine Summe, die für Rosalie durchaus akzeptabel war. Mit einem selbstsicheren Grinsen schlug sie ein. Yvette verlor keine Zeit. Sie gab ihr das nötige Werkzeug und zeigte Rosalie, wie sie mit den Perücken vorzugehen hatte.

Nach ein paar Stunden waren die beiden Frauen so weit fertig, dass alles für den morgigen Drehtag aus ihrer Sicht vorbereitet war. Rosalie verabschiedete sich und versprach, am nächsten Morgen pünktlich wieder am Set zu sein. Während sie auf einer Bank an der Hauptstraße auf Vincent wartete, der versprochen hatte, sie abzuholen, war sie mit sich ziemlich zufrieden. Yvette war nicht nur eine angenehme Chefin, sondern zudem überaus mitteilsam. Sie war so etwas wie der Kummerkasten des Filmsets und dementsprechend auch gut über alles informiert. Ihre mütterliche Art hatte auch Rosalie für sie eingenommen.

»In dieser Branche fühlt man sich wie in einer Familie«, erklärte sie verschmitzt. »Dadurch, dass wir uns dauernd in einer Ausnahmesituation befinden, lernst du zwangsläufig schnell die Stärken und Schwächen der Leute kennen. Im Grunde genommen komme ich mit allen gut aus. Auch wenn sich der ein oder andere seltsame Kauz unter ihnen befindet. Jean-Luc zum Beispiel ist ein wahres Genie, was die richtige Beleuchtung angeht, ansonsten ist er ein absoluter Autist, der sich um niemanden schert. Charles, der Aufnahmeleiter, ist ein Pedant, der auch die letzte Eventualität bedenkt, und Marc, der Regisseur, gilt als Perfektionist in seiner Branche. Er hat schon mit den ganz Großen gedreht, auch in Hollywood. Hier sind alle Spitzenleute, die jeden Cent wert sind, den sie kosten. Allerdings fragt sich so mancher hier, ob sich der ganze Aufwand auch rechnen wird. Es wird gemunkelt, dass die Sponsoren den Geldhahn zudrehen könnten. Rémy, der nicht nur Yannis' Manager, sondern auch Produzent ist, ist in letzter Zeit noch cholerischer als je zuvor.« Sie wiegte vielsagend den Kopf. »Übrigens ein unangenehmer Typ, dem du besser nicht in die Quere kommen solltest«, warnte sie.

Rosalie schloss folgerichtig, dass der bärtige Typ, der sich nach Quebec erkundigt hatte, ebendieser Raunard gewesen sein musste. Natürlich waren sie auch auf Yannis Quebec zu sprechen gekommen.

»Yannis ist ein notorischer Herzensbrecher. Außerdem ist er einfach nie erwachsen geworden«, hatte Yvette aus dem Nähkästchen geplaudert. »Schon seit er ein Kind war, haben immer andere für ihn das Denken übernommen. Erst waren es die Trainer, Physiotherapeuten und Ernährungsberater, die ihm alles abgenommen haben, später war es Rémy Raunard, sein Manager. Erst in letzter Zeit löst er sich von ihm, was Rémy natürlich überhaupt nicht gefällt. Ich glaube fast, er ist eifersüchtig.«

»Wie meinst du das?« Solch pikante Informationen sog Rosalie nur allzu gern auf. Yvette hatte daraufhin kurz gezögert, bevor sie doch noch mit der Sprache herausrückte. »*Eh bien!* Es ist ein offenes Geheimnis, dass zwischen Raunard und Yannis mal etwas lief«, verriet sie mit einem Augenzwinkern.

*

Rosalie blickte gedankenverloren durch das lichte Blätterdach der Platanen und genoss das flackernde Schattenspiel, das die Sonne und eine leichte Brise auf ihr Gesicht zauberten.

»Du siehst wundervoll aus«, wurde sie plötzlich aus ihrer Versenkung gerissen. Überrascht stellte sie fest, dass Vincent neben ihr auf der Bank Platz genommen hatte. Sie hatte nicht bemerkt, dass er gekommen war. Der aufregende Duft seines Rasierwassers stieg ihr angenehm in die Nase, während sie ihm zulächelte.

»Beobachtest du mich schon lange?«, fragte sie kokett.

»Nicht lange genug«, antwortete er und erwiderte ihr Lächeln, indem er ihre Hand nahm und an seine Lippen führte. Rosalie spürte, wie ihr ganz warm ums Herz wurde und sie sich nach mehr Berührung sehnte. Gleichzeitig ärgerte sie sich über sich selbst und entzog ihm sofort wieder die Hand. Um weiter auf Abstand zu gehen, stand sie auf und wechselte das Thema.

»Wo steht dein Wagen?« Sie beschattete die Augen mit einer Hand und sah sich suchend um. Dabei versuchte sie Vincents Blick auszuweichen.

»Ich parke vor dem Supermarkt.« Auch er klang distanzierter, was sie mit einem Mal bedauerte. Um ihn sich wieder etwas gewogener zu machen, setzte sie sich wieder und erzählte ihm von ihrer neuen Arbeit. Er hörte ihr sichtlich interessiert zu, achtete aber darauf, dass sie auf Abstand blieben. Erst als sie ihn über seine Fahrradtour ausfragte, taute er langsam auf. Mit zunehmender Begeisterung schilderte er ihr, wie erfolgreich er auf den Berg gestrampelt war und dass er sich jetzt vor Muskelkater kaum noch rühren konnte. Auch seinen Besuch bei Claude und Magali verschwieg er ihr nicht. Als sie ihm erzählte, dass sie ebenfalls bei ihnen zum Lammessen eingeladen war, hörte er sich wieder ganz unbeschwert an.

»Musst du gleich nach Hause, oder hast du noch ein wenig Zeit?«, fragte er sie unvermittelt. »Wir könnten uns noch gemeinsam das Querfeldeinrennen ansehen. Angeblich nimmt Yannis Quebec ebenfalls daran teil.«

»Warum nicht?«, meinte Rosalie, froh, dass sie wieder so vertraut miteinander waren.

Wenig später saßen sie im Auto und fuhren in Richtung Flassan. Von dort ging es über einige Nebenstraßen an eine Stelle, wo der Fahrradcorso nach einem hindernisreichen Abfahrtstrail wieder auf die Straße stieß. Das Rennen hatte längst begonnen, also hatten sie sich eher dem Ende zu positioniert. Eine Handvoll anderer Zuschauer wartete ebenfalls auf den Corso. Es herrschte eine gelöste Stimmung. Die meisten kamen aus der Umgebung von Mazan und hatten ihre Arbeit für die willkommene Abwechslung einige Zeit unterbrochen. Auch ein paar Touristen hatten sich unter sie gemischt. Die Leute aus Mazan fachsimpelten über ihr Team und schlossen Wetten ab, wer das heutige Rennen wohl gewinnen würde. Dabei bekamen Rosalie und Vincent mit, dass Yannis Quebec offensichtlich nicht mit am Start war.

»Statt Quebec wird sein Manager, dieser Raunard fahren«, bemerkte einer der Zuschauer aus Mazan verärgert. »Unsere Equipe ist dem Star wohl nicht gut genug. So jemand wie der steigt nicht mehr in die Pedale. Er lässt sich lieber im Anschluss von der Presse feiern.«

»Hab dich nicht so, Armand! So wird es umso wahrscheinlicher, dass David das Rennen macht. Ich wette zwanzig Euro, dass er Sieger wird!«

»Ihr habt ja keine Ahnung!«, meinte ein Dritter. »Ich kenne Raunard noch von früher. Der fährt Klassen besser als unsere Fahrer. Er hat sogar schon mal das Roc d'Azur von Fréjus gewonnen!«

»Pah! Das ist doch Jahre her! Ich hab ihn in Bédoin gesehen. Seine Muskelkraft liegt jetzt hier …« Er lachte und fuhr sich mit beiden Händen über einen imaginären Wanst.

»Als Schauspieler kann mir der Kerl ja gestohlen bleiben«, beschwerte sich Vincent, der ebenfalls enttäuscht war, Quebec nicht zu sehen, »aber als Rennfahrer war er eine Legende.«

Plötzlich geriet Bewegung in die plaudernde Menge, und die Aufmerksamkeit richtete sich auf die Rennstrecke oberhalb von ihnen. Das Geröllfeld, über das die Fahrer kommen würden, war mit Fahnenstangen abgesteckt. In Bewegung geratenes Gestein und das Knirschen von Schotter unter Reifen kündeten von der baldigen Ankunft der Sportler. Dann tauchten die ersten Fahrer hinter gelben Ginsterbüschen auf. Den Kampf um die Spitze lieferten sich zwei Radfahrer, die anderen folgten in einigem Abstand.

»Das ist David«, brüllte einer der Mazaner begeistert. »Er liegt eindeutig vorn.«

In kurzem Abstand dahinter folgte der bärtige Typ, den sie am Nachmittag cholerisch brüllend am Filmset erlebt hatte. Das also war Rémy Raunard. Für seine kräftige Körperstatur war er ein überraschend wendiger Radfahrer. Doch der drahtige Mazaner war noch geschickter und dazu etwas schneller, wenn es darum ging, die Felsvorsprünge zu umrunden oder zu überspringen. Auf diesem Abschnitt baute er seinen Vorsprung kontinuierlich aus. Dann folgte eine hindernislose Abfahrt, bei der Raunard wieder Meter gutmachen konnte. Aufgrund seines Gewichts bekam er eine höhere Geschwindigkeit und holte bis auf einen kurzen Abstand auf. Am Ende der Abfahrt ging es in einer Linkskurve auf die geteerte Straße. Die beiden Fahrer waren nun auf gleicher Höhe, bogen ab, wobei David sich in der Innenkurve wieder einen kleinen Vorteil holte und dazu ansetzte, Raunard erneut hinter sich zu lassen. Rosalie und Vincent standen ganz in der Nähe. Als Raunard bemerkte, dass David an ihm vorbeizog, nahm er kurz die Hand vom Lenker und brachte durch einen Stoß seinen Gegner aus dem Gleichgewicht. David musste gegenlenken und bremsen, um nicht vom Rad zu stürzen. Das kostete ihn kostbare Zeit, die Raunard nutzte, um heftig in die Pedale zu treten. Und schon hatte er wieder einen Vorsprung.

»*Ce n'est pas fair-play!*«, schimpfte Rosalie empört. Um sie herum gab es noch mehr Proteste.

»Raunard gehört disqualifiziert.«

Doch der Mazaner David war ein Kämpfer und hatte sich längst von seinem Schreck wieder erholt. Unverzagt trat er erneut in die Pedale und nahm die Verfolgung wieder auf.

»Lass uns zum Zielpunkt fahren und sehen, wer gewinnt«, schlug Rosalie Vincent vor. Sie hakte sich bei ihm unter und zog ihn in Richtung seines Wagens.

*

Rémy war unterdessen fest entschlossen, das Rennen für sich zu entscheiden. Wie berauscht glitt er mit Yannis' Hightech-Rad dahin. Es war so leicht und windschnittig, dass es wie von allein lief. Bislang hatte er die Steigungen überraschend leicht bewältigt, obwohl es lange her war, dass er sich in einem Wettkampf mit anderen gemessen hatte. Er hatte ganz vergessen, wie gut es sich anfühlte. Natürlich war er nie in Quebecs Liga gefahren, hatte aber doch immerhin eine Saison als Profi hingelegt. Auch wenn seine Gegner nicht die Klasse hatten, in der er früher unterwegs gewesen war, musste er doch ihren Kampfgeist anerkennen. Die anderen Fahrer hatte er ohne Mühe abgehängt, nur dieser Typ in dem grünen Trikot des Mazaner Teams rückte ihm nicht mehr von der Pelle. Sein Ehrgeiz ließ nicht zu, dass er sich von solch einem drittklassigen Dorfradler das Heft aus der Hand nehmen ließ. Schließlich besaß er Yannis' Rennmaschine. Das Teil war so leichtgängig, dass es einiges an mangelndem Training auszugleichen vermochte. Doch vorhin in der Kurve hatte ihm das alles nichts genutzt. Ihm war leider nichts anderes übrig geblieben, als den Kerl aus dem Gleichgewicht zu bringen. Das sollte reichen, um genug Vorsprung zu bekommen. Die Strecke führte nun einen guten Kilometer auf Asphalt bergab. Hier konnte er seinen Vorsprung leicht ausbauen, indem er es einfach rollen ließ. Doch dann ging es wieder bergauf, quer durch den Wald über heimtückische Wurzeln und eine Geröllpiste, die es in sich hatte. Das war die Stärke dieses Windhundes, der schon wieder dabei war, ihn einzuholen.

Na warte, dir werd ich's zeigen, dachte Raunard und strampelte verbissen weiter. Tatsächlich gelang es ihm, vor diesem David wieder die Straße zu erreichen. Die Strecke führte weiter bergauf, was eher ein Vorteil für seinen Gegner war. Kurz vor der scharfen Rechtskurve, die in die Zielgerade mündete, ging es nochmals steil bergab. Raunard trat mit aller Kraft in die Pedale und nutzte sein höheres Gewicht, um noch einmal volle Geschwindigkeit aufzunehmen. Er beugte sich über den Lenker, um möglichst wenig Angriffsfläche zu bieten, dann ließ er es laufen. Vor der Kurve bremste er nur leicht, woraufhin er beinahe aus der Spur geriet, weil er viel zu schnell war. Dennoch verzichtete er auf weiteres Bremsen.

Alles lief gut. Raunard sah kurz über die Schulter und stellte zufrieden fest, dass sein Gegner nicht so mutig gewesen war wie er. Er hatte wieder einige Meter gutgemacht. Jetzt hatte er den Sieg so gut wie in der Tasche. Nur noch wenige Hundert Meter, dann hatte er es geschafft. Die Strecke lief weiter leicht bergab.

Vor einem steilen Felsen, der die Straße in Schatten tauchte, sah er sich nochmals nach David um. Der Kerl holte wieder auf, also trat er noch schneller in die Pedale. Als er sich wieder auf die Straße konzentrierte, bemerkte er zu spät den faustgroßen Gesteinsbrocken, der sich gerade von der Felswand löste und ihm genau vor die Reifen rollte. Mit einem waghalsigen Manöver versuchte er noch, ihm auszuweichen. Dabei löste sich der Schnellspanner seiner Vorderachse, und sein Vorderrad machte sich selbstständig. Raunard spürte noch, wie er das Gleichgewicht verlor und mit einem Salto über den Lenker aus dem Sattel gehoben wurde. Mit einem harten Aufprall kam er am Straßenrand auf, der unbefestigt war und in eine steil abfallende felsige Böschung überging. Er spürte den Stoß des Lenkers, der sich ihm in die Brust bohrte, und nahm gleichzeitig wahr, wie er über den Rand des Abhangs hinausgeschleudert wurde.

Die folgenden Augenblicke erlebte er in erstaunlicher Langsamkeit und Klarheit. Sein Körper entwickelte durch die Wucht des Aufpralls und die Erdanziehung, als er über den Abgrund hinauskatapultiert wurde, ein Eigenleben. Einen lang gestreckten Augenblick flog er mit bemerkenswerter Leichtigkeit durch die Luft, bevor er wie ein Medizinball kurz auf felsigem Untergrund aufkam, nur um gleich wieder in die andere Dimension zu wechseln. Ein Felsblock beendete schließlich seinen Fall mit einem stumpfen Aufprall. Rémy Raunard spürte keinen Schmerz, als sein Kopf wie eine zerberstende Melone auf dem Stein aufkam. Vielleicht spürte er Erstaunen und Verwunderung, als sich sein Bewusstsein aus seinem Körper löste und wahrnahm, wie sich Menschen um den absurd verrenkten Körper versammelten, der einmal sein Zuhause gewesen war.

6

»Du meine Güte! Was ist denn hier los?«

Statt des fröhlichen Getümmels zum Ende einer volksfestähnlichen Veranstaltung sahen Rosalie und Vincent einige Hundert Meter vor der Ziellinie eine aufgeregte Menschentraube am Straßenrand stehen. Sowohl die Rennfahrer als auch die Zuschauer blickten betroffen über den Rand der steil abfallenden Böschung.

»Da muss etwas Schreckliches passiert sein. Komm, das sehen wir uns an!«

Rosalie zog Vincent einfach mit sich, obwohl sie wusste, wie sehr er Menschenmengen verabscheute. Sie hatte Philippe Arduin unter den Herumstehenden entdeckt. Der junge Polizist von der Police Municipale in Vassols war in Zivil und somit außer Dienst. Pflichtbewusst, wie er jedoch war, bemühte er sich um Ordnung, indem er die Schaulustigen davon abhielt, sich unbefugt dem Unfallort zu nähern oder mit den Handys irgendwelche Filmchen zu drehen. Rosalie schob sich bis zu ihm vor und bekam dadurch einen direkten Blick auf das grausige Geschehen. Etwa achtzig Meter unterhalb der Straße, direkt vor einem wie eine Nadel aufragenden Fels, lag einer der Rennfahrer, blutüberströmt. An seiner bizarren Haltung erkannte sie sofort, dass er tot war. Offensichtlich hatte er die Beherrschung über sein Fahrrad verloren und war über den Steilhang gestürzt. Sein Rad lag wenige Meter oberhalb von ihm. Es fehlte der Vorderreifen.

»Das ist ja Raunard«, entfuhr es Rosalie erschrocken. Vergessen war ihre Empörung über sein unfaires Verhalten beim Rennen. Vincent stand neben ihr und schien dieselben Gedanken zu haben. Als er sah, wie sich jemand recht unbeholfen an dem Toten zu schaffen machte, stieg er entschlossen den Abhang hinunter, um nach dem Rechten zu sehen.

»Ich habe die Ambulance verständigt, sie müsste jeden Augenblick hier sein!« Arduin war sichtlich erschüttert. »Ich wollte mir nur den Zieleinlauf ansehen, und jetzt geschieht so etwas!«

»Wieso fehlt an Raunards Fahrrad denn das Vorderrad?«, wollte Rosalie wissen.

»Das liegt noch hier oben auf der Straße.« Arduin deutete auf den Rand der Böschung. »Es hat sich wohl gelockert, als er dem Stein ausweichen wollte.«

»Der Mann ist tot«, rief Vincent von unterhalb zu ihnen empor. Rosalie überlegte gerade, ebenfalls zu ihm hinabzusteigen, als sie Lucas Leroy unter den Schaulustigen entdeckte. Auch er wirkte reichlich mitgenommen. Sie ging zu ihm hinüber.

»Hast du gesehen, wie es passiert ist?«, fragte sie, nachdem sie sich begrüßt hatten. Sie sah, dass er immer noch zitterte.

»Das kann man wohl sagen«, stammelte er aufgedreht. »Das war kein Unfall!« Er deutete auf den Felsen, der die gegenüberliegende Straßenseite säumte. »Da oben stand jemand und hat den Stein hinuntergestoßen, kurz bevor die Rennfahrer eintrafen. Ich habe einen Schatten gesehen! Da wollte jemand, dass es ein Unglück gibt!«

»Nun beruhige dich erst einmal.« Rosalie legte ihre Hand auf Leroys Arm. Ihr war längst klar, dass der junge Traiteur zu einer gewissen Exaltiertheit neigte. »Wer sollte denn daran interessiert sein, dass es ein Unglück gibt? Du solltest mit solchen Behauptungen vorsichtig sein.«

Leroy schüttelte unwillig ihre Hand ab. »Ich weiß genau, was ich gesehen habe! Wir müssen die Polizei verständigen! Das war Mord!«

»Ich bin Polizist«, mischte sich Arduin ein, der ihr Gespräch am Rande mitbekommen hatte. »Haben Sie eine Aussage zu machen?«

Leroy wiederholte seine Beobachtungen. Im Gegensatz zu Rosalie war Philippe Arduin sofort bereit, dem jungen Mann Glauben zu schenken. Seitdem er vor einigen Monaten daran beteiligt gewesen war, den Mord an dem Winzer Rivas aufzuklären, fühlte sich der Dorfpolizist zu Höherem berufen. Ein weiteres Kapitalverbrechen in der Region war eine wunderbare Möglichkeit, sich erneut zu profilieren. Arduins größter Wunsch war, das wusste jeder, Mitglied der Police Judiciaire zu werden.

»Ich werde Commissaire Viale verständigen«, teilte er schließlich Lucas und Rosalie mit geschäftiger Miene mit und hatte auch schon sein Mobiltelefon am Ohr. Während des Freizeichens wandte er sich an Leroy. »Sie bleiben hier. Sie sind möglicherweise ein wichtiger Zeuge.«

Rosalie nutzte die Gelegenheit und stieg nun doch zu Vincent hinab, um sich selbst ein Bild zu machen. Als sie den Toten jedoch von Nahem sah, bereute sie die Idee sofort. Allein der Geruch des Blutes verursachte ihr Übelkeit. Von oben hatte Raunard eher wie eine Puppe ausgesehen. Hier unten trat ihr die Unmittelbarkeit seines Todes erst richtig ins Bewusstsein. Ihr Blutdruck sackte in den Keller, und sie spürte, wie ihre Knie weich wurden und ihr übel wurde. Dennoch schaffte sie es nicht, den Blick von dem Toten abzuwenden. Kopf, Rumpf und Beine standen in widernatürlichen Winkeln zueinander. Der Helm war Raunard ein Stück in die Stirn gerutscht und gebrochen. An Mundwinkeln und Nase traten feine blutige Rinnsale aus. Am furchtbarsten fand sie jedoch, dass seine Augen geöffnet waren und starr durch sie hindurchzublicken schienen.

»Er muss einen Genickbruch erlitten haben und war sofort tot«, mutmaßte Vincent, dem als ehemaliger Mitarbeiter der Pathologie der Anblick des Toten weitaus weniger zusetzte als ihr. Er war neben sie getreten und legte fürsorglich den Arm um ihre Schultern, als er bemerkte, wie bleich sie geworden war. Sie fühlte sich tatsächlich gleich besser.

»Der junge Leroy behauptet, dass jemand absichtlich einen Stein auf die Fahrbahn hat rollen lassen, kurz bevor Raunard angerast kam«, berichtete Rosalie. »Was hältst du davon?« Um Vincent nicht zu beeinflussen, verschwieg sie ihm absichtlich, dass sie den überspannten Traiteur nicht unbedingt für einen verlässlichen Zeugen hielt. Er sollte sich seine eigene Meinung bilden. Aus Erfahrung wusste sie, wie wichtig Objektivität in solchen Situationen war. Allerdings befürchtete sie, dass Vincent schon allein deswegen nicht an Fremdverschulden glauben wollte, um nicht noch einmal in gefährliche Ermittlungen hineingezogen zu werden. Er hatte ihr gegenüber mehrfach beteuert, dass er noch von ihrem letzten Abenteuer die Nase gestrichen voll hatte. Zugegebenermaßen waren sie vor einigen Monaten nur knapp mit dem Leben davongekommen, als sie sich in die Aufklärung eines Mordes eingemischt hatten. Auf der anderen Seite wäre der Fall sonst nie aufgeklärt worden. Überraschenderweise reagierte Vincent jedoch anders. Auch ihm waren Ungereimtheiten aufgefallen, die nicht zu einem natürlichen Unfall passten. Nachdenklich fuhr er sich mit dem Zeigefinger über sein markantes Kinn.

»Ich frage mich, weshalb sich der Schnellspanner an seinem

Vorderrad gelöst hat«, überlegte er. »Das Rad, mit dem Raunard unterwegs war, gehört zu den teuersten und ausgereiftesten Rennmaschinen, die gerade auf dem Markt sind. Es sieht völlig neu aus und ist sicherlich mit aller Sorgfalt gewartet worden. Das Rad hätte sich nicht lösen dürfen. Man müsste sich auf jeden Fall die Schnellspanner nochmals genauer ansehen.«

Im nächsten Augenblick schlitterte Arduin die Böschung hinunter.

»Auf Anordnung von Commissaire Viale haben sich alle unbefugten Personen unmittelbar vom Tatort zu entfernen, bis die Spurensicherung und der Pathologe hier waren«, teilte er ihnen in amtlichem Tonfall mit.

»Mein Bruder hat bestimmt nichts dagegen, wenn ich hier bin«, widersprach Rosalie mit charmantem Lächeln. Ihr ging es nur darum, noch ein wenig Zeit zu schinden, damit Vincent sich nochmals genauer umsehen konnte. Tatsächlich gelang es ihr, den Polizisten zum Nachdenken zu bringen.

»Ähm, ach so, ja, ähm, nein, eigentlich nicht … oder doch?« Er kratzte sich an seinem kurz geschorenen Schopf und sah die beiden ratlos an. Rosalie war unbestritten ein kluger Kopf, dachte er. Ohne sie wäre der Mord an Rivas niemals aufgeklärt worden. Allerdings fürchtete er Commissaire Viales Reaktion, wenn er die beiden hier antraf. Er und seine Schwester waren bekanntermaßen nur selten einer Meinung. Er würde sicherlich ganz und gar nicht darüber erfreut sein, seine Schwester hier zu sehen.

»Es tut mir leid, Rosalie«, stammelte er schließlich unglücklich, »ich fürchte, ich muss doch darauf bestehen, dass ihr sofort von hier verschwindet!«

»Nur noch ein kleiner Blick auf das Fahrrad«, bettelte sie und blinzelte ihm mit schräg gelegtem Kopf zu. Arduin befand sich mit sich selbst im Konflikt. Er verehrte Rosalie und hätte ihr gern den Gefallen getan.

»Ich habe genug gesehen! Wir können gehen«, erklärte Vincent zu Arduins großer Erleichterung.

Kaum waren die beiden wieder auf der Straße angelangt, fuhr die Ambulance vor. Ihr folgte ein Wagen der Gendarmerie. Die Tatsache, dass sie vor Commissaire Viale am Tatort erschienen, der für die Police Nationale arbeitete, behagte Arduin überhaupt nicht. Da der Tatort auf ländlichem Gebiet war, würde sich die Gendarmerie den Fall unter den Nagel reißen – und das nahm ihm wiederum die Möglichkeit, zusammen mit Commissaire Viale den Fall zu lösen. So hatte er sich das ganz und gar nicht vorgestellt. Außerdem würde der Commissaire außer sich sein, wenn die Gendarmerie ihm den Fall vor der Nase wegschnappte. Das würde Ärger geben. Im nächsten Augenblick stieg ein schwergewichtiger Adjudant mühsam aus seinem Auto und sah sich um. Arduin kannte den Sous-officier, der aus Bédoin kam und Buiron hieß. Er war ein unangenehmer Typ, der es nicht mochte, wenn man ihm widersprach. Deshalb begegnete er ihm mit ausgesuchter Freundlichkeit und informierte ihn in vollem Umfang über das Geschehen. Der bullige Adjudant, der von Gendarme Cendrillon begleitet wurde, hörte ihm so lange schweigend zu, bis er ihm gestand, dass er die Police Judiciaire ebenfalls um Hilfe gebeten hatte.

»Da der dringende Verdacht eines Gewaltverbrechens besteht, fand ich es unumgänglich«, erklärte Arduin reichlich eingeschüchtert, als er den funkelnden Blick seines Gegenübers auf sich spürte.

»Was erlauben Sie sich, Gardien?«, wurde er prompt von dem diensthöheren Kollegen zusammengestaucht. Er schnaufte bei jedem Wort wie eine kurzatmige Bulldogge. »Sie wissen genau, dass Sie sofort uns hätten informieren müssen. Für solcherlei Vorfälle ist die Gendarmerie zuständig. Und wie kommen Sie überhaupt darauf, ein Kapitalverbrechen zu vermuten? Alles weist auf einen bedauerlichen Unfall hin.«

»Dieser Herr hier …«, Arduin winkte Leroy eilig zu sich heran, »… will beobachtet haben, dass jemand einen Stein auf die Straße hat rollen lassen. Na los, erzählen Sie dem Adjudant, was Sie gesehen haben.«

Leroy kam sich in seiner Rolle als wichtiger Zeuge sehr bedeutend vor und wiederholte wort- und gestenreich seine Aussage.

»Das war ohne Zweifel kein Unfall, sondern ein Mordanschlag«, schloss er voller Pathos. »Was denken Sie, wie mir noch der Schreck in den Gliedern steckt!« Er fasste sich theatralisch ans Herz und sah den Gendarmen mit seinem weichen Augenaufschlag an. Buirons Mundwinkel sanken mit deutlichem Missfallen herab. Auch ohne eine Bemerkung fallen zu lassen, stand ihm im Gesicht geschrieben, was er von Leroys Ausführungen hielt.

»Haben andere Zuschauer etwas Ähnliches beobachtet?«, erkundigte er sich barsch.

»Danach habe ich mich noch gar nicht erkundigt, *mon Adjudant.* Ich … ich … habe ja streng genommen heute gar keinen Dienst«, entschuldigte sich Arduin stammelnd. »Aber ich … ich kann natürlich schon einmal Erkundigungen einziehen, falls Sie es wünschen!«

»Sie werden gar nichts tun. Das kann mein Garde tun, falls ich es für notwendig erachte«, wies er ihn unfreundlich zurecht. »Ich werde mir jetzt selbst ein Bild machen.« Er winkte Cendrillon, ihm zu folgen, hielt aber nochmals kurz inne. »Und Sie«, wandte er sich an Leroy, »Sie sollten sich nicht so viele Krimis ansehen.«

»Aber ich habe gesehen, was ich gesehen habe«, behauptete Leroy trotzig. »Sie müssen mir einfach glauben!«

»Die Untersuchungen lassen Sie mal meine Sorge sein. Sie können jetzt nach Hause gehen«, wies ihn der Adjudant zurecht. Damit wandte er sich von ihm ab und ging mit seinem Gendarme zu den Leuten von der Ambulance. Arduin überlegte einen Augenblick, was er jetzt wohl tun sollte, dann folgte er den beiden Gendarmen wie ein treues Hündchen.

»Das ist ja mal wieder typisch!« Rosalie schüttelte den Kopf. »Statt das Wesentliche zu sehen, kämpfen die Herren Polizisten erst mal nur um ihre Kompetenz. Dieser Adjudant ist ja noch schlimmer als mein Bruder.«

»Er glaubt mir nicht, dabei könnte ich schwören, dass ich etwas auf dem Felsen gesehen habe«, meinte Leroy beleidigt. »Ich kann es sogar beweisen!«

»Nimm es ihm nicht übel«, versuchte Vincent den Traiteur zu beruhigen. »Falls etwas nicht stimmt, wird es die Polizei schon herausfinden.«

»Dann kann ich also genauso gut wieder meiner Arbeit nachgehen«, verabschiedete sich Leroy. »Bruno braucht mich in Vassols.«

»Was denkst du? Glaubst du, Leroy bildet sich das alles nur ein?«, fragte Rosalie.

Vincent zuckte mit den Schultern. »Wahrscheinlich hat er nur einen Schatten gesehen, vielleicht war es der Schatten einer Wolke. Von dem Platz da oben scheint mir ein Anschlag doch recht fragwürdig. Ich hätte viel lieber noch einen Blick auf das Vorderrad geworfen. Wir sollten warten, bis dein Bruder kommt, und ihn darauf aufmerksam machen.«

Rosalie rollte ungnädig mit den Augen. »Maurice wird uns ganz bestimmt nicht glauben. Ihm platzt doch schon der Kragen, wenn er mich hier sieht. Ich musste ihm versprechen, mich nie wieder in einen seiner Fälle einzumischen.«

»Dann lass mich mit ihm reden!«

Doch dazu sollte es zunächst nicht kommen, denn als kurz darauf Commissaire Viale mit seinem Brigadier angefahren kam, kam es zwischen ihm und Adjudant Buiron zu einem Wortwechsel, der Rosalie und Vincent an einen Hahnenkampf erinnerte.

»Guten Tag, Commissaire Viale«, begrüßte Buiron seinen Kollegen mit einer Mischung aus Dominanz und Überheblichkeit. »Gardien Arduin hat Sie leider etwas voreilig informiert. Ein bedauerlicher Fahrradunfall, wir haben hier alles im Griff. Sie können die Sache getrost uns überlassen.«

Maurice Viale erwiderte den Gruß steif, ließ sich aber nicht abwimmeln. »Wo ich schon einmal hier bin, möchte ich mir gern selbst ein Bild von dem Tatort machen, Herr Kollege«, sagte er. Rosalie vermutete, dass sich die beiden schon häufig ins Gehege gekommen waren, so unterkühlt, wie ihr Verhältnis zu sein schien.

»Daran kann ich Sie nicht hindern«, bemerkte Buiron kühl. »Allerdings gibt es hier keinen Tatort, sondern allenfalls eine Unglücksstelle. Ich wollte gerade den Toten abtransportieren lassen. Wenn Sie sich also beeilen wollen ...«

»Warten Sie damit, bis ich fertig bin, und rühren Sie nichts an.« Viale ließ den Kollegen stehen und wandte sich Arduin zu, der bereits eilfertig darauf wartete, ihm seine Beobachtungen zu schildern.

»Und wo ist dieser Zeuge?«, fragte Maurice, der bislang weder Rosalie noch Vincent entdeckt hatte.

»Den hat der Adjudant längst weggeschickt«, antwortete Rosalie für den Polizisten und trat auf ihren Halbbruder zu.

»Du hier?«, empfing er sie ebenso perplex wie unwillig. »Das wird doch hoffentlich jetzt nicht deine neue Angewohnheit!«

»Ich freue mich auch, dich zu sehen«, erwiderte Rosalie spöttisch.

»Halt dich bloß aus meinen Ermittlungen heraus«, drohte ihr Bruder ungehalten. »Du machst mir doch wieder nur Scherereien!«

»Das letzte Mal warst du froh, dass ich es getan habe«, antwortete sie mit einem maliziösen Lächeln.

»Das letzte Mal habe ich dir in letzter Sekunde den Hals gerettet«, knurrte Maurice ärgerlich.

»Nachdem wir dich darauf hingewiesen haben, wo du den Mörder finden kannst. Was kann ich dafür, dass ihr so spät kamt!« Rosalie musste einfach immer das letzte Wort haben. Bevor sie sich weiter aneinander reiben konnten, mischte sich der Adjudant ungeduldig ein.

»Ich weiß ja nicht, was Sie mit dieser Frau hier zu schaffen haben, aber wir wollen nun endlich unsere Arbeit tun. Wir haben auch noch anderes zu erledigen, als uns um einen Unfall zu kümmern.«

»Wären Sie bitte so freundlich, mir zu erklären, weshalb Sie den Zeugen so einfach entlassen haben?«, entgegnete Viale unfreundlich und besann sich wieder auf seine eigentliche Aufgabe. Der Adjudant zeigte keinerlei schlechtes Gewissen.

»Dieser angebliche Zeuge war völlig belanglos«, behauptete er selbstsicher. Er tippte mit dem Zeigefinger an seine Stirn. »Der Kerl wollte sich nur wichtigmachen! Also habe ich ihn nach Hause geschickt.«

»Dann ersuche ich Sie um seine Adresse«, brummte Viale ungeduldig. »Wir von der PJ sind angewiesen, die Umstände eines solchen Unfalls *gründlich* zu untersuchen.« Er bedachte Buiron mit einem provozierenden Lächeln.

»Wie gesagt, er war kein richtiger Zeuge!« schnappte der Adjudant kurzatmig. Es war offensichtlich, dass ihm sein Versäumnis unangenehm war, er es aber auf keinen Fall zugeben wollte.

»Heißt das etwa, dass Sie gar keine Adresse von ihm haben?« Viales Augen schlossen sich zu Schlitzen, als er seinen Konkurrenten ins Visier nahm.

»Was unterstehen Sie sich! So lasse ich nicht mit mir reden!« Bevor die Situation sich noch mehr zuspitzte, meldete sich Vincent zu Wort.

»Rosalie und ich kennen den Mann«, mischte er sich höflich ein. »Er heißt Lucas Leroy und ist Traiteur in der Boucherie Bouvier in Vassols. Sie können ihn jederzeit vernehmen, *Monsieur le Commissaire.*«

Viale wandte sich von Buiron ab und fixierte nun Vincent. »Ach, der Herr Forensiker ist auch da«, bemerkte er gleich etwas freundlicher. »Wenn Sie schon mal hier sind, werden Sie sicherlich die Freundlichkeit besitzen, mir auch Ihre Einschätzung zu geben?«

Vincent ließ sich nicht zweimal bitten. »Es spricht alles dafür, dass Raunard dem Stein auf der Straße ausgewichen ist. Er liegt noch oben, mitten im Weg. Leroy glaubt beobachtet zu haben, dass ihn jemand absichtlich von dem Felsen dort hinabgestoßen hat. Raunard könnte bei einem Ausweichmanöver die Kontrolle über sein Rad verloren haben. Was ich jedoch viel auffälliger finde, ist die Tatsache, dass sich das Vorderrad gelöst hat. Das wiederum wirft die Frage auf, ob da jemand nachgeholfen hat. Meiner Meinung nach sollten Sie Raunards Fahrrad genauer unter die Lupe nehmen«, antwortete er auf die freundlich-verbindliche Art, um die Rosalie ihn beneidete.

»Die Schnellspanner am Vorderrad könnten manipuliert worden sein.«

»Das passt für mich alles noch nicht zusammen«, warf Viale ein. »Ein Stein, der auf die Straße rollt, *und* ein manipuliertes Vorderrad? Das hört sich für mich eher wie ein Zufall an! Wir werden der Sache jedoch auf jeden Fall nachgehen.« Er fuhr sich durch sein stoppeliges braunes Haar. »Rufen Sie die Spurensicherung, Baladier, und sorgen Sie dafür, dass die Menschen hier verschwinden. Wir werden das alles genauer unter die Lupe nehmen.«

Rosalie war sich nicht sicher, was ihren Bruder bewog, die Sache doch noch untersuchen zu lassen, wo er doch nicht an einen Mord glaubte. Vielleicht wollte er damit nur den Gendarmen eins auswischen, indem er demonstrativ den Fall an sich zog. Auf jeden Fall bekam sie mit, wie er sich genüsslich an Adjudant Buiron wandte. »Ich übernehme als Ranghöherer den Fall«, teilte er dem Sous-officier der Gendarmen mit. »So können Sie sich in Ruhe Ihren weitaus wichtigeren Aufgaben widmen«, fügte er besonders freundlich hinzu.

»Das widerspricht den Regeln und ist unerhört!«, prustete Buiron empört. »Sie blasen hier einen einfachen Unfall zu einer Mordsache auf. Das werde ich melden!«

»Sie sollten lieber froh sein, wenn ich über Ihre schlampige Arbeit keine Meldung bei Ihrem Vorgesetzten mache«, antwortete der Commissaire ungerührt. »Und nun lassen Sie mich gefälligst an meine Arbeit gehen!«

»Das wird noch Folgen haben!«, polterte der Adjudant, winkte aber gleichzeitig seinem Gendarme, ihm zu folgen.

»So, das wäre geklärt.« Viale rieb sich die Hände und sah dem abfahrenden Auto der Gendarmerie zufrieden hinterher. Als er jedoch Rosalies feixendes Grinsen sah, wurde er sofort wieder geschäftig. »Euch beide möchte ich bei diesen Ermittlungen nicht mehr sehen«, raunzte er sie beide an.

Rosalie ließ seine Bemerkung kalt. Ihre Aufmerksamkeit konzentrierte sich längst auf einen gut aussehenden Mann, der sich ihnen rasch näherte. Auch wenn sie ihn nicht erkannt hätte, hätte ihr die Art, wie er auf sie zukam, gezeigt, dass er gewohnt war, große Auftritte hinzulegen. Seine Aufregung hingegen war nicht gespielt.

»Wo ist Rémy?«, fragte er den Commissaire. Die anderen würdigte er keines Blickes. Als Maurice auf die Absperrung deutete, eilte er dorthin und blickte hinab. Sein Körper versteifte sich, als er den Toten erkannte.

»Wie konnte das passieren?«, fragte er fassungslos. »Rémy war ein hervorragender Downhiller. Der stürzt doch nicht so einfach den Abhang hinunter!«

»Die genauen Umstände werden gerade noch untersucht«, gab sich Rosalies Bruder zurückhaltend. »Gleich kommt die Spurensicherung, danach wissen wir mehr.«

»Die Spurensicherung?« Der Mann zuckte zusammen. »Aber …«, er schluckte, »aber das bedeutet ja, dass es kein Unfall war!«

»Im Augenblick wissen wir noch nichts Näheres. Wahrscheinlich war es ein Unfall, aber es gibt auch Anhaltspunkte, die das möglicherweise in Frage stellen«, erklärte der Commissaire. »Darf ich fragen, wer Sie sind?«

»Ja, wissen Sie das nicht?« Der Mann sah Maurice an, als wäre er nicht ganz bei Trost, und blieb ihm prompt eine Antwort schuldig.

»Das kommt davon, wenn man sich nicht für Kultur interessiert«, spottete Rosalie und klärte ihn auf. »Der Monsieur ist Yannis Quebec, einer der angesagtesten Schauspieler unserer

Tage. Er war nominiert für den César und hat mit seinem letzten Film in Cannes Preise eingefahren. Der Tote war sein Manager, nur um dir auf die Sprünge zu helfen.«

Sie konnte nicht anders, als ihren Bruder ein wenig zu ärgern. Prompt erhielt sie von ihm einen ungnädigen Blick, den sie mit einem umso unschuldigeren Lächeln beantwortete. Obwohl Maurice sie aufgefordert hatte zu verschwinden, dachte sie gar nicht daran, ihm diesen Gefallen zu tun. Schon gar nicht jetzt, wo endlich einmal wieder etwas Aufregendes in der Gegend geschah. Maurice zückte sein Notizbuch.

»Quebec mit ›Q‹ nehme ich an?«, fragte er den Schauspieler mit erhobenen Augenbrauen und geschäftiger Miene. »Wo wohnen Sie derzeit?«

Quebec stand immer noch unter Schock. Er wirkte geistesabwesend und war sichtlich mitgenommen. »Rémy war nicht sehr beliebt«, murmelte er vor sich hin. »Er verstand es, sich überall Feinde zu machen. Aber deshalb bringt man doch nicht gleich jemanden um, oder? Sie glauben doch nicht wirklich, dass ihn jemand umgebracht hat?«

»Wie gesagt, das können wir im Augenblick noch nicht mit Sicherheit sagen. Warten wir erst einmal die Untersuchung ab«, beschied ihn Maurice erneut. »Ich melde mich, falls es noch weitere Fragen gibt.«

Der Commissaire nickte ihnen zu und begab sich zu den Leuten von der Spurensicherung, die mittlerweile eingetroffen waren.

»*Mon Dieu!* Das da unten ist ja mein Fahrrad!«, rief Quebec mit einem Mal entsetzt aus und deutete mit ausgestrecktem Arm auf die Überreste.

»Wie bitte?« Der Commissaire hielt in seiner Bewegung inne.

»Dieser Schuft hat einfach mein teures Cento 10 Air genommen. Sehen Sie es sich nur an. Es ist völlig kaputt! Wissen Sie, wie lange ich darauf warten musste, bis ich endlich eines von den Rädern geliefert bekam? Das ist ein absolutes Unikat, äußerst wertvoll!«

Der Verlust seines teuren Rennrads schien ihn ebenso sehr mitzunehmen wie der Tod seines Freundes. Rosalie registrierte es mit Missfallen. Das passte so gar nicht zu dem Image des smarten Schauspielers, der so viel Gutes für kranke Kinder tat. Dann sah sie, wie Quebec plötzlich ganz blass um die Nase wurde und sich erschrocken mit den Händen durchs Gesicht fuhr. Völlig entgeistert starrte er sie aus weit aufgerissenen Augen an.

»Rémy sollte eigentlich gar nicht an dem Rennen teilnehmen«, stammelte er fassungslos. »Alle sind davon ausgegangen, dass ich mitfahre. Mein Gott, wenn ich mit dem Fahrrad gefahren wäre, dann läge womöglich ich jetzt da unten!«

7

Am nächsten Morgen öffnete Rosalie ihr Haarstudio gegen neun Uhr in der Hoffnung auf ein wenig Laufkundschaft. Yvette hatte ihr eine Nachricht hinterlassen, dass die Dreharbeiten aufgrund der Aufregung um Raunards Tod um einen Tag verschoben worden seien und man ihre Hilfe an diesem Tag nicht benötigte. Rosalie bedauerte die Verzögerung, schon allein deswegen, weil sie gern mehr über Raunard und Yannis Quebec erfahren hätte.

Auf der anderen Seite brauchte sie nun auch ihre Termine nicht umzulegen. *Les Folies Folles* oder »Die verrückten Torheiten«, wie sie ihr Haarstudio etwas eigenwillig benannt hatte, war kein gewöhnlicher Haarsalon, sondern ein kreativer Schauplatz, wie es Rosalie üblicherweise erklärte. Sich selbst bezeichnete sie als Haarkünstlerin. Im Gegensatz zu vielen anderen ihres Berufsstandes weigerte sie sich hin und wieder, ihren Kunden ihre Wünsche zu erfüllen, wenn sie der Meinung war, dass die neue Frisur nicht zu ihrem Typ passte. Diese Einstellung stieß bei ihrer Kundschaft auf geteiltes Verständnis. Die sich auf sie einließen, waren begeistert von ihrem neuen Aussehen, die anderen verließen naserümpfend den Salon. Rosalie mochte sich einfach nicht verbiegen lassen, für die Rentabilität ihres Salons war dies jedoch weniger gut. Doch jetzt in der Saison kamen immer wieder auch Touristen in ihr Studio. Das freundliche, extravagante Interieur mit den großen antiken Spiegeln und einer gemütlichen Warteecke zog durchaus die Aufmerksamkeit vorübergehender Passanten auf sich. So auch heute. Kaum hatte sie geöffnet, drängte auch schon eine durchgestylte Touristen-Familie herein.

Mon Dieu, dass die Deutschen aber auch immer so hoch wachsen müssen, dachte sich die zierliche Rosalie, während die vierköpfige Familie nacheinander in ihrem harten Dialekt plaudernd an ihr vorbeidefilierte. Der Vater war ein Hüne mit dunkelblondem Vollbart, Hornbrille und frisch getrimmtem Undercut, über den er trotz der sommerlichen Wärme eine übergroße Wollmütze gestülpt hatte. Unter einem kurzen karierten Hemd spannten die tätowierten Muskeln seiner Arme. Rosalie schätzte, dass er für deren Erhalt mindestens viermal pro Woche zum Pumpen gehen musste. Seine Beine, die aus knielangen, viel zu engen Shorts herausblickten, waren im Gegensatz dazu eher kümmerlich. An ihm vorbei drängelten sich zwei Kinder ins Studio und begannen sofort, einander zu schubsen. Dabei warfen sie fast den Garderobenständer um.

»Jasper! Frieda! Benehmt euch gefälligst!«

Die Ermahnungen des Vaters beeindruckten seine beiden Sprösslinge keineswegs. Der etwa zwölfjährige Junge, der bis auf die Hornbrille und den Bart das genaue Ebenbild seines Vaters war, ließ sich auf das Sofa fallen, als wäre er dort zu Hause, während seine jüngere Schwester interessiert Rosalies Haarmusterpalette auf dem Tresen inspizierte. Der Junge glich ebenso dem Vater wie das Mädchen ihrer Mutter. Diese kam als Letzte herein und beeindruckte Rosalie durch ihre Größe und Aufmachung. Das äußerst kurze Sommerkleid betonte unvorteilhaft die schlaksigen Beine in den flachen Stoffschuhen. Ihr hellblondes Haar war außerdem auf dem Scheitelpunkt ihres Kopfes zu einem unmöglichen Dutt aufgesteckt, was ihrem eigentlich hübschen Gesicht etwas Dämliches verlieh. Die kreisrunde Sonnenbrille gab ihr zudem das Aussehen einer Eule.

»Bonjour«, grüßte die Riesin fahrig und suchte hektisch in ihrer Handtasche nach dem Smartphone, um es als Übersetzungshilfe zu nutzen. Ihr Mann hatte sich mittlerweile neben seinen Sohn auf das Sofa gesetzt und eine ähnlich fläzende Haltung eingenommen. Auch er hatte sein Smartphone in der Hand und tat so, als ginge ihn das alles hier gar nichts an. Rosalie sah aus den Augenwinkeln gerade noch, wie das Mädchen aus der Haarmusterpalette Strähnen zupfte.

»Arrête!« Mit zwei schnellen Schritten war sie beim Kassentresen und entwand dem Kind die Muster aus seinen klebrigen Händen. »Weißt du nicht, was sich gehört?«, funkelte sie das Mädchen an, das nicht den Anflug eines schlechten Gewissens zeigte, eher sogar mit Empörung reagierte und sich lauthals bei seiner Mutter beschwerte. Diese sah von ihrem Smartphone auf und zuckte lächelnd mit den Schultern.

»Frieda wollen nur spielen«, radebrechte sie in schlechtem Französisch.

»Das hier ist ein Haarstudio und kein Kinderspielplatz«, erklärte Rosalie ungnädig. »Wie kann ich Ihnen helfen?« Einnahmen hin, Einnahmen her – diese Familie nervte!

»Jasper mussen Haareschneiden«, erklärte die Touristin und deutete auf ihren Sohn, der sich gerade mit seinem Vater um das Smartphone stritt.

Rosalie bekam ein unverständliches Kauderwelsch zu hören, das wie ein Maschinengewehr klang. Mit ein wenig Fantasie reimte sie sich zusammen, dass er gerade: »Ich lasse meine Haare nicht schneiden!« gebrüllt hatte.

Die Mutter reagierte in genervtem Ton und mit wachsender Anspannung. Dieses Mal verstand Rosalie ein energisch ausgesprochenes »Jasper«, was aber keinesfalls Konsequenzen nach sich zog, sondern in gegenseitigen Beschimpfungen endete. Rosalie hatte keine Kinder, aber sie war sicher, dass eine französische Mutter den Jungen längst für seine Frechheit an den Ohren gepackt und jegliche Diskussion unterbunden hätte. Dieser Junge streckte seiner Mutter dafür die Zunge raus.

Da sie gegen den Sohn machtlos war, wandte sich die Mutter an ihren Ehemann, der nun statt des Sohnes sein Fett abbekam. Dieses Mal fiel der Name »Felix«, dem ein giftig klingender Wortschwall folgte. Ganz offensichtlich verlangte die Frau Hilfe vom Vater. Doch Felix ließ alles ungerührt an sich abprallen, indem er nur gleichmütig mit den Schultern zuckte, um ihr dann nach einem kurzen kumpelhaften Wortwechsel mit seinem Sohn gnädig zuzulächeln.

Tatsächlich erhob sich der Junge endlich von seinem Platz und schlurfte in Richtung der Friseurstühle, nicht ohne vorher das Smartphone seines Vaters mit einem siegessicheren Lächeln an sich genommen zu haben.

Rosalie dachte sich ihren Teil und versuchte aus den Gesten und rudimentären Französischbrocken der Deutschen zu entnehmen, welchen Haarschnitt der Junge wollte. Auch hier herrschte größte Uneinigkeit zwischen Mutter und Sohn. Rosalie wurde immer ungeduldiger und war kurz davor, die ganze Bagage vor die Tür zu setzen, als eine weitere Kundin *Les Folies Folles* betrat.

»Bonjour«, grüßte eine junge, gut aussehende Frau mit einem schwungvollen Lächeln. Sie blieb in der Tür stehen, als sie die deutsche Familie bemerkte, die das Haarstudio in Beschlag genommen hatte. Rosalie trat sofort auf sie zu, um zu verhindern, dass sie womöglich wieder kehrtmachte.

»Wünschen Sie vielleicht einen Termin?«, fragte Rosalie verbindlich und komplimentierte die sportlich aussehende Frau in Richtung Sitzgruppe.

»Oh! Ich sehe, Sie haben alle Hände voll zu tun«, meinte diese. »Vielleicht komme ich besser später wieder.«

Die zurückhaltende, höfliche Art der Frau war richtig wohltuend.

»Sie können gern hier warten. Ich schneide nur noch schnell diesem Jungen die Haare, dann stehe ich Ihnen ganz zur Verfügung.« Rosalie wies auf das Sofa, in dessen Mitte der bärtige Felix fläzte. Er machte keinerlei Anstalten, der Frau Platz zu machen. Erst als diese sich räusperte, rutschte er ein wenig zur Seite.

»Idiot!«, murmelte Rosalie leise. Immerhin hatten sich Mutter und Sohn inzwischen auf einen Haarschnitt geeinigt, sodass sie endlich loslegen konnte. Als die Familie eine Viertelstunde später das Studio verließ, nicht ohne sich vorher noch über die hohen Preise beschwert zu haben, seufzte sie laut auf. Sie wartete noch, bis die Ladentür ins Schloss gefallen war, dann ließ sie sich erst einmal neben der Kundin aufs Sofa sinken.

»*Mon Dieu!* Das war Schwerstarbeit!«, stöhnte sie.

»Ich kenne diese Familie. Sie sind auf demselben Campingplatz wie ich«, lachte die Frau. »Sie diskutieren sehr viel mit ihren Kindern.«

»Sie machen Urlaub auf dem Campingplatz?«, rutschte es Rosalie heraus. Die Frau schien ihr viel zu gepflegt für solch eine robuste Art Ferien. Sie war mittelgroß, schlank und trug einen teuren dunkelblauen Hosenanzug zu einer weißen Hemdbluse. Dazu hochhackige Pumps und eine Perlenkette. Ihr blondes Haar schimmerte seidig und war frisch geschnitten.

Eine sanfte Röte überzog das Gesicht der Kundin. »Nun, ich mache keinen Urlaub«, gestand sie verlegen. »Ich bin hier wegen des Films, den sie gerade in Bédoin drehen.«

»Dann sind Sie auch am Set beschäftigt?« Rosalie war sofort Feuer und Flamme. »Ich arbeite nämlich auch dort, müssen Sie wissen. Ich helfe in der Maske aus.«

Die Frau sah sie aus intensiv blauen Augen überrascht an. »Ach ja?«

Sie kamen sofort auf den tragischen Todesfall zu sprechen, wobei Rosalie auch erwähnte, dass der Anschlag womöglich nicht dem Manager Raunard, sondern Yannis Quebec gegolten haben könnte. Ihre Kundin schlug erschrocken die Hände vor den Mund. Sie schien aufrichtig erschüttert.

»Aber das ist ja furchtbar!«, stammelte sie. »Nicht auszudenken, wenn das geschehen wäre.« Und dann erzählte sie, was sie am Set tat. »Ursprünglich war ich ja schon froh, dass man mich als Statistin genommen hat«, gestand sie freimütig. »Aber nun ist eine Schauspielerin ausgefallen, und die Rolle muss neu besetzt werden. Es ist nur eine Nebenrolle, aber ich möchte mich morgen gern bei dem Casting vorstellen. Wenn sie mich nehmen, geht mein größter Traum in Erfüllung, nämlich der, einmal mit Yannis Quebec gemeinsam auf der Leinwand zu sein.« Ihre Augen leuchteten, als sie Rosalie davon erzählte. »Und jetzt kommen Sie ins Spiel. Ich möchte, dass Sie für das Casting mein Aussehen der Rolle anpassen. Sehen Sie, ich habe ein Foto mitgebracht. Je mehr mein Äußeres der Rolle entspricht, desto höhere Chancen werde ich haben, die Rolle zu bekommen. Werden Sie das hinbekommen?«

Die Frau war so aufgeregt, dass sie sich ein paarmal verhaspelte. Dieser Wunsch war für Rosalie eine Herausforderung, die sie liebte. Sie war sofort Feuer und Flamme und stellte die ersten Überlegungen an. Innerhalb kürzester Zeit entwickelte sie eine Reihe von Vorschlägen, die sie eifrig diskutierten. Schon bald waren die beiden so vertraut miteinander, dass sie einander beim Vornamen nannten. Louane Bonnet stammte aus Paris und hatte sich extra für die Zeit der Dreharbeiten für ein paar Wochen freigenommen. »Ich brenne für diesen Film«, gestand sie voller Enthusiasmus. »Er wird mein Leben für immer verändern!«

Rosalie fand ihre Begeisterung etwas übertrieben, auf der anderen Seite empfand sie große Sympathie für jemanden, dessen Herz für etwas brannte. Sie empfahl Louane für die Rolle einen Pagenschnitt im Stil der Zwanzigerjahre, doch als diese darauf bestand, ihre goldblonden Haare brünett zu färben, regte sich in Rosalie Widerstand.

»Es ist ein Frevel, das natürlich blonde Haar zu färben«, wandte sie skeptisch ein. »Es wird eine Ewigkeit dauern, bis Sie wieder Ihre natürliche Haarfarbe zurückhaben werden. Außerdem werden Sie nicht mehr dieselbe sein.«

»Aber genau das ist ja meine Absicht«, antwortete Louane selbstbewusst. »Außerdem steht Yannis auf brünette Frauen!«

Rosalie gab sich notgedrungen geschlagen. Sie machte sich ans Werk und rührte die Haarfarbe an, als die Ladenglocke erneut ertönte und Lucas Leroy bei ihr hereinplatzte.

»Hast du schon gehört, die Polizei ermittelt jetzt offiziell in einem Mordfall«, berichtete er aufgeregt. »Ich habe ja gleich gesagt, dass das kein Unfall war!«

Er war so echauffiert, dass er erst jetzt bemerkte, dass Rosalie Kundschaft hatte.

»Verzeihung«, warf er kurz ein, »mir war nicht klar, dass du beschäftigt bist.«

»Schon gut! Woher weißt du davon?«

Leroy grinste stolz. »Ich kam gerade zu Quebec, als Commissaire Viale aus seinem Haus trat. Er hat mich für eine Zeugenaussage aufs Kommissariat nach Carpentras beordert.«

»Lucas will gesehen haben, wie jemand, kurz bevor die Radfahrer einfuhren, einen Stein vom Felsen gestoßen hat«, erklärte Rosalie Louane, die aufmerksam zuhörte.

»Ich war dabei, einen kleinen Videofilm von dem Rennen mit meinem Smartphone zu drehen«, erläuterte Lucas, »und hatte die Kamera etwas früher angestellt, um den Schlussspurt der Spitzenfahrer nicht zu verpassen. Dabei fiel mein Blick zufällig auch auf den gegenüberliegenden Felsen.«

Rosalie spürte ein Kribbeln. »Du hast das alles gefilmt?«, fragte sie aufgeregt. »Weiß mein Bruder davon?«

»Nein … ähm … noch nicht, aber …« Leroy war plötzlich ganz verlegen. »Das Dumme ist nämlich, dass ich mein Handy nicht mehr habe. Ich muss es irgendwo in der Aufregung verloren haben.«

»So was Dummes!«, entfuhr es Rosalie enttäuscht. Sie hätte allzu gern mehr darüber erfahren.

»Aber ich habe gesehen, was ich gesehen habe«, beharrte Lucas. »Der Commissaire muss mir einfach auch so glauben. Schließlich bin ich immer noch Augenzeuge, oder etwa nicht mehr?«

»Bestimmt wird Ihnen die Polizei glauben«, bemerkte Louane freundlich. »Sie dürfen sich nur nicht unterkriegen lassen.«

»Hhm!« Rosalie verkniff sich jede weitere Bemerkung. Sie hatte das Gefühl, dass Lucas es genoss, im Mittelpunkt des Interesses zu stehen, und war sich nicht sicher, wie viel er wirklich gesehen oder ob er sich manches nur eingebildet hatte.

Louane war mit ihrem neuen Aussehen hochzufrieden. Sie verabschiedeten sich herzlich voneinander.

»Wir sehen uns dann am Set«, rief Louane ihr zum Abschied noch zu.

Dann war es auch schon Zeit für die Mittagspause. Rosalie schloss den Laden zu. Sie traf sich mit Rachid, der sie zur Autowerkstatt seines Cousins nach Mazan kutschieren sollte. Ali Bashaddi hatte angerufen und verkündet, dass ihr Wagen repariert war.

*

»Hattest du einen guten Tag?«, erkundigte sich Rachid, der bereits vor ihrem Salon in seinem Lieferwagen auf sie wartete. Rosalie küsste ihn flüchtig auf die Wangen und begann sofort von ihrem turbulenten Vormittag zu berichten.

»In letzter Zeit dreht sich alles nur noch um diesen Fahrradfilm«, beschwerte sich Rachid, der weder mit Radsport noch mit dem Wirbel um Yannis Quebec viel am Hut hatte. Was ihn jedoch nicht davon abhielt, allerlei Neuigkeiten über den Mord an Raunard in Erfahrung gebracht zu haben. »Angeblich steht das gesamte Filmprojekt auf der Kippe, weil ein oder mehrere Investoren damit gedroht haben, ihre Gelder zurückzuziehen«, verriet er Rosalie.

»Woher hast du das denn?«

Rachid grinste selbstgefällig. »Bouvier bat mich heute Morgen, eine Lieferung Kirschen ans Set zu bringen. Dabei kam ich mit dem Tontechniker ins Gespräch, der es mir verraten hat. Womöglich sind es nur Gerüchte, aber es könnte schon etwas dran sein.«

»Aber deshalb bringt man doch nicht gleich jemanden um«, gab Rosalie zu bedenken. »Falls es ein Motiv gibt, muss es woanders liegen. Zuerst muss meines Erachtens geklärt werden, wem der Anschlag galt, Raunard oder Quebec. Vincent vermutet, dass jemand das Vorderrad manipuliert hat. Falls das stimmt, dann ist der Mörder sicherlich davon ausgegangen, dass Quebec das Rennen fährt. So war es ursprünglich ja auch geplant.«

»Aber spätestens am Start muss der Mörder doch mitbekommen haben, dass Quebec gar nicht mitfährt«, warf Rachid ein. »Warum hat er dann einen zweiten Mordversuch am Ende der Rennstrecke gemacht, wohl wissend, dass er damit einen Unschuldigen tötet?«

»Weil er vielleicht vorhat, beide umzubringen?«, mutmaßte Rosalie. Irgendwie kam ihr der Gedankengang zu konstruiert vor.

»Vielleicht war alles auch nur eine Verkettung unglücklicher Umstände, und es war doch nur ein Unfall«, meinte Rachid abschließend. »Lass das am besten die Polizei herausfinden.«

»Wahrscheinlich hast du recht«, gab Rosalie nach. Sie wechselten das Thema.

»Hast du nächste Woche mal Zeit, mich nach Avignon zu begleiten?«, fragte Rachid. »Ich bräuchte deinen Rat beim Kauf eines Anzugs, und danach lade ich dich fein zum Essen ein.«

»Du willst dir einen Anzug kaufen?« Rosalie warf Rachid einen spöttischen Blick zu. »Hast du nicht neulich großspurig behauptet, dass dich keine zehn Pferde dazu bringen könnten, in einen Anzug zu steigen?«

»Das musst du falsch verstanden haben«, antwortete Rachid beleidigt. »Oder bist du der Meinung, dass Anzüge mir nicht stehen?«

»Ganz und gar nicht, mein Lieber.« Neckisch warf ihm Rosalie eine Kusshand zu. »Willst du mir auch verraten, wozu du den Anzug brauchst?«

»Ich habe mich um eine Stelle als freier Mitarbeiter in *dem*

Architekturbüro von Marseille beworben«, berichtete Rachid stolz. »Das Vorstellungsgespräch findet bereits in ein paar Tagen statt.«

»Willst du etwa von Vassols wegziehen?«, fragte Rosalie erschrocken. Der Gedanke behagte ihr ganz und gar nicht. »Und was ist mit deiner Mutter und deiner Schwester? Und mit deinem Laden? Er läuft doch wirklich gut!«

»Sieh an, meine kleine Rosenblüte vermisst mich schon jetzt!« Rachid strahlte wie ein Honigkuchenpferd. »Wärst du tatsächlich traurig, wenn ich gehe?«

»Und wie!« Rosalie hob ihre Augenbrauen und grinste schelmisch. »Ich brauche dich schließlich zum Renovieren.«

Rachid verzog enttäuscht den Mund. »Nur zum Renovieren also!«

Sie knuffte ihn am Oberarm. »Und als Freund natürlich auch. Du weißt ganz genau, dass ich es ohne dich in Vassols gar nicht aushalten könnte.«

»Das ist gut ...« Rachid sah sie lange an. Ihre Antwort schien ihm zu gefallen. »Ich werde nicht aus Vassols wegziehen«, erklärte er. »Aber das mit der Bewerbung in Marseille stimmt dennoch. Wenn die Besitzer des Büros mich haben wollen, werde ich die Gelegenheit ergreifen. Ich bin schließlich nicht Architekt geworden, nur um dann einen Gemüseladen zu betreiben.«

»Träume muss man leben«, sagte Rosalie aus tiefster Überzeugung. »Wirst du den Laden schließen und nur noch am Wochenende hier sein? Als Architekt wirst du viel unterwegs sein.« Auch dieser Gedanke gefiel ihr nicht besonders gut.

»*Pas du tout!* – überhaupt nicht! Maman wird sich um den Laden kümmern, während ich arbeite. Natürlich werde ich ihr nach wie vor die Ware vom Großmarkt besorgen. Das ist ja das Geniale an dem Job, dass ich überwiegend von zu Hause aus arbeiten könnte. Sie suchen jemanden für Projektentwicklung und Kalkulation, die Arbeit auf den Baustellen machen andere. Es ist ein Anfang, um in meinem Traumberuf etwas Fuß fassen zu können.« Seine Augen strahlten, während er ihr davon erzählte. Rosalie freute sich nun aufrichtig für ihn.

Wenig später erreichten sie das Gewerbegebiet von Mazan, wo Rachids Cousin Ali Bashaddi eine Werkstatt für Autos, Rasenmäher und landwirtschaftliche Maschinen betrieb. Außerdem vertrieb er Motorroller und Fahrräder. Rosalies schäbiger Renault stand bereits fahrbereit vor der Einfahrt.

»Die nächsten fünftausend Kilometer sollte die Karre ohne Probleme laufen.« Ali verzichtete auf einen Händedruck wegen seiner ölverschmierten Hände. »Allerdings musste ich Einspritzpumpe und Vergaser austauschen, war nicht ganz billig.« Er zuckte bedauernd mit den Schultern und grinste.

Rosalie machte sich auf eine hohe Summe gefasst. Das wenige Geld, das sie für die Renovierungsarbeiten in ihrem Häuschen gespart hatte, würde nun in das verdammte Auto fließen müssen. Doch dann nannte Ali seinen Preis, und ihre Anspannung löste sich in Wohlgefallen auf.

»Ein fairer Preis«, gab sie erleichtert zu.

»Ein Freundschaftspreis für Rachids Zukünftige«, stellte der Mechaniker klar und zwinkerte mit anzüglichem Grinsen in ihre Richtung. Rosalie verzichtete auf eine Bemerkung. Sie deutete auf die Fahrräder und fragte Ali, ob er auch gebrauchte Räder verkaufte. Sie dachte an Babettes altes Fahrrad, das noch nicht mal eine Gangschaltung hatte. Rachids Cousin zeigte ihr ein metallicblaues Mountainbike, das an der Wand lehnte.

»Das gehörte mal einem Profi und war ziemlich heruntergekommen«, erklärte er. »Ich habe neue Bremszüge und Räder montiert, die Gangschaltung war noch einwandfrei. Es wiegt nicht viel und besitzt eine ausreichende Federung. Für hundert Euro gehört es dir.«

»Hundert Euro?«, fragte Rosalie ungläubig. Für den Preis bekam man noch nicht einmal ein Billigfahrrad im Supermarché.

»Gib ihm fünfzig«, begann Rachid sofort für sie zu handeln.

Rosalie wollte gerade protestieren, als Ali auch schon »Siebzig« sagte und Rachid den Kauf mit einem Handschlag bekräftigte.

So kam sie, ohne es ernsthaft erwogen zu haben, zu einem neuen Fahrrad.

8

»*Mon Commissaire,* ich habe Neuigkeiten, von denen Sie unbedingt wissen sollten!« Adjoint Philippe Arduin war noch nicht durch die Tür, als er auch schon mit seinem Bericht loslegte. »Wie Sie befohlen haben …«

Lieutenant Maurice Viale brachte ihn mit einer unwirschen Armbewegung zum Schweigen. Arduin stutzte. Peinlicherweise war ihm entgangen, dass sein Vorgesetzter gerade telefonierte.

»Sehr wohl, *mon Commandant*«, sagte der Commissaire um Freundlichkeit bemüht. »Ich werde mein Bestes tun, auch wenn Brigadier Moulin für die nächsten beiden Wochen krankgeschrieben ist … Wie bitte? Nein, Capitaine Duvals Hilfe benötige ich nicht. Er soll auf keinen Fall auf seine Fortbildung verzichten. Notfalls werde ich auf die örtlichen Behörden zugreifen … Selbstverständlich können Sie damit rechnen, dass wir den Fall schnell aufklären werden. *Au revoir!*« Mit einer unwirschen Bewegung warf der Commissaire das Telefon von sich und raufte sich verärgert die kurz rasierten Haare. Anstatt sich Arduin zuzuwenden, blickte er an ihm vorbei aus dem geöffneten Fenster des Kommissariats. Unten auf der Platanenallee des Boulevard Albin Durand rauschte der Verkehr. Er brauchte diesen Moment der Ruhe, um sich wieder zu beruhigen. Ausgerechnet jetzt, da sie einen Mordfall aufzuklären hatten, waren sie unterbesetzt. Brigadier Moulin hatte sich am Rücken verletzt und war für mindestens zwei Wochen krankgeschrieben, und Capitaine Duval, mit dem er schon seit Monaten gezwungenermaßen das Büro in Carpentras teilen musste, war auf einer Fortbildung. Zwar hatte ihm der Commandant vorgeschlagen, ihn zurückzubeordern, aber lieber blieben sie unterbesetzt, als dass er die Hilfe dieses Korinthenkackers in Anspruch nehmen musste. Ihm blieb immer noch Arduin, der zwar noch ziemlich grün hinter den Ohren war, aber wenigstens keine dummen Fragen stellte.

»Was gibt es denn?«, wandte er sich unfreundlicher als beabsichtigt an den jungen Dorfpolizisten. Arduin zuckte prompt zusammen. »Sie hatten mich doch gebeten, mich ein wenig in Bédoin umzuhören«, begann er umständlich. »Nun, ich habe herausgefunden, dass Rémy Raunard ein äußerst unbeliebter Zeitgenosse gewesen war. Er hatte eine Menge Feinde. Bei den Mitarbeitern des Filmteams war er auch nicht sehr geschätzt. Sie sagten, er war aufbrausend, cholerisch und unberechenbar. Außer Quebec hat ihn wohl niemand leiden können. Und dann ...«, Arduin hob vielsagend die Augenbrauen, »... und dann war Raunard auch noch homosexuell ...«

»Haben Sie auch die Namen der Personen, die ihn angeblich nicht mochten?«, unterbrach ihn Viale völlig unbeeindruckt. »Für Ermittlungen brauchen wir Ansatzpunkte, keine haltlosen Gerüchte.«

»Sehr wohl, Monsieur le Commissaire«, beeilte sich Arduin diensteifrig zu versichern. »Natürlich habe ich diesbezüglich nachgehakt.« Er kramte aus seiner Uniformjacke einen Notizblock hervor und blätterte eifrig darin. »Hier steht es. Ich habe den Aufnahmeleiter gesprochen, einen gewissen Émile – den Nachnamen muss ich woanders notiert haben ...« Er blätterte hastig zurück. »Ach ja, hier steht es. Der Aufnahmeleiter heißt Émile Grosz!«

»Nun kommen Sie doch endlich auf den Punkt!« Viale fragte sich, ob es nicht doch ein Fehler war, Arduin zu seiner Unterstützung hinzuzuziehen. Dieser Einfaltspinsel konnte einem den letzten Nerv rauben. Doch dann rückte er doch noch mit einigen Neuigkeiten heraus.

»Dieser Grosz scheint Raunard ziemlich gut gekannt zu haben. Die beiden waren wohl früher befreundet, bis Grosz Raunard Geld lieh und dieser ihm seine Schulden nicht mehr zurückzahlte. Allem Anschein nach war der Agent und Manager von Yannis Quebec ein notorischer Spieler, der sich von allen möglichen Bekannten Geld geliehen hat, um seine Spielsucht zu finanzieren. Grosz ließ den Namen Éduard Sagan fallen, dem Raunard angeblich siebzigtausend Euro schuldete. Ich habe mir die Mühe gemacht und ein wenig nachgeforscht. Dieser Sagan ist in Polizeikreisen kein unbeschriebenes Blatt. Er saß bereits mehrere Male wegen Betrugs und Drogenhandel hinter Gitter. Und …«, Arduin atmete tief ein und sah seinen Chef stolz an, »… und er wurde dabei beobachtet, wie er Raunard bedroht hat. Wenn das nichts zu bedeuten hat, *n'est-ce pas*?«

»Das ist immerhin ein Anfang«, brummte Viale gnädig. »Wir werden diesem Sagan auf jeden Fall auf den Zahn fühlen. Machen Sie ihn ausfindig und laden Sie ihn bei uns vor. Außerdem hören wir uns noch weiter bei den Filmleuten um. Sie übernehmen die Mitarbeiter, ich knöpfe mir Yannis Quebec nochmals vor. Ich möchte herausfinden, ob auch er Feinde hatte. Immerhin war Raunard auf seinem Fahrrad unterwegs. Sind eigentlich die Untersuchungsergebnisse der Spurensicherung schon da?«

»Ich werde mich gleich danach erkundigen«, versicherte Arduin und wandte sich zum Gehen. Da fiel ihm noch etwas ein. »Ach ja, draußen wartet noch dieser Lucas Leroy, der Koch, der gesehen haben will, wie jemand Raunard einen Stein in den Weg gestoßen hat. Er besteht darauf, seine Aussage zu machen.«

»Ach, der Wichtigtuer, der gern im Rampenlicht stehen möchte. Nun von mir aus, schicken Sie ihn herein!«

Im nächsten Augenblick klingelte Viales Mobiltelefon. Als er auf dem Display die Nummer der Schule erkannte, die sein Sohn Joël besuchte, rief er Arduin zurück. »Sagen Sie Leroy, dass er sich noch ein wenig gedulden soll. Ich muss erst noch was erledigen.«

Sobald der Adjoint den Raum verlassen hatte, nahm er das Telefongespräch entgegen. Es war Joëls Klassenlehrer, der ihn bat, umgehend in die Schule zu kommen.

»Um was handelt es sich denn? Ist dem Jungen was passiert?« Viale spürte, wie ihm vor Sorge das Blut in den Kopf schoss.

»Joël geht es gut, was man von seinem Klassenkameraden allerdings nicht behaupten kann«, antwortete der Lehrer kryptisch.

»Wollen Sie damit sagen, dass er in eine Schlägerei verwickelt war? Joël ist kein Schläger!«

»Ich fürchte, das sehen wir hier anders«, antwortete es am anderen Ende der Leitung ziemlich unterkühlt.

»Ich kann hier nicht weg! Weiß meine Frau Bescheid? Sie kümmert sich normalerweise um diese Dinge.« Viale fühlte sich überfordert. »Können wir die Angelegenheit denn nicht hier am Telefon klären?«

»Dafür ist die Lage zu ernst. Entweder Sie erklären sich jetzt bereit, Ihren Sohn abzuholen, oder wir übergeben ihn der Polizei!« Maurice verstand, dass dies sein letztes Wort war. Aus der Stimme des Lehrers war jegliche Freundlichkeit verschwunden. Verdammt, was hatte der Junge da nur wieder angerichtet!

»*Mince!* – Verflixt! Ich bin selbst bei der Polizei, ich komme und hole ihn ab! In einer halben Stunde bin ich da.«

Viale griff nach Jacke und Mütze und machte sich auf den Weg. Auf dem Flur traf er auf Arduin, um ihm mitzuteilen, dass er erst am Nachmittag wieder auf dem Kommissariat sein werde.

»Leroy hat eine wichtige Aussage zu machen. Er hat …«, versuchte Arduin ihn aufzuhalten, doch Viale winkte nur ungeduldig ab. »Nicht jetzt! Das kann bis morgen warten!«

Während Maurice über die *Voie Rapide*, die Schnellstraße, in Richtung Avignon brauste, versuchte er mehrmals seine Frau zu erreichen. Jedes Mal endete das Gespräch mit dem Anspringen der Mailbox. Da er Sylvie nicht unnötig beunruhigen wollte, verzichtete er auf eine Sprachnachricht. Was hatte der Junge nur angestellt? Und wieso war Sylvie nicht zu erreichen? Zu seiner Beschämung musste Maurice zugeben, dass er in letzter Zeit nicht viel Kontakt zu Joël gehabt hatte. Im Grunde genommen war er überhaupt nicht darüber im Bilde, was seine beiden Kinder taten. Sylvies Vorwürfe, dass er sich aus so gut wie allen familiären Belangen heraushielt, gehörten mittlerweile so zu ihrem Routinealltag, dass sie an ihm abprallten wie Wasser an einem Stein. Natürlich würde er gern mehr Zeit mit seiner Familie verbringen, aber schließlich kostete das Leben viel Geld, und wenn er die Beförderung zum Capitaine schaffen wollte, musste er sich eben besonders einsetzen und Erfolge aufweisen. Sylvie hatte ihm immer den Rücken gestärkt, doch seit einigen Monaten hatte sie sich verändert. Plötzlich begann sie, eigene Wege zu gehen und ihn immer weniger mit in ihre Entscheidungen einzubeziehen. So hatte sie, ohne ihn um seine Meinung zu fragen, beschlossen, in den Sommerferien mit einer Freundin wandern zu gehen, anstatt mit ihm und den Kindern den üblichen Urlaub am Meer zu verbringen. Und im Herbst wollte sie wieder zurück in ihren Beruf gehen. Wohin sollte das alles führen? Dann würden sie noch weniger Zeit miteinander haben. Es war ein Dilemma, um das er sich eigentlich kümmern sollte. Sylvie und er mussten sich unbedingt bald einmal aussprechen. Doch erst einmal musste die Sache mit Joël geklärt werden.

Die Schule war ein privates Lycée in Avignon. Sylvie und ihn hatte es einige Mühe und viel Geld gekostet, ihren Sohn dort unterzubringen. Er sollte es einmal besser haben als sie und die Chance bekommen, an einer der Eliteuniversitäten in Paris zu studieren. Sylvie träumte davon, dass ihr Sohn in die Politik ging, was Maurice für etwas hochgegriffen hielt, denn sein Sohn zeigte in dieser Richtung bislang keinerlei erkennbares Interesse. Im Gegenteil, nun begann er auch noch Schwierigkeiten zu machen. Und das alles nur, weil Sylvie plötzlich ihre eigenen Wege ging. Er spürte, wie ihn eine Woge von Unmut überkam. Tat er denn nicht alles, was er konnte, damit sie ihren aufwendigen Lebensstil pflegen konnten?

Obwohl die Parksituation mitten in Avignon denkbar schlecht war, fuhr Maurice direkt in die Altstadt, wo sich das Gymnasium seines Sohnes befand. Er parkte im Halteverbot und legte den Polizeiausweis hinter die Windschutzscheibe, dann eilte er auf den vergitterten Eingang zum Pausenhof zu.

Monsieur Flavier führte Maurice zu einem leer stehenden Klassenzimmer, in dem Joël an einer der hinteren Bänke mit ausgestreckten Beinen und verschränkten Armen saß und mit verschlossener Miene vor sich hin starrte. Als die beiden Männer den Raum betraten, schenkte er ihnen kaum einen Blick.

»Bitte nehmen Sie Platz.« Monsieur Flavier deutete auf einen Stuhl neben dem Lehrerpult. Er selbst setzte sich ebenfalls. »Komm, setz dich zu uns«, forderte er Joël auf, der sich nur unwillig erhob. Anstatt sich zu setzen, blieb er einfach stehen.

»Haben wir dir keine Manieren beigebracht?«, regte sich Maurice prompt auf. »Setz dich gefälligst und erklär mir, was hier vorgefallen ist.«

Joël warf seinem Vater einen grimmigen Blick zu, nahm aber endlich Platz. Monsieur Flavier, ein Mann in den Vierzigern, ließ sich von seinem provokanten Benehmen nicht aus der Ruhe bringen.

»Wie wäre es, wenn du deinem Vater erklärst, weshalb er dich abholen soll?«, meinte er freundlich. Joëls trotziges Schweigen war für Maurice nur schwer zu ertragen.

»Glaubst du nicht, dass du mir eine Antwort schuldig bist?«, fragte er um innere Ruhe bemüht. »Ich stecke gerade mitten in Ermittlungen und habe weiß Gott auch anderes zu tun.«

Joël sah ihn kurz an und zuckte mit den Schultern. »Von mir aus hättest du auch deine Kollegen schicken können, um mich abzuholen.«

»Joël!« Dieses Mal klang die Stimme des Lehrers nicht mehr so verbindlich. »Wenn du zu feige bist, deinem Vater zu erklären, was du getan hast, werde ich es eben tun.« Er kümmerte sich nicht weiter um den Jungen, sondern wandte sich nun direkt an ihn. »Ihr Sohn hat einen Klassenkameraden ohne ersichtlichen Grund so zusammengeschlagen, dass er in ärztliche Behandlung musste.«

»Wahrscheinlich hat der andere Junge ihn provoziert«, nahm Maurice seinen Sohn in Schutz. »Mein Sohn ist kein Schläger.«

»Davon bin ich bis heute ebenfalls ausgegangen«, meinte Flavier und sah Maurice über den Rand seiner Lesebrille besorgt an. »Für gewöhnlich werden bei uns auch beide Kontrahenten zur Rechenschaft gezogen, aber Farouk behauptet, dass ihn Joël ohne jegliche Vorwarnung angegriffen hat. Einige Klassenkameraden haben das bezeugt. Was mir Sorgen macht, ist die Aggressivität, mit der Joël auf Farouk eingeschlagen hat. Sie ging über das gewöhnliche Maß hinaus. Ich habe Ihren Sohn nach den Gründen befragt, aber er schweigt sich dazu hartnäckig aus. Bis auf eine rassistische Bemerkung habe ich nichts von ihm gehört.«

»Das ist doch lächerlich! Mein Sohn ist ganz gewiss kein Rassist«, beschwerte sich Maurice. »Meine Frau und ich haben ihn immer Respekt vor anderen Nationalitäten gelehrt. Außerdem hat seine eigene Tante algerische Wurzeln.«

»Umso schlimmer«, gab sich Monsieur Flavier ungerührt. »Er hat Farouk als Islamisten bezeichnet und ihm andere üble Schimpfwörter an den Kopf geworfen.«

»Ist das wahr?« Maurice konnte nicht glauben, was der Lehrer ihm da gerade mitzuteilen versuchte. Er hatte vielleicht einige Fehler in seiner Erziehung gemacht, aber den Respekt vor anderen Menschen, egal welcher Herkunft, hatte er seinen Kindern sehr wohl beigebracht. Joël, der dem Gespräch bislang mehr oder weniger unbeteiligt gefolgt war, sah seinem Vater trotzig ins Gesicht.

»Farouk *ist* ein verfickter Islamist«, behauptete er stur. »Mehr habe ich dazu nicht zu sagen.«

Maurice musste tief durchatmen, um nicht die Geduld zu verlieren. Die offen vorgetragene Aggressivität seines Sohnes war ihm nicht nur peinlich, sondern machte ihn auch betroffen. »Dafür wirst du dich in aller Form bei deinem Lehrer und Farouk entschuldigen«, fuhr er ihn an.

»Werde ich nicht!« Joëls Augen funkelten vor unterdrücktem Zorn. Maurice konnte sich nicht erklären, was in den Jungen gefahren war. Sein Klassenlehrer saß mit verschränkten Armen neben ihnen und blickte ernst drein. Wenn Joël weiter so stur blieb, drohte ihm ohne Zweifel ein zeitweiliger Schulausschluss. »Mein Sohn wird sich schon noch einsichtig zeigen, außerdem erhält er Hausarrest und Handyverbot«, versuchte er Flavier von seinem guten Willen zu überzeugen. »Sie werden sehen, dass wir als Eltern weder diese Ausdrucksweise noch diese Meinung teilen!«

»Wenn sich Joël gleich morgen bei Farouk entschuldigt, werde ich die Sache mit einer Verwarnung und einer Sozialstrafe auf sich beruhen lassen. Sollte Ihr Sohn sich allerdings nochmals so aggressiv verhalten, sehen wir uns gezwungen, ihm einen Schulverweis zu erteilen. Reden Sie mit ihm und bringen Sie ihn bis morgen zur Vernunft.« Flavier erhob sich und reichte Maurice die Hand. »Sie entschuldigen mich, ich habe noch einige andere Dinge zu erledigen.«

Sobald der Lehrer das Zimmer verlassen hatte, rastete Maurice aus. »Sag mal, für wen hältst du dich eigentlich?«, fuhr er seinen Sohn an. »Glaubst du, deine Mutter und ich reißen uns den Hintern auf, um dich an diese Schule gehen zu lassen, damit du dann alles kaputt machst? Was ist nur in dich gefahren, dass du dich mit anderen Jungen schlägst?«

Anstatt ihm zu antworten, stand Joël auf und packte seine Schultasche. »Was ist? Gehen wir jetzt?«

Maurice musste den Impuls unterdrücken, seinen ungeratenen Sprössling am Kragen zu packen und ihn durchzuschütteln. Doch auf dieses Niveau würde er sich nicht begeben. Allerdings kostete es ihn Mühe, sich zu beherrschen. »Ich fahr dich jetzt nach Hause, und dann unterhalten wir uns heute Abend über diese Angelegenheit.«

Joël zuckte nur mit den Schultern. »Wenn du meinst.«

Die Fahrt über sprach sein Sohn kein Wort mehr. Er steckte sich seine Kopfhörer in die Ohren und zog die Kapuze seines Hoodies darüber. Maurice ließ ihn gewähren, obwohl er ihm eigentlich die Leviten hätte lesen müssen. Doch dafür hatte er im Augenblick nicht den Kopf. Er war schon viel zu spät dran, um noch alles erledigen zu können, was er sich vorgenommen hatte.

9

Am nächsten Tag sollten endlich die Dreharbeiten beginnen. Noch im Morgengrauen setzte sich Rosalie in ihre frisch reparierte Klapperkiste und tuckerte nach Bédoin. Obwohl sie noch reichlich verschlafen war, freute sie sich auf ihren ersten Arbeitstag. Sie konnte es kaum erwarten, die restlichen Mitglieder des Filmteams kennenzulernen. Dabei würde sich sicherlich die Gelegenheit ergeben, das ein oder andere über Raunard und Yannis Quebec zu erfahren. Mittlerweile vertraute sie auf ihren Instinkt; deshalb war sie sicher, dass Raunards Tod kein gewöhnlicher Unfall, sondern doch ein Mordanschlag gewesen war. Vincent hatte sie davon überzeugt, dass es beinahe ein Ding der Unmöglichkeit war, dass sich der Schnellspanner eines so hochwertigen Fahrrads einfach so gelöst haben konnte. Die Frage war nur, ob der Anschlag wirklich Raunard gegolten hatte oder ob Quebec das eigentliche Ziel gewesen war. Wenn das der Fall war, befand sich der Filmstar womöglich immer noch in Lebensgefahr.

Eine weitere Frage war, ob der Stein, der Raunard zum Stürzen gebracht hatte, zufällig auf die Straße gerollt war oder ob jemand nachgeholfen hatte. Wenn das jedoch kein Zufall war, dann ließ es doch darauf schließen, dass Raunard das Opfer sein sollte. Vielleicht konnte sie Vincent noch dazu überreden, das herauszufinden. Das alles passte Rosalies Meinung nach überhaupt nicht zusammen. Sie fühlte ein sanftes Kribbeln den

Nacken hinaufkriechen, das sie jedes Mal bekam, wenn es galt, knifflige Rätsel zu lösen. Sie freute sich schon darauf, ihre Theorien mit Vincent durchzuspielen, vielleicht heute Abend nach dem *dîner* bei Claude und Magali Bellier. Zwar hatten sie beide sich vorgenommen, die Finger von Kriminalfällen zu lassen, doch gegen ein wenig Gedankenspielerei konnte selbst Vincent nichts haben.

Die Luft war noch kühl, sodass zarter Bodennebel über den Weinfeldern hing und die Landschaft um sie herum verwunschen erscheinen ließ. Kurz vor Bédoin begann sich der Nebel zu lichten. Wie der Vorhang einer Theaterkulisse gab er das mittelalterliche Dorf behutsam wieder frei. Rosalie steuerte ihr Auto zu dem freien Platz hinter dem Dorf, auf dem gewöhnlich Wanderzirkusse gastierten oder Touristen parkten, wenn Markttag war. Jetzt füllten die diversen Fahrzeuge und Wohnmobile des Filmteams die Fläche, unter anderem auch die Anhänger, in denen sich die Maske und die Garderobe befanden.

Als sie den fensterlosen Raum betrat, fand sie Yvette schon inmitten der Vorbereitungen. Rosalies vollschlanke Chefin war gerade dabei, diverse Schalen und Schminktöpfe an die vier vorhandenen Schminkplätze zu verteilen. Um ihre Hüfte trug sie einen Friseurgürtel mit verschiedenen Taschen, in denen Pinsel, Klammern und anderes nützliches Zeug steckten.

»Gut, dass du pünktlich erscheinst«, grüßte Yvette. Sie war hoch konzentriert und lächelte ihr nur flüchtig zu. Ohne Umstände zu machen, kam sie gleich zur Sache. »In wenigen Minuten kommen die ersten Komparsen. Sie spielen Zuschauer während eines Bergrennens im Jahr 1900. Michel legt großen Wert auf Authentizität, auch wenn die Leute nur Staffage sind. Ich kümmere mich um die Maske und du dich um die Hochsteckfrisuren und Hüte der weiblichen Statisten. Du findest Anregungen dazu in dem Katalog auf dem Schminktisch. Wer kurze Haare hat, bekommt einen passenden Hut oder eine Perücke verpasst.« Sie zog an der Rückwand eine Schiebewand beiseite, hinter der außer Perücken auch Hüte verborgen waren. »Such dir was Passendes aus. Ich werfe später noch einen Blick darüber. Hauptsache, alles geht flott! Wir haben siebzehn Statisten und drei Schauspieler, die bis um acht Uhr, also in zwei Stunden, alle fertig sein müssen.«

Rosalie war beeindruckt von der Professionalität der älteren Frau und machte sich sofort mit den Umständen vertraut. Yvette erklärte ihr, dass sie ihr anfangs einfach zur Hand gehen sollte, später könne sie sich selbstständig um die Frisuren kümmern.

Kaum hatte sie die wichtigsten Dinge gesichtet, kamen auch schon die ersten Darsteller an. Mithilfe der Regieassistentin Cloe und des Aufnahmeleiters Émile Grosz hatte die Maskenbildnerin einen detaillierten Plan erstellt, auf dem ersichtlich war, wer wann und für welche Szene bereitzustehen hatte. Im Zwanzigminutentakt kamen immer vier Komparsen gleichzeitig in die Maske und wurden von ihnen versorgt. Obwohl sie unter enormem Zeitdruck standen, war die Atmosphäre entspannt und vertrauensvoll. Yvettes ruhige Art übertrug sich positiv auf die Menschen. Rosalie war überrascht, wie offen die Darsteller auch von privaten Dingen erzählten. Vielleicht war es dadurch zu erklären, dass die Leute nervös waren und sich ihre Aufregung durch Plaudern von der Seele reden wollten.

Während sie der Maskenbildnerin so gut sie konnte zur Hand ging, schnappte sie einiges über das Leben am Filmset auf. Die meisten der Statisten kamen aus der Umgebung. Sie waren über eine Casting-Agentur angeheuert worden und größtenteils ganz normale Menschen, die sich von dem aufregenden

Flair des Filmgeschäfts angezogen fühlten und dabei sogar noch etwas verdienen konnten. Einige kannte Rosalie sogar vom Sehen. Die meisten hatten keinerlei Erfahrungen mit Dreharbeiten und waren ziemlich nervös. Andere waren alte Füchse in der Branche, die schon in mehreren Filmen als Komparsen oder Setrunner tätig gewesen waren. Von ihnen erfuhr Rosalie, dass es am Set strenge Hierarchien gab und die Arbeitszeiten meist unregelmäßig und auch sehr intensiv sein konnten.

»Jeder Drehtag kostet ein Vermögen«, verriet Yvette während einer kurzen Verschnaufpause. »Es kommt nicht selten vor, dass wir alle dann bis zu sechzehn Stunden gefordert sind. Das ist anstrengend, aber irgendwie auch euphorisierend, wenn die Stimmung am Set gut ist.«

»Und wie ist die Stimmung hier?«, ergriff Rosalie die Gelegenheit, etwas mehr zu erfahren.

Yvette zuckte mit den Schultern. »Kann ich noch nicht sagen. Jetzt, wo Rémy tot ist, wird vieles vielleicht einfacher. Er war ein Kotzbrocken, der immer nur forderte und es liebte, Streit unter den Leuten zu säen.«

»Das hört sich nicht gerade sehr sympathisch an«, bemerkte Rosalie und horchte auf. »Mich überrascht allerdings, dass Yannis so einen Choleriker als Agenten hat. War er nicht sogar mit Raunard befreundet?«

»Sie waren ein Liebespaar, und Yannis hat Raunard den Laufpass gegeben, so wie er es gern tut«, verriet Yvette und blies vielsagend die Backen auf. »Der Junge kann nicht anders. Er ist wirklich in Ordnung, nur wenn es um Sex geht, da brennen bei ihm leicht die Sicherungen durch. Mal sehen, ob es mit diesem Dessous-Model aus Paris anders läuft. Yannis gibt sich neuerdings mächtig verliebt. Das hat Raunard natürlich gestunken. Mehr möchte ich dazu nicht sagen.«

Rosalie musste erst einmal die Flut an Informationen verarbeiten. Yvette nahm wirklich kein Blatt vor den Mund.

Im nächsten Augenblick betraten die letzten vier Darsteller für den heutigen Drehtag den Wagen. Für sie war mehr Zeit eingeplant, da einer von ihnen ebenfalls ein Hauptdarsteller war und eine etwas aufwendigere Maske benötigte. Unter den drei letzten Komparsinnen war auch Louane Bonnet.

»Dann hat es also mit deiner Rolle geklappt«, begrüßte Rosalie ihre neue Bekannte.

Louane lächelte unsicher. Es war ihr sichtlich unangenehm, dass Rosalie sie so offen darauf ansprach. Um Louane nicht in Verlegenheit zu bringen, hakte sie nicht weiter nach.

Yvette wies allen ihre Plätze zu, um nicht zu viel Zeit zu verlieren. Rosalie bekam den Auftrag, Louane eine Perücke anzupassen und einer weiteren Komparsin eine Hochsteckfrisur zu machen. Die Maskenbildnerin kümmerte sich unterdessen um den Hauptdarsteller des heutigen Drehs, einen gut aussehenden jüngeren Schauspieler namens Christian Moulin, aus dem sie einen alten Mann zu machen hatte. Mit einer knetähnlichen Masse begann sie zunächst seine Nase zu vergrößern, um ihm danach noch Tränensäcke und einen faltigen Hals zu verpassen. Dabei begann sie mit ihm ein Gespräch über den bevorstehenden Drehtag.

»Cloe hat mir gerade verraten, dass die Szenen mit Yannis auf morgen verschoben werden und wir nur die Massenszenen heute machen«, beschwerte sich der junge Mann. »Dadurch zieht sich alles noch mehr hinaus – und ich muss morgen nochmals dieselbe Maske über mich ergehen lassen.«

»Kein Wunder, dass er nach Raunards Tod so mitgenommen ist. Es muss ein schrecklicher Schock für ihn gewesen sein«, mutmaßte Rosalie, während sie Louanes Perücke auftoupierte.

Christian lachte nur verächtlich. »Das glaube, wer will! Ich auf jeden Fall nicht! Hallo?« Er verdrehte vielsagend die Augen in Rosalies und Yvettes Richtung. »Jeder hier weiß, wie die beiden in letzter Zeit zueinander standen.«

»Es wird viel zu viel Unsinn geredet«, wies ihn Yvette zurecht. Sie zog Christian einen Strumpf über den Kopf, damit die Perücke später besser hielt. »Du solltest nicht anfangen, schlecht über die beiden zu reden.«

»Mach ich doch gar nicht!«, behauptete Moulin mit einem geschmeidigen Lächeln, »aber es ist auch kein Geheimnis, dass es ganz schön knirscht im Getriebe dieser Produktion.« Er sah Yvette vielsagend durch den Spiegel an und rieb sich mit dem Daumen die Finger.

»Spielst du etwa auf die hohen Produktionskosten an?«, wollte Yvette nun doch wissen. Auch Rosalie und die drei anderen Komparsen horchten auf.

Christian setzte ein selbstsicheres Lächeln auf. Er schien es zu genießen, dass er die Aufmerksamkeit aller auf sich zog. »Nun, Michel Lavernier hat neulich eine Bemerkung gemacht, die mich zum Nachdenken gebracht hat.« Er räusperte sich, bis er ganz sicher war, dass er die Aufmerksamkeit aller auf sich gezogen hatte. »Angeblich gibt es Schwierigkeiten mit einem der Geldgeber. Raunard soll ihn verprellt haben«, verriet der Schauspieler den Anwesenden. »Aber das ist noch nicht alles! Bislang hat sich noch kein Filmverleih für das Projekt gefunden. Wenn das die Runde unter den Geldgebern macht, dann ist das alles hier schnell passé!«

»Das sind doch nur Gerüchte«, schimpfte Yvette und schüttelte energisch den Kopf. Dann wurde sie doch nachdenklich. »Sollte jedoch dennoch etwas an der Sache dran sein, dann haben wir in der Tat ein Problem. Ich habe leider schon mehr als einen Dreh erlebt, der eingestellt werden musste, weil die Geldgeber plötzlich abgesprungen sind.«

»Ein Mann wie Yannis findet ganz bestimmt jemand anders, der ihm das nötige Geld gibt«, mischte sich Louane Bonnet zuversichtlich ein. »Alle Welt kennt und bewundert diesen Schauspieler für sein Können. Dieser Film muss einfach gedreht werden.« Louane hatte ganz rote Wangen unter ihrer Schminke. Rosalie vermutete, dass sie Angst um ihre kleine Rolle hatte, die ihr doch so wichtig war.

»Keine Sorge, Schätzchen«, beruhigte Yvette sie und zwinkerte Louane zu. »Unser Yannis sprüht nur so vor Charme, wenn es darauf ankommt, die richtigen Leute für sich einzunehmen. Keiner von uns möchte unverrichteter Dinge wieder von hier abziehen. Ich habe zum Beispiel wegen dieses Films ein Angebot nach La Réunion ausgeschlagen, obwohl ich da schon immer mal hinwollte.«

Das Gespräch entwickelte sich zu Rosalies Bedauern in eine andere Richtung. Moulin reichte das Stichwort »La Réunion«, um sofort auf exotische Drehorte zu sprechen zu kommen. Er nutzte die Gelegenheit, um mit seiner internationalen Karriere anzugeben, auch wenn die, wie Rosalie fand, doch eher zweitklassig zu nennen war.

Wenig später platzte die Regieassistentin viel zu früh mit der Garderobiere herein und drängte die Darsteller, endlich zu den Aufnahmen zu kommen. Michel Lavernier, der Regisseur, hatte in letzter Minute noch etwas umorganisiert.

»Du siehst, hier herrscht das reinste Chaos.« Yvette hob vielsagend die Augenbrauen, ließ sich aber von der allgemeinen Hektik überhaupt nicht aus der Ruhe bringen. Mit stoischer Gelassenheit kontrollierte sie nochmals das Outfit jedes Einzelnen, bevor sie die Schauspieler entließ. »Ich brauch dich heute nur noch auf Abruf«, verkündete sie, während sie noch ein paar Utensilien in einen schweren Metallkoffer packte, den sie sich über die Schulter hängte. »Beim Dreh brauche ich dich vorerst nicht, aber es wäre gut, wenn du dich auf dem Gelände zur Verfügung hältst. Sieh dich einfach ein wenig um«, riet sie ihr.

Rosalie nahm die Gelegenheit wahr und bummelte ein wenig über den Set. Zu ihrer Überraschung fanden die Dreharbeiten für das Autorennen völlig unspektakulär ganz in der Nähe des Parkplatzes statt, wo die Wagenburg der Filmleute aufgebaut war. Ein kurviger Teil der schmalen Asphaltstraße, die zu einem einsam gelegenen Hameau führte, war abgesperrt worden. Von dort hatte man einen unverstellten Blick auf den Mont Ventoux. Mehrere Setrunner hielten Schaulustige davon ab, zu nah an das Filmgeschehen zu kommen. Drei Oldtimer der Marke De Dion-Bouton aus dem Jahre 1900 warteten fahrbereit auf ihren Einsatz. Die Kameraleute auf ihren fahrbaren Untersätzen nahmen von der Regie noch letzte Anweisungen entgegen. Auch die Schauspieler und Komparsen hatten ihre Stellung eingenommen und warteten am Wegesrand, so wie man sie platziert hatte, auf die Klappe. Überhaupt herrschte ein unübersehbares Gewimmel von Menschen vor Ort. Beleuchter, Kameraleute, Tontechniker, Aufnahmeleitung, die Maskenbildnerin Yvette mit ihrem Koffer, Statisten, Regieassistenz und der Regisseur. Rosalie wäre gern etwas näher an das Geschehen gekommen, doch sie wurde daran gehindert. Ein etwas bulliger junger Mann mit einem Walkie-Talkie in der Hand hielt sie freundlich, aber bestimmt zurück.

»Lavernier reißt mir den Kopf ab, wenn ich jemanden zu nah heranlasse«, verriet er ihr mit gewichtiger Miene. Rosalie sah sofort, dass ihm langweilig war und er nur darauf aus war, sich ein wenig in Szene zu setzen. Sie setzte ein unschuldiges Lächeln auf.

»Verzeih, ich bin neu hier«, meinte sie bescheiden.

Der junge Mann, der sich sofort als André vorstellte, ergriff die Gelegenheit beim Schopf, um sie über die Gegebenheiten aufzuklären. »Dieser Regisseur ist ein Perfektionist, der ganz in seiner eigenen Welt lebt. Er ist nicht wie andere Regisseure, sondern ein absoluter Profi, auch wenn er als sehr eigenwillig gilt.« In seiner Stimme schwang unverhohlene Hochachtung mit. Er nahm Rosalie nun genauer unter die Lupe und war offensichtlich von ihr angetan. »Du arbeitest also auch auf dem Set? Ich hab dich vorhin bei Yvette gesehen.«

Rosalie erwiderte sein freundliches Grinsen und stellte sich ebenfalls vor. Seine etwas selbstgefällige Art bot ihr eine gute Gelegenheit, etwas mehr über die Filmarbeiten zu erfahren. Tatsächlich war André die reinste Plaudertasche. Ohne dass sie viel fragen musste, begann er zu erzählen. Dabei erfuhr sie so einiges über den Ablauf der Dreharbeiten.

»Als Setrunner bist du Mädchen für alles«, erklärte er stolz seine Tätigkeit. »Wir sind immer die Ersten vor Ort. Etwa zwei Stunden vor Drehbeginn bauen wir die Base auf und sorgen dafür, dass alles dort ist, wo es seinen Platz hat. Das fängt an mit dem Verkabeln der Wohnmobile, dem Aufstellen der Tische für das Catering und geht bis hin zum Aufbau der Toiletten. Wenn der Dreh läuft, müssen wir dafür sorgen, dass niemand ihn stört. Wenn die Klappe fällt, müssen alle die Klappe halten.«

»Das ist bestimmt ganz schön stressig. Du musst ganz schön clever sein.« Rosalie spielte sich als seine Bewunderin auf.

André zuckte geschmeichelt mit den Schultern. »Kommt ganz drauf an. Manchmal haben wir auch stundenlangen Leerlauf, dann steppt wieder der Bär. Du musst bereit sein, sofort von Stand-by auf hundertachtzig zu drehen. Das kann extrem frustrierend sein, aber oft auch lustig.«

Rosalie warf wieder einen Blick auf die Filmaufnahmen. Sie beobachtete, dass die Leute dort immer wieder dieselbe Szene nachstellten: Die Automobile fuhren an den Zuschauern vorbei, und diese jubelten ihnen zu. »Wieso dauert das denn so lange?«, fragte sie. »Es kann doch nicht so schwer sein, ein paar vorbeifahrende Autos zu filmen.«

»Film ist Fake«, gab sich André weiterhin als Insider zu erkennen. »Erst wird die Szene ohne Kamera geübt, dann wird gedreht, dann kommt eventuell ein Umbau, und dann wird dasselbe nochmals aus einer anderen Richtung gedreht mit einer anderen Einstellung und dann wieder und wieder und wieder, bis Lavernier zufrieden ist. Er ist eben einer der Besten!«

»Genau wie Yannis Quebec«, warf Rosalie aufs Geratewohl ein. »Die beiden werden den Film sicherlich zu großem Erfolg führen.«

»Lavernier wird alles retten«, behauptete André, »aber über Quebec sind einige hier anderer Meinung.« Rosalie sah ihn fragend an, was der Setrunner nur zu gern als Aufforderung verstand weiterzuerzählen. »Yannis ist eben Extremsportler und nur phasenweise ein guter Schauspieler. Die schnelle Karriere ist ihm nicht gut bekommen.« André spreizte den Daumen vor der geschlossenen Faust und deutete auf diese Weise mit Schluckbewegungen an, dass er gern trank. »Wenn es nach einigen Leuten hier ginge, hätte ja Maxime Guesset die Rolle bekommen.«

»Maxime Guesset, ist das nicht dieser Typ aus der Telenovela *L'amour et la Rose*?« Rosalie rümpfte missbilligend die Nase.

»Nur weil Maxime Daily Soaps dreht, muss er kein schlechter Schauspieler sein«, verteidigte André den Darsteller. »Im Gegensatz zu Quebec weiß Maxime sich zu benehmen. Außerdem sagt man ihm keine Laster nach, er ist zuverlässig, zickt nicht am Set und hurt nicht herum.« André wiegte den Kopf langsam hin und her. Rosalie begriff, dass Yannis' Art und seine erkennbar offene sexuelle Ausrichtung nicht bei allen gut ankamen.

»Also hat Guesset nur deshalb die Rolle nicht bekommen, weil Raunard der Produzent und außerdem Quebecs Agent war?«, fragte sie wie zufällig.

»Nicht ganz! Der Film war tatsächlich Quebecs Idee. Er hat auch das Drehbuch geschrieben. Allerdings hätte Lavernier ihn gern aus dem Dreh herausgehalten. Er traut Yannis nicht genug Professionalität zu. Er kann wegen seiner Trinkgewohnheiten jederzeit ausfallen. Maxime weiß das und hält sich im Hintergrund zur Verfügung. Wieso sollte er sich sonst hier in der Gegend aufhalten?«

»Maxime Guesset ist hier?« Rosalie hob überrascht die Augenbrauen. War das ein Hinweis darauf, dass man Quebec ausbooten wollte? Sie behielt die Vermutung für sich. Dahinter konnte durchaus ein Komplott stecken.

André zuckte mit den Schultern. »Keine Ahnung, was der hier will. Ich bin hier nur ein kleines Rädchen im Getriebe«, gab er sich bescheiden. »Aber auch ich habe Augen im Kopf. Guesset ist neulich auch bei dem Radrennen gewesen. Allerdings ist er nach dem Unglück rasch verschwunden.«

Rosalie sah von weiteren Fragen ab, da sie begriff, dass André nur Vermutungen äußerte. Allerdings mochte darin auch ein Fünkchen Wahrheit stecken. Sie beschloss herauszufinden, wer Guessets Freunde waren und ob sie eine Chance hatten, Quebec auch noch nach Raunards Tod auszustechen.

»Wirklich interessant, was hier so alles passiert«, meinte sie und machte Anstalten zu gehen.

»Hast du heute Abend schon was vor …?« André gab sich keine Mühe, sein Interesse an Rosalie zu verbergen. »Ich könnte dir nach Feierabend bei einem Glas Wein noch viel mehr erzählen, zum Beispiel über meine bevorstehende Karriere als Beleuchter …«

»Leider keine Zeit«, würgte Rosalie die Annäherungsversuche des jungen Mannes rigoros ab. »Aber man sieht sich ja ohnehin!« Sie schenkte ihm ein strahlendes Lächeln, winkte ihm mit wedelnder Hand zu und rauschte in Richtung Dorfmitte ab.

Sie hatte sich dazu entschlossen, auf dem Dorfplatz vor der Schule einen *Petit noir* zu trinken. Yvette konnte sie auch dort jederzeit erreichen, falls sie ihre Hilfe brauchte.

Während sie in dem Eckcafé ihren Kaffee trank, ging sie noch einmal in Gedanken die Informationen durch, die sie bislang gesammelt hatte. Allem Anschein nach gab es sowohl im Umfeld des toten Rémy Raunard als auch in dem von Yannis Quebec einige Menschen, die durchaus ein Motiv hatten, den beiden zu schaden. Doch rechtfertigte das auch einen Mord? Was, wenn Raunards Tod doch eher nur Zufall war? Sie verwarf den Gedanken, denn zu vieles sprach dagegen. Am liebsten hätte sie sich sofort mit Vincent darüber ausgetauscht, der im Gegensatz zu ihr die Fähigkeit besaß, immer alles von der nüchternen Warte aus zu beurteilen. Doch dieser war heute den ganzen Tag in seiner Apotheke beschäftigt, sodass sie bis zum Abend würde warten müssen, wenn sie gemeinsam zu Claude und Magali fuhren. Ihr Blick fiel auf den Nachbartisch, auf dem eine Ausgabe der örtlichen Zeitung lag. Die Überschrift zeigte einmal mehr, dass das Blatt nur auf billige Schlagzeilen aus war.

»MORD AM MONT VENTOUX – Schlägt der Mörder noch einmal zu?«

Im darunter folgenden Artikel fanden sich nichts als haltlose Mutmaßungen, die auf der Tatsache beruhten, dass das Fahrrad, mit dem Raunard getötet worden war, eigentlich Yannis Quebec gehörte. Irgendjemand aus dem näheren Umfeld des Geschehens hatte etwas an die Presse durchsickern lassen. Maurice wird schäumen vor Wut, wenn er das liest, dachte Rosalie mit einer gewissen Schadenfreude. Kurz darauf läutete ihr Mobiltelefon. Yvette bat sie, in einer halben Stunde auf dem Set zu sein. Sie benötigte ihre Hilfe.

Gerade, als sie bezahlen wollte, sah sie, wie Yannis Quebec in seinem schicken Cabrio vorfuhr und ganz in ihrer Nähe anhielt. Aus seinem Sportwagen stieg zu ihrer Überraschung Lucas Leroy und verabschiedete sich überschwänglich von dem berühmten Schauspieler. Yannis fuhr sofort weiter, doch Lucas blieb noch eine ganze Weile stehen und sah dem abfahrenden Wagen hinterher. Ohne sie zu bemerken, schwebte der junge Caterer schließlich an ihr vorbei. Man musste nicht besonders hellsichtig sein, um zu ahnen, dass Lucas und der Schauspieler sich nähergekommen waren.

10

»Nun komm schon, Minouche, Rosalie wird auch gleich da sein!« Vincent lockte seine Hündin in sein Auto. Er hatte der weißbraunen Jagdhündin mit dem Stummelschwanz vor einigen Monaten das Leben gerettet, indem er sie aus einer Wilderer-Falle befreit hatte. Nachdem ihr Herrchen nun im Gefängnis saß, hatte er sich ihrer angenommen. Mittlerweile konnte er sich ein Leben ohne die Hündin überhaupt nicht mehr vorstellen. Minouche sah ihn mit schräg gelegtem Kopf aus ihren klugen braunen Hundeaugen an und blieb abwartend vor ihm sitzen. »Du kleine verwöhnte Diva«, lächelte der Apotheker, griff in seine Jackentasche und gab ihr einen Hundekeks. Erst dann bequemte sich Minouche, auf die Rückbank seines Citroën zu springen.

Unterdessen kam Rosalie mit beschwingten Schritten auf die beiden zu. Vincent blieb vor Staunen die Luft weg. Die temperamentvolle Friseurin überraschte ihn immer wieder. Ihre Erscheinung hatte an diesem Abend etwas Leichtes, Beschwingtes – wie ein junges Mädchen, das zum ersten Mal auf einen Ball ging. Sie trug ein helles Sommerkleid mit ausgestelltem Rock und eng anliegendem Oberteil, das mit roten Mohnblumen bedruckt war. Dazu flache hellgrüne Ballerinas und eine gleichfarbige große Handtasche, aus der eine kunstvoll verpackte Flasche Wein hervorlugte. Ihre langen kupferroten Haare hatte sie zu einer lockeren Hochsteckfrisur arrangiert, was ihren alabasterfarbenen Hals, der mit einer Perlenkette geschmückt war, betonte.

»Geht es dir gut?«, erkundigte sich Rosalie besorgt, während sie ihm drei Küsse auf die Wangen hauchte. Vincent wurde erst jetzt bewusst, dass er einfach nur so dagestanden und sie mit offenem Mund angestarrt hatte.

»Ähm, ja natürlich.« Er räusperte sich verlegen. »Es ist nur, du … du siehst einfach bezaubernd aus.« Endlich gelang es ihm, sich wieder einigermaßen normal zu benehmen. »Minouche ist schon im Auto. Wir können gleich losfahren.« Der Hund war längst wieder aus dem Auto gesprungen, um sie schwanzwedelnd zu begrüßen.

»Meine Süße, du freust dich ja richtig, mich zu sehen.« Sie streichelte die Hündin so ausgiebig, dass Vincent ganz neidisch wurde. Viel zu lange musste er den beiden bei ihrer Wiedersehensfreude zusehen. Erst als sie alle endlich im Auto saßen, hatte Rosalie auch wieder Zeit für ihn.

»Hast du den Blumenstrauß für Magali?«, erkundigte sich Rosalie. Vincent deutete auf die Hutablage, wo ein üppiger Sommerblumenstrauß lag. Rosalie betrachtete ihn mit Wohlgefallen. Sie selbst hatte vom Weingut ihres Vaters eine Flasche Rotwein für Claude mitgebracht. »Mein Vater wird auf seine alten Tage noch ganz rührselig«, berichtete sie. »Ich war gerade noch bei ihm in Vacqueiras, und er wollte mich gar nicht mehr gehen lassen. Wenn ich ihn nicht besser kennen würde, könnte man meinen, er hat ein schlechtes Gewissen.« Rosalies Verhältnis zu ihrem Vater war reichlich kompliziert. Sie hatte jahrelang keinerlei Kontakt zu ihm gehabt, weil sie davon ausgegangen war, dass er ihr die Schuld am Unfalltod ihrer Stiefmutter gab. Vincent wollte an diesem schönen Abend lieber nicht an dieses komplexe Thema rühren und begann deshalb von seinem Tag in der Apotheke zu erzählen.

»Arlette hat sich mal wieder als künftige Bürgermeistergattin profiliert«, gab er amüsiert zum Besten. »Dabei hat sie sich mit Lucinde angelegt, die keinen Hehl daraus macht, dass sie Jean-Luc mit seiner nationalen Gesinnung nicht mit ihrer Stimme bei der Bürgermeisterwahl unterstützen will. Die beiden gerieten sich daraufhin so sehr in die Haare, dass ich beinahe hätte einschreiten müssen. Natürlich ging es wieder um Ausländer. Zum Glück betrat dann Philippe den Laden. Der Anblick unseres Dorfpolizisten hat die beiden Kampfhennen dann doch wieder zum Schweigen gebracht.« Rosalie gluckste vor Lachen, als er die selbstherrliche Bäckersfrau Arlette und die altjüngferliche Lebensmittelverkäuferin nachahmte.

»*Mon Dieu!* Ich wusste gar nicht, dass du so ein Talent zum Schauspielern hast«, amüsierte sie sich. Bei ihrem Lob hob sich Vincents ohnehin gute Stimmung noch merklich. Für seinen Geschmack waren sie viel zu schnell in Suzette und kurz darauf bei Claude und Magali.

Das junge Ehepaar empfing die beiden mit offenen Armen. Da es ein lauer Frühsommerabend war, hatte Magali draußen auf der Terrasse gedeckt. Von dort hatte man einen unverstellten Blick auf die Dentelles de Montmirail, einen kleinen Gebirgszug, der bei Bergsteigern und Mountainbikern überaus beliebt war. Seine zerklüfteten Bergspitzen erinnerten an die Spitzen der Klöppelarbeiten, die im neunzehnten Jahrhundert in der Provence kurzzeitig eine große Rolle gespielt hatten.

Der Steintisch, den eine provenzalisch gemusterte Tischdecke zierte, war bereits eingedeckt, und sie nahmen direkt daran Platz. Claude holte aus dem Kühlschrank eine Flasche *Crémant de Dié* und schenkte ihnen allen einen Aperitif ein. Dazu reichte Magali eine Platte mit selbst gemachter *pâté de sanglier,* einer Wildschweinpastete, und frischem Landbrot. Obwohl es der erste gemeinsame Abend war, den die vier gemeinsam verbrachten, stellte sich sofort eine wohltuende Vertrautheit ein. Rosalie und Magali kannten sich noch aus der Zeit, als sie beide in Marseille zusammen in einem Callcenter gearbeitet hatten. Für Magali war es damals eine unglückliche Zeit gewesen, in der sie die wichtigen Dinge im Leben ziemlich aus den Augen verloren hatte. Dank Rosalies Ermunterungen und Ratschlägen hatte sie schließlich gekündigt und ein Biologiestudium begonnen. Dabei hatte sie Claude kennengelernt. Noch während sie beim Aperitif saßen, wärmte Magali die Geschichte auf.

»Ohne Rosalie würden wir heute Abend nicht hier sitzen!«, endete die junge Frau und stieß mit allen an.

Vincent hatte Claude vor einigen Monaten in seiner Funktion als *Garde Champêtre* kennengelernt. Dabei hatten sie festgestellt, dass sie sich sehr sympathisch waren.

Die kleine Emma, das Töchterchen der Belliers, schlief friedlich in ihrem Zimmer nebenan und ließ sich von ihrem Gelächter nicht stören. Schließlich verschwand Claude in der Küche, um nach der Lammkeule zu sehen.

»Wir können schon mal mit der Vorspeise beginnen«, verkündete er wenig später. »In einer Viertelstunde müsste die Keule *à point* sein – auf den Punkt gegart.«

Magali half ihrem Mann bei den Vorbereitungen für die Vorspeise, während Vincent mit Rosalie allein auf der Terrasse zurückblieb. Sie saß direkt neben ihm und blickte versonnen zu den Dentelles, hinter denen gerade die Sonne verschwunden war. Ein leichter Abendwind spielte mit einzelnen feinen Strähnen, die sich aus den hochgesteckten Haaren gelöst hatten, und ließ sie noch verführerischer erscheinen, als sie ohnehin schon war. Vincent saß direkt neben ihr und nahm den zarten Veilchenduft ihres Parfüms in sich auf. Wenn es nach ihm gegangen wäre, hätte er am liebsten die Grübchen ihrer Halsbeuge geküsst. Als hätte sie seine Gedanken erahnt, wandte sie sich ihm plötzlich zu und sah ihn aus ihren grünen Augen aufmerksam an. Ihre Blicke verfingen sich ineinander. Vincent spürte ein Kribbeln, das durch seinen ganzen Körper lief. Ohne dass er etwas hätte dazutun müssen, näherten sich ihre Gesichter.

In dem Augenblick, als sich ihre Lippen schon fast gefunden hatten, kehrten Claude und Magali zurück. Der Zauber verflüchtigte sich so schnell, wie er gekommen war. Rosalie räusperte sich und setzte sich auf. Enttäuscht tat Vincent es ihr nach und sah zu, wie die beiden Gastgeber geräucherten Schinken von Bayonne und in Stücke geschnittene Honigmelonen servierten, die mit Muskatwein übergossen waren.

»Lasst es euch schmecken«, forderte Claude die Runde auf, sich selbst zu bedienen.

»Es sind die ersten Melonen aus Cavaillon«, verriet Magali erfreut. »Claude hat sie heute Morgen frisch auf dem Markt von Carpentras gefunden.«

Vincent, der selbst ein passionierter Hobbykoch war, wusste die Qualität der gelblich grünen Melonen mit den dunkelgrünen Streifen zu schätzen. Mit ihrem orangefarbenen Fruchtfleisch und ihrem typisch honigsüßen Geschmack waren sie etwas ganz Besonderes. Diese Melonen wurden nur in einem geografisch sehr begrenzten Gebiet angebaut, nach alter Tradition und uraltem Wissen. Strenge Qualitätskontrollen und umweltfreundlicher Anbau waren ebenso Voraussetzungen wie die Vorgabe, dass sich jeder Melonenbauer den strengen Regeln der Genossenschaft der IGP zu unterwerfen hatte. Sie sorgten dafür, dass die Melonen nur in diesem Anbaugebiet wachsen durften. Vincent sah sofort, dass die Melonenspitze, der Pécou, trocken war und abbröckelte, ein wichtiger Indikator, dass die

Frucht den richtigen Reifegrad erreicht hatte. Ihr Geruch war stark und süß.

»Ich könnte schon allein vom Geruch satt werden«, behauptete Rosalie, deren Nase besonders empfindlich war. Sie schnitt ein Stück von der Melone aus der Schale, umwickelte sie mit etwas geräuchertem Schinken, dessen Geschmack fein und leicht süßlich war, und tunkte ihn in den Sud aus Muskatwein, um noch einmal daran zu schnuppern. »So viel zum Sprichwort: Leben wie Gott in Frankreich«, lachte sie und steckte sich genüsslich den Bissen in den Mund.

Claude schenkte ihnen dazu ein Glas Muscat de Beaumes de Venise ein. Der aromatische Dessertwein rundete das Entree bestens ab. Danach folgte die eigentliche Vorspeise, *Tomates Provençales.* Dazu hatte Magali große festfleischige Tomaten halbiert und ausgehöhlt, um das Innere der Tomate mit Semmelbröseln, Knoblauch, frischem Thymian, einem üppigen Bund Petersilie, etwas Zitronensaft und einem Hauch an gehacktem Sardellenfilet zu füllen und in einer feuerfesten Form mit etwas Olivenöl zu überbacken. Auch sie waren köstlich abgeschmeckt und ein würdiger Vorgeschmack auf die Hauptspeise, eine am Drehspieß gegarte Lammkeule, mit Knoblauch gespickt und mit Senf und Rosmarin mariniert. Dazu reichte Magali *Flageolets,* ein Gemüse aus grünen Bohnenkernen, knusprig frisches Weißbrot und *Aïoli,* eine selbst gemachte Knoblauchmayonnaise.

Das Fleisch des drei Monate alten Lamms war, wie versprochen, auf den Punkt gegart, außen knusprig, innen noch etwas rosa, und schmeckte nach den würzigen Hochlandwiesen der Causse. Die Gebirgswiesen der Cevennen, auf denen die Lämmer ihre kurze Lebenszeit verbrachten, waren berühmt für ihre vielfältigen Kräuter. Dazu tranken sie einen kräftigen Rotwein von der Cooperative in Caromb.

Wie es in Gesellschaft so üblich war, unterhielt man sich während der Mahlzeit über das Zubereiten, Kochen und Essen verschiedener Gerichte und nicht etwa über ernsthaftere Themen. Vincent beobachtete fasziniert, wie sich Rosalie, während sie lebhaft erzählte, immer wieder eine ihrer roten Haarsträhnen hinter das Ohr strich. Sie wirkte an diesem Abend so jugendlich und frisch wie schon lange nicht mehr. Einmal streifte sie unabsichtlich mit ihrem Knie sein Bein, wobei es ihn abermals durchfuhr wie ein Stromstoß. Wie gern wäre er jetzt mit ihr allein gewesen.

Beim Nachtisch – einer *Île Flottante,* die nach einem Rezept von Claudes Tante in Paris zubereitet worden war – kamen sie auf den Mord an dem Filmproduzenten zu sprechen. Während Rosalie von dem mit Karamell überzogenen Eischnee, der in einer Vanillesauce schwamm, mit dem Löffel etwas abstach, erzählte sie, wie sie beide beinahe Zeugen des Vorfalls geworden waren.

»Im Dorf wird darüber geredet, dass der Unfall ein Mordanschlag gewesen sei und eigentlich gar nicht Raunard, sondern Yannis Quebec gegolten haben soll«, berichtete Claude. »Schließlich war es Quebecs Fahrrad, das manipuliert worden ist.«

»Das ist noch gar nicht erwiesen«, relativierte Vincent sofort. »Bevor die Sabotage nicht von der Spurensicherung bestätigt worden ist, ist das alles nur Spekulation.«

»Und was ist mit dem Stein, der Raunard zum Stürzen gebracht hat?«, warf Magali ein. »Der spricht doch gegen die Theorie, dass eigentlich Quebec das Opfer hätte sein sollen.«

»Auch das muss erst noch untersucht werden!« Vincent mochte keine Spekulationen, die auf nicht vorhandenen Tatsachen beruhten. »Lassen wir doch am besten die Polizei ihre

Arbeit machen, Commissaire Viale wird sicherlich gründlich ermitteln.«

»Pfff!« Rosalie schnaubte abfällig. »Mein Bruder sieht doch meist den Wald vor lauter Bäumen nicht. Es kann nicht schaden, wenn wir uns auch ein wenig Gedanken machen.«

Vincent verschluckte sich fast, als er das hörte. »O nein, nein, nein!«, wehrte er energisch ab. »Eine Mordermittlung reicht mir für mein ganzes Leben. Muss ich dich daran erinnern, dass wir beim letzten Mal nur ganz knapp mit dem Leben davongekommen sind?«

Sein Blick war reiner Protest. Doch Rosalie ließ sich davon in keiner Weise beeindrucken. »Ich will ja nicht wirklich ermitteln«, wehrte sie ab, »aber ein paar Gedanken wird man sich ja wohl noch machen dürfen, vor allem, wenn man quasi Zeuge bei einem Mord geworden ist.« Ungeachtet seiner Einwände begann sie von ihrem Gespräch mit der Maskenbildnerin und dem Setrunner zu erzählen. »Fest steht, dass es im Umfeld von Rémy Raunard und Yannis Quebec einige Menschen gibt, die für einen Mord ein Motiv gehabt haben könnten.« Sie erzählte von Raunards Spielschulden und dem Ärger mit den Geldgebern der Filmproduktion, von Yannis' bewegtem Liebesleben und auch von Maxime Guesset und seinem unbekannten Geldgeber, die ein starkes Interesse daran hatten, das Drehbuch für den Film selbst umzusetzen. »Ich bin der Meinung, dass man Maxime Guesset mal näher auf den Zahn fühlen sollte«, überlegte sie. »Er hat meines Erachtens das größte Motiv, außerdem wurde er in der Nähe der Unfallstelle gesehen. Überdies ist er der Einzige von allen Verdächtigen, dem es egal sein konnte, ob Raunard oder Quebec starb. Egal, wer von beiden starb, sein Tod sorgte dafür, dass die Produktion in noch größere Schwierigkeiten gerät. Jeder Tag, den sich die Dreharbeiten verzögern, kostet ein Vermögen.« Rosalie legte ihr Kinn auf die aufgestützte Hand und sah sie reihum triumphierend an. Ihre Argumentation hatte etwas für sich, musste selbst Vincent neidlos anerkennen.

»Nie im Leben ist Maxime zu solch einer gemeinen Tat fähig.« Zu ihrer aller Überraschung hegte Claude massive Zweifel an dieser Theorie. »Ich kenne ihn ziemlich gut. Wir sind gemeinsam zur Schule gegangen. Er ist viel zu einfältig, um eine solche Intrige spinnen zu können.«

»Davon hast du nie etwas erzählt!« Magali stieß ihren Mann vorwurfsvoll in die Seite. »Du musst mir unbedingt ein Autogramm von ihm besorgen.« Sie gestand ihnen etwas verschämt, dass sie sich heimlich jeden Tag *L'amour et la Rose* ansah, in der Maxime Guesset mitspielte. Rosalie rümpfte sofort abfällig die Nase.

»Und ich dachte immer, dass studierte Menschen Wert auf Qualität setzen«, spottete sie.

»Die Serie kommt immer dann, wenn Emma ihren Mittagsschlaf macht«, rechtfertigte sich Magali. »Ich muss schließlich auch mal abschalten, und du kannst nicht abstreiten, dass Maxime unglaublich gut aussieht!«

»Hört, hört!« Claude spielte den Beleidigten, bis ihm Magali versicherte, dass es selbstverständlich keinen begehrenswerteren Mann gäbe als ihn.

»Ihr könnt euch dennoch in Guesset täuschen«, beharrte Rosalie und kam wieder zurück zu ihrem vorigen Thema. »Er kann sich geändert haben oder von seinem Geldgeber angestachelt worden sein. Vielleicht ist er auch nur Mitwisser und Nutznießer. Er wäre nicht der Erste, dem Ruhm allzu sehr zu Kopf gestiegen wäre.«

Claude ließ sich davon nicht überzeugen, dafür hatte er eine andere Theorie auf Lager. »Ich tippe eher auf Raunards Spielsucht. Leute, die Wetten abschließen oder um hohe Geldsummen spielen, geraten schnell in kriminelle Kreise.«

»Genauso gut kann es sein, dass Raunards Tod ein unglücklicher Unfall war«, versuchte Vincent das Gespräch, das ihm immer weniger gefiel, zu einem Ende zu führen. »Es ist durchaus möglich, dass die Spurensicherung genau zu dieser Erkenntnis kommt.«

Rosalie sah ihn enttäuscht an. »Du glaubst, das alles war nur Zufall?«

Er zuckte mit den Schultern. »Ich glaube, dass um diesen Todesfall viel zu viel Wirbel gemacht wird. Nur weil gerade ein Filmteam hier ist, heißt das noch lange nicht, dass gleich auch ein Mord geschieht. Das alles sind doch nur wilde Spekulationen. Das macht die ganze Gegend verrückt.«

Rosalie kaute auf ihrer Unterlippe und warf ihm einen beinahe feindseligen Blick zu. Seine Worte gefielen ihr überhaupt nicht.

Um die Stimmung nicht zu verderben, schlug er ihr einen Kompromiss vor. »Ich werde dir beweisen, dass nichts dahintersteckt«, behauptete er. »Ich werde meinen ehemaligen Kollegen bei der Spurensicherung in Avignon anrufen und versuchen, an die Untersuchungsergebnisse zu kommen. Und wenn du möchtest, fahre ich an die Unglücksstelle und inspiziere sie selbst noch einmal. Du wirst sehen, dabei kommt nichts heraus. Im Gegenzug musst du mir versprechen, dich aus allen anderen Nachforschungen herauszuhalten.«

»Von mir aus«, gab sie nicht sehr begeistert klein bei, »ich habe ohnehin gerade anderes zu tun. Es ist schon spannend genug, den Leuten bei den Dreharbeiten zuzusehen.« Und dann begann sie von den Eindrücken ihres ersten Arbeitstages zu erzählen.

Der Abend verging wie im Flug. Ehe sie sichs versahen, war es kurz vor Mitternacht und Zeit, nach Hause zu fahren. Vincent schlug vor, dass sie sich demnächst bei ihm in seiner Wohnung treffen sollten, um ein ähnliches Essen zu wiederholen. Claude, der seine Magali eng umschlungen hielt, stieß ihn kameradschaftlich in die Seite.

»Ihr seid ein hübsches Paar«, sagte er an sie beide gewandt und zwinkerte Rosalie aufmunternd zu.

Vincent glaubte zu sehen, wie sie leicht errötete. Sein Herz begann gleich einen Takt schneller zu schlagen. Um seine eigene Verlegenheit zu überspielen, pfiff er nach Minouche, die den ganzen Abend schlafend unter dem Tisch verbracht hatte und nun in der Dunkelheit verschwunden war, um ihr Geschäft zu verrichten. Sie trottete schwanzwedelnd herbei, um sich abwechselnd von allen noch ein paar Streicheleinheiten abzuholen, bevor sie ins Auto stiegen.

Auf der Heimfahrt saßen sie schweigend nebeneinander, bis Rosalie endlich die Stille durchbrach.

»Das hat sich heute richtig gut angefühlt«, sagte sie leise. Ihre Stimme klang weniger selbstbewusst, als er es von ihr gewohnt war, beinahe schüchtern.

»Das fand ich auch«, antwortete er leise. »Von mir aus können wir das, sooft du willst, wiederholen.« Er warf ihr einen kurzen Blick zu und freute sich, dass sie ihm zustimmend zulächelte.

Viel zu schnell waren sie wieder zurück in Vassols. Vincent fuhr in die schmale Gasse vor Rosalies Haarstudio, über dem ihre Wohnung lag, hielt vor dem Eingang und stellte den Motor ab. Noch während er die Hand am Zündschloss hatte, spürte er Rosalies Hand auf seinem Arm. Er wandte sich ihr zu und schloss sie in seine Arme, um sie zu küssen. Mit einem Mal fühlte sich alles so selbstverständlich und leicht an. Ihr Kuss war voller Verheißung und versprach mehr, als er zu träumen gehofft hatte. Als er behutsam seine Hand auf ihre Brust legte, wehrte sie ihn nicht ab, sondern ermunterte ihn zu mehr.

»Wir könnten zu mir nach oben gehen«, schlug sie vor, als er begann, ihre Halsbeuge zu küssen. Er wollte gerade zustimmen, als Rosalies Mobiltelefon sich viel zu laut aus ihrer Tasche meldete. Da das Klingeln nicht aufhörte, griff sie danach, um es auszustellen, doch dann fiel ihr Blick auf das Display, und sie zog sich von ihm zurück.

»Ich muss da ran«, entschuldigte sie sich mit einem bedauernden Schulterzucken. »Es ist Sylvie, meine Schwägerin. Sie würde nicht anrufen, wenn es nicht dringend wäre.«

Vincent wollte einwenden, dass er auch warten könnte, bis sie zu Ende telefoniert hatte. Doch Rosalie ließ ihm dazu keine Gelegenheit. Sie hatte bereits die Autotür geöffnet und war ausgestiegen.

»Wirklich schade!«, sagte sie noch, dann war sie auch schon im Hauseingang verschwunden.

II

»Verdammt, Cadenet, das können Sie nicht machen! Sie haben uns das Geld fest zugesagt! Die Vorbereitungen für den Dreh sind abgeschlossen. Morgen beginnen wir zu drehen. Wenn Sie jetzt das Geld nicht nachschießen, dann können wir einpacken. Halten Sie sich an Ihre Versprechen, wir tun es auch! Vertrag ist Vertrag! – Was? Rougemont beabsichtigt, sich ebenfalls zurückzuziehen, wenn ich nicht auf Ihre Bedingungen eingehe? Wollen Sie mich fertigmachen? Sie waren sich doch mit Rémy einig. Was soll das Ganze?« Yannis quetschte das Telefon an sein Ohr, als könnte er dadurch die Dinge, die er gerade zu hören bekam, ungeschehen machen. Sein Gesprächspartner blieb unbeeindruckt. »Hören Sie, nur weil Rémy tot ist, ändern sich doch nicht die Umstände.« Yannis spürte, wie ihm der Schweiß über die Stirn rann. »Ich verspreche Ihnen, dass alles genau so ablaufen wird, wie wir es vereinbart haben. Das Drehbuch ist genial, die Idee zündend, das haben Sie selbst gesagt! Wir haben den besten Regisseur Frankreichs für uns gewinnen können. Sie waren doch selbst davon überzeugt, dass das Projekt ein Erfolg werden wird. – Wie bitte? Sie haben kein Vertrauen in *mich*? Nur weil ich neulich bei der Presseveranstaltung leicht angetrunken war? Das ist eine Verleumdung! Ich bin kein Alkoholiker und schon gar nicht unzuverlässig!« Nun begannen auch noch Yannis' Hände vor Aufregung zu zittern. Er griff in seine Hosentasche und zog eine angebrochene Schachtel Gauloises heraus. Umständlich zündete er sich eine an und nahm einen tiefen Zug, während er Cadenets unerhörtem Vorschlag fassungslos zuhörte.

»Sie geben uns das Geld nur, wenn Maxime einen Großteil meiner Rollen übernimmt? Sind Sie jetzt völlig übergeschnappt? Das können Sie vergessen!«, protestierte er empört. »Das hier ist mein Baby! Ich hatte die Idee, habe das Drehbuch verfasst und dafür gesorgt, dass alles auf mich zugeschnitten ist, und jetzt wagen Sie es, mir vorzuschlagen, dass jemand anders einen großen Teil meiner Rollen übernimmt? Und dann auch noch ausgerechnet Maxime, diese Nullnummer, der sich in billigen Vorabendserien als Latin Lover lächerlich macht? Vergessen Sie's! Bevor der hier aufkreuzt, können Sie sich Ihr Geld sonst wohin stecken! Ich lasse mich nicht erpressen. Es gibt auch noch andere, die in das Projekt einsteigen wollen.« Yannis hatte das Zittern seiner Hände kaum noch unter Kontrolle, als ihm Cadenet mitteilte, dass er, falls er sich nicht einverstanden erklärte, per richterlicher Anordnung einen Drehstopp erzwingen würde, da sie hoffnungslos mit dem Zeitplan im Hintertreffen seien und er somit ein Recht hätte, das Geld, das er bereits investiert hatte, wieder zurückzuverlangen. Zweifelsohne hatte der Mistkerl sich schon mit seinen Anwälten besprochen. Yannis' Blut geriet in Wallung. Anstatt sich auf diplomatische Lösungen wenigstens zum Schein einzulassen, brannte ihm die Sicherung durch. »Ach, machen Sie doch, was Sie wollen!«, brüllte er ins Telefon. »Dann bekommen Sie Ihr Geld eben zurück und sind raus aus der Sache!« Er drückte Cadenet weg und warf wütend sein Smartphone auf den Beifahrersitz seines Ferraris. Düster starrte er auf die von Ginster und Steineichen durchsetzte Felslandschaft, die sich unterhalb der Ausweichstelle auftat, wo er angehalten hatte.

Er war gerade auf dem Rückweg vom Mont Ventoux gewesen, wo er sich mit Lavernier und Chloe getroffen hatte, um geeignete Drehplätze für bestimmte Szenen zu finden, als ihn Cadenet mit seinem Anruf überrascht hatte. Was zum Teufel hatte Rémy nur geritten, sich auf diesen widerlichen Pornoproduzenten einzulassen? Er war von Anfang an dagegen gewesen, doch Rémy hatte die Verhandlungen offensichtlich hinter seinem Rücken weitergeführt. Klar hatte auch er den Vertrag unterschrieben, aber doch nur, weil er Rémy bedingungslos vertraut hatte. Den Mistkerl konnte er nun leider nicht mehr zur Verantwortung ziehen.

Langsam begriff er, dass Cadenet es von Anfang an darauf angelegt hatte, ihn in die Enge zu treiben, nur um Guesset zu protegieren. Aber Cadenet hatte Raunard Geld gegeben mit dem Ziel, es zurückfordern zu können, wenn auf seine Spielregeln nicht eingegangen wurde. Dieser Typ war mit allen Wassern gewaschen. Yannis' Hände krallten sich um das Lenkrad, während er fieberhaft überlegte, was er noch tun konnte. Ihm blieb nur eines übrig. Er musste Cadenet die dreihundertfünfzigtausend Kröten zurückzahlen, wenn er nicht völlig ausgebootet werden wollte. Er zog nochmals gierig an seiner Zigarette, dann warf er sie aus dem geöffneten Fenster, ungeachtet der Waldbrandgefahr, die wegen der anhaltenden Trockenheit überall lauerte. Wenn ihm jetzt nichts einfiel, dann konnte er einpacken.

Yannis bekam sein Zittern kaum noch unter Kontrolle. Sein Bedürfnis nach einem Glas Cognac wurde immer stärker. Frustriert und wütend startete er den Fünfhundert-PS-Motor und gab zu viel Gas, sodass die Schottersteine nach allen Seiten wegspritzten, während er auf die Straße einbog. Mit weit überhöhter Geschwindigkeit nahm er die engen Kurven, die hinunter nach Bédoin führten. Ungeachtet des entgegenkommenden Verkehrs überholte er die vor ihm fahrenden Fahrzeuge, darunter ein Wohnmobil und mehrere Radfahrer, die sich mit erhobenen Fäusten über seinen rücksichtslosen Fahrstil beschwerten.

Yannis war das alles egal. Er hatte nicht so lange auf dieses Projekt hingearbeitet, nur um es sich jetzt von diesem Mafiatypen zerstören zu lassen. Nach einigen Kilometern hatte er sich etwas abreagiert und verlangsamte das Tempo. Mit dem niedrigeren Puls setzte auch wieder sein Verstand ein. Noch war nicht alles verloren. Er hatte ja noch Melissa. Sie würde ihm bestimmt aus der Patsche helfen, wenn er sie darum bat. Notfalls musste er seinen Heiratsantrag eben doch schon jetzt machen, damit sie sah, wie ernst er es mit ihr meinte. Wenn es ihm gelang, sie beziehungsweise ihren Vater davon zu überzeugen, in das Projekt zu investieren, dann könnte er Cadenet ausbezahlen und wäre in allen Entscheidungen frei. Melissas Vater, Emmanuel Broutignant, war nicht nur einer der angesehensten Pariser Kunsthändler, sondern steinreich. Für ihn wäre es ein Kinderspiel, das Geld aufzubringen. Das einzige Hindernis war, dass der alte Broutignant nicht allzu viel von ihm hielt – und er machte auch keinen Hehl daraus. Also würde er einiges an Überzeugungsarbeit zu leisten haben, um den alten Knacker von seinen Qualitäten zu überzeugen. Dazu gehörte ein seriöses Leben, in dem er auf seine Eskapaden erst einmal würde verzichten müssen. Doch das würde er schon hinbekommen. Schließlich liebte Melissa ihn. Und er liebte sie. Wenn es die Lösung seines Problems bedeutete, würde er sie eben gleich heiraten. Schon morgen sollte Melissa in Bédoin eintreffen. Sie war ganz versessen darauf, ihn bei den Dreharbeiten zu begleiten. Er würde sie entsprechend beeindrucken.

Der Gedanke, dass es doch noch einen Ausweg gab, half ihm, sich wieder etwas zu entspannen. Jetzt brauchte er sich nur noch eine Strategie zu überlegen, wie er Melissa für sich einnehmen konnte. Vielleicht sollte er ihr eine kleine Rolle zuschanzen? Frauen waren ja so eitel. Melissa war da bestimmt keine Ausnahme. Yannis spürte, wie sein Selbstbewusstsein peu à peu zurückkehrte. So eine Ehe hatte ja nicht nur Nachteile. Sie musste ja nicht unbedingt zu einem Gefängnis werden, wenn er darauf achtete, sich die nötigen Freiräume zu schaffen.

Als Yannis zu der Villa kam, stand das schmiedeeiserne Tor vor der Einfahrt weit offen. Vor der Garage parkte der Lieferwagen des Catering-Service. Er erinnerte sich, dass er Lucas, dem gut aussehenden Caterer, einen Schlüssel gegeben hatte, damit er ihm sein Mittagessen in die Villa bringen konnte. Es war eine spontane Idee gewesen, nachdem der junge Mann und er sich neulich auf seiner Party etwas nähergekommen waren. Lucas hatte ihn um ein Autogramm gebeten. Sie waren ins Gespräch gekommen, wobei der Koch keinen Hehl daraus gemacht hatte, wie sehr er ihn verehrte. Er war auf den Flirt eingestiegen und hatte ihn gebeten, noch etwas zu bleiben, nachdem die anderen längst gegangen waren. Der gut aussehende Kerl hatte in ihm einen wahren Orkan an sexueller Lust entfacht, dem er nichts entgegenzusetzen hatte. Seit Rémy hatte er keinen Mann mehr angefasst. Er begriff erst jetzt, wie sehr ihm das gefehlt hatte. Der Sex mit Männern war anders als mit Frauen, und ganz bestimmt nicht weniger aufregend. Danach hatten sie noch ein-, zweimal Sex miteinander gehabt, immer heimlich und voller Leidenschaft. Allein der Gedanke daran reichte, um in Yannis neues Begehren zu wecken. Vielleicht war der Kerl genau das, was er jetzt noch einmal brauchte, bevor Melissa ihn an die Leine nahm. Warum auch nicht!

Beschwingt verließ er seinen Wagen und sprang in großen Sätzen die Treppen hinauf. Die Haustür war nur angelehnt, also wartete Lucas auf ihn. Als er das Haus betrat, lagen auf dem Weg zum Schlafzimmer überall weiße Rosen. Yannis spürte ein angenehmes Kribbeln. So viel Romantik hätte er Lucas gar nicht zugetraut. Aus der Küche kamen Geräusche, die er nicht eindeutig zuordnen konnte. Vermutlich traf er noch letzte Vorbereitungen für ihr Rendezvous. Bislang hatte Lucas ihn noch nicht gehört. Gut so, so konnte er noch schnell unbemerkt einen Abstecher ins Badezimmer machen, um sich etwas frisch zu machen. Yannis sah auf die Uhr und nickte zufrieden. Man erwartete ihn erst etwas später wieder auf dem Set. Bis dahin hatte er genug Zeit, um sich ein wenig zu vergnügen. Im Badezimmer stieß er ungeschickt gegen das Regal mit den Kosmetikartikeln. Eine Porzellanflasche fiel auf die Terrakottafliesen und zerbarst.

»*Merde!*«, entfuhr es ihm ärgerlich. Die Geräusche in der Küche verstummten. Er verzichtete auf die Erfrischung und beschloss, doch erst Lucas zu begrüßen. Als er im Flur war, hörte er eilige Schritte.

»Ich bin's nur«, rief er vergnügt. Er bekam keine Antwort.

Als Nächstes hörte er, wie die Tür, die von der Küche auf die Terrasse führte, geöffnet wurde. Er beschleunigte seinen Schritt und sah gerade noch, wie eine Gestalt durch den Ausgang verschwand. Er wollte Lucas erst hinterher, doch dann ließ er es bleiben. Bestimmt hatte er etwas vergessen und würde gleich zurückkehren. In der Mitte des Raums standen Herd und Spüle als Kücheninsel. Auf dem Gasherd simmerte ein Kupfertopf und verströmte verführerische Düfte, während auf der Ablage zwei Teller mit vorbereiteten Garnituren standen. Rechts ging es hinaus auf die Terrasse. Yannis sah durch die geöffnete Tür, um zu sehen, wo Lucas nur blieb. Einen Augenblick glaubte er, einen Schatten hinter einer der Pinien verschwinden zu sehen.

»Lucas?«, rief er ihm nochmals hinterher. Allmählich begann ihn dessen Versteckspiel zu ärgern. Er wartete noch einen Moment, dann beschloss er, zurück zum Bad zu gehen. Ein Quebec lief niemandem hinterher, schon gar keinem austauschbaren Koch. Sein Blick fiel plötzlich auf die Schubladen. Sie waren alle herausgezogen. Doch nichts war durcheinandergebracht. Dann sah er auf dem Boden an der Rückseite der Kücheninsel etwas liegen. Er erkannte die Küchenschürze, die Lucas wohl getragen hatte. Als er sich bückte, um sie aufzuheben, sah er etwas, was er sein ganzes Leben lang nicht mehr vergessen sollte.

12

Aus einer spontanen Laune heraus beschloss Rosalie an diesem wundervollen Morgen, ihre alte Klapperkiste stehen zu lassen und stattdessen mit ihrer neuen Errungenschaft, dem Mountainbike, zur Arbeit nach Bédoin zu fahren. Was sich anfangs als erfrischende Spritztour anließ, wurde schon bald zu einer ordentlichen Plackerei. Untrainiert, wie sie war, ging ihr das ständige Auf und Ab ordentlich in die Beine. Außerdem setzte ein schwacher Mistral ein, der ihr zusätzlich zu schaffen machte. Ihr Ehrgeiz war jedoch groß genug, um nicht einfach umzudrehen. Auch wenn sie es niemals offen zugegeben hätte, hoffte sie, mit ihrer neu entdeckten Sportlichkeit bei Vincent Eindruck zu schinden. Er sollte ruhig sehen, dass er nicht der Einzige war, der sich auf dem Fahrrad fit halten konnte.

Während sie sich zwischen Olivenhainen und Weinreben auf einem der schmalen Querwege in Richtung Bédoin hochkämpfte, schossen ihr allerlei Dinge durch den Kopf. Was wäre wohl zwischen ihr und Vincent geschehen, wenn Sylvie nicht gestern Abend angerufen hätte? Die Frage war leicht zu beantworten. Sie hätten miteinander geschlafen. Auf der einen Seite bedauerte sie, dass es nicht dazu gekommen war. Auf der anderen Seite hatte Sylvies Anruf sie möglicherweise vor einer großen Dummheit bewahrt. Schließlich hatte sie sich nach der Pleite mit Jérôme fest vorgenommen, Männer nur noch als Randerscheinungen in ihr Leben zu lassen. Sie schob die Gedanken beiseite und ließ noch einmal das Gespräch mit ihrer Schwägerin in ihrem Kopf Revue passieren. Sylvie hatte am Telefon nicht nur besorgt, sondern auch ungemein frustriert geklungen.

»Joël fliegt vom Lycée, wenn er sich nicht morgen vor der ganzen Klasse bei diesem Farouk entschuldigt«, hatte sie sich beklagt, kaum dass sie den Vorfall in der Schule geschildert hatte. »Er verhält sich in letzter Zeit so aggressiv und verschlossen. Ich komme überhaupt nicht mehr an ihn heran, und Maurice …« Sie machte eine bedeutungsschwere Pause. »Er ist ja kaum noch zu Hause. Wie soll er sich da auch um seinen Sohn kümmern. Die bevorstehende Beförderung zum Capitaine lässt ihn an gar nichts anderes mehr denken. Wenn du mich fragst, dann ist seine wahre Geliebte die Arbeit und nicht ich.«

»Maurice ist ein ganz schöner Idiot«, gab Rosalie ihrer Schwägerin vorbehaltlos recht. »Er hat noch nie die wesentlichen Dinge gesehen, sondern immer nur die mögliche Zukunft.«

»Ich überlege seit einiger Zeit, ihn zu verlassen«, warf Sylvie völlig unvermittelt ein. Rosalie hatte so etwas fast befürchtet. Doch sie wollte dem Bruder trotz ihrer Differenzen nicht in den Rücken fallen, indem sie sich auf Sylvies Seite schlug. Außerdem taten ihr die Kinder leid. Joël war fünfzehn und seine kleine Schwester Cathérine noch um einiges jünger.

»Nun lass mal die Kuh im Dorf und kümmere dich erst mal um das näherliegende Problem«, versuchte sie die Bemerkung einfach zu umschiffen. »Das Wichtigste ist doch jetzt, Joël wieder auf den richtigen Weg zu bringen. Es gibt bestimmt einen Grund, weshalb er sich so merkwürdig verhält.«

»Der Grund ist sein Vater«, beharrte Sylvie stur. »Wenn er mehr Zeit mit seinem Sohn verbringen würde, müsste der sich nicht hinter seinem Trotz verstecken. Schlägt einfach so einen Araber, pah!«

»Ich kenne meinen Neffen ja noch nicht so lange«, wandte Rosalie vorsichtig ein, »aber ich weiß genau, dass er kein Rassist ist. Sonst müsste er ja schließlich auch gegen mich sein.« Sie lachte auf und spielte damit auf ihre unbekannte Mutter an, die eine algerische Erntehelferin gewesen war. »Habt ihr Joël schon mal gefragt, weshalb er den Jungen geschlagen hat?«

»Er weigert sich, uns darüber Auskunft zu geben«, jammerte Sylvie. »Er ist schon genauso stur wie sein Vater.« Und wieder begann sie über Maurice herzuziehen, der nicht zu Hause zu sein schien. Rosalie saß mittlerweile auf dem Plüschsessel der alten Babette und ließ das Lamento über sich ergehen. Nebenbei hörte sie, wie Vincents Auto langsam davonschnurrte.

»Könntest du nicht mal mit ihm reden?«, hörte sie plötzlich Sylvie sagen.

»Ich, mit meinem Bruder reden? Vergiss es!«

»Nicht mit Maurice! Mit Joël natürlich. Ich habe das Gefühl, du bist die Einzige, die noch an ihn herankommen kann.«

Rosalie war es peinlich, dass sie für einen Augenblick so unkonzentriert gewesen war, was sie wiederum dazu bewog, Sylvie sofort zuzusagen und in den nächsten Tagen nach Avignon zu fahren. »Rachid hat mich ohnehin eingeladen, ihn dorthin zu begleiten«, erwähnte sie etwas gedankenlos. Jetzt, da ihr Problem erst einmal gelöst schien, wirkte Sylvie erleichtert. Sie horchte auf.

»Meinst du Rachid, den Gemüsehändler?«, gurrte es plötzlich verschwörerisch durch die Leitung.

»Er ist Architekt und macht den Gemüseladen nur, um seiner Familie zu helfen«, stellte Rosalie klar und ärgerte sich im gleichen Zug, dass sie ihn jetzt auch noch in Schutz nahm. Sylvie verstand es prompt falsch.

»Ist da was im Busch mit euch beiden? Du musst dich doch nicht deswegen schämen. Auf jeden Fall gebt ihr ein schönes Paar ab, auch wenn ich mir den Apotheker ebenfalls gut an deiner Seite vorstellen könnte.« Das Versprechen, sich um Joëls Probleme zu kümmern, hatte ihre Stimmung offensichtlich gehoben, sodass sie nun zum Plaudern aufgelegt war. Dazu hatte wiederum Rosalie überhaupt keine Lust.

»Ich muss jetzt Schluss machen. Es ist schon spät, und ich muss morgen früh raus«, hatte Rosalie alle weiteren Spekulationen abgewürgt und aufgelegt.

*

Yvette empfing sie gut gelaunt mit einem ausgearbeiteten Schminkplan. Auch die Garderobiere Joceline und der Setrunner André waren im Schminkwagen anwesend, um wichtige Details abzuklären.

»An die Arbeit! Heute sollen ein paar wichtige Szenen in den Kasten kommen«, wurde Rosalie informiert. »Du kannst gleich mit Joceline gemeinsam mit den Komparsen beginnen, und ich kümmere mich dann um die Schauspieler. Yannis ist erst für den frühen Abend vorgesehen und kommt hoffentlich pünktlich um drei Uhr.«

Rosalie folgte Joceline in den Wagen mit den Kostümen, wo bereits die Komparsen auf sie warteten. Da an diesem Tag auch eine Massenszene abgedreht werden sollte, standen die Leute bereits Schlange vor der Garderobe. Im Inneren des Wagens, der genauso dunkel und fensterlos war wie Yvettes Maske, hingen an langen Kleiderstangen die Kostüme. Rosalies Aufgabe war es zunächst, den Teilnehmern die richtigen Kleidergrößen zuzuordnen. Anschließend half sie ihnen beim Umziehen und Anpassen. Das dauerte länger, als sie gedacht hatten, sodass sie ganz schön unter Zeitdruck gerieten, um rechtzeitig vor Drehbeginn mit der Maske fertig zu werden. Zwar war diese nicht sehr aufwendig, da Perücken, Klebebärte und Hüte meistens ausreichten, doch allein die Anzahl der Personen brachte sie an ihre Grenzen. Wäre Yvette ihnen nicht noch beigesprungen, hätten sie wohl kaum ihr Ziel erreicht.

Die füllige Maskenbildnerin blühte im Stress der Vorbereitungen richtig auf. Nichts und niemand schien sie aus der Ruhe bringen zu können, selbst nicht der ziemlich griesgrämig auftretende Michel Lavernier. Dem Regisseur ging alles nicht schnell genug, und er wirkte ziemlich aufgebracht.

»Yannis hätte sich ruhig schon mal etwas früher blicken lassen können«, grollte er, obwohl es noch nicht einmal zwei Uhr war. »Wir hatten vereinbart, dass wir seine Szene vor Beginn der Dreharbeiten nochmals durchgehen. Ich wünschte, er hätte etwas von der Disziplin, die ein Maxime Guesset an den Tag legt!«

Rosalie merkte auf. Bei der nächsten Gelegenheit fragte sie Yvette, ob Lavernier Grund hatte, mit Yannis Quebec unzufrieden zu sein. Die Maskenbildnerin sah nicht einmal von ihrer Arbeit auf, als sie antwortete.

»Yannis ist ein hervorragender Schauspieler und ein absoluter Profi. Er kann alle bezaubern. Das wirst du gleich selbst erleben. Auf der anderen Seite ist er aber auch unzuverlässig. Das nervt. Lavernier geht es da nicht anders.«

Rosalie musste sich mit der Antwort begnügen, machte sich aber so ihre eigenen Gedanken. Konnte der Regisseur ein Interesse daran haben, Quebec aus dem Spiel zu drängen? Sehr wahrscheinlich fraß ihm ein relativ unbekannter Schauspieler wie Guesset aus der Hand, während Yannis durch seine Exzentrik nur Schwierigkeiten machte. Auf der anderen Seite waren Regisseure es ja gewohnt, mit komplizierten Menschen umzugehen. Doch dann verriet ihr André, die Plaudertasche vom Dienst, dass Lavernier und Quebec einander nicht ausstehen konnten. Quebec hatte über Raunard versucht, einen anderen Regisseur für die Produktion durchzusetzen, wurde aber dann von den Produzenten ausgebremst. Lavernier hatte davon Wind bekommen und hätte damit also durchaus ein Motiv, nun seinerseits Yannis zu schaden. Im Nu war es drei Uhr geworden, und um halb vier begann sogar Yvette unruhig zu werden. Sie griff zum wiederholten Mal nach dem Telefon und rief bei Yannis an. Da er nicht abnahm, sprach sie ihm auf seine Mailbox.

»Verdammt! Er weiß genau, dass ich mindestens eine Stunde für seine Maske brauche! Lavernier möchte das milde Abendlicht ausnutzen. Er dreht durch, wenn wir zu spät sind. Und den Ärger bekomme dann wieder nur ich ab.«

»Ich könnte mit dem Fahrrad zu ihm fahren und nachsehen«, schlug Rosalie vor.

»Bist du sicher, dass du dir das antun möchtest?«, fragte Yvette. Ihre Mundwinkel zeigten missbilligend nach unten. »Ich bin mir sicher, dass er sich mit irgendjemandem im Bett vergnügt und dabei die Zeit vergessen hat. Das würde ihm wieder einmal ähnlich sehen. Du musst auf jeden Fall darauf achten, dass Lavernier keinen Wind davon bekommt.«

»Das bekomme ich schon hin. Aber kommt morgen nicht seine Verlobte?« Rosalie konnte sich die Frage nicht verkneifen. Yvette zuckte nur gleichgültig mit den Schultern.

»Yannis ist der triebgesteuertste Mann, den ich kenne. Alles, was nicht bei Drei auf den Bäumen ist, ist vor ihm nicht sicher. Mir tut das Mädel schon jetzt leid, das auf ihn hereingefallen ist. Viel Glück – und lass dich ja nicht auch noch von ihm anmachen.« Yvette hob vielsagend die Augenbrauen und grinste ihr breit zu.

»Muss ja ein echter Kotzbrocken sein, unser Yannis«, murmelte Rosalie, während sie ihr Fahrrad aufschloss.

»Du hast ein Fahrrad?« Vincents dunkle Stimme jagte ihr einen angenehmen Schauer über den Rücken. Dennoch bemühte sie sich, möglichst gelassen zu wirken, als sie sich zu ihm umdrehte und ihn ansah. Nicht weit von ihr stand er, lässig an sein neues Rennrad gelehnt und musterte sie überrascht. Im nächsten Augenblick lief Minouche auf sie zu, um sie freudig zu begrüßen.

»Ähm ja. Rachids Cousin hat es mir günstig überlassen«, erklärte sie möglichst beiläufig. Sie wollte nicht, dass er dachte, dass sie sich seinetwegen ein Rad besorgt hatte.

»Rachids Cousin, soso«, murmelte Vincent. Sein Gesicht hatte einen leicht säuerlichen Ausdruck angenommen, was sie wiederum amüsierte. »Dann ist dein Auto also immer noch kaputt?«

»Das fährt wieder, aber ich habe mir gedacht, dass es langsam Zeit wird, mich etwas mehr sportlich zu betätigen«, antwortete Rosalie leichthin.

»O ja, selbstverständlich. Das ist sehr klug.« Vincents Gesprächsfluss geriet ins Stocken. Rosalie, die es eilig hatte, half ihm auf die Sprünge.

»Ich muss rasch zu Yannis Quebecs Haus fahren. Er wohnt irgendwo hinter dem Ort. Kennst du die Route Quenelles?«

»Die liegt quasi auf meinem Weg«, sagte Vincent eindeutig erleichtert. »Soll ich dich begleiten?«

»Dann nichts wie los!«

Sie schwang sich auf ihr Rad und folgte ihm aus dem Ort hinaus. Vincent fuhr ganz gemächlich, sodass sie ihm leicht hinterherkam. Zwischen ihnen trottete Minouche, der es offensichtlich gefiel, dass sich das Rudel um sie vergrößert hatte. Während der Fahrt erzählte er ihr, dass er auf dem Weg zur Gorge de la Nesque war, ausgerechnet dem Ort, wo Rosalie einst mit ihrer Stiefmutter verunglückt war. Ein Autofahrer hatte sie vor mehr als fünfzehn Jahren von der Straße gedrängt. Dabei war Isabelle Viale, die Mutter ihrer Halbbrüder Maurice und Louis, ums Leben gekommen, während Rosalie selbst nur leichte Blessuren davongetragen hatte. Etwa zwei Kilometer außerhalb von Bédoin führte eine kleine Teerstraße rechts wieder auf den Ort zu.

»Das da vorn muss das Haus von Quebec sein«, meinte Vincent und deutete auf eine großzügige Villa, die hinter einer Mauer auf einem kleinen Hügel lag.

Rosalie beschirmte ihre Augen mit der Hand und sah, wie jemand die Auffahrt hinunterrannte, direkt auf die Straße zu. Die Person blieb stehen und sah wie wild in alle Richtungen. Sie wirkte orientierungslos und völlig aufgelöst.

»Das ist doch Quebec! Der ist ja völlig aus dem Häuschen!« Ohne nachzudenken, trat sie fester in die Pedale und steuerte mit ihrem Fahrrad auf das Haus zu. Vincent folgte ihr mit Minouche, die plötzlich zu kläffen begann. Quebec rannte ihnen entgegen. Sein Blick war wie irr, als er vor ihnen stoppte und sie entsetzt ansah.

»Einfach tot, in meiner Küche«, stammelte er ohne jeglichen Zusammenhang. Offensichtlich hatte er auch getrunken. »Ich wollte nur ein wenig Spaß, und nun liegt er da in seinem Blut.« Plötzlich begann er unkontrolliert zu zittern, und Rosalie fürchtete schon, dass er gleich kollabierte. Vincent war längst vom Fahrrad gestiegen und versuchte den aufgelösten Schauspieler zu beruhigen.

»Nun mal immer der Reihe nach«, forderte er ihn mit ruhiger Stimme auf. »Was ist passiert? Sie müssen sich nicht aufregen. Wir versuchen nur, Ihnen zu helfen.«

Seine beruhigenden Worte zeigten allmählich Wirkung. Yannis zitterte zwar immer noch, aber er war nun in der Lage, auf ihre Fragen zu antworten.

Stockend berichtete er von einem Toten in seiner Küche, den er beim Nachhausekommen entdeckt hatte. »Wer macht denn so was?«, fragte er mit zitternder Stimme, als sein Blick plötzlich auf seine blutverschmierten Hände fiel. Voller Entsetzen bückte er sich und wischte sich das Blut im Gras am Wegrand ab. Vincent warf Rosalie einen beunruhigten Blick zu.

»Am besten, wir rufen gleich die Polizei«, riet er alarmiert.

Rosalie schüttelte den Kopf. »Lass uns erst nachsehen«, drängte sie und fuhr auch schon die Auffahrt hinauf. Sie hörte nicht auf Vincent, der ihr Unverständliches hinterherrief. Rasch lehnte sie ihr Rad an die Hauswand und lief die Treppen hinauf zum Eingang, dessen Tür weit geöffnet war. Vincent folgte ihr nur widerstrebend mit dem am ganzen Körper bebenden Yannis im Schlepptau.

Als Rosalie das Haus betrat, fiel ihr sofort die eigenartige Atmosphäre auf. Auf dem roten Fliesenboden lag eine Reihe weißer Rosen. Sie waren sorgfältig drapiert und wiesen den Weg in einen der Schlafräume. Das Arrangement hatte etwas Absurdes in Anbetracht der blutigen Fußabdrücke, die sich dazwischen befanden. Sie stammten offensichtlich von Quebec. Dessen Zittern verschlimmerte sich mit jedem Schritt, den sie nun auf die Küche zusteuerten. Er stand unter Schock und folgte ihnen wie ein willfähriges Lamm auf seinem Opferweg. Vincent versuchte ein letztes Mal, Rosalie davon abzuhalten, in die Küche zu gehen.

»Tu dir das nicht an!«, warnte er sie eindringlich. Doch Rosalie wischte seinen Einwand mit einer ungeduldigen Armbewegung beiseite, obwohl ihr längst ziemlich mulmig zumute war. Als sie Sekunden später vor dem Toten stand, bereute sie ihre eigene Courage. Sie kämpfte gegen den aufsteigenden Würgereiz und konnte doch den Blick nicht von dem Schrecklichen abwenden. Nur mit Mühe gelang es ihr, die Fassung zu bewahren, als sie Lucas Leroy vor sich sah, der sie mit weit geöffneten, toten Augen vom Boden aus anzustarren schien. Der hintere Teil seines Schädels war nur noch eine breiige Masse, aus der immer noch Blut trat, das seinen Kopf wie einen Heiligenschein umgab.

13

Lieutenant de Police Maurice Viale befand sich gerade auf der Fahrt nach Bédoin, als ihn die Nachricht von einem weiteren Mordfall erreichte. Arduin hatte ihm nur die Adresse nennen können, nicht aber, wer der Tote war. Dass der Tatort ausgerechnet jener Ort war, wohin er sich ohnehin gerade auf dem Weg befand, ließ nichts Gutes ahnen. Nicht nur, dass er sich vom Commandant nun Vorwürfe gefallen lassen musste, weil er in dem Todesfall Raunard immer noch keinen Schritt weitergekommen war. Was, wenn Raunards Tod tatsächlich ein Mord war und sein Mörder nun an Quebec sein Werk vollendet hatte? Es wäre seine Pflicht gewesen, Personenschutz für Quebec anzuordnen. Hatte er die Sache nicht ernst genug genommen, weil ihm seine Arbeit und die persönlichen Probleme mit seiner Familie langsam über den Kopf wuchsen? Er fuhr sich mit der freien Hand durch die stoppeligen Haare und mochte sich gar nicht ausdenken, was das für Folgen haben konnte.

Auf der anderen Seite musste der Commandant doch auch sehen, dass er sich nicht zweiteilen konnte. Wäre er nicht auch noch mit der Einbruchserie betraut worden, die die gesamte Gegend derzeit in Atem hielt, wäre er sicherlich in seinen Ermittlungen längst schon ein gutes Stück weiter. Es kam schließlich nicht oft vor, dass die Police Nationale mit der Gendarmerie kooperierte. Auch Interpol war eingeschaltet worden, weil diese Einbrecherbande mit äußerster Brutalität und Skrupellosigkeit vorging. Es gab zahlreiche Spuren, aber keinerlei Anhaltspunkte, wo sich die Täter gerade aufhielten. Man vermutete, dass sie aus dem südosteuropäischen Ausland kamen und gut organisiert waren. Die Einbrecher schlugen völlig überraschend zu, wechselten rasch ihre Einsatzorte und überlisteten selbst die raffiniertesten Überwachungssysteme, indem sie ihre Überfälle am helllichten Tag planten, nämlich dann, wenn die Bewohner im Hause waren und ihre Alarmanlagen ausgeschaltet waren. Es hatte auch schon Verletzte gegeben. Da sie immer noch keine Ermittlungsergebnisse vorweisen konnten, machte nun sogar bereits das Innenministerium Druck auf seinen Commandant, und der wiederum gab ihn unvermindert an ihn selbst weiter. Obwohl er Duval aus tiefstem Herzen als Kollegen verabscheute, hätte er ihn jetzt als Puffer gut brauchen können. Doch der war nun ausgerechnet auf der Fortbildung, zu der er ihn selbst geschickt hatte.

»*Merde!*«, schimpfte Viale und schlug mit beiden Händen auf das Lenkrad. Dass auch immer alles auf einmal kommen musste!

Als er ankam, waren die Kollegen von der Spurensicherung bereits bei ihrer Arbeit. Sie hatten den Tatort mit Absperrbändern gesichert und stiefelten in ihren hellen Anzügen überall herum. Viale erhielt ebenfalls einen Ganzkörperanzug sowie Schutzüberzüge für die Schuhe. Während er sich ankleidete, wurde er über die ersten Einzelheiten informiert.

»Männliche Leiche, dreiundzwanzig Jahre alt, vermutlich mit einer Bronzestatue erschlagen.«

Viale atmete insgeheim erleichtert auf. Wenigstens konnte der Tote nicht Quebec sein. Der war deutlich älter und kam somit nicht in Frage. »Weiß man schon, wer es ist?«

Bevor der Kollege von der Spurensicherung antworten konnte, bekam er die Antwort aus dem Dunkel der Garageneinfahrt.

»Der Mann heißt Lucas Leroy und ist der Gehilfe von Bruno Bouvier«, sagte eine ihm nur allzu bekannte weibliche Stimme und trat aus dem Schatten heraus.

»Du hier?« Viales gerade noch empfundene Erleichterung wich sofort neuem Ärger, als er seine Schwester auf sich zukommen sah.

»Ich freue mich auch, dir mal wieder bei deiner Arbeit behilflich sein zu können«, antwortete diese mit einem Unterton in der Stimme, der sich zweifelsohne als Spott interpretieren ließ. »Kompliment, dieses Mal warst du viel schneller vor Ort als beim letzten Mal.«

»Spar dir deine Frechheiten gefälligst für andere Gelegenheiten. Was hast du hier zu schaffen?«

»Man hat mich hierhergeschickt, um Quebec zu seinem Dreh zu holen«, entgegnete sie selbstbewusst und informierte ihn bemerkenswert sachlich über die Entdeckung der Leiche.

»Wieso musst du eigentlich immer dort auftauchen, wo es Tote gibt?«, fragte er verärgert. Der Umstand, dass sie bei der Entdeckung des Toten vor Ort gewesen war, erlaubte ihm nun nicht mehr, sie einfach wieder fortzuschicken.

»Daran lässt sich nun mal nichts ändern«, entgegnete Rosalie schnippisch. »Aber wenn du mich fragst, dann gibt es hier eine ganze Menge Ungereimtheiten, denen wir auf den Grund gehen sollten.«

»*Du* wirst hier gar nichts auf den Grund gehen«, stellte Viale unmissverständlich klar. »*Du* wartest hier, bis jemand die Zeit findet, deine Aussage aufzunehmen. Haben wir uns verstanden? Und jetzt lass mich gefälligst meine Arbeit machen.« Er warf Rosalie einen finsteren Blick zu und begab sich hinter die Absperrung.

Der Tatort war genauso, wie es ihm seine Schwester bereits

geschildert hatte. Unweit der Leiche lag auf dem Boden die etwa unterarmlange Bronzeskulptur einer tanzenden Frau, mit der das Opfer ganz offensichtlich erschlagen worden war. Die Terrassentür war aufgebrochen worden, und fast überall in der Wohnung waren die Schubladen geöffnet, was alles auf einen Einbruch hinwies. Dem ersten Augenschein nach hatte der Tote die Einbrecher auf frischer Tat ertappt und war dabei erschlagen worden. Viale trat auf die Terrasse hinaus, wo er auf Yannis Quebec und Vincent Olivier traf, die es sich außerhalb der Absperrungen auf den Gartenstühlen bequem gemacht hatten. Zwischen ihnen stand eine Flasche Cognac, aus der sich Quebec gerade bediente, indem er direkt aus der Flasche trank.

»Messieurs«, begrüßte er die beiden mit einem knappen Kopfnicken. Dann wandte er sich an Quebec. »Ich möchte Ihnen gern ein paar Fragen stellen, falls Sie sich dazu in der Lage sehen.« Der Schauspieler nickte schwach und bot Viale einen Platz neben ihm an.

Vincent Olivier erhob sich sofort, um sich zu entfernen. »Mit Ihnen rede ich später«, rief Viale ihm hinterher. Auch wenn es ihm nicht gefiel, dass er mit seiner Schwester befreundet war, schätzte er die Meinung des Forensikers durchaus.

Quebecs Aussage bestätigte Viales Vermutung, dass es sich bei den Tätern um Einbrecher gehandelt haben musste. Allem Anschein nach hatte der Schauspieler dem Caterer einen Schlüssel überlassen, damit er für sie beide ein Essen vorbereitete, wie er sich ausdrückte. »Wir haben uns beim Dreh etwas näher kennengelernt und fanden uns sympathisch«, berichtete Quebec beiläufig. »Lucas hat mich sehr bewundert, und ich wollte ihm mit dem gemeinsamen Essen eine kleine Freude bereiten.« Er zuckte mit den Schultern, als wäre es das Selbstverständlichste auf der Welt. Viale ahnte sofort, dass sich dahinter mehr verbarg, als Quebec zugeben wollte.

»Waren Sie und Leroy ein Paar?«, konfrontierte er Quebec deswegen direkt. Der Schauspieler sah ihm ohne Scham in die Augen. Dann huschte ein bedauerndes Lächeln über sein Gesicht.

»Nein, das waren wir nicht«, antwortete er leise, »wir hatten nur ein wenig Spaß miteinander, mehr nicht.«

»Vielleicht hat Leroy in Ihrer Beziehung ja mehr gesehen als Sie?«, hakte Maurice sofort nach.

Quebec zog die Schultern ein wenig hoch. Die Erschütterung über Leroys Tod war ihm immer noch anzumerken, auch wenn der Alkohol ihm schon etwas von dem Schmerz genommen hatte. »Das wäre bedauerlich, denn ich habe Lucas keine Hoffnungen auf eine gemeinsame Zukunft gemacht.« Er blickte zu Boden und zögerte einen Augenblick, bevor er weitersprach. »Ich werde mich in den nächsten Tagen mit Melissa Broutignant verloben«, gestand er schließlich. »Das habe ich auch Lucas gesagt.«

»Und wie hat er reagiert?«

»Er war zugegebenermaßen nicht sehr erfreut.« Er sah Maurice an. »Aber was soll die Frage? Finden Sie lieber heraus, wer ihn umgebracht hat, Monsieur le Commissaire!«

»Hatten Sie Streit, nachdem Sie ihm die Verlobung gestanden hatten?«, bohrte Viale weiter nach. Er musste auch eine Eifersuchtstat in Betracht ziehen. »Vielleicht hat er Sie zu erpressen versucht und dann angegriffen, und Sie sahen sich gezwungen, sich zu wehren. Das wäre Notwehr, kein Mord.«

Quebec reagierte mit einer Impulsivität, mit der Maurice nicht gerechnet hatte.

»Was fällt Ihnen ein?«, brauste er auf, sprang auf und machte

Anstalten, sich auf den Commissaire zu stürzen. Erst im letzten Augenblick besann er sich und beschränkte sich auf verbale Attacken. »Sie haben ja keine Ahnung! Lucas und ich haben uns doch kaum gekannt. Ja, wir hatten Sex miteinander, und vielleicht hat er mich mehr begehrt als ich ihn. Aber das ist noch lange kein Grund, dass man jemanden tötet. Noch mal: Wir hatten keinen Streit!«

Viale hatte sich ebenfalls erhoben und drückte den Schauspieler wieder zurück auf seinen Stuhl. »Nun beruhigen Sie sich erst einmal. Zu meinen Aufgaben gehört es nun mal, alle Möglichkeiten in Erwägung zu ziehen. Ich muss jeder Spur nachgehen, deshalb fordere ich Sie nochmals auf, mir alles zu erzählen, was Sie bei Ihrer Rückkehr beobachtet haben.«

»Das habe ich doch schon getan«, stöhnte Quebec, ließ sich aber dann doch darauf ein. Bevor er seine Aussage wiederholte, griff er jedoch nach der Cognacflasche und nahm daraus einen tiefen Schluck. Maurice nahm alles auf. Er konnte im Augenblick keine Ungereimtheiten entdecken und beschloss, die Untersuchungen der Kriminaltechniker abzuwarten. Dummerweise hatte Quebec durch seine Unbedachtsamkeit viele Spuren beseitigt. Dennoch war er zuversichtlich, dass sich seine erste Theorie bestätigte, dass Einbrecher hinter dem Mord standen. Er verabschiedete sich von dem Schauspieler, der sich erneut seiner Cognacflasche widmete, und machte sich auf die Suche nach den beiden anderen Zeugen. Er fand Rosalie und Olivier auf der Auffahrt vor dem Haus bei ihren Fahrrädern. Sie unterhielten sich angeregt und bemerkten sein Kommen erst spät. Unfreiwillig bekam er das Ende ihres Gesprächs mit.

»... für mich sieht das alles jedenfalls nicht wie ein Einbruch aus«, sagte seine Schwester gerade im Brustton der Überzeugung.

»Du denkst an eine Beziehungstat?«, antwortete Olivier skeptisch. »Aber dann müssten ja Lucas und Quebec ein Verhältnis gehabt haben.«

»Das sieht doch ein Blinder mit Krückstock«, behauptete Rosalie. »Du hättest mal sehen sollen, was für verliebte Blicke Lucas unserem Helden neulich auf der Straße zugeworfen hat. Da lief was zwischen den beiden, das habe ich gleich gesehen!« Maurice trat zwischen die beiden.

»Wie ich sehe, kannst du dein dilettantisches Kriminalisieren nicht lassen«, bemerkte er, ohne seinen Spott zu verbergen. »Madame LaRoux hat mal wieder ihre ganz eigene Theorie, *n'est-ce-pas*?«

Rosalies grüne Augen blitzten auf, als sie sich ihm zuwandte. Dabei löste sich eine Locke aus ihrem hochgesteckten roten Haar und fiel ihr schwungvoll ins Gesicht. »Man wird sich ja wohl noch seine eigenen Gedanken machen dürfen«, konterte sie angriffslustig. »Darf ich fragen, zu welchen Überlegungen mein gebildeter Bruder, der Herr Commissaire, gekommen ist?«, fügte sie sodann zuckersüß hinzu. Maurice beschloss, nicht auf ihre Provokation einzugehen, sondern blieb sachlich.

»Ich bin nicht hier, um mit dir über meine Arbeit zu diskutieren«, kanzelte er sie ab. »Ich möchte einfach nur eure Aussage hören und mich dann meiner Aufgabe zuwenden. Monsieur Olivier, Sie scheinen der Besonnenere von Ihnen beiden zu sein. Bitte schildern Sie mir Ihre Beobachtungen.«

Mit Genugtuung stellte er fest, wie seine Schwester empört nach Luft schnappte, woraufhin ihr Olivier einen warnenden Blick zuwarf. Ihm zuliebe hielt sie tatsächlich ihren Mund, während der Apotheker seine Aussage machte.

»Ist das alles?«, fragte Viale, nachdem er sich ein paar Einzelheiten notiert hatte.

»Nein, ist es nicht!«, mischte sich nun doch noch Rosalie ein. »Vincent hat vergessen zu erwähnen, dass es doch merkwürdig ist, dass zwar alle Schubladen im Haus geöffnet waren, aber anscheinend nichts fehlt.«

Maurice bedachte Rosalie mit einem mitleidigen Blick, bevor er sich zu einer Antwort herabließ. »Die Erklärung liegt doch auf der Hand«, dozierte er gnädig. »Der Einbrecher wurde von Leroy überrascht, es kam zu einem Gerangel, das Leroys Tod zur Folge hatte, danach sind er oder sie geflohen, weil sie hörten, wie Quebec zurückkam. Ihnen blieb schlicht und einfach keine Zeit, etwas mitzunehmen. Darauf hättest sogar du kommen können.«

»Und was ist mit Raunard?«, konterte Rosalie sofort. »Ist es nicht seltsam, dass rund um Quebec gleich zwei Morde zu beklagen sind?«

»Das eine muss mit dem anderen nichts zu tun haben«, widersprach Maurice und ärgerte sich, dass er Rosalie überhaupt geantwortet hatte. Was bildete sie sich nur schon wieder ein? Er wollte sie gerade noch einmal in ihre Schranken weisen, als eine schwarze Limousine mit dunkel getönten Scheiben die schmale Straße in Richtung Quebecs Auffahrt passierte und davor anhielt. Die Beifahrerscheibe wurde kurz heruntergelassen, und er konnte zwei Männer in teuren Anzügen darin erkennen. Neugierig geworden beschloss Viale zu ihnen hinunterzugehen. Doch kaum setzte er sich in Bewegung, hob sich die Scheibe, und der Fahrer gab Gas und fuhr davon. Routinemäßig notierte sich der Commissaire die Nummer. Dann kehrte er zu den beiden zurück.

»Ich hab den Wagen und die beiden Männer schon einmal gesehen«, hörte er Olivier gerade zu Rosalie sagen. »Sie hatten Streit mit Raunard am Mont Ventoux. Ich wollte Raunard beistehen, aber er reagierte ziemlich unfreundlich. Wahrscheinlich war es ihm unangenehm, dass ich Zeuge der Auseinandersetzung geworden war.«

»Wissen Sie, wer die Männer sind?«, mischte sich Maurice ein.

Der Apotheker schüttelte den Kopf. »Nie vorher gesehen, aber ich könnte die beiden wahrscheinlich beschreiben. Außerdem erinnere ich mich an ein Pariser Kennzeichen.«

»Das Kennzeichen habe ich mir längst notiert«, brummte Maurice und beschloss, den Besitzer des Wagens sofort ausfindig zu machen.

14

Einige Zeit später saßen Rosalie und Vincent vor der Bar *Mistral* in Vassols, um sich auf den Schreck einen Apéro zu gönnen. Rosalie hatte sich einen giftgrünen *Perroquet* kommen lassen, während Vincent sich an einem frisch gezapften Bier gütlich tat. Zwischen ihnen standen Schälchen mit Nüssen und Oliven aus Nyons, die Maryse ihnen spendiert hatte. Während Rosalie an ihrem mit Minzsirup versetzten Pastis nippte und gedankenverloren ein paar Nüsschen knabberte, konnte Vincent seine Augen nicht von ihr lassen. Seine Gedanken kreisten immer wieder um den vorangegangenen Abend, der so enttäuschend geendet hatte. Er wünschte sich nichts mehr, als noch einmal den Zauber hervorzurufen, der ihrer beider Leidenschaft entfacht hatte. Beim nächsten Mal würde er nicht zulassen, dass irgendetwas ihn zerstörte. Doch Rosalie war noch viel zu sehr von den nachmittäglichen Ereignissen gefangen, als dass sie seinen Sinn für Romantik hätte teilen können.

»Für Maurice ist mal wieder alles glasklar«, beschwerte sie sich, immer noch verstimmt, dass ihr Bruder sie nicht hatte zu Wort kommen lassen.

Vincent seufzte ergeben. Die beiden Geschwister benahmen sich immer wie Hund und Katze, fand er. Kaum trafen sie aufeinander, gerieten sie sich auch schon in die Wolle. Dabei waren sie gar nicht so unterschiedlich, wie sie immer taten. Beide hatten während ihrer Kindheit unter der starken Persönlichkeit ihres Vaters gelitten und gleichzeitig vergeblich um seine Anerkennung gebuhlt. Doch Bertrand Viales Vorliebe galt seinem ältesten Sohn Louis, der auch sein Weingut übernommen hatte.

»Ich habe von Adjoint Arduin erfahren, dass dein Bruder gerade gegen eine ausländische Einbrecherbande ermittelt«, verriet er, um ihr Grübeln zu unterbrechen. »Die Polizei vermutet, dass sie hinter Lucas' Tod stecken könnte. Die Art, wie die Terrassentür aufgebrochen wurde, spricht jedenfalls dafür, dass es sich um einen oder mehrere Einbrecher gehandelt haben könnte. Auch dass sie am helllichten Tag einbrachen. Dein Bruder hat also vielleicht doch recht.«

»Und jetzt nimmst du ihn auch noch in Schutz«, schmollte Rosalie. Sie schob ihr Glas von sich und setzte sich auf ihrem Stuhl zurück, um ihn herausfordernd zu mustern.

Vincent hätte sich ohrfeigen können für seine unbedachte Äußerung. Er hatte Rosalie nicht verärgern wollen. »Ich wollte dir nicht widersprechen«, lenkte er sofort ein. »Tatsächlich ist es wirklich seltsam, dass die Einbrecher so gar nichts geklaut haben. Wenigstens ein wenig mehr Unordnung hätte ich erwartet.«

»Das sehe ich genauso«, meinte Rosalie schon sehr viel friedfertiger. »Ich habe in einer der Schubladen eine Schachtel mit Goldketten und Anhängern mit Schmucksteinen entdeckt. Die sahen alle gleich aus und lagen offen da. Jeder Dieb hätte die doch sofort mitgenommen. Sie waren bestimmt einiges wert.«

Vincent wollte gerade darauf antworten, als Rosalie einer äußerst attraktiven jungen Frau auf der gegenüberliegenden Straßenseite zuwinkte. Sie war sportlich und dennoch elegant gekleidet und hatte einen federnden Gang, der so manches

Männerherz höher schlagen ließ. Auch Vincent konnte nicht die Augen von ihr lassen. Leider schien sie es eilig zu haben, denn sie erwiderte den Gruß nur mit einem knappen Lächeln, bevor sie in die nächste Gasse einbog, die zur Touristeninformation führte.

»Das war Louane Bonnet, ich arbeite mit ihr auf dem Set«, verriet Rosalie, der sein bewundernder Blick nicht entgangen war. »Gefällt sie dir etwa?«

Vincent fühlte sich ertappt. »Ähm, nein, sie ist nicht mein Typ.« Er räusperte sich verlegen. »Was ich noch sagen wollte, ist, dass es doch durchaus sein könnte, dass der Dieb gleich zu Beginn des Einbruchs überrascht worden sein könnte und sich nach dem tödlichen Handgemenge sofort verdrückt hat.«

Rosalie überging mit einem ungnädigen Blick seine Verlegenheit und knüpfte sofort wieder an ihr vorangegangenes Gespräch an. »Ich weiß nicht«, überlegte sie, »für mich passt das alles noch nicht so zusammen, auch wenn ich nicht erklären kann, weshalb.« Sie kaute nachdenklich auf ihrer Unterlippe. »Ich habe das unbestimmte Gefühl, dass Rémy Raunards Tod und der von Lucas Leroy irgendwie zusammenhängen müssen. Gleich zwei Todesfälle – das kann doch kein Zufall sein, oder?«

Sie trommelte mit ihren rot lackierten Fingernägeln auf der Tischplatte herum und grübelte weiter. »Was ist, wenn der erste Mordanschlag gar nicht Raunard galt, sondern Quebec? Und der Mörder, nachdem er feststellen musste, dass sein Anschlag den Falschen getroffen hat, es noch einmal versucht hat und dabei nochmals einen Falschen erwischte?«

»Diese Theorie scheint mir reichlich unwahrscheinlich«, wagte Vincent einzuwenden. »Auch wenn es beim ersten Mal den Falschen erwischt hat, beim zweiten Mal stand der Täter ganz in der Nähe seines Opfers. Er muss bemerkt haben, dass es nicht

Quebec, sondern ein anderer war, den er erschlug, auch wenn er ihn nur von hinten sah.«

Rosalie nickte einsichtig. »Ich versuche ja nur, ein wenig gegen den Strich zu denken. Vielleicht sollten wir uns erst einmal auf die Fakten beschränken und daraus Fragen nach einem Motiv entwickeln.« Sie legte ihre Stirn in Falten und zählte auf: »Erstens: Sowohl Rémy Raunard als auch Yannis Quebec haben offensichtlich Kontrahenten, denen daran gelegen ist, ihr gemeinsames Filmprojekt zu sabotieren. Wir müssten herausfinden, wer das ist und was ihre Motive sind. Zweitens: Rémy ist mit Yannis' Fahrrad verunglückt. Also stellt sich die Frage, ob das Fahrrad manipuliert worden ist. Falls dem so ist, liegt nahe, dass eigentlich Yannis hätte damit umkommen sollen. Drittens: Lucas und Yannis hatten vermutlich eine Affäre. Die Frage ist: Könnte Lucas so eifersüchtig gewesen sein, dass er mit Yannis einen Streit angefangen hat, der dann eskaliert ist und mit Lucas' Tod endete?«

»Du meine Güte, Rosalie!«, beschwerte sich Vincent. »Wie kommst du denn darauf, dass Lucas und Yannis ein Verhältnis hatten? Angeblich hat Yannis doch eine Freundin. Er ist nicht homosexuell.«

Rosalie verdrehte die Augen. »Mon Chéri, weißt du eigentlich, dass rund siebzig Prozent aller Menschen bisexuell veranlagt sind? Das ist völlig normal. Jeder sollte einmal mit seinem eigenen Geschlecht ein paar Erfahrungen gemacht haben. Außerdem scheint Yannis' Sexualtrieb unersättlich zu sein.«

»Das hört sich ja gerade so an, als könntest du da mitreden«, reagierte Vincent verstimmt. Der Gedanke wollte ihm so gar nicht gefallen, dass Rosalie womöglich schon mal mit einer Frau …

Rosalie kicherte vergnügt. »Und wenn dem so wäre?«, fragte

sie mit einem koketten Augenaufschlag. »Was wäre schon dabei?«

Vincent kam sich auf einmal ungemein spießig vor. Rosalie gelang es immer wieder, ihn aus der Fassung zu bringen. Außerdem gefiel ihm ihr Eifer so gar nicht. »Wir hatten bei unserem letzten Abenteuer doch ausgemacht, dass wir künftig die Finger von jeder Art von Verbrechen lassen.«

»Da konnten wir ja aber auch nicht wissen, dass wir so unmittelbar in ein neues Verbrechen verwickelt werden«, konterte Rosalie und streckte rechthaberisch ihr Kinn vor. »Wir können doch nicht einfach wegsehen, wenn in unserer direkten Umgebung Menschen zu Schaden kommen. Das widerspricht meinen französischen Moralvorstellungen.«

Vincent musste wider Willen schmunzeln. Rosalie würde immer alles so hindrehen, wie es ihr passte. Gerade das mochte er ja an ihr. Sein Zaudern ließ Rosalie erneut Oberwasser gewinnen.

»Siehst du, dir geht es doch auch nicht anders!«, interpretierte sie ihn frech.

Vincent spürte, wie sein Widerstand nachließ. »Wir sollten dennoch unsere Finger davon lassen.«

Rosalie verzichtete auf eine Antwort und schenkte ihm eines ihrer bezaubernden Lächeln. Dabei nahm sie seine Hand und spielte mit seinen Fingern.

»Wir könnten ja nur ein ganz kleines bisschen nachforschen«, gurrte sie und sah ihm tief in die Augen. »Ich höre mich auf dem Set um, und du könntest deine Beziehungen zu den Kriminaltechnikern in Avignon spielen lassen, um noch ein paar Fakten zu sammeln.«

»Dafür handle ich mir doch nur Ärger mit deinem Bruder ein«, murrte er mit einem letzten Rest von Aufbegehren.

»Dann ist es also ausgemacht?« Rosalie beugte sich vor und gab Vincent einen Kuss auf den Mund. Die Gelegenheit konnte er sich nicht entgehen lassen.

»Aber nur, wenn du übermorgen Abend zu mir zum Essen kommst«, sagte er und hielt sie an den Handgelenken fest. Ihre grünen Augen schillerten verheißungsvoll im Schattenspiel der Blätter.

»Sehr gern«, sagte sie, bevor sie sich ihm sacht entzog.

15

Commissaire Viale sah auf die Uhr. Es war schon kurz nach zwanzig Uhr, und der Stapel auf seinem Schreibtisch wurde nicht etwa kleiner, sondern immer noch größer. Der Commandant war außer sich gewesen, als er am späten Nachmittag von dem Mordfall im Hause Quebec erfahren hatte und hatte ihm gleichzeitig Versäumnisse bei seinen Ermittlungen vorgeworfen. Maurice' Argumente, dass die Koordination bezüglich der Ermittlungen in Sachen Einbrüche ihn über die Maßen beschäftigt hatte, hatten bei seinem Vorgesetzten genauso wenig Gehör gefunden wie die Bitte, ihm doch zusätzlich noch Kriminalbeamte zur Verfügung zu stellen.

»Holen Sie Capitaine Duval von seiner Fortbildung zurück«, hatte er ihn nur ungnädig angeschnauzt und damit jede weitere Bitte um Unterstützung im Keim erstickt. Also war ihm gar nichts anderes übrig geblieben, als seinen Kollegen in Marseille anzurufen und zu bitten, sofort wieder seinen Dienst in Carpentras zu versehen. Duval, zu dem er schon immer ein schwieriges Verhältnis gehabt hatte, hatte die Nachricht mit offener Genugtuung zur Kenntnis genommen.

»Ach, dann fehle ich Ihnen mit meiner altmodischen Erfahrung also doch?«, hatte er absichtlich provokant bemerkt. »Ehrlich gesagt langweilt mich die Tagung ohnehin. Ich erfahre hier nichts, was ich mir während meiner langen Erfahrung als Commissaire nicht selbst angeeignet hätte. Und dieser neumodische

Kram in Sachen Ermittlungsarbeit ist, wie ich befürchtet habe, nichts als des Kaisers neue Kleider. Das werden Sie schon auch noch erfahren.«

»Sie vergessen wohl, wer hier das Sagen hat«, antwortete Maurice gereizt. Am liebsten hätte er dem Capitaine, der im Rang eigentlich über ihm stand – de facto aber im Augenblick ihm als Ermittlungsleiter unterstellt war –, so richtig die Leviten gelesen. Doch er brauchte Duval und durfte es sich nicht endgültig mit ihm verderben.

Sein früherer Chef war zwar ein unflexibler, rechthaberischer Polizeibeamter, der sich nichts sagen ließ, aber er war auch gewissenhaft und konnte ihm eine Menge Ermittlungsarbeit abnehmen. Maurice seufzte, wenn er daran dachte, wie er sich zusammengenommen hatte, um Duval zu versichern, dass er seine Hilfe sehr wohl zu schätzen wüsste.

Mittlerweile waren die Untersuchungsergebnisse zum Todesfall Raunard aus der Kriminaltechnik bei ihm eingetroffen. Ganz offensichtlich waren die Schnellspanner des Vorderrads tatsächlich gelockert worden. Rémy Raunard war demnach einem Mordanschlag zum Opfer gefallen. Dass der Anschlag ursprünglich Quebec hatte gelten sollen, ließ sich nur dann ausschließen, wenn der Stein tatsächlich absichtlich dem Radfahrer vor die Reifen gerollt war. Dem gingen die Techniker im Augenblick nach. Als Nächstes stellte sich nun die Frage nach einem Motiv.

Maurice Viale sah den Aktenberg vor sich und fühlte sich plötzlich unendlich müde. Am liebsten hätte er alles stehen und liegen lassen und sich mal wieder ordentlich ausgeschlafen. Doch der Commandant erwartete Ergebnisse, und die gab es nur, wenn er wenigstens die weiteren Schritte für die nächsten Tage vorbereitete. Sein Magen knurrte wie ein wildes Tier, und ihm fiel ein, dass er den ganzen Tag noch nichts gegessen hatte. Er überlegte, ob er sich im gegenüberliegenden Hotel ein Sandwich bestellen sollte, doch dann ließ er es bleiben und nahm sich lieber noch eine Tasse lauwarmen Kaffee aus der Thermoskanne und gab drei Teelöffel Zucker hinein.

Beim Durchsehen der Unterlagen kam er zu keinen neuen Erkenntnissen. Er versprach sich allerdings von den Vernehmungen am folgenden Tag so einiges. Arduin hatte herausgefunden, dass die schwarze Limousine einem gewissen Grégoire Cadenet gehörte, einem Börsenspekulanten aus Paris, der sich außerdem in drittklassigen Pornofilmproduktionen einen Namen gemacht hatte. Maurice hatte daraufhin veranlasst, dass man Cadenet zu einem Verhör ins Kommissariat einbestellte. Er nahm sich vor, ihn auf den Streit anzusprechen, den Vincent Olivier beobachtet hatte.

Maurice hatte sich am späten Nachmittag nochmals bei einigen Leuten auf dem Filmset umgehört und dabei erfahren, dass die Produktion angeblich auf wackligen Füßen stand. Es waren bislang nur Gerüchte. Auch hier würde er nochmals bei Quebec nachhaken müssen, sobald sich der exaltierte Schauspieler etwas beruhigt hatte. Er hielt den Typen für einen äußerst labilen Menschen, dem er durchaus auch Übersprunghandlungen zutraute. Er war Alkoholiker und sehr impulsiv. Maurice glaubte zwar nicht, dass er etwas mit Leroys Tod zu tun hatte – dafür waren die Spuren eines Einbruchs zu offensichtlich –, aber das hieß nicht, dass er nicht in Raunards Tod verwickelt sein konnte. Womöglich hatte er Raunard absichtlich zu dem Rennen überredet, um nachher alle glauben zu lassen, dass eigentlich er hätte das Opfer sein sollen. Je länger Maurice darüber nachdachte, desto möglicher schien ihm die Vorstellung. Er würde dem Kerl noch einmal gründlich auf den

Zahn fühlen. Seine Gedanken wurden vom Klingeln seines Telefons unterbrochen.

»*Monsieur le Commissaire?*« Es war Philippe Arduin, dessen Stimme sich vor Eifer überschlug.

»Was gibt's? Ich denke, Sie haben Feierabend.« Maurice hatte den jungen Adjoint vor etwa einer Stunde nach Hause geschickt.

»Ja … ähm … nein!«, stammelte Arduin, der sich viel zu leicht aus der Fassung bringen ließ. »Aber Sie haben mir doch aufgetragen, noch einmal alle Zeugenaussagen im Falle Raunard durchzusehen. Wir hatten vierundzwanzig Personen dazu vernommen …«

»Ja und?« Maurice hasste es, wenn jemand nicht gleich zur Sache kam. »Worauf sind Sie gestoßen?«

»Auf nichts, wieso?«

»Und weshalb rufen Sie mich dann an?« Der Commissaire begann langsam ungeduldig zu werden.

»Mir ist da nur so eine Idee gekommen«, stammelte der Adjoint, hörbar verunsichert durch seinen rauen Ton. »Vielleicht hat es ja auch noch bis morgen Zeit …«

»Nun raus mit der Sprache«, forderte Maurice ihn noch ruppiger auf. Eigentlich mochte er den jungen Polizisten, auch wenn ihm sein Diensteifer manchmal auf die Nerven ging.

Arduin atmete tief durch, dann begann er endlich mit wichtiger Stimme zu erzählen. »In einer der Zeugenaussagen erwähnt ein gewisser Mathéo Gragne, dass er das Rennen zum großen Teil mit seiner Handykamera gefilmt hat. Er war auch beim Zieleinlauf dabei.«

Maurice horchte auf. »Haben wir die Aufnahmen?«

»Selbstverständlich.« Arduin vermochte seinen Stolz kaum zu verbergen. »Er hat zwar nicht den Unfall selbst gefilmt, aber es gibt einen Schwenk durch das Publikum. Gragne stand auf der Felsseite und filmte die gegenüberliegende Seite.«

»Dann konnte er doch überhaupt nichts gesehen haben«, sagte Maurice enttäuscht. »Die Aufnahme hätte uns doch nur von Nutzen sein können, wenn er auf der anderen Seite gestanden und auf den Felsen geblickt hätte.« Er spürte, wie seine Ungeduld wieder zunahm. Doch Arduin war noch nicht zu Ende.

»Sie haben recht, aber die Aufnahmen zeigen, dass auf der anderen Seite auch Menschen waren, die das Rennen gefilmt haben. Und jetzt kommt es: Ausgerechnet Lucas Leroy hatte ebenfalls sein Handy in der Hand und filmte. Es sieht so aus, als hätten wir eine neue Spur! Wer weiß, vielleicht hat er den Mörder gefilmt und musste ja deswegen sterben.«

»Nun mal ganz langsam mit voreiligen Schlüssen«, bremste Maurice den jungen Kollegen aus. »Haben Sie die Kriminaltechnik gefragt, was auf Leroys Handy drauf war?«

Am anderen Ende der Leitung wurde es still. »Ähm ja, aber bei dem Toten wurde leider kein Handy gefunden.«

»Verdammt, dann treiben Sie es gefälligst auf!«, fuhr Maurice den armen Adjoint erneut an. »Wenn er es nicht bei sich hatte oder es in seinem Wagen lag, dann wird er es wahrscheinlich zu Hause vergessen haben. Na los, worauf warten Sie denn noch?«

»Und wie komme ich heute Abend noch in seine Wohnung rein?«, fragte Arduin noch eingeschüchterter, als er ohnehin war. »Soll ich mir etwa gewaltsam Zugang verschaffen? Die Leute von der Kriminaltechnik, die den Schlüssel haben, sind doch alle längst im Feierabend.«

»Dann kümmern Sie sich eben gleich morgen drum!« Maurice legte auf und fuhr sich durch seine kurz rasierten Haare. Im Augenblick gab es nur lose Fäden in beiden Fällen und noch keinen ersichtlichen Zusammenhang. Ihnen würde nichts anderes übrig bleiben, als Stück für Stück das Umfeld von Raunard und Quebec noch näher zu beleuchten. Beim weiteren Durchblättern der Unterlagen tauchte noch ein weiterer Name auf: Éduard Sagan. Der Aufnahmeleiter hatte ausgesagt, dass Raunard des Öfteren mit diesem Mann, der nichts mit dem Filmgeschäft zu tun hatte, Verabredungen gehabt hatte, meist spätabends. War er womöglich ebenfalls ein Geliebter von Raunard? Als Maurice den Namen durch den Polizeicomputer laufen ließ, spuckte dieser gleich mehrere Einträge aus. Sagan war in der Marseiller Unterwelt kein Unbekannter. Er war der Betreiber mehrerer Bordelle und Spielhallen. Außerdem wurde ihm nachgesagt, dass er in Schutzgeldgeschäfte und illegale Spiele verstrickt war. Allerdings war er raffiniert genug, dass man ihm bislang nichts hatte nachweisen können. Maurice atmete erleichtert auf. Endlich einmal eine Spur, die etwas vielversprechender aussah. Gleich morgen würde er sich den Kerl mal näher ansehen. Er legte die Mappen zurück auf ihren Stapel und beschloss, nach Hause zu fahren.

*

Je näher Maurice seinem Zuhause kam, desto unwohler fühlte er sich. Es war nicht nur die Tatsache, dass er wieder einmal sehr spät dran war, die ihn umtrieb, sondern die zusätzlichen Probleme, die ihn dort erwarteten. Sylvie würde sicherlich von ihm verlangen, dass er sich noch einmal Joël vorknöpfte. Der Junge war ihm ein Rätsel. Noch vor einem halben Jahr hatte er gedacht, dass er ein gutes Verhältnis zu seinem Sohn hatte. Er war der Meinung gewesen, dass er ihn zu einem verantwortungsvollen, friedfertigen jungen Mann erzogen hatte. Doch in letzter Zeit schien er ihm zu entgleiten. Wie so vieles, was seine Familie betraf. Auch Sylvie verhielt sich in letzter Zeit ihm gegenüber immer distanzierter und ging längst ihre eigenen Wege. Den Sommerurlaub beabsichtigte sie sogar alleine, ohne die Familie zu verbringen, indem sie sich auf den Jakobsweg nach Santiago di Compostela machte. Dabei war sie nicht einmal religiös. Und ihm blieben die beiden halbwüchsigen Kinder. Vielleicht konnte er ja seinen Vater überreden, die beiden wenigstens für eine Woche bei sich auf dem Weingut aufzunehmen. Zum Glück waren bis dahin noch über vier Wochen Zeit.

Mittlerweile hatte er die Rocade de Charles de Gaulle in Avignon erreicht und bog am Kreisverkehr in die Avenue de la Trillade ein. Von dort war es nur noch ein Katzensprung bis zu dem kleinen Wohngebiet, in dem er und Sylvie vor zwei Jahren einen Bungalow erstanden hatten. Eigentlich war das Haus viel zu teuer gewesen für sein Polizistengehalt, aber Sylvie hatte sich in das Haus verliebt, und er hatte sich darauf eingelassen, einen viel zu hohen Kredit aufzunehmen, unter anderem auch, um seinem Vater zu zeigen, dass ein Kriminalbeamter bei der Police Nationale durchaus etwas erreichen konnte. Das Einzige, was er davon hatte, war, dass er nun einen Sack voller Schulden hatte und gezwungen war, möglichst bald die Karriereleiter eine Stufe höher zu klettern, um sich das alles leisten zu können.

Er stellte sein Auto vor dem Haus ab und konnte schon auf dem Weg zur Haustür die aufgeregte Diskussion hören, die sich im Inneren abspielte. Sylvies helle Stimme versuchte gerade den dunklen Bass seines Sohnes zu übertönen. Mit einem Seufzen schloss er die Haustür auf und fand sich sofort inmitten eines Wortgemetzels wieder. Augenscheinlich ging es darum, dass sein Sohn gerade dabei war, das Haus zu verlassen, was seine Mutter ihm verbieten wollte.

»Solange du dich nicht entschuldigt hast, hast du Hausarrest!«

»Ich lass mich von dir nicht aufhalten«, knurrte Joël trotzig und griff nach seiner Jacke. Sylvie versuchte ihm den Weg zu verstellen, doch Joël war über einen Kopf größer als sie und schob sie einfach beiseite.

»Du hörst gefälligst auf das, was deine Mutter sagt.« Maurice sah sich gezwungen, sich sofort in das Gespräch einzumischen. Er nickte Cathérine freundlich zu, die mit ihren zwölf Jahren neugierig dem Streit von der Küchentür aus folgte. Als sein Sohn auch an ihm vorbeizukommen versuchte, vertrat er ihm den Weg.

»Ihr habt mir gar nichts mehr zu sagen«, knurrte Joël ungehalten. »Bin alt genug, um selbst zu wissen, was gut für mich ist.«

»Den Eindruck hatte ich neulich in deiner Schule aber gar nicht«, erwiderte Maurice und ärgerte sich gleichzeitig, weil er sich damit ein ruhiges Gespräch, wie er es eigentlich vorgehabt hatte, verbaut hatte. Wie erwartet reagierte Joël empfindlich.

»Das sind alles Idioten, die es einfach nicht raffen«, fuhr er seinen Vater an. »Genau wie ihr! Und jetzt lasst mich gehen.«

»Diesen Ton hat er schon den ganzen Abend drauf!«, beschwerte sich Sylvie empört. »Ich weiß einfach nicht, was mit ihm los ist! Das kommt davon, wenn man immer allein mit den Kindern ist.« Sie warf ihm einen grimmigen Blick zu, den er nicht verdient zu haben glaubte.

»Du kannst gehen, wenn du mir vorher versprichst, dich bei deinem Lehrer und dem Jungen, den du verprügelt hast, zu entschuldigen«, sagte Maurice so ruhig, wie er nur konnte. Er sah ein, dass er mit purer Autorität nicht weiterkam. Er wollte stattdessen versuchen, mit seinem Jungen einen Handel auszumachen, der auf Augenhöhe geschah. Sein Sohn sah ihn mit zusammengekniffenen Augen an und schien zu überlegen.

»Bei Monsieur Flavier habe ich mich bereits entschuldigt«, behauptete er knapp. »Kann ich jetzt gehen?«

»Aber du hast dich nicht bei diesem Farouk entschuldigt«, mischte sich Sylvie ein. »Monsieur Flavier hat gerade angerufen«, wandte sie sich an Maurice. Ihr Gesicht war angespannt, und er erkannte, wie sehr sie die ganze Angelegenheit mitnahm. »Er gibt Joël noch eine letzte Chance. Wenn er sich bis Anfang nächster Woche nicht bei Farouk entschuldigt hat, bekommt er einen Schulverweis. Joël sagt mir ja noch nicht einmal, weshalb er den Jungen verprügelt hat!«

»Weißt du eigentlich, was deine Mutter und ich für Mühen auf uns genommen haben, um dich auf diese Schule gehen lassen zu können?« Maurice' Ton hatte sich ungewollt verschärft. Er hatte sich vorgenommen, diese Angelegenheit in Ruhe und gleichberechtigt mit seinem Sohn zu regeln, aber seine Sturheit und die unverhohlene Feindseligkeit seines eigenen Fleisch und Blutes brachten ihn dann doch aus der Fassung.

»Ich werde mich nicht bei Farouk entschuldigen«, beharrte Joël trotzig. »Lieber flieg ich von der Schule.«

Maurice atmete tief durch. »Dann nenn mir wenigstens den Grund, weshalb du dich nicht entschuldigen willst!«

»Das geht euch nichts an!«

»Und ob uns das etwas angeht! Möchtest du die Angelegenheit lieber mit mir allein klären?« Vielleicht hatte er auf der Kumpelebene ja mehr Erfolg.

»Lasst mich einfach in Ruhe!« Joël hob seine linke Hand, zeigte seinen Eltern den Mittelfinger und verschwand wütend in Richtung seines Zimmers.

»Und das lässt du dir bieten?«, keifte Sylvie, die außer sich war.

»Geh ihm nach und zeig ihm endlich, wer hier im Haus das Sagen hat. Der Junge braucht Grenzen, die du ihm leider nie aufgezeigt hast. Es ist doch deine Schuld, dass er so geworden ist!«

»Nun mach aber mal halblang!« Maurice konnte sich nicht erinnern, wann er zum letzten Mal seine Frau so echauffiert erlebt hatte. »Du siehst doch, dass man mit Joël im Augenblick nicht reden kann. Wir müssen ihm noch etwas Zeit geben.«

»Zeit geben? Dass ich nicht lache!« Sylvies Augen funkelten voll bitterem Hohn. »Diese Zeit hättest du lieber mal in seine Erziehung gesteckt. Dann hätten wir heute nicht diesen Schlamassel. Dem Jungen fehlt der Vater, der du nie warst, weil dir deine Arbeit wichtiger ist als wir hier!«

Das war selbst für Maurice zu viel. »Du kannst doch jetzt nicht so einfach mir die Schuld für alles in die Schuhe schieben. Du weißt genau, dass ich nur deshalb so viel arbeite, um uns dieses Leben hier zu bieten. Dieses teure Haus hier war schließlich deine Idee«, verteidigte er sich heftig.

»Vielleicht war das ja alles ein Fehler«, gab seine Frau überraschend zu. Ihre Stimme klang mit einem Mal resigniert.

»Was soll das denn jetzt bitte schön heißen?«, hakte Maurice beleidigt nach. »Willst du mich jetzt verarschen?« Sylvie sah ihn aus traurigen Augen an und schüttelte den Kopf.

»Sicher nicht«, meinte sie ruhig. »Ich glaube nur, dass wir so nicht weitermachen können.«

Ihre Worte trafen ihn so unvermittelt, dass Maurice sie wie eine Ohrfeige empfand und er in eine Art Schockstarre verfiel. Er registrierte zwar aus den Augenwinkeln, wie Sylvie nach ihrer Handtasche und ihren Autoschlüsseln griff, und sah auch, wie sie zum Ausgang ging, war aber nicht in der Lage, sie zu fragen, was das sollte. Erst als die Tür ins Schloss gefallen war, begriff er, dass sie gegangen war.

»Wohin geht Maman?«, fragte Cathérine und holte ihn wieder in die Realität zurück.

»Das weiß ich nicht«, gab er perplex zu. »Wahrscheinlich hat sie noch etwas Wichtiges zu erledigen.«

Cathérine gab sich damit zufrieden, aber es lag ihr noch etwas anderes auf der Seele. »Und was ist mit Joël? Fliegt er jetzt wirklich von der Schule und das nur, weil er sich mit dem Saleh-Brüdern angelegt hat?«

Maurice schämte sich dafür, dass seine Tochter Zeugin der Auseinandersetzung geworden war. Vor allem Sylvies Vorwürfe hätte sie nicht hören müssen, auch wenn sie noch so zutreffend gewesen waren. Er breitete seine Arme aus, woraufhin Cathérine ihm sofort entgegenflog und sich eng an ihn schmiegte.

»Dein Bruder wird schon wieder zur Vernunft kommen«, beruhigte er seine Kleine und genoss zum ersten Mal an diesem Tag die Nähe eines Menschen. Erst dann kamen ihm nochmals Cathérines Worte in den Sinn. »Was meinst du damit, dass sich Joël mit den Saleh-Brüdern angelegt hat?«, erkundigte er sich behutsam. »Kennst du den wahren Grund der Schlägerei?« Er schob seine Tochter etwas von sich, um ihr in die Augen sehen zu können. Cathérine schlug die Lider nieder.

»Ich hab Joël versprochen, euch nichts zu verraten«, sagte sie bekümmert. »Und jetzt habe ich es doch getan!«

»Was sind das für Jungs, diese Salehs?«, fragte er behutsam nach. »Du brauchst keine Angst zu haben, dass du Ärger bekommst. Du hilfst schließlich nur deinem Bruder.«

Cathérine sah ihn an und schüttelte den Kopf. »Eigentlich weiß ich ja gar nichts. Ich habe nur mal mitbekommen, wie die Saleh-Brüder Ali und Farouk Joël in die Zange genommen haben. Ich hatte schon Angst, dass sie ihn schlagen, aber dann hat Joël ihnen Geld gegeben, und sie haben ihn in Ruhe gelassen.

Joël hat mitbekommen, dass ich sie gesehen hatte. Deswegen musste ich versprechen zu schweigen. Er wird nun bestimmt sauer auf mich sein!«

»Keine Angst! Von mir erfährt er nichts!«, versprach Maurice und strich ihr beruhigend über den Kopf. Aber er machte sich nun doch Sorgen um seinen Sohn. Hoffentlich steckte er nicht in irgendwelchen kriminellen Machenschaften oder nahm gar Drogen.

16

Zu Rosalies Bedauern wurden die Dreharbeiten für den nächsten Tag ausgesetzt. Yvette hatte sie darüber informiert, dass man sie nicht am Set benötigte. Offensichtlich gab es Differenzen zwischen Yannis und Lavernier. Und genau das machte Rosalie umso neugieriger. Sie beschloss, die allgemeine Aufregung zu nutzen, um vielleicht noch an die eine oder andere nützliche Hintergrundinformation zu gelangen. Einmal auf den Geschmack gekommen schwang sie sich erneut auf ihr Fahrrad, um die zwölf Kilometer in das benachbarte Dorf zu radeln. Es war ein drückend heißer Tag für Anfang Juni, und die Zikaden zirpten in einer Lautstärke, die an das Scheppern von Milchkannen erinnerte. Der örtliche Metéo hatte Gewitter für diesen Tag vorausgesagt. Schon nach wenigen Kilometern bereute Rosalie, dass sie sich nicht etwas sportlichere Kleidung angezogen hatte. Unter heftigem Schnaufen quälte sie sich in ihrem viel zu engen Minirock einen lang gezogenen Anstieg hoch. Ihr lindgrünes Top war schon völlig durchgeschwitzt. Außerdem hatte sie durch die Plateausohle ihrer Sandalen einen schlechten Tritt.

»Schönheit muss leiden«, stöhnte sie ganz außer Atem und war froh, endlich die Höhe erreicht zu haben. Sie hatte sich mit Absicht in Schale geworfen, weil erfahrungsgemäß die Mitteilungsfreude besonders des männlichen Geschlechts umso höher war, je angenehmer ihr Gegenüber ihnen erschien. Die feuerroten Haare hatte Rosalie zu einer kunstvollen Banane aufgesteckt, die ihren fein geschwungenen Nacken gut zur Geltung brachte. Als sie Bédoin endlich erreicht hatte, war sie jedoch so erhitzt, dass sie zum Dorfbrunnen fuhr, um sich dort etwas zu erfrischen. Erst als sie ihre ramponierte Erscheinung wieder einigermaßen in den Griff bekommen hatte, schloss sie ihr Fahrrad ab und begab sich zu dem Gemeindesaal, der der Filmcrew für die Dauer der Dreharbeiten zur Verfügung gestellt worden war.

Grüppchenweise saßen an mehreren Tischen die Film- und Tontechniker, Setrunner, Regieleute sowie einzelne Schauspieler und Komparsen. Manche unterhielten sich, andere lernten ihre Texte oder tranken einfach nur Kaffee. Über dem Raum hing eine angespannte, beinahe depressive Atmosphäre, die ganz offensichtlich den beiden Todesfällen geschuldet war. Dass nicht gedreht wurde, hieß jedoch nicht, dass es keine Arbeit gab. An dem Tisch an der Fensterfront saßen Michel Lavernier, der Aufnahmeleiter Émile Grosz und die Regieassistentin Cloe. Auch Yannis Quebec befand sich unter ihnen. Allerdings saß er nur wie ein Häuflein Elend dazwischen und wirkte so verloren, als ginge ihn das alles nichts an. Rosalie nahm es verwundert zur Kenntnis. Quebec war nicht nur der Hauptdarsteller des Dokudramas, sondern nach Raunards Tod Hauptproduzent und somit für alles verantwortlich. Als sie ihren Tisch passierte, hörte sie, wie sich der Regisseur über die erneute Verzögerung heftig echauffierte. Dabei ging es um den Zeitplan, der nun noch enger geworden war.

»Ich versteh einfach nicht, wie du so tatenlos hier sitzen kannst«, griff Lavernier seinen Produzenten an, ohne dass der sich aus seiner Lethargie zu lösen vermochte. »Reiß dich doch endlich mal zusammen oder gib auf, wenn dir die Sache eine

Nummer zu groß ist!« Die stechenden Augen des smarten Regisseurs mit seinen halblangen grauen Haaren und dem schmalen Gesicht, das von einer Adlernase beherrscht wurde, verweilten provozierend auf Quebec. Rosalie schätzte ihn auf etwa fünfzig Jahre, obwohl er sich mit seinen Hipsterjeans recht jugendlich gab. Er strahlte Ruhe aus, gepaart mit einer natürlichen Autorität.

Yannis ließ sich von ihm jedoch nicht beeindrucken. Er starrte gedankenverloren durch Lavernier hindurch und nahm ihn kaum zur Kenntnis. Seine Ignoranz provozierte den Regisseur so sehr, dass er schließlich aussprach, was alle dachten. »Verdammt, kapierst du denn nicht? Wir sind pleite, wenn du nicht auf Cadenets Vorschlag eingehst! Wir brauchen sein Geld. Nun stell dich nicht so an!«

Die Erwähnung des Namens Cadenet holte Yannis endlich aus seiner Apathie heraus. Wie von der Tarantel gestochen fuhr er plötzlich hoch.

»Hör mir bloß auf mit diesem Arschloch«, blaffte er Lavernier wütend an. »Ich will seinen Namen hier nie wieder hören!«

Rosalie hörte an seiner unsicheren Aussprache, dass er schon wieder betrunken war. »Bevor der Kerl oder sein Weichei Maxime sich in mein Projekt einmischt, jage ich den ganzen Laden hier in die Luft!«

»Ach, hör doch auf mit der Dramatik«, konterte Lavernier ungerührt, »stell dich endlich den Tatsachen und kapier, dass wir das Projekt nur gemeinsam mit Cadenet noch stemmen können. Du kannst ja nicht mal die Stuntleute bezahlen, die du extra aus den USA hast einfliegen lassen müssen.«

»Du bist genauso ein Verräter wie Rémy«, zischte Yannis. Dann beruhigte er sich aber wieder und entschloss sich, ihnen allen eine Mitteilung zu machen.

»Aber ihr müsst euch keine Sorgen machen!«, behauptete er, indem er aufstand, damit alle ihn sahen. »Ich habe einen neuen Geldgeber.«

Lavernier sah ihn nur mitleidig an. »Ach ja? Und wer soll das bitte schön sein?«

»Émanuel Broutignant wird uns das nötige Geld geben. Er wird unser Hauptinvestor«, sagte Yannis und blickte siegessicher in die Runde. »Wie ihr wisst, ist er der Vater meiner Verlobten.«

»Broutignant? Der Kunsthändler?«, erkundigte sich Lavernier nun doch perplex. »Wie hast du denn den auf die Schnelle ins Boot geholt?« Quebec bekam durch die allgemeine Aufmerksamkeit mit einem Mal Oberwasser und gewann an Selbstsicherheit.

»Im Gegensatz zu euch glaubt Émanuel an mich.« Mit jedem Wort wurde seine Haltung selbstbewusster. »Es brauchte nicht viel Überzeugungskraft, um ihn für unsere Sache zu begeistern!«

Leider konnte Rosalie den Reaktionen der anderen am Tisch nicht weiter folgen, da Yvette sie entdeckt hatte und ihr freudig zuwinkte. Ihr blieb gar nichts anderes übrig, als zu ihr hinüberzugehen. Sie befand sich am anderen Ende der Halle.

»Gut, dass du doch gekommen bist!«, wurde sie herzlich empfangen. Yvette drückte ihr die üblichen drei Bisous auf die Wangen und deutete auf die Garderobiere, die neben ihr stand. »Joceline und ich beratschlagen gerade die Hauptszene bei der Verleihung des Etappenpreises«, verkündete sie fröhlich. »Es wird eine der Kernszenen. Du kannst uns bei der Auswahl der Garderobe für Camille behilflich sein. Sie war die Geliebte von Henri Pelissier, einem der großen Helden aus dem Radsport der Zwanzigerjahre.« Sie legte ihr ein paar historische Fotos vor und verwickelte sie sofort in ein Fachgespräch. Rosalie musste ihre Neugier hintanstellen, auch wenn es ihr auf den Nägeln brannte, noch mehr über Quebec, seine plötzliche Verlobung und den überraschend aufgetauchten neuen Geldgeber zu erfahren.

»Diese Camille war eine sehr extravagante Erscheinung«, erklärte Joceline. »Obwohl die Verleihung auf einem Marktplatz stattfand, trat sie in einem bodenlangen Abendkleid aus besticktem Seidenstoff mit taillentiefem Rückendekolleté auf. Um ihre Taille trug sie einen Gürtel aus falschen Juwelen.«

»Die dazu passende Frisur ist natürlich ein Bubikopf«, fügte Yvette lachend hinzu, »aber über den brauchen wir uns keine Gedanken zu machen, den hat Louane zum Glück schon. Wahrscheinlich hat Lavernier sie auch deshalb beim Casting den anderen vorgezogen.«

»Ach, Louane spielt Camille?« Rosalie freute sich, dass der Plan ihrer neuen Bekannten so gut aufgegangen war. »Wo ist sie denn? Ich habe sie noch gar nicht entdeckt.«

»Wir haben heute drehfrei. Da ist es jedem selbst überlassen, wo er sich herumtreibt«, meinte Yvette und wandte sich wieder ihrer Kollegin zu, die sie bat, gemeinsam mit ihr und Rosalie in die Garderobe zu gehen, um die Kleider vor Ort zu wählen. Im Fundus war es für alle leichter als in der Halle, wo doch nur Trubel herrschte. Während sie die Listen für die Kostüme und Schminkpläne erstellten, brachte Rosalie das Gespräch nochmals auf Quebec.

»Yannis machte heute Morgen einen recht zerstreuten Eindruck«, begann sie vorsichtig. »Er schien mir völlig durch den Wind zu sein. Der Tod von Raunard und Leroy hat ihn wohl doch mehr mitgenommen, als wir alle angenommen haben.«

Yvette und Joceline sahen einander vielsagend an. »Ist ja wohl auch kaum ein Wunder, wenn zwei Geliebte innerhalb von nur wenigen Tagen ums Leben kommen«, bemerkte die Maskenbildnerin trocken.

»War Leroy etwa auch Yannis' Geliebter?« Rosalie tat so, als hörte sie es zum ersten Mal.

»Ich habe die beiden gesehen, wie sie sich hinter dem Catering-Wagen geküsst haben«, erwähnte Joceline angewidert. »Nicht dass ich etwas gegen Schwule hätte, aber Yannis' Notgeilheit, die weder vor Männlein noch vor Weiblein haltmacht, geht mir manchmal richtig auf die Nerven.«

»Dabei ist er doch mit der Tochter dieses bekannten Kunsthändlers verlobt. Ich glaube, sie heißt Melissa«, schürte Rosalie noch ein wenig mehr das Feuer. »Habe ich gerade am Tisch des Regisseurs mitbekommen.«

»Was du nicht sagst!« Yvette runzelte überrascht die Stirn. »Ich dachte immer, die Kleine wäre nur eine seiner vielen Affären. Dass sie die Tochter von Émanuel Broutignant ist, ist mir dagegen neu.«

»Mir tut das Mädchen schon jetzt leid«, meinte Joceline abfällig. »Typen wie Quebec sollte man auf den Mond schießen.«

»Er ist gar nicht so schlimm, wie ihr alle beide tut«, nahm Yvette ihren Liebling in Schutz. »Im Grunde genommen ist Yannis ein lieber, wenn auch haltloser Junge. Er ist nie richtig erwachsen geworden, wurde immer von anderen gelenkt. Er hat mir selbst erzählt, wie verplant seine Kindheit und Jugend durch den Sport gewesen waren. Trainer, Eltern, Physiotherapeuten und die Geldgeber haben sein Leben bestimmt, bis er das Radfahren aufgeben musste. Kein Wunder, dass er jetzt aufdreht, wo ihn keiner mehr reglementieren kann. Leider ist er viel zu schnell berühmt geworden und dabei in die Hände der falschen Leute geraten. Rémy gehörte übrigens auch dazu.«

Bevor Rosalie nachfragen konnte, was Yvette damit meinte,

klingelte ihr Telefon. Sie sah, dass es Vincent war. »Bitte entschuldigt, es ist dringend«, sagte sie zu ihren beiden Kolleginnen und ging nach draußen.

»Ich habe Neuigkeiten aus Avignon«, teilte er ihr ohne Umschweife mit. »Mein ehemaliger Kollege hat mir ein paar interessante Details verraten, die mich allerdings ein halbes Vermögen gekostet haben ...« Statt fortzufahren, spannte er Rosalie auf die Folter, indem er eine Kunstpause einlegte.

»Nun sag schon ...«, drängelte sie ungeduldig.

»Ich musste lange überlegen, ob ich auf den Deal eingehen soll«, zögerte Vincent mit hörbarem Vergnügen seine Antwort hinaus.

Rosalie war im Augenblick nicht nach solchen Spielchen zumute. »Ich hab auch nicht ewig Zeit, nun mal raus mit der Sprache«, fuhr sie ihn unfreundlich an.

»Na hör mal, ich schulde Alain für seine Informationen, die ihm nebenbei gesagt eine Menge Scherereien bereiten können, jetzt eine Flasche Châteauneuf-du-Pape! Weißt du, was die kostet?« Er hörte sich gekränkt an. Rosalie ärgerte sich über ihre eigene Ungeduld und ruderte sofort wieder zurück.

»Ein Vermögen, ich weiß, *mon Chéri*! Ich werde dir das nie vergessen, aber schließlich ist es doch auch unsere gemeinsame Sache, nicht wahr?« Sie verlieh ihrer Stimme etwas Einschmeichelndes. »Nun sag schon, was hast du herausgefunden?«

»Die Schnellspanner an Rémy Raunards beziehungsweise an Yannis Quebecs Fahrrad sind tatsächlich absichtlich gelockert worden«, antwortete Vincent verschnupft. »Quebec hatte sie selbst am Abend zuvor nochmals überprüft. Aber jetzt kommt es. Der Täter hat die Schraube wohl nicht ohne Weiteres losbekommen und dazu ein Werkzeug benutzt. Eine Art Zange, die auch Spuren hinterlassen hat.«

»Du hörst dich irgendwie zweifelnd an«, fiel Rosalie sofort auf. »Hast du etwa noch eine andere Theorie?«

»Hhm ...« Vincent ließ sich mit der Antwort Zeit. »Die Kriminaltechniker gehen im Augenblick tatsächlich von einer Manipulation aus und haben diese Erkenntnis wohl genauso an die Ermittlungsbeamten weitergegeben. Dennoch heißt das nicht unbedingt, dass tatsächlich an dem Fahrrad manipuliert wurde. Es kommt immer mal wieder vor, dass sich ein Vorderrad einfach so lockert. Vielleicht war es auch ein Herstellungsfehler beim Schnellspanner.«

»Aber das Rad war doch sündhaft teuer«, wandte Rosalie skeptisch ein. »Ich kann mir nicht vorstellen, dass kein hochwertiges Material verwendet wurde.«

»Das Rad gehört zu einer ganz neuen Serie von Rädern«, erklärte Vincent geduldig. »An dem Rad wurden ganz neue Materialien ausprobiert, die vielleicht nicht ausreichend getestet wurden. Ich habe Alain jedenfalls geraten, nochmals diverse Belastungstests zu machen.«

»Wenn es dich beruhigt«, sagte Rosalie nicht sehr überzeugt. »Ich finde, wir sollten dennoch von einem Mord ausgehen und noch weitere Nachforschungen anstellen. Du wolltest doch noch herausfinden, was mit dem Stein war, der Raunard so plötzlich in den Weg gerollt ist.«

Vincent war von ihrer Idee nicht sehr begeistert. Nur nach längerem Zureden ließ er sich dazu überreden, erneut zu der Unfallstelle zu fahren, um den Felsen, wo der Stein hinabstürzte, noch einmal genauer zu inspizieren. »Du könntest dich ja außerdem bei den Leuten, die in der unmittelbaren Nähe wohnen, umhören. Manchmal erinnert man sich ja auch erst später an gewisse Einzelheiten«, schlug sie vor.

»Na gut«, gab Vincent endlich nach. »Wir können ja dann

unsere Ergebnisse morgen Abend beim Essen ausführlich besprechen.«

Rosalie fiel plötzlich ein, dass sie den folgenden Tag ja Rachid versprochen hatte. In all dem Trubel hatte sie es vergessen und Vincent voreilig zugesagt.

»Tut mir leid, aber das mit unserem Treffen wird leider morgen nichts«, rutschte es ihr vielleicht etwas zu forsch heraus. »Ich muss dringend mit Rachid nach Avignon. Ich habe ihm versprochen, mit ihm einen Anzug kaufen zu gehen. Danach haben wir noch was zu erledigen, was sich wohl bis in den späten Abend hineinziehen wird.« Dass Rachid sie ebenfalls zum Abendessen eingeladen hatte, behielt sie lieber für sich.

»Ach, mit Rachid.« Vincent reagierte augenblicklich einsilbig. »Dann melde dich einfach, wenn du mal wieder Zeit hast.« Mit diesen Worten legte er auf, noch ehe sie etwas darauf antworten konnte.

Mit einem unguten Gefühl begab sich Rosalie zurück zu ihren Kolleginnen, die längst wieder in ihre Arbeit vertieft waren und ganz andere Gespräche führten, die nichts mehr mit den Vorfällen der letzten Tage zu tun hatten. Sie verbrachte noch eine weitere Stunde mit ihnen, dann gingen sie auseinander.

Mittlerweile war es noch drückender geworden. Die Spitze des Mont Ventoux mit ihrer Wetterstation war von weißen Wolken verhüllt, während sich an seinen Flanken bereits eine breite Gewitterwand aufbaute, die rasch näher rückte. Ein weiteres Mal verfluchte Rosalie die Idee, sich auf die Radtour eingelassen zu haben. Wenn sie sich nicht beeilte, drohte sie auch noch nass zu werden. Sie setzte sich auf ihr Fahrrad und strampelte los. Auf dem Rückweg hatte sie außerdem mit dem warmen Südwind zu kämpfen, der ihr selbst die Abfahrten vergällte. Zu allem Überfluss wurde sie auch noch von einer Gruppe

Senioren auf E-Bikes überholt, die sich erdreisteten, ihr hinterherzupfeifen.

»*Touristes!*«, schimpfte sie ihnen hinterher und mühte sich weiter den Berg hinauf. Das Unwetter kam schneller, als ihr lieb war. Die ersten Donnerschläge waren bereits zu hören, als Brillons-de-Vassols noch nicht einmal in Sichtweite lag. Ein Blick auf den grauschwarzen Himmel verriet ihr, dass sie innerhalb der nächsten Minuten in den Regen kommen würde. Sie querte den Verbindungsweg, der von Vassols zum Campingplatz führte, und beschloss kurzerhand, auf dem Campingplatz Schutz zu suchen. Kaum hatte sie dessen Umfassungsmauer erreicht, fielen die ersten dicken Tropfen. Sie trat noch einmal in die Pedale und passierte die Einfahrt. Ohne sich weiter um ihr Rad zu scheren, stellte sie es mit Schwung an die Mauer der Rezeption und stürzte die Stufen hoch zum Büro. Sie betrat den schmalen Raum mit dem Tresen gerade rechtzeitig, bevor sich das Unwetter mit einem hellen Blitz entlud.

»Was für ein Sauwetter.« Sie trat ein und sah sich zu ihrer Überraschung nicht nur dem Rezeptionisten, sondern auch Louane Bonnet gegenüber, die über dieses Zusammentreffen mindestens ebenso erstaunt war wie sie selbst. Rosalie wollte gerade erklären, weshalb sie den Umweg gemacht hatte, als ihr ein ohrenbetäubender Donnerhall, begleitet von einem grellen Blitz, im wahrsten Sinne des Wortes das Wort abschnitt. Für einen Augenblick vibrierte die Luft im Raum, und ihr Herz begann wie verrückt zu rasen.

»*Merde,* das war genau über uns«, kommentierte der Rezeptionist, ein junger Kerl mit schwarzem Pferdeschwanz und kahl rasiertem Undercut. Im gleichen Augenblick erlosch der Bildschirm seines Computers.

»*Fini!* Das war's wohl erst mal«, fügte er relativ gelassen hinzu, während Rosalies Herz immer noch bis zum Hals schlug. Auch Louane war ganz bleich geworden. Der gelbgraue Himmel warf ein bizarres Licht in den Raum. Dann knallten unvermittelt tischtennisballgroße Hagelkörner auf das Wellblechdach der Rezeption. Der Lärm, den die herabprasselnden Hagelkörner verursachten, war so ohrenbetäubend, dass Rosalie sich die Ohren zuhalten musste. An ein Gespräch war nicht zu denken. Nach wenigen Minuten ließ der Hagel nach und wich sintflutartigem Regen, der sich wie ein Wasservorhang außen vor das Fenster legte.

Eine weitere Viertelstunde später ließ der Regen so schnell nach, wie er angefangen hatte. Rosalie und Louane hatten es sich zwischenzeitlich auf den Stühlen vor dem Tresen bequem gemacht und warteten gemeinsam mit dem Rezeptionisten das Unwetter ab. Während draußen das Wasser auf den Schotterwegen abfloss und in feinen Schwaden bereits wieder verdampfte, begannen sie eine Unterhaltung.

»Schade, dass du heute nicht am Set warst«, bemerkte Rosalie und erzählte ihr, dass sie über Louanes Kostüm beratschlagt hatten. Louane reagierte freudig überrascht.

»Wenn ich das gewusst hätte, wäre ich natürlich gekommen«, gestand sie geschmeichelt. »Ich dachte, dass ich mich lieber hier in Ruhe auf meinen Text vorbereite. Ich habe nämlich Schwierigkeiten beim Auswendiglernen«, fügte sie bescheiden hinzu. Rosalie konnte ihr das nur allzu gut nachempfinden. Ihr fiel diese Art des Lernens auch nicht besonders leicht. Doch sie wunderte sich auch ein wenig. Sie war immer davon ausgegangen, dass Schauspieler besonders leicht auswendig lernten. Andernfalls hätten sie wohl kaum diesen Beruf ergriffen. Louane schien ihre Gedanken zu erraten.

»Ich brauche einfach meine Ruhe, wenn ich mich auf eine

Rolle konzentriere«, schob sie erklärend nach. »Schließlich möchte ich es nicht vermasseln.«

»Das wirst du nicht«, versicherte Rosalie, der Louanes Aufrichtigkeit gefiel. »Wieso wohnst du eigentlich hier auf dem Campingplatz in Vassols und nicht bei den anderen in Bédoin?«, erkundigte sie sich neugierig. Louane schien die Frage unangenehm.

»Ich brauche einen gewissen Lebensstil und wollte nicht, dass sich die Leute darüber mokieren«, erklärte sie schließlich zurückhaltend. »Es käme bestimmt nicht gut an, wenn Leute wie André erführen, dass ich in einem so komfortablen Wohnmobil hause. Das weckt doch bloß Neid. Außerdem bin ich es einfach gewohnt, meine Ruhe zu haben, wenn mir danach ist.«

»Verstehe!« Rosalie dachte nach. »Dann betreibst du die Schauspielerei also nicht, um Geld zu verdienen, sondern rein aus Leidenschaft. Wie beneidenswert!«

Louane lächelte. »Du wirst mich doch nicht bei den anderen verpetzen?«

Rosalie zuckte mit den Schultern. »Wieso sollte ich? Jeder hat das Recht, so zu leben, wie er es für richtig hält.«

Sie wechselten das Thema. Louane kam von sich aus auf den Mord an Lucas Leroy zu sprechen. »Mir will sein Tod einfach nicht aus dem Kopf gehen«, meinte sie erschüttert. »Wer könnte nur einen Grund gehabt haben, ihn umzubringen?«

»Der Commissaire geht davon aus, dass es eine Einbrecherbande gewesen ist«, verriet Rosalie. »Allerdings weiß ich nicht, ob mein Bruder damit richtigliegt.«

»Der Commissaire ist dein Bruder?«, wunderte sich Louane.

Rosalie schnaubte verächtlich. »Darauf bin ich nicht besonders stolz, auch wenn Maurice bestimmt ein ordentlicher Polizist ist. Kanntest du Lucas eigentlich gut?«

»Nur so vom Sehen. Wir haben ab und zu beim Mittagessen ein paar Worte miteinander gewechselt. Er war sympathisch, und ich bin traurig, dass er solch ein tragisches Ende genommen hat!«

Louane schien wirklich bedrückt über seinen Tod zu sein. Rosalie fragte sich, ob sie womöglich mehr für den jungen Mann empfunden haben mochte. Doch das war natürlich absurd. Seine Homosexualität war so augenscheinlich, dass sie selbst einer etwas weltfremden Frau wie Louane aufgefallen sein musste. Sie beschloss, ein wenig nachzuhaken. »Es wird gemunkelt, dass Lucas ein Verhältnis mit Yannis Quebec hatte.«

Louane sah sie an, als wäre sie nicht ganz bei Sinnen. »Das ist doch dummes Gerede«, echauffierte sie sich prompt und bestätigte damit Rosalies Vermutung. »Auf so etwas würde er doch niemals eingehen!«

»Du hast sicher recht. Wie dumm von mir, diese Tratschgeschichten der anderen nachzuplappern.«

Louane nickte und stand ziemlich abrupt von ihrem Stuhl auf. »Ich muss jetzt noch meinen Text lernen. Mach's gut!«

17

Gleich am nächsten Morgen fuhr Lieutenant de Police Maurice Viale in seinem Dienstwagen nach Vaison-la-Romaine. Das hübsche Städtchen lag am felsigen Ufer des Flüsschens Ouvèze etwa zwanzig Kilometer nördlich von Carpentras. Die Hügelkuppe jenseits der Altstadt wurde von den Ruinen einer mittelalterlichen Burg beherrscht. Eine schön geschwungene römische Brücke führte über die tief liegende Ouvèze zur Altstadt und den Überresten einer römischen Stadt mit Villen, Theater und einem Aquädukt. Manche Fachleute behaupteten, dass der römische Historiker Tacitus an diesem Ort geboren sein sollte.

Den Commissaire kümmerten diese historischen Spekulationen allerdings wenig. Er ließ, von Carpentras kommend, die Altstadt rechts liegen und nahm die schmale Straße in Richtung der mittelalterlichen Burg, wo seit alters her die *Haute Ville* lag, die Gegend, wo sich die Wohlhabenden niedergelassen hatten. Das hatte sich bis in die heutige Zeit nicht geändert. Etwas zurückgesetzt von der Burgruine befand sich das von nicht einsehbaren Mauern umgebene Anwesen von Éduard Sagan. Ein schmiedeeisernes Tor verwehrte Ungebetenen die Einfahrt. Außerdem konnte Viale automatisch schwenkende Videokameras entdecken, die alles im Blick hatten. Solche Schutzmaßnahmen waren für Villen, die nur zeitweise bewohnt wurden, durchaus üblich. Leider war die Kriminalität in den letzten Jahren so gestiegen, dass den Besitzern nichts anderes übrig blieb, als teure

Überwachungsfirmen zu engagieren, die für ihren Schutz sorgten. Viale stieg aus seinem Wagen und betätigte den Klingelknopf. Eine Stimme mit stark ausländischem Akzent meldete sich über die Gegensprechanlage.

»Police Nationale. Ich möchte bitte mit Monsieur Éduard Sagan sprechen.«

»Moment, muss erst fragen, ob Monsieur Zeit für Sie haben«, sagte der Mann am anderen Ende.

»Er wird Zeit für mich haben«, drängte Viale mit Nachdruck, »andernfalls muss ich ihn für heute Nachmittag ins Kommissariat einbestellen.«

Wenig später öffnete sich das Tor automatisch, und Viale fuhr über die Kiesauffahrt zu einem Parkplatz, der eigens für Gäste angelegt war. Eine in Lachs- und Weißtönen blühende Oleanderhecke verdeckte die Mauer, die das Anwesen umgab. Die L-förmige Villa stand inmitten eines mit alten Olivenbäumen bepflanzten Gartens. An dem geschwungenen Weg, der auf den überdachten Eingang führte, waren mit Begonien und Fuchsien bepflanzte Steintröge aufgestellt, die verblüffende Ähnlichkeit mit römischen Sarkophagen hatten. Viale folgte dem Weg und betrachtete das Anwesen. An der Bauweise war zu erkennen, dass die Villa kein Neubau war. Doch Sagan hatte sie offensichtlich grundlegend saniert und nach seinen Vorstellungen aufwendig umgestaltet. Geld dürfte dabei keine Rolle gespielt haben. Teile der Außenmauern waren entfernt und stattdessen durch helle Glasfronten ersetzt worden, die einen Blick in das weitläufige Wohnzimmer des Hauses erlaubten.

Hinter den Glasscheiben glaubte der Commissaire eine nur mit einem Badetuch bekleidete junge Frau zu erkennen. Sie verschwand eben durch eine andere Glastür, die hinaus auf die Terrasse und den Swimmingpool führte. Von dort vernahm er

Kindergeschrei und das Platschen von Wasser. Die Eingangstür war bereits geöffnet, und er wurde von einem sorgfältig gekleideten Mann um die vierzig freundlich empfangen.

»Monsieur Éduard Sagan, nehme ich an?«, grüßte Viale wenig beeindruckt.

»Was verschafft mir die Ehre, Monsieur le Commissaire?« Sagan antwortete mit einem verbindlichen Nicken und lud ihn ein hereinzukommen.

Viale folgte ihm in ein großzügiges Entrée, von dem mehrere Türen abgingen. Alles war licht und modern und stand in Kontrast zu den römischen Figuren und Büsten in den Mauernischen.

»Bis auf die Diana mit dem Jagdbogen sind dies alles Originale«, erklärte Sagan mit kaum zu überhörendem Stolz, als er Viales neugierige Blicke bemerkte. »Ich habe sie als Hommage an die alte Römerstadt aufgestellt, gewissermaßen als Zitat.« Er lächelte geschmeidig und ging durch eine der Türen in das weitläufige Wohnzimmer, durch dessen Glasfront Viale eben hineingesehen hatte. In den beigen Chinohosen und dem hellblauen Hemd sowie seinen gewandten Umgangsformen wirkte Éduard Sagan so gar nicht wie der Besitzer von Spielhallen, der außerdem schon einmal wegen Betrugs im Gefängnis gesessen hatte. Auf jeden Fall hatte er sich den Mann ganz anders vorgestellt, nachdem er die Polizeifotos gesehen hatte.

»Tee oder Kaffee?« Der Hausbesitzer deutete auf eine großzügige Ledergarnitur und bat ihn, Platz zu nehmen.

Viale entschied sich für Kaffee. Er war am Morgen ohne Frühstück von zu Hause aufgebrochen, nur um zu vermeiden, dass er Sylvie noch einmal begegnete. Wenn er ehrlich war, wusste er nicht einmal, ob seine Frau in der Nacht überhaupt nach Hause gekommen war.

Sagan klatschte in die Hände. Viale fielen die abgekauten Fingernägel auf, die so gar nicht zu dem vornehmen Auftreten passen wollten. Im nächsten Augenblick erschien ein junges Mädchen von höchstens achtzehn Jahren, das mit gesenktem Kopf seine Anweisungen entgegennahm. Ihr pechschwarzes Haar fiel ihr in schweren Locken über den Rücken. Allem Anschein nach war sie keine Französin. Kaum hatte sie ihren Auftrag erhalten, verschwand sie, ohne ein Wort zu sagen, um wenig später mit dem Gewünschten zurückzukehren und sie zu bedienen. Danach zog sie sich unauffällig zurück.

»Nettes Mädchen«, meinte Viale möglichst beiläufig. Sagan ging darauf nicht ein, sondern reichte ihm die Zuckerdose.

»Darf ich nun endlich den Grund Ihres Besuches erfahren?«, erkundigte er sich mit einem Blick auf seine Rolex. »Ich habe gleich noch einen wichtigen Termin und deshalb leider nicht viel Zeit für Sie.«

Viale beschloss, gleich zur Sache zu kommen. »Es handelt sich um den Filmproduzenten und Manager Rémy Raunard, von dem wir annehmen, dass er ermordet wurde«, begann er ohne Umschweife. »Ich möchte gern wissen, in welchem Verhältnis Sie zu ihm und seinem Klienten Yannis Quebec standen und ob er Ihnen womöglich Geld schuldete.«

Sagan, der mittlerweile gegenüber von Viale ebenfalls Platz genommen hatte, griff nach einer kostbar gearbeiteten Intarsienkiste auf dem Glastisch und holte eine Zigarette heraus. Auf dem Beistelltisch neben seinem Sessel lagen eine silberne Zigarettenspitze und ein Feuerzeug. Ohne Hast steckte er die Zigarette in die Spitze und zündete sie sich an. Nachdem er einen langen Zug genommen hatte, blickte er Viale offen an.

»Ich habe nichts zu verbergen«, antwortete er gelassen, indem er den Rauch aus seiner Lunge ausstieß. »Tatsächlich kenne ich

Rémy Raunard. Wir sind beziehungsweise waren alte Bekannte, wenn Sie so wollen.« Mit einem überlegenen Lächeln suchte er erneut Blickkontakt mit Viale. »Allerdings waren wir keine Freunde. Wir teilten lediglich eine gemeinsame Leidenschaft.«

»Ich nehme an, diese Leidenschaft hat etwas mit Ihren Spielhallen zu tun?«, hakte der Commissaire ungerührt nach. Sagan hob eine Augenbraue und zuckte gleichzeitig mit der Schulter. »Schon möglich, dass Leute wie Sie nicht verstehen können, was Menschen am Glücksspiel reizt. Dem Leben von Menschen wie Raunard verleiht es dagegen die richtige Würze. Sie sind süchtig nach dem Nervenkitzel, dass man seinen Einsatz innerhalb von Sekunden verdoppeln kann – oder eben alles verliert. Es wäre schade, wenn man ihnen diese Möglichkeit nicht mehr bieten würde.« Hinter seiner freundlichen Art verbarg sich eine provozierende Selbstgefälligkeit, die Maurice nicht behagte.

»Nur dass Sie als Spielhallenbesitzer bei dieser Art von Spiel immer gewinnen, während Ihre Kunden meist das Nachsehen haben«, wandte er ebenso provozierend ein. »Wie viel Geld schuldete Ihnen Raunard?«

Sagan zog nochmals an seiner Zigarettenspitze. »Rémy schuldete mir etwas mehr als siebzigtausend Euro. Ein Batzen Geld, aber nicht genug, um ihn deswegen umzubringen.« Mit einer lässigen Geste deutete er auf den Wohlstand, der ihn umgab, und grinste. »Sie glauben doch wohl nicht, dass mich die paar Kröten wirklich kratzen?«

»Wir wissen, dass Sie selbst gewaltige Schulden haben«, sagte Viale, dem die Arroganz des Spielhallenbesitzers allmählich auf die Nerven ging. »Haben Sie Raunard wegen seiner Schulden unter Druck gesetzt oder ihm womöglich massiv gedroht?«

»Ich bitte Sie, Commissaire!« Sagan breitete seine Hände aus, um sie mit einem resignierten Ausatmen auf seinen Schoß fallen zu lassen. »Und was meine Schulden betrifft – das ist nur ein kleiner finanzieller Engpass, den ich schon nächste Woche begleichen werde. Glauben Sie wirklich, dass ich mir wegen solch einer Lappalie die Hände schmutzig machen würde?«

»Nein!« Maurice verstärkte seinen Druck. »Das erledigen vermutlich Ihre Leute für Sie. Was ist mit dem Typ, der versucht hat, mich an der Tür abzuwimmeln? Wo ist er überhaupt? Macht er die Schmutzarbeit für Sie?«

»Fiodor ist mein Bodyguard«, antwortete Sagan, ohne sich im Geringsten beeindruckt zu zeigen. »Und für Leute, die mir beziehungsweise meiner Firma etwas schulden, beauftrage ich eine Inkassofirma. Ich kann Ihnen gern die Adresse geben, damit Sie das überprüfen können. Allerdings kann ich Ihnen jetzt schon versichern, dass verbale oder gar körperliche Bedrohung nicht zu deren Metier gehört. Als treuer Staatsbürger greife ich lieber auf rechtsstaatliche Mittel, wie zum Beispiel einen Gerichtsvollzieher, zurück.« Sein selbstgefälliges Lächeln brachte Maurice auf die Palme, obwohl er wusste, dass sein Ärger nicht sehr professionell war.

»Wo waren Sie vergangenen Mittwoch zwischen dreizehn und achtzehn Uhr?«, wechselte er abrupt das Thema.

»Oh, da war ich mit meiner Frau und den beiden Kindern in Nizza bei Freunden zu Besuch«, kam es wie aus der Pistole geschossen. »Jasmina«, rief er, ohne sich umzudrehen. Das dunkelhaarige Mädchen, das ihnen den Kaffee gebracht hatte, erschien. Er gab ihr den Auftrag, seine Frau zu holen. Wenig später trat die Frau, die Maurice durch das Fenster nur mit einem Badetuch bekleidet gesehen hatte, in einem eleganten Sommerkleid in den Raum. Sie war eine rassige südländische Schönheit, mit lockigen schwarzen Haaren und glutvollen Augen über breiten Wangenknochen. Ihre vollen Lippen umspielte ein unverbindliches Lächeln, während sie ihn begrüßte. Auf Viale wirkte sie wie eine perfekte Inszenierung. Sagan stand auf, nahm galant die Hand seiner Frau und drückte einen zärtlichen Kuss darauf.

»Der Commissaire möchte gern wissen, wo wir letzten Mittwoch waren, Laetitia«, informierte er sie. Sie hob erstaunt die Augenbrauen.

»Hat er etwas angestellt?«, erkundigte sie sich besorgt. »Wir waren die ganze Woche mit den Kindern bei Freunden in Nizza und sind erst seit gestern Abend wieder zurück in Vaison«, bestätigte sie die Aussage ihres Mannes. Sie sprach nahezu fehlerfreies Französisch, auch wenn ihr Akzent sie eindeutig als Ausländerin kennzeichnete. Viale vermutete, dass sie Russin war.

»Ich werde Ihnen selbstverständlich die Adresse von unseren Freunden aushändigen, damit Sie alles nachprüfen können.« Er ging zu dem Schreibtisch und notierte etwas auf einen Zettel, den er ihm anschließend gab. »Haben Sie sonst noch Fragen?« Sagan stand nun neben seiner Frau und umfasste ihre Taille. »Wenn Sie gestatten, würde ich nun gern aufbrechen. Mein Geschäftspartner erwartet mich schon in einer Stunde in Marseille.«

Viale hätte den Kerl am liebsten so richtig in die Mangel genommen, allein um ihm etwas von seiner selbstherrlichen Arroganz zu nehmen. Leider musste er einsehen, dass es im Augenblick nichts gab, was ihn dazu berechtigt hätte. Also erhob er sich ebenfalls und ließ sich von Sagan und dessen Frau zum Ausgang führen. »Sie werden sich in der nächsten Zeit zu unserer Verfügung halten müssen«, informierte er ihn.

»Kein Problem«, entgegnete Sagan verbindlich. »Es ist mir immer ein Vergnügen, der Polizei mit Rat und Tat zur Seite zu stehen, nicht wahr, Chérie?« Er gab seiner Frau einen aufreizenden Kuss in die Halsbeuge und zwinkerte Viale kumpelhaft zu.

»Das werden wir ja sehen.« Viale nickte mit verkniffener Miene und machte sich eilig davon. Kaum saß er in seinem Wagen, machte er seinem Frust laut Luft.

»Bolos! – arroganter Vollpfosten!«, schimpfte er und rief sogleich Arduin an, damit er Sagans Alibi überprüfte. Dieser informierte ihn, dass es ihm gelungen sei, Grégoire Cadenet für den späten Nachmittag zu einer Befragung ins Kommissariat einzubestellen. Außerdem habe seine Frau mehrmals versucht, ihn zu erreichen.

Viale sah auf seinem Display, dass Sylvie ihn auch auf seinem Smartphone mehrmals angerufen hatte. Sie hatte auch eine Sprachnachricht hinterlassen, auf der sie ihn dringend bat, sich endlich um seinen Sohn zu kümmern. Joël weigere sich, in die Schule zu gehen, hatte sie ihm mitgeteilt, und dass sie die Nase voll habe, immer die Anlaufstelle für alle Schwierigkeiten zu sein. Viale bekam prompt ein schlechtes Gewissen. Sylvie lag mit ihren Anschuldigungen nicht falsch. Es war nicht richtig, dass er sich so aus der Verantwortung stahl. Doch wie konnte er Joël helfen? Alles, was er unternommen hatte, hatte die Situation bislang nur verschärft. Sie brauchten jemanden, zu dem der Junge richtig Vertrauen hatte. Und da kam ihm plötzlich seine Schwester in den Sinn. Obwohl sie seine Kinder noch nicht lange kannte, hatte sie einen ausgesprochen guten Draht zu ihnen. Vielleicht konnte es ihr ja gelingen, den Jungen zur Vernunft zu bringen. Allerdings gefiel ihm der Gedanke nicht besonders, ausgerechnet sie um Hilfe zu bitten. Auf der anderen Seite war es allemal wert, ein paar Zugeständnisse zu machen, bevor sein Sohn noch von der Schule flog. Er gab sich einen Ruck und rief Rosalie an. Fünf Minuten später war er tatsächlich mit ihr zum Mittagessen in Vassols verabredet.

18

Vincent bediente die Kunden in seiner Apotheke mit der üblichen Routine, war jedoch mit den Gedanken überhaupt nicht bei der Sache. Die Tatsache, dass Rosalie offensichtlich ein Tag mit Rachid wichtiger war als ein Abendessen mit ihm, nagte mehr an seinem Selbstbewusstsein, als er zugeben wollte. Vor allem aber war er aber enttäuscht. Wie hatte er sich nur einbilden können, dass sie mehr als nur Freundschaft für ihn empfand, nur weil sie sich leidenschaftlich geküsst hatten?

Das Klingeln der Ladentür kündigte einen neuen Kunden an. Er war so in seine Gedanken verstrickt, dass er Josette Balbu erst erkannte, als es für ihn kein Entrinnen mehr gab. Ihm stand gerade nicht der Sinn nach Dorftratsch, doch die hagere Betreiberin des *Magasin du Journal* stakste schon zielgerichtet auf ihn zu. Noch während sie ging, tauschte sie ihre Fernbrille gegen die Nahsichtbrille aus, die sie beide gleichzeitig an Kordeln um den Hals zu tragen pflegte.

»Du musst mir was gegen diesen Ausschlag geben«, platzte es aus ihr heraus, ohne dass sie ihn lange begrüßt hätte. Sie deutete mit ihren knotigen Händen auf ihren faltigen Hals, der mit hässlichen roten Pusteln übersät war. »Ich bin sicher, dass es eine Allergie gegen die Pflanze ist, die mir Arlette neulich zu meinem Geburtstag geschenkt hat«, verkündete sie in aller Lautstärke. »Dieses Ding scheint genauso giftig zu sein wie sie selbst.«

Und so was nennt sich Freundinnen, dachte Vincent, während er ihr verkniffen zulächelte. Josette lächelte charmant zurück.

»Arlette ist schon in Ordnung«, behauptete sie, als hätte sie seine Gedanken erraten, »obwohl mir ihre Besserwisserei oft ziemlich auf die Nerven geht. Also neulich …« Sie hätte nahtlos in eine neue Anekdote eingeschwenkt, hätte Vincent sie nicht entschlossen unterbrochen. »Dein Hals sieht wirklich gar nicht gut aus«, meinte er ernst. Vermutlich lag sie mit ihrer Diagnose durchaus richtig. Es handelte sich ganz offensichtlich um eine atopische Dermatitis. »Warst du damit beim Arzt?«

»Ach, du meine Güte! Ist es so ernst?«, erschrak sich die Zeitungsfrau nun doch. »Der alte Docteur Brioche ist doch gerade in Urlaub, und nach Carpentras wollte ich deswegen nicht gleich fahren. Kannst du nicht etwas dagegen tun?« Sie blinzelte ihm wie ein unschuldiges junges Mädchen naiv zu, was ihn wider Willen zum Schmunzeln brachte.

»Wir können es auf jeden Fall versuchen«, beruhigte er sie und erkundigte sich nach der Art der Pflanze, gegen die sie glaubte, allergisch zu sein.

»Es ist ein Drachenbaum«, verkündete Josette finster, »ich konnte die Pflanze schon gleich nicht leiden.«

»Mit etwas Ringelblumensalbe wird die Reizung schnell abklingen«, versprach Vincent und suchte in einer der Schubladen nach der entsprechenden Packung. »Mehrmals täglich eincremen und die Pflanze am besten überhaupt nicht mehr berühren«, riet er ihr, während er abkassierte und sich dabei intensiv seinem Kassencomputer widmete. Er hoffte, dass Josette sah, wie beschäftigt er war. Doch sie war keineswegs bereit, sich so schnell abwimmeln zu lassen.

»Denk dir nur, ich habe gerade Philippe getroffen«, tönte

sie hinter vorgehaltener Hand. »Der Junge führt sich ja wie ein richtiger Commissaire auf, so wichtig, wie der immer tut. Dabei weiß doch jeder, dass er nur der Handlanger von Commissaire Viale ist«, kicherte sie. »Mir ist es gelungen, ihn über die beiden Mordfälle in Bédoin auszufragen.«

»Er wird dir sicherlich nichts verraten haben«, mutmaßte Vincent wenig interessiert. Josette blinzelte ihm kokett zu.

»Mir schon!«, behauptete sie selbstbewusst.

Vincent versuchte sich seine Neugierde nicht anmerken zu lassen.

»Und war es interessant?«, fragte er ohne erkennbare Emotion. Er gab ihr das Rückgeld und dazu noch ein paar Traubenzucker als Geschenk. Josette nahm es zufrieden zur Kenntnis. Wie ein Motor, den man nur anwerfen musste, schnurrte ihr loses Mundwerk sogleich munter vor sich hin.

»Natürlich hat sich unser junger Adjoint erst geziert, als ich ihn danach gefragt habe«, machte sie sich wichtig. »Von wegen Geheimhaltung aus ermittlungstechnischen Gründen und so, aber dann habe ich ihn einfach gefragt, was er in der Wohnung des armen Leroy gesucht hätte – aus der er nämlich gerade kam – und ob er überhaupt dazu berechtigt wäre, wo doch alles versiegelt ist.« Sie hob triumphierend die Augenbrauen. »Darauf warf sich unser übereifriger Philippe mächtig in die Brust und verkündete mir, dass er im Auftrag von Commissaire Viale höchstpersönlich handle und nach Leroys Mobiltelefon gesucht hätte.«

»Haben sie das denn nicht bei dem Toten gefunden?«, wunderte sich Vincent. »Was soll denn darauf Interessantes zu finden sein?«

»Das kann ich dir leider nicht sagen«, bedauerte Josette. »Philippe hat nur noch erwähnt, dass es noch ein oder zwei weitere heiße Spuren gäbe, die sehr vielversprechend sein sollen. Commissaire Viale stehe kurz davor, die Fälle aufzuklären.«

»Das wäre ihm zu wünschen«, murmelte Vincent anstandshalber und wappnete sich innerlich gegen weitere Klatschattacken. Doch Josette hatte Lucinde Ligier auf der Straße entdeckt und wurde abgelenkt. Plötzlich hatte sie es ganz eilig, die Neuigkeiten auch der Supermarktbesitzerin mitzuteilen.

*

Für den Nachmittag hatte sich Vincent freigenommen. Trotz der Enttäuschung über Rosalies Absage fühlte er sich an das Versprechen gebunden, sich noch einmal die Stelle anzusehen, wo Raunard verunglückt war. Er holte seine Hündin aus der Wohnung ab und beschloss, mit ihr einen kleinen Ausflug dorthin zu machen.

Während der Fahrt nach Bédoin und von dort weiter in Richtung Mont Ventoux ging ihm durch den Kopf, dass Rosalie nun wohl gerade auf dem Weg nach Avignon war, um sich mit Rachid ein paar schöne Stunden zu machen. Vielleicht lief zwischen den beiden ja schon längst etwas, und er hatte es in seiner Verblendung gar nicht mitbekommen. Ihm war schon lange klar, dass Rachid mindestens ebenso ernste Absichten bezüglich Rosalie hegte wie er selbst. Leichtsinnigerweise war er davon ausgegangen, dass er die besseren Chancen bei ihr hätte. Oder spielte sie etwa mit ihnen beiden? Der Gedanke war ihm schon häufig gekommen. Womöglich gehörte Rosalie zu den Frauen, die sich nie festlegen wollten. Dieser Gedanke gefiel ihm noch weniger, als wenn sie Rachid ihm vorgezogen hätte. Verdammt! Es wurde Zeit, dass er sich endlich damit abfand, dass er nicht der Richtige für sie war.

Aus seiner Enttäuschung entwickelte sich zunehmend Groll.

Er war keinesfalls bereit, mit sich spielen zu lassen wie mit einem Hund, dem man nach Belieben einen Ball zuwarf. Es wurde Zeit, dass er Konsequenzen zog. Auch wenn es ihn noch so viel Überwindung kostete, beschloss er, künftig mehr auf Distanz zu ihr zu gehen. Mit dieser schweren Entscheidung ging es ihm augenblicklich besser. Docteur Bertrand hätte ihm mit Sicherheit denselben Rat gegeben.

Mittlerweile hatte er das Hameau erreicht, in dessen Nähe Raunard tödlich gestürzt war. Er stellte seinen Wagen am Ortseingang ab und beschloss, die Strecke bis zum Unglücksort zu Fuß zurückzulegen. Minouche war erfreut über den kleinen Ausflug und stob sofort davon, um die Gegend auszukundschaften. Der kleine Weiler bestand aus nicht mehr als fünf Bauernhäusern, die lose etwas abseits der Straße verteilt lagen. Zwei davon wurden als Ferienhäuser vermietet, was die Schilder »Gîte rurale« ankündigten. Die drei anderen Anwesen waren Bauernhäuser mit anschließenden Gemüsefeldern.

Jetzt, während der Mittagszeit, war niemand zu sehen. Vincent bedauerte, dass ihm niemand über den Weg lief, den er hätte befragen können. Vielleicht bot sich ja später noch dazu die Gelegenheit. Für den Anfang wollte er sich den Felsen genauer ansehen, von dem der Stein womöglich hinabgestoßen worden war.

Das allein stehende Felsstück gehörte ursprünglich zum Massiv des Mont Ventoux. Beim Bau der Straße war allerdings ein Durchgang gesprengt worden, der den Felsen in zwei Teile getrennt hatte. Übrig geblieben war eine etwa zwanzig Meter hohe Wand, die von der der Straße abgewandten Seite leicht zu besteigen war. Während Minouche weiterhin interessiert mit ihrer Nase die Gegend erkundete, kletterte Vincent den Felsen hoch, um sich den Platz genauer anzusehen. Im Grunde genommen konnte er nicht davon ausgehen, etwas Interessantes zu finden.

Schließlich war die ganze Gegend von den Kriminaltechnikern aus Avignon genau unter die Lupe genommen worden. Aber es war sicherlich hilfreich, sich selbst einen Eindruck zu verschaffen. Als ehemaliger Forensiker war er auch mit Ermittlungsmethoden vertraut und wusste, je mehr man sich einem Mörder mental näherte, desto größer war die Wahrscheinlichkeit, sein Motiv und die Beweggründe für die Tat zu erspüren. Rosalie hätte nun ganz bestimmt eine ihrer launigen Bemerkungen dazu gemacht, schoss es ihm bitter durch den Kopf. Dann verbot er sich jeden weiteren Gedanken an sie.

Der Anstieg war doch nicht so einfach, wie er vermutet hatte. Der poröse Kalkfelsen bot zwar überall Halt, bröckelte aber leicht ab, sodass er sich vorsehen musste, um nicht abzurutschen. Es war brütend heiß, und Vincent ärgerte sich, dass er nicht einen späteren oder früheren Zeitpunkt für seine Unternehmung ausgewählt hatte. Überdies war er nicht schwindelfrei, und dann tauchte plötzlich auch noch ein etwa zwölfjähriger Bauernbursche auf und sah ihm feixend bei seiner lächerlichen Kletterei zu. Zum Glück lenkte Minouche den Kerl ab, indem sie ihn schwanzwedelnd begrüßte, woraufhin er für eine Weile nicht mehr auf ihn achtete.

Vincent erklomm die letzten paar Meter und befand sich endlich auf dem höchsten Punkt des Felsens, der sich als kleines Plateau herausstellte und zum größten Teil aus Felsbrocken und losem Gestein bestand. Als er jedoch einen Blick in den senkrechten Abgrund Richtung Straße wagte, begannen sofort seine Knie zu zittern. Er spürte Panik in sich aufsteigen. Allein die Vorstellung, dass es möglich war, sich von hier aus in den Tod zu stürzen, machte ihn schwindlig. Es kostete ihn alle Mühe, sich zusammenzureißen. Er konzentrierte sich auf die Oberfläche des kleinen Plateaus und vermied jeden Blick in die Tiefe.

Als sich sein Herzschlag ein wenig beruhigt hatte, kehrten die klaren Gedanken wieder zurück. Es war ein Leichtes, von hier oben einen Stein gezielt auf die Straße zu werfen. Jedoch bot sich dem Täter keinerlei Deckung. Also konnte Lucas' Behauptung, er hätte einen Schatten gesehen, durchaus zutreffen. Ob er dazu vor seinem Tod vernommen worden war? Vielleicht kam er ja über Alain an diese Informationen.

Er beschloss, sich wieder auf den Rückweg zu machen, und schreckte dabei eine riesige Perleidechse auf, die sich an der Rückseite eines Felsbrockens gesonnt hatte. Das fast neunzig Zentimeter lange Reptil fauchte ihn unversehens an, um dann mit erhobenem Kopf und Schwanz überraschend schnell in einem Felsvorsprung zu verschwinden, der sich genau am oberen Ende der Felswand befand, die zur Straße hin abfiel. Das wuchtige Tier mit seinem grünen Rücken und den blauen Flanken stieß sich überraschend kraftvoll ab und löste bei seiner Flucht eine kleine Lawine von Steinen aus, die auf die Straße fielen.

Vincent drängte sich ein neuer Gedanke auf. Wäre es nicht auch möglich, dass sich der Stein einfach so gelöst hatte, ohne dass ein Mensch ihm nachgeholfen hätte? Die Struktur der Oberfläche ließ diese Vermutung durchaus berechtigt erscheinen. Wenn dem so war, dann war Raunards Unfall womöglich doch ein Unglück gewesen, allerdings nur, wenn sich herausstellte, dass sich der Schnellspanner durch einen Materialfehler gelockert hatte, was sich bisher aber nicht bestätigt hatte.

Ohne befriedigende Erkenntnis stieg er wieder hinab, um sich mit seinem Hund auf den Rückweg zu machen. Unten traf er auf den Jungen aus dem Dorf, der immer noch ausgiebig damit beschäftigt war, Minouche zu streicheln. Er war so darin vertieft, dass er ihn erst bemerkte, als er neben ihm stand.

»Du magst Tiere wohl gern?«, erkundigte er sich freundlich.

Der Junge nickte, ohne mit dem Kraulen aufzuhören. Er hatte struppige dunkle Haare und trug eine schmutzige Arbeitshose. Minouche lag auf dem Rücken und hatte ihm vertrauensvoll den Bauch zugewandt. Die Zuwendung gefiel ihr außerordentlich.

»Mein Hund ist vor zwei Wochen überfahren worden«, erzählte der Junge betrübt. »Und jetzt weigert sich mein Stiefvater, mir einen neuen zu besorgen. Wir haben kein Geld für einen unnötigen Fresser, meint er.«

»Wohnst du hier?«

Der Junge deutete auf eines der Bauernhäuser. »Mein Stiefvater baut Gemüse an. Ich sollte eigentlich auf dem Feld das Unkraut jäten, aber ich hab keine Lust drauf.« In seinen Augen blitzte kurz der Schalk auf. »Der Alte schläft immer nach dem Mittagessen, da merkt er es nicht, wenn ich nicht dort bin.« Vincent dachte sich seinen Teil. Der Junge war noch viel zu jung, um als Arbeitskraft auf dem Feld zu arbeiten. Eigentlich hätte er um diese Zeit in der Schule sein müssen. Er wollte gar nicht wissen, ob er überhaupt regelmäßig eine Schule besuchte. Dabei schien ihm der Bursche ganz aufgeweckt zu sein. Er beschloss, ihm ein paar Fragen zu stellen.

»Hast du das Radrennen letzte Woche gesehen?«

»Aber klar! Ich wollte doch Yannis Quebec sehen.«

»Dann warst du doch bestimmt auch enttäuscht, dass er gar nicht mitgefahren ist?«, erkundigte sich Vincent weiter. Der Junge hörte für einen Augenblick auf, Minouche zu streicheln. Seine Augen blitzten kurz auf.

»Schon, aber dann ist ja das mit dem Sturz passiert. Das war noch viel krasser. Sogar die Kriminalpolizei war da. Die Leute hier sagen, dass es Mord war!«

»Ich habe davon gehört. Man sagt, dass jemand von dort

oben«, Vincent deutete auf den Felsen, von dem er gerade heruntergeklettert war, »einen Stein gestoßen hat und er deswegen verunglückt ist.«

Der Junge schüttelte skeptisch den Kopf. »Das kann nicht sein. Ich wüsste es, wenn jemand da oben gewesen wäre.«

Vincent horchte auf. »Hast du etwa gesehen, wie der Unfall passiert ist?«

»Nö, aber der alte Gérard, der hat das sogar dem Commissaire zu Protokoll gegeben«, berichtete er stolz. »Der stand auf der gegenüberliegenden Straßenseite und hätte bestimmt was gesehen.« Plötzlich wurde er verschlossen. »Sind Sie etwa auch von der Polizei?« Vincent hatte das unbestimmte Gefühl, dass der Junge etwas zu verbergen hatte. Weshalb sonst wurde er mit einem Mal so misstrauisch?

»Ich bin der Apotheker von Brillons-de-Vassols und bin hier, um ein paar seltene Kräuter zu pflücken. Aber außer einer Perleidechse habe ich dort oben nichts gefunden. Mit der Polizei habe ich nichts am Hut«, sagte er, um ihn erst einmal zu beschwichtigen.

»Dann ist es ja gut.« Der Junge atmete erleichtert auf. Dennoch hatte er es mit einem Mal eilig. »Ich muss dann mal wieder an die Arbeit.« Während er aufsprang, fiel aus seiner Hosentasche ein Smartphone, das so gar nicht zu einem Typ wie dem Jungen passen wollte. Noch bevor er es aufheben konnte, hatte Vincent sich gebückt und danach gegriffen.

»Tolles Teil«, stellte er nachdenklich fest. Es handelte sich nicht nur um das neueste i-Phone, das gerade auf dem Markt war, sondern besaß auch noch eine außergewöhnliche Hülle. »Ich hätte nicht gedacht, dass ein Typ wie du auf Rosa und Himmelblau steht«, bemerkte er spöttisch und bezog sich auf die rosafarbene Hülle mit den himmelblauen Wolken. Der

Junge bekam einen knallroten Kopf und versuchte, ihm das Smartphone aus den Händen zu reißen. Doch Vincent zog die Hand rasch zurück. »Möchtest du mir nicht sagen, woher du es hast?«, fragte er ernst.

»Das … das habe ich mir von meinem Taschengeld gekauft«, log der Junge und versuchte erneut, es in seinen Besitz zu bekommen. Als er sah, dass Vincent keinerlei Anstalten machte, es wieder herauszurücken, wurde er wütend. »Geben Sie mir das Handy sofort zurück, sonst …«

»Was sonst?«, unterbrach ihn Vincent und sah ihn streng an. »Willst du sonst etwa die Polizei holen? Keine schlechte Idee.«

Der Junge bekam es plötzlich mit der Angst zu tun. »Nein, natürlich nicht! Geben Sie es mir einfach zurück! Es gehört mir.«

»Ich muss wissen, woher du es hast«, beharrte Vincent ruhig. »Die Geschichte mit dem Taschengeld kannst du vielleicht deinem Stiefvater erzählen, aber nicht mir. Ich nehme sie dir nämlich nicht ab. So ein Gerät kostet achthundert Euro oder mehr. Und du hast selbst gesagt, dass ihr nicht mal das Geld habt, um euch einen neuen Hund zu leisten. Außerdem ist es doch merkwürdig, wenn ein Kerl wie du auf so schwule Farben steht. Nun sag schon, wem hast du es geklaut?«

Mit einem Mal wurde der Junge kleinlaut. Vincent hatte mit seiner Vermutung also ins Schwarze getroffen. Mit hochrotem Kopf begann er zu beichten. »Also ehrlich! Ich … ich habe es doch nicht geklaut«, stotterte er. »Ich hab es nur dort hinten gefunden, gleich da vorn am Straßenrand, gegenüber von dem Felsen. Es muss jemandem aus der Tasche gefallen sein. Ich habe es entdeckt, als die Leute nach dem Unfall alle zu dem Verunglückten gerannt sind.«

»Und warum hast du es dann nicht bei der Polizei abgegeben?«

Der Junge zuckte trotzig mit den Schultern. »Keine Ahnung. Aber dem Besitzer wird's schon nicht so viel ausmachen. Bestimmt hat er eine Versicherung, die ihm den Schaden ersetzt.«

Vincent verzichtete darauf, ihm eine Moralpredigt zu halten. »Ich nehm das Teil mit und bringe es der Polizei«, teilte er ihm stattdessen mit.

»Das ist nicht fair«, begehrte der Junge noch einmal auf. Vincent warf ihm einen scharfen Blick zu, der ihn verstummen ließ. Danach unternahm er keine weiteren Anstalten, es zurückzubekommen. Vielmehr wurde er ängstlich.

»Bekomme ich jetzt Ärger mit den Flics?«, fragte er eingeschüchtert. Vincent schüttelte den Kopf. »Ich hab dir doch erzählt, ich hab nichts mit der Polizei am Hut.«

Der Junge lächelte erleichtert. Offensichtlich hatte er sich mit seinem Schicksal abgefunden. »Ich konnte mit dem Teil ohnehin nichts anfangen«, presste er hervor, »hab ja nicht einmal ein Ladegerät.« Er streichelte noch einmal kurz über Minouches Kopf und machte dann, dass er davonkam.

Vincent steckte das Smartphone in eine der Plastiktüten, die er extra eingepackt hatte, und konnte sein Glück nicht fassen. Wenn ihn nicht alles täuschte, hatte er soeben Lucas Leroys Smartphone gefunden – ebenjenes, nach dem Commissaire Viale hatte suchen lassen. Allem Anschein nach stellte es ein wichtiges Beweismittel dar. Er konnte sich ein zufriedenes Grinsen nicht verkneifen. Natürlich musste er der Polizei das Handy ausliefern, doch zuvor würde er es selbst noch einmal genau unter die Lupe nehmen.

19

Viale sah auf die Uhr. Er hatte sich mit Rosalie um zwölf Uhr bei Maryse und Josef in der Bar *Mistral* verabredet. Bis dahin war noch über eine Stunde Zeit. Allerdings lohnte es nicht, von Vaison aus noch einmal nach Carpentras ins Kommissariat zu fahren. Also beschloss er kurzerhand, in Malaucène auf die Route de Beaumont abzubiegen, um sich auf einem abseitsgelegenen Parkplatz, inmitten eines Pinienwäldchens, einen Joint zu genehmigen. Er war der Ansicht, dass ihm das Marihuana genau die Gelassenheit verschaffen würde, die er gleich für das Treffen mit seiner Schwester nötig haben würde. Er hielt dieses Laster für seine einzige kleine Schwäche. Schließlich rauchte und trank er ja nicht. Das Gras baute er selbst in einem verwahrlosten Gewächshaus auf dem Grundstück seines Vaters an, der natürlich nichts davon wusste. Nur Louis hatte davon Wind bekommen. Doch von ihm hatte er nichts zu befürchten, schließlich waren sie ja Brüder.

Maurice zog Reispapier und die Dose mit dem frischen Gras unter dem Sitz seines Wagens hervor. Mit der Schere seines Taschenmessers entfernte er die Samen und Stiele und zerschnitt die THC-haltigen Blütenköpfe. Diese vermischte er mit den Spitzen einiger weiblicher Cannabisblätter, indem er alles gemeinsam zerkrümelte. Damit die Zigarette nicht verstopfte, faltete er aus einer seiner Visitenkarten einen Filter, der dafür sorgte, dass der Rauch gut durchfloss und den Tabak zurückhielt. Aus Filter, Reispapier und dem Tabak-Marihuana-Mix drehte er sich seinen Joint. Allein das Ritual des Zubereitens bereitete ihm Wohlbehagen. Damit niemandem der Geruch auffiel, stieg er aus dem Wagen und zündete sich erst draußen seinen Joint an. Die ersten Züge waren seiner Meinung nach immer die angenehmsten. Der Geruch und der würzige Duft legten sich wie Balsam auf seine Seele. Innerhalb weniger Minuten ließ seine innere Anspannung nach, und er fühlte sich wieder in der Lage, seine Aufgaben anzugehen. Maurice konsumierte die Droge nicht regelmäßig, nur ab und zu, wenn der Druck überhandnahm und er Ärger hatte, den er nicht anders loswerden konnte. Es war ein Rest seines jugendlichen Protests gegen das Establishment, und es verlieh ihm ein Gefühl von Unabhängigkeit. In Augenblicken wie diesen vergaß er das ständig an ihm nagende Minderwertigkeitsgefühl, das ihn dazu antrieb, seinem Vater und seinem Bruder beweisen zu wollen, was für eine Karriere ein Polizist hinlegen konnte. Sie waren mit seiner Berufswahl nie einverstanden gewesen, na und? Maurice lächelte versonnen. In vielen Dingen war ihm Rosalie da viel näher. Sie hatte schon immer den Mut gehabt, nur das zu tun, was sie auch wollte. Er genoss die letzten Züge und verbrannte die Überreste seines Joints sorgfältig. Mit einem Pfefferminz im Mund stieg er wieder in den Wagen und freute sich schon fast auf das Rendezvous mit seiner Schwester.

*

Rosalie kam wie immer zu spät. Maryse setzte Maurice bereits das Tagesgericht, provenzalische Kalbsleber mit Röstzwiebeln, Bratensoße und Kartoffelpüree, vor, als sie schwungvoll die Straße entlangkam und auf ihn zusteuerte. Er hatte sich an einen der Außentische unter einer Platane gesetzt.

»Raus mit der Sprache«, verkündete sie nach einer kurzen Begrüßung. »Was bringt dich dazu, mich zum Essen einzuladen?« Ihre grünen Augen blitzten erwartungsvoll.

Statt reserviert zu reagieren, wie er es unter normalen Umständen wohl getan hätte, begann ihr Bruder zu kichern. Als sie darauf mit berechtigtem Erstaunen reagierte, verstärkte sich sein Lachen umso mehr. »Immer mit der Tür ins Haus fallen«, brachte er schließlich zwischen zwei Lachanfällen heraus. »Du bist wirklich einzigartig.«

Rosalie legte die Stirn in Falten und sah ihn besorgt an. »Fehlt dir was? Du hast mir noch nie ein Kompliment gemacht!«

»Oh, das war kein Kompliment«, meinte Maurice. »Das ist die reine Wahrheit.«

Maryse kam an ihren Tisch und erkundigte sich nach Rosalies Wünschen.

»Für mich nur einen *Salade Forestière* und einen Orangensaft«, antwortete Rosalie zerstreut, ohne ihren Bruder aus den Augen zu lassen. »Langsam mache ich mir Sorgen um dich«, fügte sie hinzu, als die Wirtin sich wieder entfernt hatte.

»Du meinst, weil ich auch nett sein kann?«, fragte Maurice und grinste spitzbübisch.

»Nun sag schon, weshalb du mich sehen wolltest«, brach Rosalie das Geplänkel ungehalten ab. »Ich habe nicht besonders viel Zeit, denn ich will heute Nachmittag noch nach Avignon fahren.«

»Das trifft sich gut!« Maurice hatte sich wieder in der Gewalt und wurde ernst. »Joël hat Schwierigkeiten in der Schule«, sagte er und begann ohne weitere Umstände von der Schlägerei und der verweigerten Entschuldigung zu erzählen. Es war dieselbe Geschichte, die Sylvie ihr schon aufgetischt hatte. Was sie allerdings über alle Maßen verwunderte, war, dass ihr Bruder sie tatsächlich bat, mit seinem Sohn zu reden. Was er anscheinend nicht wusste, war, dass Sylvie es ebenfalls getan hatte. Allein diese Tatsache bestätigte ihr, dass auch zwischen den beiden nicht alles zum Besten stand.

»Ich weiß, dass ich manchmal ein richtiger Idiot sein kann«, gab er offen zu, als Rosalie nicht sofort darauf reagierte. »Wenn du es tust, wäre ich sogar bereit, dir ein paar Details aus meinen Ermittlungen zu verraten.«

»Das glaube ich jetzt nicht!« Plötzlich war es Rosalie, die kichern musste. »Der große Commissaire lässt sich dazu herab, seiner kleinen Schwester, die ja nur eine dumme Friseurin ist, ein paar unwichtige Informationen zukommen zu lassen – wahrscheinlich genau das, was ohnehin alle wissen. So viel ist dir das Wohl deines Sohnes also wert?«

»Ich weiß, dass ich deinen Spott verdient habe, und du weißt natürlich, dass ich dir nicht alle Ermittlungsdetails verraten darf«, meinte Maurice tatsächlich zerknirscht. »Aber wenn es Joël nützt, wäre ich bereit, die eine oder andere Dienstvorschrift heute mal außer Acht zu lassen.«

Maryse servierte den Salat aus gebratenen Champignons, Kartoffeln, Mesclun und Speck, und sie begannen beide zu essen, ohne dass sie nochmals auf das Thema zu sprechen kamen. Maurice erzählte, dass ihr Vater Herzprobleme habe und der Arzt dem alten Bernard geraten habe, etwas kürzerzutreten. Rosalie versprach, die nächsten Tage einmal bei ihm vorbeizusehen. Das Verhältnis zu ihrem Vater war nach wie vor schwierig, doch solange sie nicht allzu viel Zeit miteinander verbrachten, gelang es beiden mittlerweile, unnötige Spannungen zu vermeiden.

»Ich hätte ohnehin heute bei Joël vorbeigeschaut«, meinte

Rosalie schließlich ganz nebenbei. »Ich dachte, ich hole ihn von der Schule ab.«

Maurice strahlte, doch sofort verdüsterte sich sein Gesicht wieder. »Er hat sich geweigert hinzugehen. Vielleicht ist es ja auch schon zu spät.«

»Dann schau ich eben bei euch zu Hause vorbei. Das macht für mich keinen Unterschied. Allerdings …«, sie sah ihn eindringlich an, »allerdings kann ich nicht versprechen, dass er auf mich hören wird.«

»*Bien sûr!* Es ist nur ein Versuch, das ist mir schon klar!« Maurice lächelte gequält. »Ich muss mir in Zukunft wohl mehr Mühe mit dem Jungen geben.«

»Und mit Sylvie auch«, rutschte es Rosalie heraus. Ihr Bruder sah sie befremdet an, um ihr dann überraschend einsichtig zuzustimmen. »Und jetzt erzähl mir von deinen Fortschritten. Ist es mittlerweile erwiesen, dass Raunard ermordet worden ist? Kann man Materialfehler bei dem Schnellspanner ausschließen?«, preschte Rosalie munter voran. Sie fand, dass es nun an der Zeit war, dass Maurice auch seine Versprechen einlöste.

»Es war definitiv kein Materialfehler«, räumte der Commissaire ein. »Der Spanner wurde absichtlich gelockert.« Und dann erzählte er ihr überraschend offen von seinem morgendlichen Besuch in Vaison-la-Romaine bei einem gewissen Éduard Sagan. »Ein mieser Typ, aalglatt, der garantiert keine weiße Weste hat. Leider hat er ein handfestes Alibi für den Mord an Raunard. Seine Frau, eine exotische Schönheit, versichert, dass er mit ihr und den Kindern in Nizza war. Arduin hat bereits alles nachgeprüft. Jetzt bleiben mir nur noch dieser Produzent Grégoire Cadenet und dieser Schauspieler Maxime Guesset, den er zu protegieren scheint. Vielleicht führt uns diese Spur ja weiter.«

»Cadenet hat auf dem Set einige Fürsprecher, wie man so hört«, verriet Rosalie. »Es ist auf jeden Fall kein Geheimnis, dass er liebend gern in das Projekt einsteigen möchte. Doch Yannis ist strikt dagegen. Er und Cadenet können sich wohl nicht ausstehen.«

»Das haben wir auch ermittelt«, gab Maurice zu. Er sah auf die Uhr und winkte nach Maryse, um zu bezahlen. »Ich muss mich jetzt leider verabschieden. Wirst du mich anrufen, wenn du mit Joël gesprochen hast?«

Rosalie versprach es ihm.

*

Im Polizeipräsidium erwartete Commissaire Viale bereits sein diensteifriger Adjoint. Er platzte fast vor lauter Mitteilungsbedürfnis, kaum hatte er das Büro betreten. »Gut, dass Sie da sind, *Monsieur le Commissaire*«, hob er an. »Ich habe so viele Neuigkeiten …«

»Dann legen Sie mal los«, forderte Viale ihn auf.

»Die Diebesbande hat schon wieder zugeschlagen. In Pernes-les-Fontaines, wieder in einer Villa. Dieses Mal waren sie weniger vorsichtig. Ein aufmerksamer Beobachter hat sich die Autonummer eines Lieferwagens notiert, mit dem die Gangster abgehauen sind. Außerdem hat er gehört, wie sie sich unterhalten haben. Es waren Ausländer, deren Sprache er leider nicht identifizieren konnte. Es läuft auch schon eine Fahndung. Vielleicht schnappen unsere Kollegen sie ja dieses Mal!«

»Ich werde mir die Unterlagen gleich noch einmal vornehmen«, meinte Viale schon sehr viel zuversichtlicher. »Doch zunächst müssen wir uns diesen Cadenet vorknöpfen. Haben Sie das Telefon von Leroy mittlerweile sichergestellt?«

»Ähm … ja … oder vielmehr nein, sein Smartphone war

nicht in seiner Wohnung«, stammelte er aufgeregt. »Aber dann tauchte es doch noch auf. Monsieur Olivier hat es gefunden.«

»Der Apotheker?« Viale sah Arduin scharf an. »Wie kommt er dazu, sich in unsere Arbeit einzumischen?«

»Er hat das Telefon an der Unglücksstelle am Ventoux entdeckt«, sagte Arduin eingeschüchtert. »Angeblich hatte ein kleiner Junge es da gefunden. Keine Ahnung, was er dort gesucht hat.«

»Bestimmt steckt da wieder einmal meine Schwester dahinter«, brummelte Viale angesäuert. Dabei hatte Rosalie eben noch den Eindruck erweckt, dass die beiden Morde sie nur am Rande interessierten. In Wirklichkeit ermittelte sie heimlich mit diesem Hobbydetektiv hinter seinem Rücken.

»Ich habe mir die Daten auf dem Telefon bereits angesehen«, verkündete Arduin mit neuem Elan. »Tatsächlich hat Leroy ebenfalls das Rennen gefilmt, sogar Raunards Sturz ist darauf zu sehen. Man sieht, wie er dem Stein auszuweichen versucht und dann abbremst und den Lenker verreißt, dabei das Vorderrad verliert, um kurz darauf in den Abgrund zu stürzen. Aber das ist nicht das Interessanteste …« Arduins Augen glänzten vor Aufregung, als er ihm die Neuigkeiten mitteilte.

*

Zwei Stunden später saß Grégoire Cadenet im Vernehmungszimmer. Der massige Pornofilmproduzent mit seinem wild ins Kraut wuchernden grau melierten Vollbart und dem geradezu lächerlich dünnen Pferdeschwanz zeigte sich wenig beeindruckt von der nüchternen Atmosphäre. Im Gegenteil. Er machte sich sogar lustig über seine Situation.

»Ich habe etwas übrig für schlichte Räume«, begrüßte er den Commissaire ausgesprochen launig. Viale setzte sich dem Hünen gegenüber auf die andere Seite des Tisches. Er hatte Cadenet mit Absicht warten lassen, um ihn einzuschüchtern. Offensichtlich war seine Rechnung nicht aufgegangen, aber das machte nichts. Dem feisten Kerl würde das Lachen schon noch vergehen. Der Filmproduzent saß mit ausgestreckten Beinen und gefalteten Händen auf seinem fülligen Leib auf dem Vernehmungsstuhl und sah ihn erwartungsvoll an. Viale stachen die protzigen Goldringe ins Auge und die Tatsache, dass seine Fingernägel überaus sorgfältig manikürt waren. Wie es die Vorschriften erforderten, erkundigte er sich nach seinen Personalien und schaltete dann das Aufnahmegerät an. Auch davon ließ sich Cadenet nicht aus der Ruhe bringen.

»Sie wissen, weshalb wir Sie vorladen ließen?«, begann er seine Befragung.

»Sie werden es mir sicherlich gleich mitteilen«, antwortete Cadenet völlig gelassen. »Ich habe ein reines Gewissen.«

»Ich fürchte, Ihnen wird Ihre gute Laune schnell vergehen«, preschte Viale vor. »Wir haben nämlich allen Grund anzunehmen, dass Sie mit dem Tod von Rémy Raunard etwas zu tun haben. Wo waren Sie am vierten Juni um fünfzehn Uhr?«

Statt einer Antwort erhielt er ein polterndes Lachen. »Netter Versuch«, meinte Cadenet, nachdem er sich wieder beruhigt hatte. »Aber Sie glauben doch nicht im Ernst, dass ich mich davon beeindrucken lasse? Sie wissen schon, wen Sie hier vor sich haben?«

Viale kniff seine Augen zu Schlitzen zusammen und nahm sein Gegenüber ins Visier. »Ich würde Ihnen dringend raten, die Angelegenheit nicht auf die leichte Schulter zu nehmen, Monsieur Cadenet. Hier geht es um Mord, nicht um einen Ihrer billig produzierten Filme. Beantworten Sie meine Frage.«

Cadenet setzte sich schwerfällig auf und betrachtete ausgiebig die Finger seiner linken Hand. Ohne seinem Blick zu begegnen, bequemte er sich endlich zu antworten.

»Ich bin mir ziemlich sicher, dass ich an diesem Tag in Marseille war. Ich hatte dort eine ganze Menge Termine. Wo genau ich war, das kann Ihnen mein Sekretär sagen. Er koordiniert meine Termine. Prüfen Sie es ruhig nach.«

Viale hatte die Nase voll. Erst Sagan mit seiner schmierigen Arroganz und nun Cadenet, der versuchte, sich mit poltriger Nonchalance aus der Affäre zu ziehen.

»Wir wissen, auch ohne Ihren Sekretär zu befragen, wo Sie am vierten Juni waren«, sagte er mit gefährlich leiser Stimme. Cadenet sah nun doch auf. Mit Befriedigung registrierte Viale, wie sich seine Augen kurz unsicher weiteten.

»Ach ja?« Seine Gelassenheit war jetzt nur noch aufgesetzt.

»In welchem Verhältnis stehen Sie zu Yannis Quebec?«, wechselte Viale geschickt das Thema.

»Wir arbeiten in derselben Branche«, antwortete Cadenet unwillig. Seine fleischigen Hände lagen nun nebeneinander auf dem Tisch.

»Ist es richtig, dass Sie nach Raunards Tod Quebec ein neues Angebot gemacht haben, indem Sie sich nur dann noch als Hauptinvestor betätigen wollten, wenn Quebec sich als Schauspieler weitgehend aus dem Film zurückzieht?«

»Das ist meines Erachtens kein Verbrechen.« Cadenet blickte unschuldig auf. »Außerdem stimmt es keineswegs, dass ich Yannis hinausdrängen wollte. Ich hätte ihm dieselben Tantiemen garantiert und auch die Gage für die Rollen bezahlt. Er hatte schließlich die Idee für das Projekt und das Drehbuch geschrieben.«

»Aber er wäre nicht mehr als Schauspieler aufgetreten, was für einen eitlen Mann wie Quebec wohl inakzeptabel wäre.«

Cadenet warf Viale einen nachsichtigen Blick zu. »Yannis ist zweifelsohne ein hervorragender Schauspieler. Außerdem hat er wundervolle Ideen, aber er ist auch Alkoholiker und neigt dazu, sich zu überschätzen. Das Projekt stand von Anfang an auf wackeligen Füßen. Er kann das nicht allein stemmen. Raunard hat das auch gesehen und mich deswegen um Hilfe gebeten.«

»Sie behaupten also, dass es Raunards Idee gewesen sei, Quebec auszubooten?«

»Raunard stand loyal zu Quebec. Er hätte dem niemals zugestimmt. Außerdem hatte er einen weitreichenden Einfluss auf den Kerl. Nach seinem Tod lagen die Dinge anders.«

Viale hob zufrieden die Augenbrauen. »Und weswegen haben Sie dann Raunard am Mont Ventoux einen Tag vor seiner Ermordung bedroht? Wir haben einen Zeugen, der gesehen hat, wie Sie ihm auf einem Parkplatz an den Kragen wollten.«

»Er hat mir gedroht, nicht umgekehrt!«, brauste Cadenet auf.

Viale lächelte zufrieden. »Möchten Sie uns nicht verraten, worum es bei diesem Streit ging?«

»Das geht Sie gar nichts an! Es war etwas … Privates!« Sein Blick blieb fest auf den Tisch geheftet.

»Ich fürchte, es geht uns doch etwas an!« Viale verschärfte den Ton. »Es handelt sich schließlich um Mord. Was war der Grund für Ihren Streit?«

Cadenet sah ihn mit zusammengekniffenen Augen an, blieb jedoch schweigsam. Viale ließ sich nicht aus der Ruhe bringen. »Ging es etwa um Maxime Guesset? Hat Raunard Ihnen eine Szene gemacht, weil Sie ihm seinen Liebhaber ausgespannt haben?«

»Das ist doch lächerlich!« Cadenet schüttelte ungnädig den Kopf und legte die Hände wieder auf seinen Schoß. Dann knickte er ein. »Okay, ich erzähle Ihnen, was damals auf dem

Parkplatz vorgefallen ist. Rémy war tatsächlich ziemlich sauer, als er erfahren hat, dass sich Maxime meinetwegen von ihm getrennt hat. Ich war zufällig in der Gegend unterwegs und sah ihn beim Radfahren. Wir waren früher einmal gute Freunde …« Seine Miene suchte bei Viale nach Verständnis. »Also habe ich meinem Chauffeur gesagt, er solle anhalten, damit wir uns aussprechen können. Ich konnte ja nicht wissen, dass er so ausrastet!«

»War es nicht vielmehr so, dass Sie Raunard unter Druck setzen wollten, damit er auf Ihren Deal einging? Raunard hatte Geldschulden. Vielleicht wollten Sie ihn ja bestechen.«

»Ich konnte Raunard nicht bestechen«, wiederholte Cadenet ungehalten. »Er war Quebec gegenüber immer loyal.« Der Blick seiner dunklen Augen bohrte sich in den von Viale. »Wieso sollte ausgerechnet ich Rémy töten? Hätte er nicht umgekehrt mehr Grund gehabt, mich umzubringen? Sie befinden sich auf dem Holzweg, Commissaire!«

Viale grinste. »Vielleicht hatten Sie Grund zur Annahme, dass Maxime zu Raunard zurückkehren könnte?«

»Ich habe mit Rémys Tod nichts zu tun«, wiederholte er ungerührt. »Wie bereits gesagt, ich war an diesem Tag in Marseille. Mein Sekretär wird es Ihnen bestätigen. Und jetzt sage ich gar nichts mehr, sondern verlange nach einem Anwalt.«

»Der steht Ihnen ohne Zweifel zu.« Viale antwortete betont freundlich. Dann gab er Arduin hinter der Glaswand ein Zeichen. Cadenet lehnte sich mit verschränkten Armen auf seinem Stuhl zurück. Er schien damit zu rechnen, dass das Verhör nun beendet war. Doch Viale griff zu dem Laptop auf dem Tisch und stellte es geöffnet vor den Produzenten. »Während wir auf Ihren Anwalt warten, möchte ich, dass Sie sich das hier ansehen. Sie müssen dazu auch gar nichts sagen.« Er öffnete die Datei und beobachtete, wie Cadenet auf Lucas Leroys Filmaufnahmen reagierte. Mit Genugtuung beobachtete er, wie dem Filmproduzenten plötzlich der Schweiß ausbrach. Nicht etwa wegen der tragischen Bilder von Raunards Unfalltod, sondern in dem Augenblick, als Viale den Film stoppte und Grégoire Cadenet klar unter den Zuschauern des Geschehens zu sehen war. Er kam direkt von dem Felsen, von dem der Stein gerollt war.

»Ich verhafte Sie unter dem dringenden Tatverdacht, Rémy Raunard getötet zu haben, Monsieur Cadenet«, teilte ihm Viale genüsslich mit.

20

Rosalie fand nach dem Mittagessen mit ihrem Bruder gerade noch genug Zeit, um sich für den Nachmittag in Avignon umzuziehen. Als sie in ihrem weißen Sommerkleid mit den roten Klatschmohnblüten den Cours de la Republique entlang auf Rachids Gemüseladen zusteuerte, sah sie Vincent auf der anderen Straßenseite. Sie winkte ihm zu in der Erwartung, dass er noch auf ein kleines Schwätzchen zu ihr herüberkam. Doch er erwiderte kaum ihren Gruß, sondern verschwand in seiner Apotheke.

»Der hat es aber heute eilig!« Sie versuchte, sich einzureden, dass er nur keine Zeit hatte, konnte aber andererseits das Gefühl nicht loswerden, dass er ihr aus dem Weg ging. Auch als sie ihn vorhin nochmals angerufen hatte, war er nicht an sein Handy gegangen, dabei wusste sie, dass er es immer bei sich trug. Ihre Gedanken fanden zum Glück Ablenkung, als sie von Rachids Mutter Zora begrüßt wurde. Sie hatte sich ebenfalls stadtfein gemacht und trug ein schickes dunkelblaues Kostüm mit einem passenden hellblauen Kopftuch, das ihre ebenmäßigen Gesichtszüge vorteilhaft zur Geltung brachte. Zora umarmte Rosalie herzlich und betrachtete sie voller Wohlgefallen.

»Du wirst jeden Tag schöner, Rosalie. Vassols und seine Bewohner tun dir gut«, stellte sie zufrieden fest.

»Es wäre eigentlich meine Aufgabe als Mann, meiner Freundin Komplimente zu machen, Amma«, tadelte Rachid seine

Mutter mit einem Augenzwinkern. Er trat nun ebenfalls auf Rosalie zu und begrüßte sie herzlich mit Küssen auf die Wange. »Aber Amma hat zweifelsohne recht. Das Kleid steht dir wunderbar. Du siehst aus wie eine blühende Rose in einer zauberhaften Wüstennacht.«

Rosalie musste unwillkürlich kichern. »Zum Glück ist Rachid kein Poet geworden«, meinte sie zu Zora. »Seine zuckersüßen Worte verkleben einem ja das Gehirn.«

»Dabei habe ich mir solche Mühe gegeben«, lachte Rachid gutmütig und öffnete die Tür seines Lieferwagens, damit die beiden Frauen einsteigen konnten. Zora bestand darauf, dass Rosalie vorn auf dem Beifahrersitz saß, und rutschte zur Mitte der Rückbank, wo sie die beiden vor sich gut im Visier hatte.

»Ich hoffe, du hast nichts dagegen, dass ich mitkomme?«, fragte sie Rosalie. »Aber meine Cousine Hikma wartet schon so lange auf einen Besuch von mir. Rachid wird mich rasch bei ihr absetzen, und dann könnt ihr machen, was ihr wollt. Junge Leute brauchen ja auch mal Zeit für sich.« Sie zwinkerte den beiden verschwörerisch durch den Rückspiegel zu. »Ich werde übrigens bei Hikma übernachten und morgen mit dem Bus wieder zurück nach Vassols fahren.«

»Rachid und ich werden sicherlich nicht zu spät nach Hause fahren«, versicherte Rosalie. Sie wollte nicht, dass ein falscher Eindruck entstand. »Ich muss morgen ganz früh raus.«

Zora hielt das nicht davon ab, weitere Kuppeleiversuche zu unternehmen. »Hikmas Tochter Gadwa wird nächsten Monat heiraten. Es wird ein riesengroßes Fest geben mit über hundert Gästen. Rachid, hast du Rosalie schon gefragt, ob sie dich dorthin begleitet?« Sie tätschelte von hinten Rosalies Schulter. »Dann siehst du gleich mal, was dich erwartet, wenn du einen algerischen Mann heiratest«, schmunzelte sie. »Außerdem sind aus solchen

Hochzeiten schon viele neue Verbindungen hervorgegangen.« Rosalie konnte im Rückspiegel ihren zufriedenen Blick sehen.

»Ich werde ganz sicherlich niemals heiraten«, widersprach sie, um Zoras Vorstößen endlich Einhalt zu gebieten, »weder einen französischen noch einen algerischen Mann.«

»Das habe ich auch immer behauptet, auch als ich Rachids Vater schon kannte«, ließ sich Zora nicht unterkriegen. Rosalie rechnete damit, dass sie gleich damit anfangen würde, ihnen beiden Ratschläge für ihre Beziehung zu geben, die sie gar nicht hatten. Zum Glück mischte sich Rachid ein und brachte geschickt das Gespräch auf ein anderes Thema.

Wenig später setzten sie Zora bei ihrer Cousine in den Banlieues von Avignon ab und fuhren dann zu einem Parkplatz außerhalb der Stadtmauer. Von dort ging im Zehnminutentakt ein Shuttlebus direkt in die Innenstadt. Am Place Pie, direkt vor den Markthallen, stiegen sie aus, um zu Fuß durch die Stadt zu flanieren. Die mit Gräsern und Pflanzen bewachsene Fassade der Markthallen zog viele Touristen an, die das Kunstprojekt des Botanikers Patrick Blanc ablichteten. In den schmalen schattigen Gässchen, die in Richtung des Papstpalastes führten, befanden sich mehrere geschmackvolle Boutiquen, die sie der Reihe nach abklapperten. Im Gegensatz zu Vincent, der wie Rosalie viel Spaß an modischer Kleidung hatte, machte sich Rachid so gar nichts aus guter Kleidung. Am liebsten hätte er den ersten Anzug, den er anprobierte, auch sofort gekauft. Doch Rosalie hatte andere Vorstellungen – und da sie nun schon mal mit von der Partie war, war es ihr Ehrgeiz, Rachid möglichst stilvoll einzukleiden.

»Als Architekt musst du deine Kunden auch äußerlich beeindrucken«, behauptete sie energisch. »In dem Anzug, den du jetzt anhast, siehst du aus wie ein Rollmops. Er spannt um deinen Bauch und hat viel zu weite Ärmel. Nein, nein, nein! Wenn wir hier nichts finden, dann gehen wir eben weiter!« So nötigte sie Rachid den ganzen Nachmittag von Boutique zu Boutique, bis er ihr nur noch willenlos hinterherdackelte.

»Bitte hab endlich Erbarmen mit mir und sag Ja«, stöhnte er, als sie endlich etwas fanden, was auch Rosalies Vorstellungen nahekam. Rachid bekam ein einreihiges Sakko mit geradem Schnitt verpasst. An den Seiten befanden sich schräg aufgesetzte Taschen, die dem Anzug einen gewissen Chic verliehen, dazu eine gerade geschnittene Anzughose und mehrere Oberhemden in diversen Farben.

Rosalie wollte dem gequälten Rachid gerade vorschlagen, noch eine weitere Boutique zu besuchen, in der es ihrer Meinung nach sensationelle Businesshosen gab, doch dann fiel ihr Blick auf die Uhr. Es war beinahe halb fünf. Wenn sie sich nicht beeilten, würde sie Joël nicht mehr an der Schule abpassen können. Sie hatte zwischendurch mit Sylvie telefoniert, die mit den Nerven am Ende schien. Sie hatte erklärt, dass sich Joël nach langem Hin und Her doch zur Schule begeben hatte.

»Der Junge verbaut sich die ganze Zukunft mit seinem Starrsinn«, hatte sie geklagt. »Und Maurice schert sich überhaupt nicht darum.«

Rosalie hatte sich daraufhin sogar überwunden, ihren Bruder in Schutz zu nehmen, und ihrer Schwägerin mitgeteilt, dass auch er sie gebeten habe, mit ihrem Sohn zu reden. Doch Sylvie war davon wenig beeindruckt gewesen. Sie hatte es nicht einmal richtig zur Kenntnis genommen.

Nachdem Rachid endlich den schwierigen Teil ihrer Mission hinter sich hatte, war er wie verwandelt. Als Rosalie ihm von der unglücklichen Situation und den Schwierigkeiten ihres Neffen erzählte, war er nur allzu gern bereit, sie dorthin zu begleiten.

Die Hände voller Einkaufstaschen begaben sie sich zu Joëls Collège. Es lag glücklicherweise ziemlich zentral, sodass sie zu Fuß gehen konnten. Da sie sich etwas verspätet hatten, war die Schule schon aus. Die Schüler strömten aus dem umzäunten Areal und verteilten sich rasch in alle Richtungen. Rosalie erkundigte sich bei einem der älteren Schüler nach ihrem Neffen, und der zeigte prompt in die entgegengesetzte Richtung von der, in die Joël hätte gehen müssen. »Er ist gerade dort um die Ecke gebogen.«

Rosalie und Rachid folgten der Straße, die durch einen Durchgang der Stadtmauer führte, und sahen tatsächlich, wie Joël scharf rechts abbog und auf den Weg zusteuerte, der zu den päpstlichen Gärten führte. Rosalie wollte schon nach ihm rufen, aber Rachid hielt sie davon ab.

»Lass uns doch erst sehen, was er vorhat«, riet er ihr.

Sie folgten dem Jungen nun absichtlich in größerem Abstand. Das war relativ einfach, denn der Weg führte bergan über Kies und Steintreppen und bot ihnen immer wieder Möglichkeiten, sich schnell ein Versteck zu suchen. Joël steuerte auf eine künstliche Grotte zu, die von einem Kiesrondell umgeben war. Davor saß auf einer Bank ein Mädchen, das sich sofort erhob, als es Joël erblickte. Die beiden fielen sich in die Arme und küssten sich leidenschaftlich.

»Na sieh mal einer an«, schmunzelte Rosalie vergnügt. »Mein lieber Neffe ist verliebt.«

»Sie ist Muslimin«, sagte Rachid und wies sie auf das Kopftuch des Mädchens und ihr Äußeres hin.

Rosalie verstand, was er meinte. Noch ehe sie etwas dazu sagen konnte, sah sie, wie plötzlich drei Typen hinter Büschen hervortraten und auf die Verliebten zueilten. Einer von ihnen packte Joël an der Schulter und riss ihn gewaltsam von dem

Mädchen weg. Der Zweite packte ihn und drehte ihm die Hände auf den Rücken, während der Dritte und der Erste auf ihn einzuschlagen begannen. Sie kannten keine Gnade und benutzten erst ihre Fäuste, und dann, nachdem Joël blutend zu Boden gesunken war, malträtierten sie ihn weiter mit brutalen Tritten. Rosalie dachte nicht nach, sondern stürmte auf die Schläger zu.

»*Fils de Pute, Conard, Enfant mal formé* – Hurensöhne, Vollidioten, Missgeburten!«, schrie sie und riss einen von ihnen an den Schultern. »Was macht ihr da?«

Für einen Augenblick ließen die Typen tatsächlich von Joël ab und warfen Rosalie teils verwunderte, teils verächtliche Blicke zu.

»Verpiss dich«, sagte schließlich ihr Anführer, der wie seine Kumpanen nordafrikanischer Herkunft zu sein schien. Um ihr zu demonstrieren, wie ernst es ihm war, trat er nochmals nach dem am Boden kauernden Joël.

»Das werde ich ganz sicher nicht«, zischte Rosalie. »Was seid ihr nur für erbärmliche Feiglinge? Drei gegen einen. Das ist …« Weil ihr nichts Passendes einfiel, spuckte sie verächtlich vor ihnen aus. Damit hatte sie die Wut der Angreifer auf sich gezogen. Der ihr am nächsten Stehende, den sie an den Schultern zurückgerissen hatte, drehte sich zu ihr um und verpasste ihr unversehens eine schallende Ohrfeige.

»*Putain* – Hure, halt dich aus unseren Angelegenheiten raus!«, rief er ärgerlich und setzte bereits zu einem neuen Angriff an. Rosalie war von dem Schlag ins Taumeln geraten und stolperte. Doch bevor der Typ noch einmal zuschlagen konnte, war Rachid an ihrer Seite und griff ein. Mit ein paar gezielten Handkantenschlägen, schnellen Wendungen und Griffen hatte er die drei Schläger auf Abstand gebracht und half Rosalie wieder auf die Beine. Ihr Ohr klang von dem Schlag nach, doch ansonsten war sie in Ordnung. Sie registrierte, dass das Mädchen neben Joël kniete und seinen Kopf auf ihrem Schoß hatte. Im nächsten Augenblick preschten zwei der Typen vor und rissen das Mädchen auf die Beine. »Du kommst mit uns«, befahlen sie ihr wütend. Das Mädchen heulte und versuchte sich zu wehren, entkam jedoch nicht ihrem Klammergriff.

»Jetzt reicht's«, knurrte Rachid und mischte sich noch einmal in die Auseinandersetzung. Mit einem weiteren Handkantenschlag hieb er erst dem einen, dann dem anderen auf den Oberarm, sodass sie beide das Mädchen mit einem Aufschrei loslassen mussten. Den dritten hielt er sich durch einen Fußtritt, den er durch eine schnelle Wendung ausführte, auf Abstand. Er flog hintenüber und stieß sich den Kopf an einem Stein. Rachid nahm nochmals die Kampfhaltung an.

»Was ist? Habt ihr endlich genug?« Die Typen rappelten sich auf und machten sich endlich davon. Nur ihr Anführer blieb noch einmal stehen und stieß drohend den Finger in die Höhe.

»Das werdet ihr bereuen! Das schwöre ich, bei Allah!«

21

Mit finsterem Blick sah Joël den drei Schlägertypen nach, während seine Freundin bedrückt neben ihm kniete und mit einem Taschentuch seine blutende Nase betupfte.

»Sie werden dich umbringen, Joël«, flüsterte sie mit vor Angst bebender Stimme. Rosalie legte ihr sanft die Hand auf die Schulter.

»So schnell werden die Typen nicht zurückkehren«, meinte Rachid, »nicht, solange wir bei euch sind.«

»Wer zum Kuckuck war das?«, fragte Rosalie. »Was wollten sie von euch?«. Sie war selbst noch erschüttert von der Brutalität, mit der die drei auf Joël losgegangen waren.

»Das waren meine Brüder«, schluchzte das Mädchen. »Sie wollen nicht, dass ich mit Joël zusammen bin. Ich bin übrigens Fatima.« Sie versuchte zu lächeln. Rosalie fand sie auf Anhieb sympathisch. Allerdings schwante ihr bereits, in welche Schwierigkeiten sich ihr Neffe da hineinmanövriert hatte.

»Moment mal, nun alles mal der Reihe nach«, versuchte Rosalie das Mädchen zu beruhigen. Fatima zitterte so, dass Joël seinen eigenen Schmerz vergaß, sich aufrappelte und ihr den Arm um die Schultern legte.

»Alles wird gut«, sagte er mit näselnder Stimme. Das Blut tropfte ihm immer noch aus der Nase. »Wir lassen uns auf keinen Fall von denen unterkriegen. Sie haben kein Recht, über dein Leben zu entscheiden.«

»Kapierst du denn nicht, wie ernst sie es meinen?«, rief Fatima verzweifelt. »Meine Brüder hassen dich. Du bist Franzose und noch dazu Christ.«

»Du bist auch Französin, und wir leben in einem Rechtsstaat! Sobald du volljährig bist, kannst du tun und lassen, was du willst. Notfalls verschwinden wir einfach …«

»Jetzt beruhige dich erst einmal«, versuchte Rosalie ihren aufgebrachten Neffen zu beruhigen. »Für alles gibt es eine Lösung. Vielleicht erzählt ihr erst einmal der Reihe nach, was alles passiert ist.«

Joël sah abwechselnd seine Tante und Rachid an. Offenbar wurde ihm erst jetzt bewusst, dass sie es gewesen waren, die ihm und Fatima aus der Patsche geholfen hatten. »Was macht ihr überhaupt hier?«, fragte er irritiert. »Haben dich meine Eltern geschickt?« Sein Gesichtsausdruck verfinsterte sich umgehend. »Wenn du auf ihrer Seite stehst, kannst du gleich wieder verschwinden.«

»Willst du dich nicht erst einmal bei deiner Tante bedanken?«, mischte sich Rachid freundlich, aber bestimmt ein. »Ich denke, das wäre jetzt angebrachter, als sie gleich zu verurteilen.«

»Er hat recht«, sagte Fatima. Sie gab Joël einen aufmunternden Stoß. Als er weiterhin schwieg, übernahm sie seinen Part. »Sie waren sehr mutig, Madame. Und Sie auch, Monsieur. Ich weiß nicht, was sonst passiert wäre. Ich möchte mich dafür bedanken, auch im Namen von Joël!«

»Hhm!«, brummte dieser widerwillig.

Rachid half dem Jungen auf die Beine. »Am besten, wir verschwinden erst einmal von hier«, schlug er vor. »Hier ist kein guter Platz zum Reden.«

Sie verließen die päpstlichen Gärten und gingen wieder zurück in die Altstadt, wo Rachid auf ein abgelegenes Café zusteuerte und ihnen allen erst einmal einen Tee bestellte. Der Besitzer des Cafés war ebenfalls algerischer Herkunft und offensichtlich ein Bekannter von Rachid, denn als er die Silberplatte mit den Teegläsern brachte, stellte er ihnen noch eine Schale mit Nüssen und eine mit Baklava auf den Tisch. »Ein Service des Hauses für meinen lieben Freund.« Er lächelte allen zu und klopfte Rachid kameradschaftlich auf die Schulter. Der wechselte mit dem alten Mann ein paar freundliche Worte auf Arabisch, dann zog sich der Wirt wieder zurück.

Joël hatte sich in der Zwischenzeit einigermaßen beruhigt und sich dank Fatimas Unterstützung dazu entschlossen, in Rosalie und Rachid keine Widersacher, sondern Verbündete zu sehen. Fatima und er wechselten sich ab, als sie ihre Geschichte erzählten.

»Fatima besucht die *première* an meinem Lycée. Sie ist eine Klasse über mir. Wir haben uns im Theaterkurs kennengelernt und auch ineinander verliebt. Ihr Bruder Farouk ist Schüler in meiner Klasse. Wir hatten eigentlich nie Probleme miteinander. Aber dann hat er herausgefunden, dass zwischen Fatima und mir etwas läuft. Er hat mir klargemacht, dass ich die Finger von ihr lassen sollte …« Joël sah Fatima traurig an, woraufhin sie ihm ermunternd zulächelte.

»Ich habe Joël geraten, sich nicht mit meinen Brüdern anzulegen«, begann sie. »Wenn es um die Familienehre geht, sind sie unberechenbar. Joël war damit einverstanden. Also haben wir in der Schule so getan, als wäre nichts zwischen uns, und haben uns heimlich getroffen. Das war nicht leicht, denn Farouk und Ali, mein älterer Bruder, waren misstrauisch. Um sicherzugehen, dass zwischen uns nichts mehr lief, haben meine Brüder Joël eine Falle gestellt. Ich war die letzten Tage krank gewesen. Farouk hat die Gelegenheit genutzt und mein Handy versteckt, damit ich keinen Kontakt zu Joël haben konnte. Gleichzeitig hat er in der Schule behauptet, dass ich mich mit einem entfernten Cousin aus Algerien verlobt hätte und deswegen fehlen würde. Im Sommer würden wir heiraten. Nichts davon ist wahr!«

Joël nahm Fatimas Hand und drückte sie. »Ich habe Fatimas Bruder das gegeben, was er verdient hat«, gestand er trotzig. »Farouk hat mich ganz bewusst provoziert. Er hat gesagt, dass Fatima diesen Verlobten schon als Kind bewundert hätte und jetzt, als er zu Besuch gewesen war, ihre wahren Gefühle für ihn entdeckt hätte. Und dass es eine wahre Freude sei, die beiden Verliebten zu beobachten. Und dass sie nur deswegen so freundlich zu mir gewesen sei, weil mein Vater bei der PJ arbeitet und dass ich sie in Wirklichkeit anwidere. Und dann hat er mir noch ein Foto gezeigt, wo die beiden sich innig umarmt haben.«

»Es war nur eine Fotomontage«, warf Fatima rasch ein. »Ich habe niemals einen fremden Mann umarmt.«

»Das alles konnte ich einfach nicht auf Fatima und mir sitzen lassen. Ich habe ihm gesagt, dass er lüge und dass Fatima sich niemals zwangsverheiraten lassen würde, aber er hat mich nur ausgelacht und weiter provoziert. Schlussendlich habe ich ihm mit der Faust ins Gesicht geschlagen. Farouk hat geblutet und ist damit gleich zu den Lehrern gegangen.« Joël sah Rosalie verständnissuchend an. »Verstehst du? Farouk hat mich mit Absicht provoziert und die Schläge in Kauf genommen, um mir Schwierigkeiten zu machen. Deswegen habe ich mich geweigert, mich zu entschuldigen.«

»Ich habe zu Hause mitbekommen, wie sich Farouk vor Ali mit seiner Tat gebrüstet hat«, übernahm Fatima wieder. »Sie waren der festen Überzeugung, dass Joël sich niemals entschuldigen und deswegen von der Schule fliegen würde. Also musste ich einen Weg finden, Kontakt zu Joël aufzunehmen. Ich habe ihn über das Handy meines Vaters heimlich angerufen und ihm gesagt, dass er sich auf alle Fälle entschuldigen soll. Wir haben uns nach der Schule verabredet, um alles Weitere zu besprechen.«

»Doch deine Brüder haben Wind davon bekommen und sind dir gefolgt«, riet Rachid. »Und jetzt wissen sie, dass ihr immer noch zusammen seid.«

»Hast du dich bei Farouk entschuldigt?«, erkundigte sich Rosalie.

»Das habe ich«, sagte Joël finster, »aber nur Fatima zuliebe, bestimmt nicht, weil Papa es mir befohlen hat.«

»Wahrscheinlich hat das Farouk misstrauisch gemacht«, vermutete Rosalie. Ihr war nicht wohl bei der jetzigen Situation. Vor allem um Fatima sorgte sie sich. Rachid schien ihre Gedanken zu erraten.

»Deine Familie ist sehr gläubig?«, wandte er sich an Joëls Freundin. Diese wiegte den Kopf.

»Mein Vater und meine Mutter sind natürlich gläubige Muslime, aber sie sind auch gut integriert und legen Wert darauf, dass wir alle eine gute Ausbildung bekommen. Meine beiden Brüder hingegen besuchen regelmäßig die Moschee. Sie hören die Predigten von Imam Rabah Bendjedid.«

»Oha!« Rachid verzog das Gesicht. »Bendjedid gehört eindeutig zu den Radikalislamisten. Das ist nicht gut.«

»Ich habe damit nichts am Hut«, versicherte Fatima eilig. Plötzlich wurde ihr bewusst, was Rachid damit gemeint hatte. »Sie werden Joël niemals in Ruhe lassen«, rief sie verzweifelt.

»Ich habe eher Angst um dich«, mischte sich Rosalie besorgt ein. »Was werden sie mit dir tun, wenn du nach Hause kommst?«

»Papa wird nicht zulassen, dass sie mir etwas antun«, behauptete Fatima. »Er ist das Familienoberhaupt. Meine Brüder müssen sich ihm unterordnen.« Sie sah Joël hilflos an. »Aber er wird darauf bestehen, dass ich ihm verspreche, dass wir uns nicht mehr sehen«, fügte sie kleinlaut hinzu.

»Das werde ich nicht zulassen!«, begehrte Joël heftig auf. »Ich werde um dich kämpfen.«

Fatima schossen die Tränen in die Augen. Verzweifelt schüttelte sie den Kopf. »Wir haben keine Chance, versteh das doch. Du bist Christ!«

»Dann werde ich eben Muslim. Ich …«

»Ich glaube, dass es jetzt am besten ist, wenn wir das Gespräch erst einmal vertagen«, schlug Rosalie energisch vor.

Fatima nickte zustimmend. Sie legte beruhigend ihre Hand auf Joëls. »Wir können das jetzt nicht lösen«, sagte sie traurig. »Lass uns die Zeit, die wir miteinander hatten, in guter Erinnerung behalten!«

»Nichts werde ich! Wir gehören zusammen!« Er sprang auf und wollte Fatima, die sich bereits erhoben hatte, zurückhalten. Rachid legte ihm beruhigend die Hand auf die Schulter. Joël schüttelte sie unwirsch ab.

»Warte, Fatima! Du kannst jetzt nicht einfach gehen!«

Doch seine Freundin schüttelte nur den Kopf. Ihre Augen quollen vor Tränen über, als sie ihm noch einmal einen hastigen Kuss gab und dann das Café verließ.

22

Maurice gab Arduin durch die Trennscheibe ein Zeichen, er möge die Handschellen mitbringen. Kurz darauf betrat der junge Adjoint den Vernehmungsraum. Er wartete, bis der Commissaire ihm weitere Anweisungen gab.

Cadenet, die manikürten Hände immer noch auf der Tischplatte, lief der Schweiß von der Stirn, und seine Augen flackerten vor Aufregung. »Ich möchte sofort meinen Anwalt sprechen«, wiederholte er mit mühsam unterdrückter Erregung. »Es war nicht so, wie Sie annehmen. Ich bin unschuldig.«

Viale gab ihm ein Telefon. Cadenet rief seinen Anwalt an, der ihm versprach, so schnell wie möglich vor Ort zu sein. Viale verließ unterdessen den Vernehmungsraum, um einen Kaffee trinken zu gehen, und überließ Arduin die Aufsicht. Nachdem er den Dicken eine Weile hatte schmoren lassen, kehrte er wieder zurück. Er hoffte, dass das Warten ihn hatte mürbe werden lassen. Vielleicht konnte er ihn doch noch dazu bringen, ihm die Tat zu gestehen, bevor sein Anwalt eintraf. Viale wusste, dass er einen Haftbefehl aufgrund der dünnen Beweislage nur schwer würde durchsetzen können. Es brauchte mehr Beweise.

»Warum geben Sie nicht einfach zu, dass Sie auf den Felsen geklettert sind, um von dort im richtigen Augenblick einen Stein auf die Fahrbahn rollen zu lassen, der Raunard zum Stürzen bringen musste? Sie wussten, dass sein Vorderrad gelockert war. Sie brauchten nur dafür zu sorgen, dass er abrupt abbremsen musste«, begann er, als er wieder ihm gegenüber Platz nahm.

Cadenet sah ihn überrascht an. Viale registrierte, dass seine Anspannung sofort etwas nachließ.

»Ich soll geklettert sein?«, fragte er ungläubig. Dann brach er in erleichtertes Gelächter aus. Viale begriff, dass er einen Fehler gemacht hatte. »Sehen Sie mich doch an!«, forderte Cadenet ihn auf und schlug sich spottend mit den Händen auf seinen beträchtlichen Bauch. »Trauen Sie mir tatsächlich zu, dass ich einen steilen Felsen hinaufklettere? Das ist doch lächerlich!«

»Das denke ich nicht«, versuchte Viale sich ungerührt zu geben. »Vielleicht hatten Sie ja auch einen Helfer!«

»Das müssen Sie erst mal beweisen«, konterte Cadenet mit zusammengekniffenen Augen. »Und bis Sie handfeste Beweise haben, müssen Sie mich wieder gehen lassen. Das wird Ihnen mein Anwalt sicherlich gleich bestätigen.«

»Ich muss gar nichts«, brummte Viale genervt. »Adjoint, schaffen Sie mir den Mann aus den Augen.«

Auch wenn er noch nichts Handfestes gegen Cadenet in den Händen hatte, verschaffte ihm der Anblick dieses Großkotzes ein gewisses Vergnügen, als Arduin ihn in Handschellen abführte und dieser vor Wut schnaubte.

23

Rosalie und Rachid brachten Joël nach Hause. Der Junge gab sich die ganze Fahrt über äußerst wortkarg, obwohl Rosalie mehrmals versucht hatte, ihn etwas aufzumuntern.

»Du musst mit deinem Vater reden. Ich bin sicher, dass er dir hilft, eine Lösung zu finden. Vielleicht redet er ja mit Fatimas Vater. Wenn er wirklich so weltoffen ist, wie sie behauptet, wird er bestimmt Verständnis für eure Gefühle haben.«

»Mein Vater interessiert sich nur für seinen Job«, antwortete Joël.

»Dann versuche es mit deiner Mutter!«, versuchte es Rosalie erneut.

Er starrte trotzig aus dem Fenster und ignorierte ihr Drängen einfach. Rosalie sah ein, dass sie im Augenblick nicht weiterkamen. Das war aber auch eine vertrackte Situation. Und wenn sie ehrlich war, hatte sie auch keine schnelle Lösung parat. Die beiden waren ja noch nicht einmal volljährig. Also konnten sie auch nicht einfach in einer anderen Stadt in die Schule gehen. Das Einzige, was sie für ihren Neffen tun konnte, war zu versuchen, Joël mit seinen Eltern zu versöhnen.

Als sie ankamen, hatte die Dämmerung längst eingesetzt, und es wurde dunkel. Rosalie war zum ersten Mal beim Haus ihres Bruders. Sie staunte, wie großzügig es war, und das in unmittelbarer Nähe der Altstadt. Sogar ein Swimmingpool gehörte zu dem Anwesen. Sie war sich ziemlich sicher, dass das Gehalt eines Lieutenant de Police für solch eine Finanzierung nicht ausreichte. Und Sylvie arbeitete, soviel sie wusste, nicht. Doch das war nicht ihr Problem.

»Ich denke, es ist am besten, wenn du hier auf mich wartest«, beschied sie Rachid. »Ich gehe mit Joël noch kurz rein und versuche mit den Eltern zu reden. Es wird nicht allzu lange dauern, denke ich!«

Er erwiderte ihr Lächeln. »Lass dir nur Zeit. Ich werde solange Musik hören.«

Joël hüllte sich immer noch in Schweigen. Wortlos schloss er die Tür auf, obwohl Rosalie ihn gebeten hatte, lieber zu klingeln. Kaum hatten sie die Diele betreten, kam ihnen auch schon Cathérine entgegen. Sie hatte die Katze auf dem Arm und war sichtlich froh, dass jemand nach Hause kam.

»Sind deine Eltern nicht da?«, erkundigte sich Rosalie verwundert.

»Papa kommt immer ganz spät«, antwortete das zwölfjährige Mädchen weinerlich. »Und Maman hat gesagt, dass sie nur zwei Stunden weg sein will. Aber jetzt ist sie schon über vier Stunden weg.«

Rosalie nahm Catherine die Katze weg und umarmte sie. »Deine Maman wird sicher gleich hier sein«, tröstete sie ihre Nichte. »Vielleicht möchtest du ja schon mal den Tisch decken, bis sie kommt.«

»O ja! Ich habe nämlich schon riesigen Hunger.« Cathérine lächelte dankbar.

»Ich geh dann mal in mein Zimmer«, verkündete Joël und verzog sich, ohne eine Antwort abzuwarten. Rosalie schüttelte den Kopf. Allem Anschein nach lag in der Familie ihres Bruders alles Mögliche im Argen. Aber wieso kümmerte sie das überhaupt? Sie war schließlich nach Avignon gefahren, um sich mit Rachid zu amüsieren. Sie wollte sich gerade verabschieden, aber dann sah sie, wie Cathérine in der Küche auf sie wartete.

»Ich muss noch mal kurz raus, dann komme ich und helfe dir beim Tischdecken«, seufzte Rosalie ergeben.

Rachid stand in der Dunkelheit der bereits hereingebrochenen Nacht vor seinem Lieferwagen und rauchte. Als er sie rauskommen sah, drückte er die Zigarette schnell aus und öffnete ihr mit einem strahlenden Lächeln die Tür.

Rosalie machte keine Anstalten einzusteigen. »Wir müssen unser Abendessen verschieben«, informierte sie ihn mit aufrichtigem Bedauern. Rachids Lächeln erstarb. Seine Miene drückte große Enttäuschung aus. Sie erklärte ihm kurz die Situation. »Ich kann Cathérine und Joël jetzt nicht allein lassen. Und den Eltern sollte mal einer so richtig den Marsch blasen.«

Rachid kämpfte immer noch mit seiner Enttäuschung. Sie konnte es ihm nicht einmal übel nehmen. Zum Glück zeigte er Verständnis für ihre Situation.

»Das ist wirklich sehr bedauerlich«, sagte er mit belegter Stimme, »doch ich würde natürlich für meine Familie dasselbe tun. Soll ich dich später wieder abholen?«

»Kommt gar nicht in Frage«, beschied ihn Rosalie energisch. »Ich habe keine Ahnung, wie lange das hier dauert. Ich nehme mal an, dass Maurice oder Sylvie mich nach Hause bringen wird. Notfalls nehme ich den Bus.« Als sie sah, wie traurig er war, meinte sie versöhnlich: »Wir werden unser Abendessen sehr bald nachholen. Versprochen!«

Rachid war anscheinend immer noch nicht zufrieden. Zögernd trat er auf sie zu und kam ihr so nah, dass ihr sein Rasierwasser angenehm in die Nase stieg. Er musste es inzwischen neu aufgelegt haben. Es riecht blumiger als das von Vincent, schoss ihr seltsamerweise durch den Kopf. Seine schwarzen

Augen glänzten im Licht der Straßenlaterne, als er sanft mit seinem Handrücken über ihre Wange fuhr.

»Ich wollte den heutigen Abend nutzen, um dir etwas Wichtiges zu sagen«, gestand er ihr so unvermittelt, dass Rosalie ihn nur verblüfft ansehen konnte. Bevor sie nachfragen konnte, was er damit meinte, küsste Rachid sie auf den Mund. Es war eine warme, angenehme Berührung, sehr zärtlich, ohne besitzergreifend zu sein.

Bevor sie dem Kuss nachspüren konnte, war er jedoch schon wieder vorbei. Sie war fast ein wenig enttäuscht, auf der anderen Seite aber auch erleichtert.

Rachid strich ihr noch einmal zärtlich über die Wange, dann ging er wieder auf Distanz. »Ich kann warten«, meinte er gefasst.

Rosalie wollte gar nicht so genau wissen, was er damit meinte. Sein plötzlicher Gefühlsausbruch hatte sie überrumpelt, sodass sie froh war, sich von ihm verabschieden zu können. Halbherzig winkte sie, als er die Straße runter davonfuhr.

»Männer!«, stieß sie verärgert aus. Sie ertappte sich dabei, dass sie enttäuscht war. Allerdings nicht wegen Rachids Kuss, sondern wegen Vincent, der vorhin so reserviert gewesen war. Sie hätte einiges dafür gegeben, wenn er es gewesen wäre, der sie gerade geküsst hatte. Seufzend ging sie wieder zurück ins Haus.

Gemeinsam mit Cathérine machte sie sich daran, den Tisch zu decken. Danach ließ sie sich notgedrungen auf ein furchtbar langweiliges Brettspiel ein, das schier kein Ende nehmen wollte. Joël blieb die ganze Zeit über in seinem Zimmer. Langsam wurde Rosalie ungeduldig. Sie rief Sylvie mehrmals auf ihrem Handy an. Doch sie hatte ihren Apparat wohl ausgestellt, was Rosalie an sich schon merkwürdig fand. Bevor sie es bei Maurice probieren konnte, jammerte Cathérine erneut, wie hungrig sie sei. Da Rosalie keine begabte Köchin war, ließ sie sich von ihrer Nichte kurzerhand die Tiefkühltruhe zeigen und fand darin drei Tiefkühlpizzen, die sie in den Ofen schob. Es war mittlerweile fast halb neun. Sie griff erneut nach ihrem Telefon, um Maurice anzurufen. In diesem Moment hörte sie, wie jemand die Haustür aufschloss.

»Maman!« Cathérine sprang auf und stürmte zur Tür. »Rosalie und ich haben schon den Tisch gedeckt! Es gibt gleich Pizza«, begrüßte sie ihre Mutter. Sylvie umarmte ihre Tochter und zeigte sich nur wenig verwundert, ihre Schwägerin zu sehen.

»Wie schön, dass du dich um meine kleine Cathérine gekümmert hast«, meinte sie ohne den Anflug eines schlechten Gewissens. Sie war ungewöhnlich gut gelaunt, richtig aufgekratzt, wie Rosalie fand. »Ich bin leider etwas aufgehalten worden.« Sie legte ihren Mantel ab und befreite sich mit einem leichten Stöhnen von ihren hochhackigen Pumps. Überhaupt hatte sich Sylvie äußerst sorgfältig hergerichtet, dafür, dass sie, wie Cathérine erzählt hatte, nur schnell ein paar Besorgungen gemacht hatte. Sie trug ein elegantes hellblaues Kostüm mit einer weißen Hemdbluse, dazu eine Perlenkette und Goldohrringe. Einkaufen war sie jedenfalls nicht gewesen, denn sie hatte keinerlei Taschen bei sich. Rosalies feine Nase nahm außerdem den Duft eines herben Männerparfüms und eine leichte Alkoholfahne wahr. Ihr lag sofort eine spitze Bemerkung auf der Zunge, doch dann nahm sie sich zusammen. Schließlich ging es sie nichts an, was Sylvie in ihrem Privatleben machte, auch wenn sie womöglich ihren Ehemann betrog. Was ihr aber ganz und gar gegen den Strich ging, war, wenn ihre Schwägerin ihre Kinder vernachlässigte.

»Wunderst du dich nicht, dass ich hier bin?«, fragte Rosalie deshalb verstimmt. »Wir haben etliche Male versucht, dich zu erreichen. Leider war dein Telefon ausgeschaltet.«

»Ach, das habe ich vor lauter Aufregung ganz vergessen,

wieder einzuschalten«, meinte Sylvie mit einer wegwerfenden Handbewegung. »Ist ja auch kein Wunder bei dem Stress, den ich heute hatte.«

»Cathérine hast du erzählt, dass du beim Einkaufen warst«, bemerkte Rosalie spitz. »Anscheinend warst du vor lauter Stress nicht besonders erfolgreich.«

Sylvie stutzte. Rosalies Bemerkungen hatten ihre Wirkung nicht verfehlt. »Willst du mir etwa Vorwürfe machen?«, fragte sie verdutzt.

»Nichts liegt mir ferner! Ich mag es nur nicht, wenn meine Nichte und mein Neffe mit ihren Problemen allein gelassen werden.«

Sylvies gute Laune war mit einem Mal wie weggeblasen. Ihre Miene wurde ernst, als sie sich betroffen bei ihr entschuldigte. Sie erzählte, dass sie bei einem Vorstellungsgespräch gewesen sei, das sich als recht erfolgversprechend herausgestellt hatte. Ihr neuer Chef hatte sie noch zu einem Glas Champagner eingeladen, und dabei hatte sie die Zeit vergessen. »Mein Gott, du denkst jetzt bestimmt, dass ich eine Rabenmutter bin«, endete sie schuldbewusst.

»Maman ist die beste Mutter der Welt«, versicherte Cathérine eifrig. Sie war der Unterhaltung gespannt gefolgt. »Wirst du jetzt öfter länger weg sein, wenn du arbeiten gehst?«

»Ich werde immer für euch da sein, wenn ihr mich braucht«, antwortete Sylvie ernst. »Außerdem ist es noch gar nicht sicher, dass ich den Job bekomme.« Sie strich ihrer Tochter über den Kopf und bat sie, ihre Schulsachen packen zu gehen. Widerstrebend zog sich Cathérine in ihr Zimmer zurück. »Immer schickst du mich weg, wenn es interessant wird«, maulte sie.

»Ich erzähle es dir später.« Sylvie wandte sich wieder Rosalie zu. »Es ist gerade alles nicht so leicht«, meinte sie erschöpft.

»Was für ein Vorstellungsgespräch war das denn?«, erkundigte sich Rosalie vorsichtig. Sylvie reagierte nervös. Sie zupfte fahrig an ihren blonden Haaren, die sie für diesen Anlass zu großen weichen Locken hatte legen lassen. »Maurice weiß nichts davon«, gestand sie. »Er hat ja nie Zeit, um sich mal in Ruhe mit mir zu unterhalten.« Ihr Tonfall wurde trotzig. »Wenn sie sich für mich entscheiden, werde ich den Job auf jeden Fall annehmen. Es ist eine Chance, die sich so schnell nicht wieder bieten wird. Stell dir vor, ein ehemaliger Studienkollege von mir arbeitet jetzt bei einem regionalen Fernsehsender. Sie suchen nach Moderatoren, und er meinte, dass ich das Zeug dazu hätte.«

»Bist du denn überhaupt ausreichend qualifiziert?« Rosalie hatte da so ihre Zweifel. Sie wusste, dass Sylvie ein paar Semester Journalismus studiert hatte. Allerdings hatte sie ihr Studium abgebrochen und nie gearbeitet, weil sie früh mit Joël schwanger geworden war.

Sylvie lachte unsicher. »Nun ja, wahrscheinlich gibt es sehr viel geeignetere Kandidaten als mich«, gab sie zu, »aber Gilbert meint, dass ich telegen sei, und das nötige Fachwissen könne ich mir schon noch aneignen. Er hatte mich aus unseren Studienzeiten noch in guter Erinnerung«, lächelte sie nervös. »Auf jeden Fall haben sie heute ein paar Probeeinstellungen mit mir gemacht und sehr positiv reagiert. Jetzt muss nur noch der Sender zustimmen, aber Gilbert meint, dass das nur noch eine formale Sache sei. Schließlich ist er der Chefredakteur. Er …«

»Na, dann wünsche ich dir viel Erfolg«, unterbrach Rosalie etwas ungeduldig ihren Redefluss. Sie fand, dass es an der Zeit sei, endlich auf den wahren Grund ihres Besuches zu kommen. »Ich wollte mit dir eigentlich über Joël reden!« Sie informierte Sylvie über die Vorkommnisse am Nachmittag. Je mehr sie erzählte, desto bedrückter wurde ihre Schwägerin. Von ihrer

Euphorie war bald nichts mehr zu spüren. »Ihr solltet dringend noch einmal mit dem Lehrer oder womöglich mit dem Direktor sprechen. Sie müssen gemeinsam eine Lösung finden, wie man die Saleh-Brüder von weiteren Aktionen gegen euren Sohn abhält«, schlug Rosalie schließlich vor. »Joël braucht euch jetzt als Rückhalt.«

»Mein Gott, worauf hat sich der Junge da nur eingelassen?«, klagte Sylvie. »Wie kann er nur etwas mit einem algerischen Mädchen anfangen! Da gibt es doch auch noch andere hübsche Mädchen an der Schule.« Als sie Rosalies befremdeten Blick sah, korrigierte sie sich sofort. »Bitte entschuldige, das war natürlich nicht so gemeint. Ich habe selbstverständlich nichts gegen Ausländer. Aber es macht die Sache auch nicht unbedingt leichter.«

»Das Leben ist schön, aber keiner hat gesagt, dass es leicht ist«, antwortete Rosalie sarkastisch.

»Es wäre nie so weit gekommen, wenn Maurice sich ordentlich um seine Kinder kümmern würde«, fuhr Sylvie mit ihren Klagen fort. »Für ihn existiert doch nur noch sein Beruf. Was mit uns ist, ist ihm anscheinend völlig gleichgültig. Er kennt Joëls Schwierigkeiten, aber er hat nichts unternommen.«

»Er hat versucht, mit ihm zu reden«, sah sich Rosalie gezwungen, ihren Bruder in Schutz zu nehmen. »Und als das nichts geholfen hat, ist er auf dieselbe Idee gekommen wie du, nämlich dass ich mit ihm reden soll.«

»Dafür bin ich dir wirklich dankbar!« Sylvie tätschelte kurz Rosalies Hand, nur um gleich wieder ins Lamentieren zu verfallen. »Er ist so ein Sturkopf. Immer denkt er, dass alle nach seiner Pfeife tanzen müssen.«

Rosalie nahm an, dass sie damit Joël meinte, doch ihre Schwägerin war dabei, sich auf ihren Mann einzuschießen. »Wir führen doch schon lange nur noch eine Ehe auf dem Papier«, beklagte sie sich weiter. »Und wenn wir etwas gemeinsam unternehmen, bestimmt immer er, was wir machen. Ich darf dann lediglich das Organisatorische übernehmen. Maurice argumentiert damit, dass er beruflich so gefordert ist, dass er das braucht. Aber ich will auch einmal das tun, wonach mir ist. Ich arbeite hier im Haus und mit den Kindern genauso viel wie er, aber er erkennt meine Leistungen einfach nicht an.« Sylvie ließ ihrem Frust freien Lauf. »Andere Männer führen ihre Frauen wenigstens ab und zu aus, verwöhnen sie, fahren mit ihnen übers Wochenende mal ans Meer. Mein lieber Maurice verzieht sich stattdessen in sein Büro im Souterrain. Du glaubst gar nicht, wie satt ich das Leben mit ihm habe.«

Rosalie hatte nun auch die Nase voll. »Und ich habe es satt, wie ihr beide euch in eurem eigenen Egoismus verstrickt«, warf sie barsch ein. »Ich habe wirklich Verständnis für deine Situation, Sylvie«, fügte sie etwas gnädiger hinzu, »aber im Augenblick geht es um euren Sohn. Joël braucht jetzt eure Hilfe! Aus euren Eheproblemen halte mich bitte raus!«

Der beißende Geruch von Verbranntem stieg ihnen plötzlich in die Nase. »Was ist das?«, fragte Sylvie alarmiert. Aus den Ofenritzen stieg grauschwarzer Qualm und hüllte die Küche ein. Sylvie stürmte los, öffnete die Ofenklappe und zog mit zwei Topflappen das Blech mit drei bis zur Unkenntlichkeit verkohlten Pizzen heraus.

»*Sans doute* – ohne Zweifel! Selbst der Pizza in diesem Haus muss geholfen werden!«, seufzte Rosalie genervt. Sie fand, dass sie sich nun genug in Familienangelegenheiten gemischt hatte. Während Sylvie noch mit den traurigen Überresten der Pizza beschäftigt war, griff sie nach ihrer Handtasche und verließ das Haus.

24

In freudiger Erwartung trat Melissa Broutignant durch die Zollschleuse. Während ihre Blicke durch die lichte Halle des Flughafens von Marseille glitten, steuerte sie ihren Gepäckwagen durch die Schranke. Ihre elegante Erscheinung zog die Blicke zahlreicher Passanten auf sich. Doch darauf achtete sie nicht. Suchend sah sie sich nach Yannis um. Er war weit und breit nicht zu sehen. Enttäuscht blieb sie stehen und warf einen Blick auf die lindgrüne Unikatuhr von Dior, deren Zifferblatt mit schillernden Skarabäenflügeln verziert war, ein Geschenk ihres Vaters, der seine Tochter nur allzu gern mit Außergewöhnlichem verwöhnte. Ihr Flug war pünktlich, also musste Yannis etwas dazwischengekommen sein. Sie griff nach ihrem Mobiltelefon und las nochmals die Nachricht, die sie erst vor Kurzem von ihm erhalten hatte.

Ich zähle die Sekunden bis zu unserem Wiedersehen! Ich liebe dich! Yannis.

Mit wachsender Verärgerung wählte sie seine Nummer. Noch bevor sie zu ihm durchkam, steuerten jedoch ein bulliger junger Mann sowie eine gut aussehende Frau in Melissas Alter zielstrebig auf sie zu. Der Mann winkte schon von Weitem und strahlte über das ganze Gesicht, als wären sie alte Bekannte, während sich seine Begleiterin deutlich zurückhaltender verhielt.

»Mademoiselle Broutignant?« Er streckte ihr die Hand entgegen, die sie befremdet ignorierte. »Monsieur Quebec schickt uns, um Sie direkt zu ihm nach Bédoin zu bringen. Wir sind leider in einen Stau geraten und deshalb etwas spät. Wenn Sie erlauben, kümmere ich mich gleich um Ihr Gepäck.« Ohne ihr Einverständnis abzuwarten, griff er nach ihrem Gepäckwagen.

»Und wieso ist Monsieur Quebec nicht hier?«, entfuhr es ihr enttäuscht. Es gelang ihr kaum, ihren Unmut zu verbergen.

»Monsieur Quebec wurde aufgehalten. Er ist untröstlich«, mischte sich nun dessen Begleiterin ein. Sie stellte sich ihr als Louane Bonnet vor und ihren bulligen Begleiter als André. »Wir haben leider Probleme auf dem Set, die Yannis' Anwesenheit erforderlich machen. Es tut mir leid, dass Sie sich nun mit uns begnügen müssen.« Ihr Lächeln war äußerst verbindlich, sodass Melissas Unmut sofort etwas nachließ. Gemeinsam machten sie sich auf den Weg zu den Parkplätzen außerhalb des Terminals. Melissa erwartete eine bequeme Limousine, doch die beiden führten sie zu einem Minibus mit mehreren Sitzreihen, der auch schon einmal bessere Tage gesehen hatte. Sie stieg dennoch, ohne sich zu beschweren, in das Gefährt und setzte sich in die mittlere Reihe, während André ihre Koffer im hinteren Teil verstaute.

»Haben Sie was dagegen, wenn ich mich neben Sie setze?«, erkundigte sich Louane, die ebenfalls eingestiegen war. Melissa nickte ihr freundlich zu. Diese Louane war ihr auf angenehme Weise sympathisch, nicht aufdringlich und doch an ihr interessiert. Bestimmt konnte sie über sie einige wichtige Informationen über die Dreharbeiten erfahren.

Auch wenn Melissa es nie zugegeben hätte, war sie etwas nervös. Ihr Leben war im Vergleich zu dem von Yannis' furchtbar langweilig und völlig durchstrukturiert, auch wenn sie als Dessous-Model natürlich mit Kameras und Shootings vertraut war. Doch das war mehr oder weniger nur ein Hobby von ihr, das nur einen kleinen Teil ihres Lebens ausmachte. Sie fürchtete, dass sie mit dem zu erwartenden Chaos ihre Schwierigkeiten haben könnte. Sie war noch niemals auf einem Filmset gewesen. Sie stellte sich ein großes Durcheinander vor, das ihr als ordnungsliebender Person etwas Angst machte. Auf der anderen Seite konnte sie es kaum erwarten, in diese aufregende Welt einzutauchen.

Über Louane hoffte sie, auch etwas über die beiden schrecklichen Morde zu erfahren. Yannis hatte das alles sehr mitgenommen. Er war die letzten Tage, wenn sie telefoniert hatten, ganz außer sich gewesen. Kein Wunder. Schließlich war Rémy nicht nur sein Manager, sondern auch sein Freund gewesen. Und dann auch noch der unfassbare Mord im eigenen Haus. Melissa mochte sich gar nicht vorstellen, wie furchtbar das für ihren Geliebten gewesen sein musste. Nur gut, dass er von dort ausgezogen war und sie beide nun in einem Hotel logierten. Sie hätte Yannis so gern mehr unterstützt und ihn getröstet, aber er hatte sich geweigert, mit ihr darüber am Telefon zu reden. »Ich möchte einfach, dass du so schnell wie möglich zu mir kommst«, hatte er ihr mitgeteilt. Seine Stimme hatte dabei so gequält geklungen, dass sie sich ernsthaft Sorgen gemacht hatte. Aus diesem Grund war sie auch schon einen Tag früher angereist als ursprünglich geplant. Dafür hatte sie sogar ein Fotoshooting abgesagt. Doch was machte das schon. Auf Geld war sie schließlich nicht angewiesen, und ihre Karriere als Model war ihr lange nicht mehr so wichtig, seitdem sie Yannis kannte. Sie hatte sich so in diesen chaotischen Kerl verliebt, wie sie es niemals für möglich gehalten hätte. Sie seufzte.

André hatte mittlerweile das Auto gestartet und fuhr durch das Labyrinth an Kreisverkehren auf die Autobahn in Richtung Avignon. Da es einen gewissen Abstand zwischen ihrem

Sitzplatz und dem Fahrer gab, konzentrierte sich das Gespräch auf Louane und sie, was ihr äußerst angenehm war. Anfangs plauderten sie über belanglose Dinge. Melissa erfuhr, dass André ein sogenannter Setrunner war, eine Art Mädchen für alles. Louane hingegen hatte als Komparsin angefangen und war mittlerweile zur Nebendarstellerin aufgestiegen.

»Sie müssen wirklich Talent haben«, meinte Melissa durchaus bewundernd. »Ich weiß nicht, ob ich den Mut dazu hätte …«

»Ich habe hart für meinen Erfolg gearbeitet«, erklärte Louane bescheiden. »Anfangs habe ich mir das auch nicht zugetraut. Eigentlich wollte ich nur einmal an solch einem Event teilhaben. Aber dann ist mir das Glück hold gewesen. Die für die Rolle vorgesehene Schauspielerin wurde krank und musste kurzfristig ersetzt werden. Das war meine Chance! Aber es ist ja nur eine kleine Rolle.«

»Ich würde auch gern einmal vor der Kamera stehen«, gestand Melissa träumerisch. »Als Model bin ich zwar gewohnt, dass Kameras auf mich gerichtet sind, aber das ist etwas völlig anderes als Schauspielerei. Womöglich habe ich auch gar nicht die Begabung dazu.«

»Man muss seine Seele offenbaren und sein Innerstes nach außen kehren, das liegt nicht jedem«, stimmte Louane ihr zu. »Ich hatte anfangs auch meine Probleme damit. Aber wenn man weiß, wofür man brennt, bekommt man auch das hin.« Auf Melissas Nachfrage erzählte sie ihr, dass sie Henri Pélissiers Freundin Camille spielte. »Pélissier war ein Mann der Extreme«, erklärte sie voller Begeisterung. »Bei der Tour de France neuzehnhundertvierundzwanzig sorgte er für einen Skandal, weil er das Rennen bereits auf der dritten Etappe beendete. Pélissier entrüstete sich, dass ihm ein Rennkommissar ohne vorheriges Fragen unter sein Renntrikot gegriffen hatte, um zu sehen, ob er ein zweites Trikot trage. Das Tragen von zwei Trikots war nach dem damaligen Reglement nämlich verboten. Ebenso war das Wegwerfen von Trikots verboten. Und genau das hatte Pélissier am Vortag gemacht und dafür zwei Strafminuten kassiert. Er war über die Indiskretion so erbost, dass er hinwarf.« Sie sahen einander amüsiert an. »Pélissier war so aufgebracht«, erzählte Louane weiter, »dass er vor den Journalisten ganz offen zugab, dass man dieses Rennen ohnehin nur überleben könne, wenn man *Kokain für die Augen, Chloroform für das Zahnfleisch* und unentwegt *Pillen* schlucken würde. Ein klares Statement für Doping, wenn Sie mich fragen.«

»Sie kennen sich ja wirklich gut aus«, musste Melissa zugeben. Yannis hatte ihr zwar schon viele Details über den Film verraten, aber Louane verstand es, sie auch noch vergnüglich zu erzählen. Melissa fragte sie weiter nach ihrer Rolle aus.

»Wie gesagt, ich spiele Camille«, fuhr Louane mit ungebrochener Begeisterung fort. »Sie war Henri Pélissiers langjährige Lebensgefährtin und schließlich auch sein Untergang. Sie erschoss ihren Geliebten im Jahr neunzehnhundertfünfunddreißig, weil er ihr untreu geworden war. Übrigens mit demselben Revolver, mit dem sich Pélissiers Frau drei Jahre zuvor das Leben genommen hatte.«

»Ach, du meine Güte, was für ein Schicksal!« Melissa gruselte sich.

Louane lachte. »Aber das wird in dem Film natürlich nicht gezeigt. Die Sequenzen beziehen sich lediglich auf die Überreichung des Etappentrikots sowie eine kleine unbedeutende Liebesszene.«

»Ist nicht gerade so etwas furchtbar schwierig?«, überlegte Melissa, der die Unterhaltung zunehmend Spaß bereitete.

»Ich meine, Liebe für jemanden zu heucheln, den man gar nicht kennt?«

»Das gehört eben dazu.« Louanes überraschend blaue Augen blitzten sie kurz an. Ihr Gespräch wurde unterbrochen, weil André der Ansicht war, die Autobahn verlassen zu müssen, um einem Stau aus dem Weg zu gehen. Louane musste sich zu ihm nach vorn setzen, um ihm auf der Karte den Weg zu weisen, da die alte Karre kein Navi besaß. Melissa genoss unterdessen die südfranzösische Landschaft und freute sich mit jedem Kilometer, den sie fuhren, mehr auf das Wiedersehen mit Yannis.

»Darf ich Sie auch etwas fragen?«, erkundigte sich Louane, nachdem sie sich wieder zu ihr gesetzt hatte.

»Nur zu!«

»Wie lange kennen Sie Yannis schon?«

»Wir sind uns vor genau zwei Monaten und sechs Tagen mitten in Paris begegnet«, erzählte Melissa glücklich. Allein der Gedanke an ihre erste Begegnung reichte aus, dass sie wieder Herzklopfen bekam. »Es war ein fürchterlich regnerischer Tag in Montparnasse, kalt, grau und wenig einladend für einen Spaziergang. Einige wichtige Besorgungen zwangen mich dennoch, nach draußen zu gehen. Ich bog gerade mit meinem Regenschirm um die Ecke, da stieß ich mit Yannis frontal zusammen. Dabei fielen meine Einkäufe zu Boden. Ich bückte mich im selben Augenblick wie er, woraufhin unsere Köpfe miteinander kollidierten …« Sie lachte herzlich und rieb sich in Erinnerung daran die Stirn. »Wir hatten später beide eine dicke Beule.« Louane hörte ihr gebannt zu. Melissa verstand es als Aufforderung, noch ein wenig mehr aus ihrem Privatleben preiszugeben. »Als Wiedergutmachung lud er mich in ein Café ein. Stellen Sie sich vor, wir haben uns den ganzen Nachmittag unterhalten, und ich habe nicht gewusst, dass er ein berühmter

Schauspieler ist.« Sie zuckte entschuldigend mit den Schultern. »Ich war damals keine große Kinogängerin, sondern vergnügte mich lieber in der Oper oder in einem Konzert. Das hat sich mittlerweile natürlich geändert.«

»Und dann haben Sie sich gleich am ersten Tag ineinander verliebt?«, hakte Louane interessiert nach. Melissa nickte versonnen. »Es war ein *coup de foudre*! Ein Blitzschlag, der uns beide gleichermaßen getroffen hat. Seither ist kein Tag vergangen, an dem wir uns nicht nach einander verzehren! Yannis ist der Mann meines Lebens!«

»Er versteht es auf jeden Fall, Herzen zu erobern!«

Melissa wusste nur zu gut, worauf Louane anspielte. »Ich weiß, was Yannis für einen Ruf hat«, erwiderte sie ernst. »Doch das macht mir nichts aus. Er und ich wissen, dass wir füreinander bestimmt sind. Nur das zählt!«

25

An diesem Tag wurde in einem ehemaligen Sandsteinbruch in der Nähe von Bédoin gedreht. Das weiträumige Gelände wurde von einer beeindruckenden ockerfarbenen Steilwand begrenzt, die Schauplatz für einen spektakulären Stunt sein sollte. Rosalie und Yvette warteten einsatzbereit mit ihren Schminkkoffern am Rande des Drehorts im Schatten dunkelgrüner Pinien. Rundherum herrschte reges Treiben. Die Beleuchter und Tontechniker waren damit beschäftigt, die schwierigen Licht- und Tonverhältnisse für die Aufnahmen anzupassen. Alles sollte möglichst authentisch sein. Lavernier ging ein letztes Mal mit seiner Regieassistentin die Abfolge der Einstellungen durch, nachdem er sich nochmals ausgiebig mit Yannis und den anderen Darstellern besprochen hatte. Sobald die Technik stand, würde es losgehen. Yannis gesellte sich zu ihnen, um sich noch einmal die Maske checken zu lassen. Er wirkte reichlich nervös. Rosalie nahm an, dass es mit seiner Freundin zu tun hatte, die jeden Augenblick am Set eintreffen musste. Sie überlegte, dass er bestimmt ein schlechtes Gewissen hatte, weil er sie nicht selbst abgeholt hatte.

»Wir müssen heute alles geben, damit wir eine ganze Szenensequenz in den Kasten bekommen«, sagte Yannis, während ihm Rosalie noch einmal das Gesicht puderte. Er stand so unter Spannung, dass er unentwegt auf die Uhr seines Telefons sah. »Die Wetterbedingungen sind ideal für die Stunts. Jamie und Cliff haben sich bereits warm gemacht. Sie sind gestern Abend direkt aus L. A. eingetroffen. Sie werden einen spektakulären Sturz mit den Fahrrädern simulieren!« Rosalie erfuhr weiter, dass die beiden Stuntmen ihnen nur für wenige Tage zur Verfügung standen und eine Heidengage dafür bekamen. »Es wäre unser Untergang, wenn jetzt noch etwas dazwischenkäme! Zum Glück sind wir gegen alles umfassend versichert.« Er lachte nervös. Dann entdeckte er den Crewbus, mit dem er André losgeschickt hatte. Sein Gesicht erhellte sich umgehend, und er machte sich auf, um die Ankommenden zu begrüßen. Rosalie beobachtete amüsiert, wie er schwungvoll die Seitentür öffnete, um seine Freundin willkommen zu heißen. Selbst in dieser Situation achtete er darauf, dass er alles wirkungsvoll in Szene setzte. Ob ein Mann wie er überhaupt völlig natürlich sein konnte? Nach einer filmreifen Umarmung und einem intensiven Begrüßungskuss legte er seinen Arm um Melissas Schultern und begann sie jedem einzelnen Mitglied der Filmcrew vorzustellen. Er präsentierte sie wie eine Kostbarkeit, auf die allein er Anspruch hatte.

Seiner Freundin schien das eher peinlich zu sein. Dennoch machte sie eine gute Figur, sah elegant aus und wirkte keinesfalls überheblich oder gar arrogant. Im Gegenteil, ihr natürliches Lächeln und die offene Art, wie sie auf alle zuging, nahmen auch Rosalie für sie ein. Dafür, dass sie aus einer der reichsten Familien von Paris stammte, war sie erfrischend bodenständig.

Yannis' Zerstreutheit war an Melissas Seite mit einem Mal wie weggeblasen. Diese Frau ließ ihn reifer und auch gelöster erscheinen. Außerdem war er heute nüchtern, was sicherlich auch eine Rolle spielte. Vielleicht hatte er ja tatsächlich in Melissa die Frau seines Lebens gefunden.

In der Zwischenzeit hatte sich ein regelrechter Tross um die

Ankömmlinge gebildet. Auch Michel Lavernier nahm sich die Zeit, um Yannis' Freundin zu begrüßen. Die beiden plauderten eine Weile angeregt, bis das Zeichen der Techniker kam, dass nun alles für den Dreh vorbereitet sei. Yannis sah sich nach André um, der Melissa ins Hotel bringen sollte. Doch der Setrunner war nirgendwo zu sehen.

»Louane kann mich doch ins Hotel begleiten«, schlug Melissa völlig unkompliziert vor.

»Louane?« Yannis sah Melissa irritiert an.

Sie hob lachend den Zeigefinger. »Hast du etwa deine Geliebte Camille vergessen, Monsieur Pélissier?«

»Ach, die Kleine, die Colettes Rolle übernommen hat«, fiel bei ihm endlich der Groschen.

»Da ist sie ja!« Melissa hatte sie etwas abseits entdeckt und winkte ihr zu. Da sie ihnen gerade ihr Profil zuwandte, reagierte sie nicht. Erst als Melissa ihr etwas zurief, wurde sie auf sie aufmerksam.

Rosalie sah, wie Yannis plötzlich Louane eingehend taxierte und gar nicht mehr aus den Augen ließ. »Einmal Casanova, immer Casanova«, murmelte sie verstimmt und hoffte für Melissa, dass ihre Vermutung nicht der Wahrheit entsprach. Kurz darauf entfernten sich die beiden Frauen, und die Dreharbeiten konnten fortgesetzt werden.

Alle begaben sich auf ihre Positionen, auch die Stuntmen waren bereit für die Aufnahmen. Einer von ihnen trug dasselbe Radfahrtrikot aus den Zwanzigerjahren wie Yannis Quebec und sah ihm auch sonst auffallend ähnlich. Er sollte für Yannis den gefährlichen Sturz ausführen.

Zunächst wurden Nahaufnahmen gemacht, wie Yannis und sein Verfolger bei dem Radrennen entlang der Steilkante oberhalb des Steinbruchs fuhren. Rosalie hatte Yannis' Trikot kurz zuvor am Rücken mit Wasser getränkt, während Yvette mit flüssiger Vaseline Schweiß in Yannis' Gesicht sowie an Beine und Arme zauberte. Die Szene sah vor, dass Yannis von seinem Verfolger bedrängt und schließlich mittels dessen Ellenbogen über die Steilkante gestoßen wurde. Die Sekunden vor dem Unglück, die den erbitterten Kampf auf den Gesichtern der Rivalen widerspiegelten, wollte Lavernier in Nahaufnahme zeigen. Dafür musste Yannis auf einem extra präparierten Rad sitzen, das an einen Kamerawagen gekoppelt war. Nach fünf Takes war die Szene im Kasten.

Nun folgte der weitaus kompliziertere Teil der Aufnahmen, nämlich der Sturz über die Steilkante, der von dem Stuntman durchgeführt wurde. Für die Beleuchter war es eine wahre Herausforderung mit immensem technischem Aufwand gewesen, alles so vorzubereiten, dass der Abhang, den der Stuntman mit seinem Fahrrad herunterfiel, optimal ausgeleuchtet war. Alles war minutiös vorbereitet worden, damit die Szene auf Anhieb saß. Rosalie stand mit Yvette und Yannis unten, als die beiden Stuntmen auf ihren Fahrrädern an der Abbruchkante ihre Rangelei begannen. Fasziniert beobachtete sie, wie gefährlich nah sie am Rande manövrierten und dabei doch ihre Räder vollkommen unter Kontrolle hatten. Mehrere Kameras waren aus unterschiedlichen Richtungen und Höhen auf die beiden Stuntmen gerichtet, als der eine endlich den Ellenbogenstoß vortäuschte und seinen Kontrahenten in den Abgrund stieß. Rosalie hielt den Atem an, als er den gut beleuchteten Abhang hinunterstürzte und wie tot liegen blieb.

»Kamera aus!« Sobald Lavernier das Abbruchzeichen gab, stand der Stuntman auf und kam zufrieden auf sie zu. Im nächsten Augenblick gab es hinter ihnen eine Explosion. Rosalie fuhr herum und sah Stichflammen aus dem Technikwagen schlagen, in dem sich die Mischpulte befanden. Innerhalb von Sekunden brach ein panikartiger Tumult los. Rufe und Hilfeschreie ertönten, alles lief durcheinander. Niemand achtete mehr auf die Filmaufnahmen, sondern ließ alles stehen und liegen, um nachzusehen, was vorgefallen war. André und einige andere Setrunner hatten sich bereits mit Feuerlöschern bewaffnet, um den Brand zu löschen. Zum Glück hatte sich der Techniker durch einen beherzten Sprung aus dem Wagen retten können. Rosalie war als eine der Ersten bei ihm, um nachzusehen, wie schwer er verletzt war. Der Mann hatte hässliche Brandwunden an seinen Händen und ein paar Schürfwunden von seinem waghalsigen Sprung. Er stand noch so unter Schock, dass er keine Schmerzen verspürte.

»Das Schaltpult ist einfach so explodiert«, stammelte der Mann verwirrt. »Ich habe doch nur den Hauptregler betätigt. Ich verstehe das nicht! Es muss ein Kurzschluss gewesen sein.«

»Immer mit der Ruhe«, versuchte Rosalie den Mann zu beschwichtigen. »Sie trifft keine Schuld.«

André kam mit einem Verbandskasten. Die Ambulance war bereits informiert.

Als Rosalie sah, dass sie nichts mehr tun konnte, zog sie sich zurück. Immer noch herrschte große Aufregung. Lavernier war außer sich und diskutierte mit dem Aufnahmeleiter über die Ursachen der ungebetenen Unterbrechung. Rosalie bekam mit, wie von Sabotage die Rede war und dass man nun gezwungen war, die Dreharbeiten erneut zu unterbrechen, abgesehen davon, dass die Mischpulte zerstört waren. Dann entdeckte sie Yannis, der völlig regungslos inmitten des Geschehens stand und mit leerem Blick auf den immer noch rauchenden Wagen starrte. Sie begriff, dass er einen Schock hatte, und ging auf ihn zu.

»Kann ich etwas für dich tun?« Sie berührte ihn leicht an

der Schulter. Sein starrer Blick gewann dadurch wieder an Festigkeit.

»Das … das … war furchtbar«, stammelte er. »Damit habe ich nicht gerechnet.«

»Wir haben alle nicht damit gerechnet«, versicherte Rosalie und stutzte den Bruchteil eines Augenblicks über Yannis' merkwürdige Formulierung. »Es war offensichtlich ein Kurzschluss.«

»Ein Kurzschluss?« Yannis nickte. »Ja, nur ein Kurzschluss, so wird es gewesen sein.« Er deutete auf den Techniker, der gerade versorgt wurde. »Ist Pierre schwer verletzt?«

»Ich glaube nicht. Ich denke, wir sind alle mit dem Schrecken davongekommen.«

Lavernier kam auf sie zu und hatte ihre Worte gehört. Er war völlig aufgebracht. »Mit dem Schrecken davongekommen?«, fuhr er Rosalie barsch an. »Wir sind pleite! Das gibt uns den Rest! Das Mischpult ist völlig hinüber. Das war's mit unserem Film! Schluss, aus, *finito*!«

Als hätte Laverniers Klagen einen Schalter in ihm umgelegt, reagierte Yannis zu Rosalies Überraschung jetzt erstaunlich gefasst.

»Das Wichtigste ist doch, dass niemand ernsthaft verletzt wurde«, stellte er fest. Mit jedem Wort, das er sprach, kehrte sein Selbstbewusstsein wieder zurück. »Das Equipment können wir uns aus Paris rasch neu besorgen. In ein, zwei Tagen haben wir doch alles wieder beieinander!«

Lavernier starrte Yannis an, als wäre er nun total übergeschnappt. »Und woher willst du bitte schön das Geld nehmen?«, begann er mit leiser Stimme, die bei jedem Wort, das er sprach, etwas lauter wurde. »Hast du schon vergessen, wie es um uns steht? Dir bleibt jetzt gar keine andere Wahl mehr, als Cadenets Angebot anzunehmen. Ja, du musst sogar froh sein, wenn er überhaupt noch zu seinem Wort steht. Wir können einpacken, du Traumtänzer. Kapier das endlich!«

»Wir machen weiter!«, erwiderte Yannis grimmig. »Und zwar ohne Cadenet und seinen Lustknaben!« Seine Augen funkelten vor Entschlossenheit. »Wir sind versichert gegen solche Ausfälle. Außerdem habe ich einen neuen Geldgeber.«

»Träum weiter, Junge«, spottete Lavernier. Doch dann wurde er unvermittelt ernst und taxierte Yannis mit zusammengekniffenen Augen. »Hast du wirklich Broutignant an der Angel?«

Yannis begegnete seinem skeptischen Blick betont gelassen. »Hab ich dir doch schon neulich erzählt.« Rosalie zweifelte daran, dass das stimmte. Auf jeden Fall spielte er seine Rolle sehr überzeugend. »Und jetzt rasch an die Arbeit! Émile soll sich um das technische Equipment kümmern und die Versicherung verständigen«, beschied er Lavernier. Yannis nickte kurz in die Runde, dann marschierte er zu seinem Sportwagen und fuhr davon.

26

»Abgänge beherrscht er jedenfalls wie kein anderer«, meinte Rosalie zu Yvette, die ebenfalls zu ihnen getreten war. Kopfschüttelnd sahen die beiden zu, wie Yannis staubaufwirbelnd über die Sandpiste davonbrauste. Lavernier hatte sich zu Fuß entfernt.

»Das war's dann wohl mal wieder mit den Dreharbeiten«, seufzte Rosalie. Alles in allem verbrachten sie mehr Zeit damit, irgendwelche Katastrophen und Dramen am Filmset durchzustehen, als dass am Film gearbeitet wurde. In der Zwischenzeit war auch der Krankenwagen eingetroffen. Die Sanitäter kümmerten sich um den verletzten Techniker und brachten ihn ins Krankenhaus nach Carpentras. In ihrem Gefolge tauchte auch Philippe Arduin auf. Eifrig hantierte er mit seinen Absperrbändern und sicherte den Tatort für die Kriminaltechniker, die ebenfalls erwartet wurden. Wie immer, wenn sein Chef nicht in der Nähe war, spielte sich der junge Adjoint so auf, als wäre er der leitende Beamte. Rosalie nutzte die Gelegenheit, um ihn über den neuesten Stand der Ermittlungen auszufragen. Wie es seine Art war, zierte sich Philippe erst, aber mittels eines zielsicher eingesetzten Augenaufschlags und bewundernder Anerkennung für sein Engagement als Polizist hatte sie ihn umgehend so weit, dass er ihr alles verriet, was sie wissen wollte. So erfuhr sie, dass Maurice in der Zwischenzeit Grégoire Cadenet vorläufig festgenommen hatte.

»Habt ihr auch diesem Maxime Guesset auf den Zahn gefühlt?«, erkundigte sie sich interessiert.

»Selbstverständlich haben wir auch Cadenets Umfeld befragt.« Arduin gab sich profihaft. »Maxime kommt für Raunards Tod allerdings nicht infrage. Er war nachgewiesenermaßen in der fraglichen Zeit bei seiner Familie in der Auvergne zu Besuch und weilt dort immer noch. Unsere Ermittlungen konzentrieren sich ganz auf Cadenet. Er hat zwar noch nicht gestanden, aber die Indizien sprechen eindeutig gegen ihn. Er war am Tatort und hat uns ein falsches Alibi gegeben. Außerdem hatte er ein großes Interesse daran, Raunard aus dem Weg zu räumen. Der hätte niemals zugelassen, dass Cadenet mehr Einfluss auf das Filmprojekt gewinnt. Schon allein deswegen, weil Cadenet ihm Maxime Guesset ausgespannt hat. Raunard hat sich mit ihm getröstet, nachdem Quebec ihm den Laufpass gegeben hatte. Womöglich war auch noch Eifersucht im Spiel.«

»Hm.« Rosalie runzelte nachdenklich die Stirn. Wenn Cadenet ebenfalls schwul war, dann war es nicht abwegig, dass hinter Raunards Tod auch ein Eifersuchtsdrama stecken konnte, aber wie passten dann die nachfolgenden Begebenheiten in das Schema? Sie glaubte nach wie vor nicht, dass hinter Leroys Tod die Einbrecherbande steckte. Dafür war es in dem Haus viel zu ordentlich gewesen. Zweifellos wollte Cadenet, dass sein Geliebter Maxime die Hauptrollen im Film bekam, und setzte Yannis deswegen unter Druck, aber warum sollte er ihn töten wollen? Nur mit dessen Einverständnis hätte er auch Zugang zu dem Drehbuch. Nein! Das passte für sie alles noch nicht zusammen. »Lavernier und der Aufnahmeleiter meinen, dass es sich bei der Explosion heute um Sabotage handelte«, wechselte Rosalie das Thema. »Cadenet kann es ja wohl schlecht gewesen sein, wenn er seit gestern in Untersuchungshaft ist.«

»Ein Mann wie der hat seine Handlanger«, behauptete Arduin. »Ich fresse einen Besen, wenn unsere Kriminaltechniker keine Spuren in dieser Richtung finden.«

»Na, dann mal viel Glück«, erwiderte Rosalie nicht sehr überzeugt. Irgendwie kam ihr das alles immer noch nicht richtig stimmig vor, auch wenn es nur ein Gefühl war. Sie grüßte Arduin und machte sich auf den Weg zu ihrem Auto.

Vielleicht war Vincent nun besserer Laune und bereit, sich mit ihr über die neuesten Erkenntnisse auszutauschen. Die Geschichte mit der Sabotage würde ihn sicherlich interessieren. Ob er Cadenet auch für schuldig an Raunards Tod hielt? Aber wie passte dann der Mord an Lucas ins Bild? Bislang war sie davon ausgegangen, dass er die falsche Person am falschen Ort gewesen war. Was aber war, wenn der Mörder doch einen Grund gehabt hatte, ihn zu töten? In dieser Richtung hatten sie sich bislang noch keine Gedanken gemacht. Gehörten die beiden Morde überhaupt zusammen? Ihr fiel plötzlich ein, dass Yvette erst neulich ausgeplaudert hatte, dass Cadenet Rémy Raunard seinen Geliebten ausgespannt hatte. Lag darin womöglich das Motiv für Raunards Tod? Sie verwarf den Gedanken sofort wieder, denn falls Eifersucht das Motiv gewesen wäre, hätte ja Raunard viel eher einen Grund gehabt, Cadenet umzubringen, als umgekehrt!

Rosalie schwirrte der Kopf. Das ganze Filmwesen war ein riesiger Sumpf aus Korruption, Geldgier, Eitelkeiten und Machtinteressen. Wie hatte sie nur jemals daran etwas Besonderes sehen können? So wundervoll kreativ die Arbeit auch war, so sehr war sie auch mit schmutzigen Interessen behaftet. Was sie jetzt brauchte, war Klarheit in ihrem Kopf. Sie hätte Vincent gern gefragt, was er über Michel Lavernier dachte. Der Regisseur war für Rosalie schwer zu durchschauen. Trotz aller Vorbehalte war er ihr bislang Yannis gegenüber immer als loyal erschienen.

Doch erst neulich hatte sie ihn in einem Gespräch mit Cadenet beobachtet. Trieb er womöglich ein doppeltes Spiel? Auf dem Weg aus dem Steinbruch begegnete ihr Maurice' Limousine. Sie mussten einander ausweichen, weil der Weg so schmal war. Als sie nebeneinander waren, hielt ihr Bruder kurz an und ließ die Fensterscheibe herunter. Rosalie tat es ihm nach.

»Wieder mal an einem Tatort?«, begrüßte er sie überraschend freundlich. Rosalie hatte keine Lust auf einen erneuten Schlagabtausch.

»Ehrlich gesagt würde ich lieber arbeiten, als ständig Zeugin von Gewaltverbrechen werden zu müssen«, antwortete sie knapp.

»Ja, auf diesen Filmarbeiten scheint ein Fluch zu liegen«, gab ihr Bruder ihr recht.

»Wie geht es Joël?«

Maurice zog besorgt die Stirn in Falten. »Ich werde heute Abend versuchen, mit ihm ein Gespräch von Mann zu Mann zu führen«, meinte er nicht sehr glücklich. »Sylvie findet, dass es meine Sache ist, für den Jungen eine Lösung zu finden. Zum Glück ist der Schulverweis vom Tisch. Ich habe Joëls Lehrer über die wahren Sachverhalte informiert. Farouk wird sich verantworten müssen.«

»Das ist gut. Ich fürchte nur, es wird nicht reichen, um deinen Sohn und deine Frau zufriedenzustellen.« Rosalie tat ihr Bruder mit einem Mal fast leid. Ihm schienen die Ausmaße seiner privaten Schwierigkeiten noch gar nicht bewusst zu sein. Doch es war nicht ihre Sache, sich in seine Angelegenheiten einzumischen. »Ich muss jetzt los. Viel Erfolg!« Sie lächelte Maurice aufmunternd zu und kurbelte wieder ihre Fensterscheibe hoch. Zum Glück bin ich nicht verheiratet, dachte sie erleichtert. Das Leben war auch so schon kompliziert genug.

Wegen der Ferienzeit war auf den Nationalstraßen jede Menge los. Rosalie entschied sich deswegen wie üblich für die Nebenstraße nach Vassols. Sie führte mitten durch eine hügelige Landschaft mit grün belaubten Weinfeldern, die sich mit Kirsch- und Olivenhainen abwechselten. Als der Weg eine kleine mit Pinien und Steineichen bewachsene Flusssenke hinabführte, vernahm sie ein verdächtiges Ruckeln aus dem Motorraum. Sie dachte sich nichts dabei, sondern gab noch einmal tüchtig Gas, um mit Schwung wieder auf der anderen Seite der Senke bergan zu fahren. Auf halber Höhe des Berges musste sie nochmals Gas geben, doch anstatt das Auto zu beschleunigen, gurgelte der Motor ein, zwei Mal, um dann ganz zu verstummen. Sie kuppelte aus, um dem Wagen nicht den letzten Schwung zu nehmen. Doch nach wenigen Metern war die Fahrt zu Ende. Kurz bevor sie die Anhöhe erreicht hatte, stoppte ihr Auto und begann sich prompt in entgegengesetzte Richtung, nämlich wieder bergab, zu bewegen.

»*Quelle merde!*«, rief Rosalie entgeistert aus. Gleichzeitig trat sie auf die Bremse, die allerdings mit ausgeschaltetem Motor nicht so richtig funktionieren wollte. Hilflos musste sie mit ansehen, wie ihr Wagen rückwärts den Berg herabrollte, um mitten auf der Brücke, die über den kleinen Fluss führte, zum Halten zu kommen. Nur mit Mühe gelang es ihr dabei, nicht im Straßengraben zu landen. Schimpfend stieg sie aus und öffnete die Motorhaube. Doch ihr kritischer Blick änderte nichts an der Tatsache, dass das Auto keinen Mucks mehr tat.

»Das hat man nun davon, wenn man sein Auto für teures Geld reparieren lässt!« Sie pustete sich eine Haarsträhne aus dem Gesicht und fischte nach ihrer Handtasche mit dem Telefon, um Rachids Cousin Ali anzurufen. Als sie jedoch seine Nummer wählen wollte, musste sie feststellen, dass der Akku leer war. Wütend knallte sie die Autotür zu und begann die Straße hochzulaufen. Oben sah sie sich nach nahe gelegenen Gehöften um. Weit und breit war jedoch kein Anwesen in der Nähe zu erkennen. Nur ein paar verstreut liegende, malerische *Cabanons,* die seit gefühlt hundert Jahren keinen Bewohner mehr gesehen hatten.

»Merde! Merde! Merde!«, schimpfte sie. So eine verfluchte Situation. Bis nach Vassols waren es bestimmt noch vier Kilometer. Hinzu kam die pralle Hitze der Sonne, die sich wie ein Brennglas auf ihre rote Lockenpracht zu konzentrieren schien. So wie es aussah, blieb ihr nichts anderes übrig, als die Herausforderung anzunehmen und den Heimweg anzutreten.

Tapfer marschierte sie in ihren hochhackigen Pumps los. Bereits nach wenigen Metern spürte sie klebrigen Schweiß auf dem Rücken, nach etwa einem Kilometer Marsch durch die sengende Hitze glühte ihr Kopf, und ihre Kehle brannte vor Durst. Außerdem drückten die Schuhe. Kurzerhand zog sie sie aus und lief barfuß weiter. Doch der Asphalt war heiß und ihre Füße nicht ans Barfußlaufen gewöhnt. So tapste sie noch eine Weile am Straßenrand entlang, bis sie einige Kirschbäume entdeckte, die außer reifen Früchten auch noch Schatten boten. Sie ließ ihre Schuhe fallen und ging auf den nächstbesten Baum zu. Gierig riss sie ein paar Kirschen von den Zweigen und stopfte sie sich in den Mund. Die Früchte schmeckten köstlich und löschten hervorragend den Durst. Ihre Laune besserte sich ein klein wenig, und sie tröstete sich damit, dass der Tag heute ohnehin verloren war. Um sie herum erklang das betäubende Zirpen der Zikaden. Das Schnarren der Grillen war so laut, dass sie nicht hörte, wie sich aus der Ferne ein Fahrzeug näherte. Erst als die Vespa auf ihrer Höhe anhielt und hupte, fuhr sie erschrocken herum. Ihre Miene erhellte sich, als sie Louane erkannte.

»Dich schickt der Himmel!«, stieß sie begeistert aus und lief rasch auf sie zu, um ihr von ihrem Missgeschick zu erzählen.

»Ich sah dein Auto auf der Brücke stehen und habe mir so etwas Ähnliches schon gedacht«, meinte Louane. »Soll ich dich mit nach Vassols nehmen? Ich kann dich auf dem Weg zum Campingplatz dort absetzen.«

»Das wäre wunderbar!« Rosalie fiel ein Stein vom Herzen. »Die Sonne hätte mich bestimmt zu Tode gegrillt, wenn du nicht gekommen wärst!« Sie stieg hinter Louane auf den Sozius und genoss schon bald den angenehmen Fahrtwind auf ihrer Haut. Louane war eine umsichtige Fahrerin. So fühlte sich Rosalie trotz ihrer Abneigung gegen Zweiräder als Beifahrerin recht sicher. Kurze Zeit später trafen sie in Vassols ein. Louane hielt auf dem kleinen Marktplatz vor dem Hotel. Rosalie stieg ab und fragte Louane, ob sie sie auf eine Erfrischung einladen dürfe.

»Ein anderes Mal gern«, antwortete Louane ausweichend, »aber ich muss noch meinen Text lernen. Morgen ist doch mein großer Tag.« Rosalie bemerkte erst jetzt, dass sie irgendwie geknickt schien.

»Kann ich verstehen, trotzdem schade.« Rosalie hob bedauernd die Schultern. »Hast du eigentlich mitbekommen, dass es heute eine Explosion im Steinbruch gegeben hat? Es war kurz nachdem du mit Yannis' Freundin nach Bédoin fuhrst.«

»Davon habe ich gehört.« Louane reagierte sehr verschlossen.

»Möglich, dass es Sabotage war«, fuhr Rosalie fort, »die Polizei ermittelt noch. Ein Glück, dass Pierre nur leicht verletzt wurde. Yannis war ganz außer sich und fuhr kurz darauf weg.«

»Das habe ich auch mitbekommen.« Louanes Miene verdüsterte sich. »Ich half gerade Melissa beim Auspacken in ihrem Hotelzimmer, als er ganz aufgebracht hereinstürmte und mich davonjagte wie eine dahergelaufene Lakaiin. Das habe ich nicht verdient.«

Nun konnte sich Rosalie endlich ihre schlechte Laune erklären. Allerdings wunderte sie sich, dass Louane nicht auf so eine Reaktion vorbereitet war. »Mach dir nichts draus«, versuchte sie zu trösten. »Männer wie Yannis denken eben nur an sich.«

»Du hättest sehen sollen, wie sich Melissa ihm dramatisch an den Hals geworfen hat«, regte sie sich auf. »Die passen doch gar nicht zusammen!« Dabei fingerte sie nervös an dem Anhänger ihrer silbernen Halskette mit einem springenden Einhorn. Noch ein potenzielles Opfer von Yannis' unbezwingbarem Charme, dachte Rosalie verächtlich. Sie konnte die Begeisterung der Frauen für diesen Schauspieler nur sehr schwer nachvollziehen.

»Wie auch immer«, erwiderte sie ausweichend. »Ich möchte diesen Mann auf jeden Fall nicht geschenkt haben.«

»Wahrscheinlich ist er nur mit Melissa zusammen, weil er das Geld ihres Vaters braucht«, mutmaßte Louane. »Ich habe in seinen Augen gesehen, dass sie nur ein Strohfeuer in ihm entfacht hat.« Rosalie wollte gerade etwas einwenden, als sie sah, wie Rachid mit einem Korb voller Kirschen auf sie beide zusteuerte.

»Ein paar Kirschen für die beiden bezaubernden Damen?«, begrüßte er sie galant. Er bot ihnen von den tiefroten Früchten an. Rosalie sah sehr wohl, wie er Louane interessiert taxierte. Ihre neue Freundin hatte Schlag bei den Männern. Doch sie verhielt sich Rachid gegenüber reserviert und lehnte ab.

»Ich muss jetzt leider los«, sagte sie und startete ihren Roller. »Wir sehen uns morgen! Au revoir!« Sie warf Rosalie eine Kusshand zu und brauste davon.

»Wer war das denn?«, erkundigte sich Rachid mit sichtlichem Bedauern.

»Gefällt sie dir?«, neckte Rosalie spitz, ohne auf seine Frage zu antworten. Seine spürbare Bewunderung für Louane kratzte doch etwas an ihrem Selbstbewusstsein.

»Etwa eifersüchtig?«, reagierte er sofort. »Das wäre Balsam für die Seele meiner männlichen Eitelkeit«, behauptete er mit einem unverschämten Grinsen, woraufhin Rosalie nur genervt die Augen verdrehte.

»In meinem Leben geht es schon bunt genug zu«, sagte sie kokett und erzählte ihm von ihrem gestrigen Abend im Haus ihres Bruders, der Explosion am Drehort und ihrem liegen gebliebenen Auto. »Du musst unbedingt deinen Cousin anrufen, damit er sich um die Karre kümmert«, bat sie ihn eindringlich. »Ohne den Wagen bin ich aufgeschmissen.«

»Ich dachte, du hast das Fahrradfahren neu für dich entdeckt«, machte sich Rachid erneut über sie lustig. Rosalie knuffte ihn ärgerlich in den Arm.

»Das ist nur was für die Freizeit«, antwortete sie barsch. Allein die Erinnerung an die mühseligen Fahrradtouren nach Bédoin erstickte jegliche Begeisterung im Keim.

»Lass das nur Vincent nicht hören!« Rachid schmunzelte vergnügt und deutete auf die gegenüberliegende Straßenseite, wo ebendieser gerade aus seiner Wohnung trat. Er führte Minouche an der Leine und hatte offensichtlich vor, einen Spaziergang zu machen. Als Rosalie Vincent erblickte, begann ihr Herz gleich schneller zu schlagen. Sie winkte ihm zu in der Hoffnung, dass er zu ihnen herüberkam. Doch Vincent nickte ihr nur kurz zu, um dann mit seinem Hund in der entgegengesetzten Richtung zu verschwinden. Gekränkt wandte sie sich wieder Rachid zu.

27

Voller Wut knallte Louane den Motorradhelm auf den Campingtisch. Die Anspannung, die sich über den ganzen Tag in ihr aufgebaut hatte, war kaum noch zu ertragen. Mit bebenden Fingern schloss sie die Eingangstür des Wohnmobils auf und war froh, endlich in vertrauter Umgebung zu sein. Durch bewusst tiefe Atemzüge versuchte sie ihren Puls zu beruhigen, doch anstatt zur Ruhe zu kommen, verstärkte sich das Zittern in ihren Fingern, und ihr Magen fühlte sich an, als läge ein zentnerschwerer Stein darin. Ihre Arme umschlangen ihren Oberkörper. Dabei krallten sich ihre Fingernägel in das Fleisch ihrer Schultern, bis Blut hervorquoll. Merkwürdigerweise empfand sie den körperlichen Schmerz als Wohltat und verstärkte ihn jedes Mal, wenn sie an Yannis und seine Hure dachte. Die Bilder, wie die beiden sich glücklich umarmt hatten, während sie wie ein dummes Mädchen danebengestanden hatte, wollten ihr nicht aus dem Kopf weichen. Sie hatten sich wie ein Brandzeichen in ihr Gehirn gebrannt. Immer wieder sah sie vor ihrem inneren Auge, wie Yannis' feingliedrige Hände ungeniert Melissas Brüste liebkosten. Dieselben Hände, die vor einiger Zeit noch ihren Körper zum Wahnsinn gebracht hatten. Für einen kleinen Augenblick gelang es ihr tatsächlich, sich nochmals die körperliche Extase, die sie während ihrer Vereinigung empfunden hatten, in süße Erinnerung zu rufen. Doch dann wurde das Gefühl durch Bitterkeit und die Schmach der Demütigung überlagert. Aber sie durfte sich von diesem Gefühl nicht besiegen lassen. Schon bald würde er erkennen, dass nicht Melissa, sondern sie es war, die zu ihm gehörte.

Der Gedanke beruhigte Louane ein wenig. Sie stellte sich vor den Spiegel am Kleiderschrank und betrachtete voller Wohlgefallen ihr Konterfei. Sie hatte weder Kosten noch Schmerzen gescheut, um all die körperlichen Veränderungen an sich vornehmen zu lassen. Alles nur für ihre Zukunft mit Yannis. Nichts sollte ihn mehr an Violet erinnern. Für ihn hatte sie sich nochmals neu erschaffen, wie Phönix aus der Asche hatte sie ihr Äußeres verändert, damit er endlich ihre inneren Werte erkannte. Sie hatte alles getan, um seiner Vorstellung von Schönheit nahezukommen. Für ihn hatte sie sich die Lippen aufspritzen und die Wangen verbreitern lassen. Sogar ihr Stirnansatz war verändert worden.

Seit Monaten war sie damit beschäftigt, ihren fein ausgetüftelten Plan in die Tat umzusetzen. Erst die Operationen, damit er sie nicht mehr erkannte. Dann das Casting bis hin zu der kleinen Intrige, die ihr diese Rolle beschert hatte. Alles war nach Plan verlaufen – und ihr Ziel so nah. Doch nun war diese Schlampe aufgetaucht und umgarnte ihren Yannis wie eine Spinne. Sie durfte nicht zulassen, dass er auf sie hereinfiel. Deshalb musste sie morgen alles geben und ihn so becircen, wie es ihr schon einmal gelungen war.

Dieses Mal würde sie keinen Fehler machen. Er würde erkennen, wie tief sie beide miteinander verwoben waren. Louane löste ihre Arme und sah erst jetzt das eigene Blut an ihren Händen. Angewidert fuhr sie damit über den Spiegel und hinterließ blutige Schlieren, die ihr wutverzerrtes Gesicht dahinter verschwimmen ließen.

28

Maurice Viale saß im Nebenzimmer hinter der Trennscheibe zum Verhörraum und starrte wütend auf Cadenet, der sich ungeniert auf seinem Verhörstuhl rekelte. Der massige Geschäftsmann wartete auf seine Freilassung. Die einzige Genugtuung, die Viale im Augenblick blieb, war, den Kerl noch etwas schmoren zu lassen, bevor er ihn gehen lassen musste. Sein Versuch, einen Haftbefehl zu erreichen, war wie befürchtet fehlgeschlagen. Sowohl der Staatsanwalt als auch sein Chef hatten ihm klargemacht, dass er keine Handhabe für eine Verhaftung habe. Es war zum Verzweifeln. Alles schien sich heute gegen ihn verschworen zu haben. Als ob der Ärger mit Sylvie und das bevorstehende Mediationsgespräch in Joëls Schule nicht schon ausreichten. Nun trat ihm auch noch der Commandant auf die Füße. Wenn er nicht demnächst mit einem erfolgreichen Ergebnis aufwarten konnte, konnte er sich seine Beförderung zum Capitaine abschminken.

Er hatte das Gefühl, dass er gerade an allen Fronten verzweifelt kämpfte. Nirgendwo ging es voran. Es gab weder Fortschritte bei der Aufklärung der Einbruchserie, noch kam er in den beiden Mordermittlungen nennenswert weiter. Im Gegenteil, jetzt kam auch noch Sabotage am Drehort dazu, die um ein Haar zu einem weiteren Toten geführt hätte. Die Polizei hatte Arbeit ohne Ende, aber leider keine Ermittlungserfolge.

Trotz wiederholter Verhöre und ausgefeilter Verhörtechniken war es Viale nicht gelungen, Cadenet in Widersprüche zu verstricken, die eine längere Untersuchungshaft vor dem Staatsanwalt gerechtfertigt hätten. Die Tatsache, dass er während Raunards Tod in dessen Nähe gewesen war, ließ leider keine beweiskräftigen Rückschlüsse darauf zu, dass er auch dessen Mörder war. Im Gegenteil. Die Kriminaltechniker waren – wie übrigens auch Vincent Olivier – zu dem Schluss gekommen, dass es durchaus möglich war, dass sich der Stein rein zufällig gelöst hatte. Hingegen war bewiesen, dass jemand die Schnellspanner gelockert hatte. Allerdings gab es weder Fingerabdrücke noch sonst welche verwertbaren Spuren, bis auf einen feinen Goldabrieb am Spannverschluss, dessen Herkunft man sich nicht erklären konnte, daneben aber auch deutliche Spuren einer handelsüblichen Zange. Der Täter hatte den Mechanismus so manipuliert, dass bei einer scharfen Bremsung, wie sie beim Bergabfahren schon mal vorkam, der Mantel an der Gabel schleifte und sich der Schnellspanner so ganz lockern konnte. Ein Wunder, dass Raunard nicht schon früher gestürzt war. Hätte ihn der Stein des Zufalls nicht zu einer abrupten Bremsung gezwungen, hätte er den Anschlag auch ohne Weiteres ohne Blessuren überstehen können.

Viale hätte darauf schwören können, dass Cadenet und wahrscheinlich auch Guesset ihre Finger dabei im Spiel gehabt hatten. Nachweisen ließ sich jedoch nichts. Cadenets Anwalt hatte ihm bereits mit einem Verfahren gedroht, weil er seinen Mandanten eigenmächtig über Nacht im Polizeipräsidium behalten hatte. Viale hatte mit Cadenets falschem Alibi argumentiert, doch das war streng genommen keine Rechtfertigung. Er konnte von Glück sagen, dass ihn der Commandant gedeckt hatte. Sosehr es ihm auch widerstrebte, er war gezwungen, den

Dingen ihren Lauf zu lassen. Widerwillig begab er sich in den Befragungsraum.

»Mein Anwalt wird Sie wegen Amtsanmaßung verklagen«, begrüßte ihn Cadenet im vollen Bewusstsein seiner Überlegenheit.

»Dazu wünsche ich ihm viel Vergnügen.« Maurice versuchte sich unbeeindruckt zu zeigen, während er ihm gegenüber Platz nahm. In Wahrheit hätte er sich den Typen gern einmal so richtig vorgeknöpft. Doch Cadenet war es nicht wert, dass er noch mehr Ärger bekam. Ihm blieb nichts anderes übrig, als noch einmal in aller Seelenruhe durch die Akten zu blättern. Sein Gegenüber sollte sehen, dass es an ihm lag, wann er ihn gehen ließ. Doch Cadenet ließ sich davon nicht beeindrucken.

»Brauchen Sie womöglich Hilfe beim Lesen?«, erkundigte er sich spöttisch. »Sie scheinen nicht nur Fehlentscheidungen zu treffen, sondern auch noch mit Ihren anderen Aufgaben heillos überfordert zu sein.« Er seufzte gnädig. »Aber das ist wohl der Preis, den man zahlen muss, wenn man es mit der Provinzpolizei zu tun bekommt.« Sein Blick zeigte gespieltes Bedauern, bevor er sich wieder der eingehenden Betrachtung seiner Fingernägel widmete.

»Unterschreiben Sie hier, dann können Sie gehen«, knurrte Maurice und schob ihm den Entlassungsschein über den Tisch. »Adjoint Arduin wird Ihnen Ihre persönlichen Sachen draußen übergeben.«

Cadenet unterschrieb und erhob sich schwerfällig. Bevor er sich dem Ausgang zuwandte, beugte er sich nochmals über den Tisch. Sein massiger Schädel war dabei kaum eine Handbreit von Maurice' Gesicht entfernt. Cadenets Pfefferminzatem drang ihm aufdringlich in die Nase, während der Kerl ihn abfällig musterte. Schließlich richtete er sich wieder auf.

»Viel Spaß beim Aktenordnen, Monsieur le Commissaire«, verabschiedete er sich, klopfte wie beim Stammtisch kurz mit der Faust auf den Tisch und verließ den Raum. Maurice atmete tief durch. Das waren die Momente, in denen er seinen Beruf hasste.

*

Der Tag setzte sich für den Commissaire genauso unerfreulich fort, wie er begonnen hatte. Als hätte er nicht schon genug Ärger gehabt, musste er jetzt auch noch einen abfälligen Artikel über die Polizei in der größten Regionalzeitung der Provence lesen: *Fluch oder Schicksal? Nach zwei Morden folgt ein Sabotageakt. Müssen die Dreharbeiten am Mont Ventoux bald eingestellt werden? Die Polizei tappt noch immer im Dunkeln!*

Im Innenteil der nächste Schlag gegen ihn und seine Abteilung: *Die Einbruchserie reißt nicht ab. Ist die Police Nationale mit der Aufklärung überfordert?*

Verdammt! Kein Wunder, dass sein Chef so sauer war. Maurice raufte sich die Haare. Dabei fiel sein Blick auf die Uhr. Auch das noch! Er war viel zu spät dran. Wenn er sich nicht beeilte, kam er auch noch zu dem Mediationsgespräch zu spät. Eilig packte er seine Sachen zusammen, als ihn auch noch Arduin aufhielt.

»*Monsieur le Commissaire?* Ich habe nachgedacht.« Maurice verdrehte die Augen.

»Kann ja nicht schaden«, erwiderte er ungnädig. Arduins diensteifrige Beflissenheit ging ihm heute besonders auf die Nerven.

»Es geht um Monsieur Cadenets persönliche Sachen«, begann er umständlich.

»Geben Sie sie ihm zurück, wie ich es befohlen habe«, raunzte Maurice, der mit den Gedanken schon ganz woanders war. Er suchte nach seinem Autoschlüssel, den er irgendwo zwischen die Akten gelegt hatte.

»Es gibt da etwas, was mir wichtig erschien …«

»Erzählen Sie mir morgen davon. Sie sehen doch, ich habe jetzt einen wichtigen Termin!« Endlich hatte Maurice den Schlüssel gefunden. Er war auf unerklärliche Weise im Blumentopf seines verhassten Kollegen Duval gelandet. Er hielt triumphierend den Schlüssel hoch. »Machen Sie ruhig auch Feierabend, Arduin«, sagte er und machte, dass er zu seinem Auto kam.

Wie befürchtet kam er zu dem Mediationsgespräch zu spät. Der Feierabendverkehr auf der Schnellstraße war an diesem Abend besonders lebhaft. Als er zum zweiten Mal im Stau stand, setzte er kurzerhand die Sirene auf das Autodach und erzwang sich so freie Fahrt. Natürlich fand er auch keinen Parkplatz in der belebten Innenstadt und war gezwungen, sein Auto im Halteverbot abzustellen. Er hetzte zum Eingang der Schule und stand schließlich ratlos vor der großen Treppe, die zu den Klassenräumen und den Lehrerzimmern führte. Wo hatte Sylvie noch einmal gesagt, dass sie sich treffen würden? Er glaubte sich zu erinnern, dass es in Joëls Klassenraum war. Zum Glück war er erst neulich dort gewesen, sodass er sich noch ungefähr an den Weg erinnern konnte. Als er vor dem Klassenzimmer stand, war es verschlossen. Also doch das Lehrerzimmer! Dummerweise war es in der genau entgegengesetzten Richtung. Schließlich fand er die Beteiligten vor dem Büro des Direktors.

Die Stimmung war eisig. Auf der einen Seite des Vorraums standen die Salehs, der Vater mit seinen drei Söhnen. Erst auf den zweiten Blick entdeckte er Fatima, ein bemerkenswert hübsches Mädchen, deren schwarze Mandelaugen unter dem Kopftuch ab und zu verängstigte Blicke in Richtung Joël warfen. Sein Sohn lehnte mit düsterem Blick gegen die Wand und nickte ihm kaum zu, als er sich bei allen für sein Zuspätkommen entschuldigte. Sylvies Augen versprühten Zorn und Ärger, sodass er ihren Blick lieber mied. Beinahe im selben Augenblick ging die Tür des Direktorenbüros auf, und Monsieur Verdieu bat die Versammelten nach einer verbindlichen Begrüßung, ihm doch zu folgen.

Das Büro des Schulleiters war geräumig. Außer dem beherrschenden Schreibtisch gab es noch eine Sitzecke mit ausreichendem Platz für sie alle. Nachdem Monsieur Verdieu jeden Einzelnen mit Handschlag begrüßt hatte, bat er sie alle, Platz zu nehmen. Die Salehs achteten darauf, dass Fatima und Joël möglichst weit voneinander entfernt saßen. Der Schulleiter setzte sich ebenfalls dazu, sodass sie eine geschlossene Runde um einen niedrigen Tisch bildeten, in dessen Mitte sogar Getränke standen.

»Bitte bedienen Sie sich«, forderte Monsieur Verdieu die Anwesenden auf. Keiner außer Maurice, der eine ganz trockene Kehle hatte, und dem Direktor machten davon Gebrauch. Es brachte ihm umgehend den nächsten missbilligenden Blick von Sylvie ein. Verdieu lächelte ihm aufmunternd zu, während er trank. Maurice fand den Direktor auf Anhieb sympathisch. Obwohl er nicht besonders groß war, strahlte er allein durch seine Präsenz eine angenehme Autorität aus. Er mochte etwa fünfzig sein, trug einen maßgeschneiderten hellgrauen Anzug und ein dunkles Hemd und schwarze Lederschuhe. Seine an den Schläfen ergrauten Haare trug er sorgfältig nach hinten frisiert. Obwohl er sich zunächst sehr zurückhaltend gab, sah Maurice, wie seine Augen aufmerksam jeden Einzelnen von ihnen genau beobachteten.

»Ich denke nicht, dass es notwendig ist, nochmals alle Details, die zu den bekannten Streitigkeiten geführt haben, aufzulisten«, begann Verdieu. Seine Stimme war leise, aber äußerst prägnant. »Darüber habe ich mit den Beteiligten bereits heute Nachmittag ausführlich gesprochen. Sowohl Joël als auch Farouk werden sich für ihr unentschuldbares Verhalten verantworten müssen. Sie werden gemeinsam Sozialstunden an einer karitativen Einrichtung ableisten. Farouks Brüder Ali und Ahmed sind nicht an unserer Schule. Deswegen sind mir ihnen gegenüber die Hände gebunden.« Sein Blick wanderte von Maurice und Sylvie zu Monsieur Saleh. »Damit ist disziplinarisch alles geregelt.«

»Ich ging davon aus, dass Joël die Schule verlassen muss«, mischte sich nun Monsieur Saleh ein. Er richtete sich direkt an Monsieur Verdieu und vermied jeglichen Blickkontakt in ihre Richtung. »Er hat Schande über meine Tochter Fatima gebracht und darf nicht länger in ihrer Nähe sein!« Seine Augen funkelten entschlossen unter dichten schwarzen Augenbrauen. Er mochte Ende vierzig sein, hatte graue borstige Haare und einen beträchtlichen Bauchumfang. Auch er war sorgfältig gekleidet, was auf einen gewissen Wohlstand hinwies, genauso wie die protzigen Goldringe an beiden Händen. Maurice hatte in Erinnerung, dass er mit gebrauchten Autos handelte. Sein Geschäft musste ziemlich gut laufen, anderenfalls hätte er es sich nicht leisten können, zwei seiner Kinder an diese Privatschule zu schicken.

Zwei seiner Söhne saßen mit versteinerten Mienen neben ihm. Einer hatte ein blaues Auge, das vermutlich von Rosalies Freund Rachid stammte. Der ist im Gegensatz zu Joël gut davongekommen, dachte Maurice grimmig. Das Gesicht seines eigenen Sohnes war immer noch ganz unförmig von den Prügeln, die ihm die Saleh-Brüder verpasst hatten. Ein Auge war völlig zugeschwollen, die Wange rötlich blau, und seine gebrochene Nase trug einen weißen Klammerverband.

»Nun sag doch was«, zischte Sylvie empört neben ihm und riss Maurice aus seinen Betrachtungen. Er räusperte sich.

»Nun ja, Monsieur Saleh«, begann er betont ruhig. »Wie Monsieur le Directeur es ja bereits gesagt hat: Es gibt nun keinen Grund mehr, dass mein Sohn die Schule verlassen sollte. Farouk und Joël sind quitt. Dabei sollten wir es belassen.« Er wandte sich an Joël und an Farouk. »Wichtig ist allein, dass ihr eine Lehre aus eurem Streit gezogen habt und euch künftig mit mehr Respekt behandelt.«

»Das Schwein hat meine Schwester geküsst«, stieß Farouk empört aus. »Er muss schwören, dass er künftig die Finger von ihr lässt!«

»Das geht dich gar nichts an! Fatima kann allein entscheiden, wen sie treffen will«, konterte Joël ebenso aufgebracht.

Monsieur Verdieu hob beschwichtigend die Hände. Er richtete sich an Fatima, die eingekeilt von ihren Brüdern offensichtlich zu Stillschweigen verpflichtet worden war. »Ich nehme an, dass Joël dich nicht zu euren Verabredungen gezwungen hat?«, erkundigte er sich freundlich.

Fatima schüttelte unsicher den Kopf. Für einen kurzen Augenblick getraute sie sich, Joël einen Blick zuzuwerfen, und lächelte sogar.

»Möchtest du Joël denn weiterhin sehen?«, hakte Monsieur Verdieu nach.

»Das hat sie nicht zu entscheiden«, fuhr Vater Saleh ungehalten dazwischen. »Eine Tochter hat ihrem Vater zu gehorchen. Außerdem ist sie schon jemandem versprochen.«

»Ich werde Marouan nicht heiraten«, wagte Fatima jetzt zu sagen. Noch einmal wanderte ihr ängstlicher Blick zu Joël.

Maurice sah, dass sein Sohn kurz davor war, sie aus den Fängen ihrer Familie zu reißen. Er warf ihm einen warnenden Blick zu, den er zum Glück verstand.

»Du wirst tun, was Baba dir sagt«, schimpfte Ali, der ältere Bruder, und hob sogar drohend eine Hand.

»Sie leben hier in Frankreich und haben sich an unsere Gesetze und Gepflogenheiten zu halten«, unterbrach Monsieur Verdieu die Debatte. Seine Stimme wurde nun deutlich schärfer. »Seine wehrlose Schwester zu schlagen gehört ganz gewiss nicht dazu.«

»Sie haben mir gar nichts zu sagen«, funkelte Ali. Sein Vater hob ungehalten die Hand und brachte seinen Sohn zum Schweigen.

»Du wirst Monsieur Verdieu gefälligst Respekt zeigen«, fuhr er ihn an. »Wir sind schließlich anständige französische Bürger.« Er suchte Monsieur Verdieus Blick. »Aber wir sind auch gläubige Muslime. Und ein *Kafir* hat in unserer Familie nichts zu suchen. Sorgen Sie dafür, Monsieur le Directeur, dass dieser Ungläubige meine Tochter künftig in Ruhe lässt. Das ist mein letztes Wort.« Er machte Anstalten, sich zu erheben. Monsieur Verdieu bat ihn jedoch zu bleiben. Noch einmal wandte er sich an sie alle.

»Wir haben uns heute Abend hier versammelt, um eine *einvernehmliche* Lösung für alle zu finden. Das geht allerdings nur, wenn beide Seiten aufeinander zugehen. Farouk und Joël müssen keine Freunde sein, aber sie müssen mir versprechen, dass sie sich künftig aus dem Weg gehen werden. Anderenfalls sehe ich mich gezwungen, Schulverweise auszustellen. Habt ihr beide verstanden?« Er sah erst Farouk, dann Joël an. Farouk nickte, während Joël trotzig dem Blick des Direktors auswich.

»Joël?« Monsieur Verdieu ließ nicht locker.

»Ich lasse Farouk in Ruhe, wenn er Fatima und mich in Ruhe lässt«, antwortete er schließlich trotzig.

»Und ich lasse Joël in Ruhe, wenn er die Finger von Fatima lässt«, konterte Farouk sofort.

»Ihr lasst euch gefälligst ohne jede Bedingung gegenseitig in Ruhe«, forderte Monsieur Verdieu streng.

»Ich verlange, dass Joël verspricht, Fatima in Ruhe zu lassen«, insistierte Monsieur Saleh noch einmal. »Anderenfalls werde ich meine Tochter von der Schule nehmen.« Dieses Mal stand er auf. Seine beiden Söhne taten es ihm nach. Nur Fatima blieb sitzen und versuchte mit ihren Blicken noch einmal Kontakt zu Joël aufzunehmen, der mit geballten Fäusten nur darauf wartete, noch einmal Widerworte zu geben. Maurice hatte das Gefühl, dass das Mädchen ihm etwas mit ihren Blicken mitteilte. Auf jeden Fall beherrschte sich sein Sohn.

»Mein Sohn ist ein anständiger Junge«, mischte sich nun Sylvie ein. Sie wandte sich direkt an Monsieur Saleh. »Wieso lassen Sie die beiden nicht miteinander befreundet sein? Meine Schwägerin stammt ebenfalls aus Algerien. Wir leben doch alle im selben Land, sind Franzosen und sollten in jeder Beziehung unsere Leben teilen. Geben Sie unseren Kindern doch eine Chance!«

Maurice hätte die Worte nicht besser wählen können. Sylvie überraschte ihn immer wieder. Doch Monsieur Saleh warf Sylvie nur einen verächtlichen Blick zu. »Ich habe gesagt, was zu sagen war, und nun komm, Fatima«, erwiderte er barsch. Und an den Directeur gewandt: »Fatima wird ab morgen die Schule nicht mehr besuchen.«

»Das kannst du nicht machen, Baba!«, rief Fatima entgeistert aus. »Ich möchte mein Bacc machen. Du hast es mir versprochen!« Sie wehrte sich, als Ali sie unter der Achsel packte und zu sich hochzerrte. Maurice hielt Joël mit Mühe davon ab einzugreifen. Hilflos mussten sie mit ansehen, wie die Salehs die weinende Fatima aus dem Büro des Schulleiters führten.

»Lass mich sofort zu ihr«, schrie Joël aufgebracht. Maurice musste ihm den Arm verdrehen, um ihn davon abzuhalten.

»Nun beruhig dich doch, mein Junge«, versuchte er ihn zu beschwichtigen. »Es gibt für alles eine Lösung.«

Joël fuhr zu ihm herum. »Das glaubst du doch selbst nicht!« Als seine Mutter ihn in den Arm nahm, fiel sein Widerstand plötzlich in sich zusammen. »Er wird sie dazu zwingen, ihren Cousin zu heiraten«, jammerte er verzweifelt. »Das kann ich nicht zulassen!«

»Wir finden einen Weg«, tröstete Sylvie. »Alles wird gut werden!«

»Du wirst schon darüber hinwegkommen«, bemerkte Maurice hilflos. Als er Sylvies empörten Blick auffing, wusste er jedoch, dass er wieder einmal das Falsche gesagt hatte.

29

Nach einem ersten ausgiebigen Liebesspiel stand Melissa unter der Dusche und summte leise vor sich hin. Yannis nutzte die Zeit, um einige wichtige Telefonate zu führen. Als Erstes erkundigte er sich bei Émile, ob die Versicherung bereits über den Schaden informiert war. Laut Vertrag war sie dazu angehalten, bei technischen Defekten sowie Naturkatastrophen die Ausfallsumme innerhalb von vierundzwanzig Stunden zu begleichen. Das Geld würde ihm für einige Tage Luft verschaffen, da sie sehr hoch versichert waren. Zeit genug, um Melissa und ihren Vater dazu zu bewegen, bei ihm einzusteigen – als Exklusivpartner mit einer Gewinnbeteiligung von fünfzig Prozent. Das konnte selbst ein Broutignant nicht ausschlagen. Émile versetzte ihm jedoch sogleich einen Dämpfer, indem er ihm mitteilte, dass das Geld erst dann ausbezahlt wurde, wenn die polizeilichen Ermittlungsarbeiten abgeschlossen worden waren. Das konnte sich hinziehen, denn für den Fall, dass es tatsächlich Sabotage gewesen war, wäre zu prüfen, ob nicht jemand anders für den Schaden aufzukommen hätte. Dessen Versicherung wäre in dem Fall für die Schadensregulierung zuständig. Yannis wurde ganz flau im Magen.

»Aber in den Unterlagen steht doch, dass wir für jegliche Drehausfälle, die durch Fremdverschulden verursacht wurden, versichert sind«, beschwerte er sich fassungslos.

»Aber nicht, wenn es sich um einen Sabotageakt handelt«, wiederholte Émile geduldig seine Auskunft. »Ich habe bereits unsere Anwälte kontaktiert. Sie werden auch noch einmal der Versicherung Druck machen. Allerdings wird das seine Zeit dauern. Rechne nicht damit, dass dies vor einer Woche geschieht.«

Frustriert ließ Yannis den Hörer aufs Bett fallen und starrte an die Decke. Damit war das letzte Stück Hoffnung begraben, an das er sich geklammert hatte. Was hatte er nur getan? Durch seine Schuld war gerade beinahe einer seiner Männer ums Leben gekommen. Er rieb sich immer wieder die Schläfen, um den Druck in seinem Kopf zu verteilen.

In diesem Moment trat Melissa aus der Dusche. Ihr makelloser Körper war nur in ein Handtuch gehüllt, während sie sich aufreizend auf ihn zubewegte und direkt vor ihm ihre Hüllen fallen ließ. Unter normalen Umständen hätte er nicht lange gefackelt und sie gleich wieder zu sich ins Bett geholt. Doch im Augenblick fühlte er sich wie festgefroren. Eigentlich hatte er vorgehabt, ihr noch vor dem Abendessen den Heiratsantrag zu machen. Der Verlobungsring mit einem von Diamanten umringten Saphir lag griffbereit in der Schublade neben seinem Bett.

»Ist was, Chéri?« Melissa setzte sich nackt neben ihn und strich ihm besorgt über die schweißnasse Stirn. »Mein Gott, du zitterst ja!«, rief sie erschrocken. »Brauchst du einen Arzt?«

Yannis schüttelte den Kopf. »Bring mir lieber was zu trinken«, forderte er mit rauer Stimme. Melissa erhob sich, um ihm aus der Minibar einen Whisky mit etwas Eis zu holen. Sie schenkte ihm ein Glas voll ein und reichte es ihm. Yannis' Hände zitterten, als er das Glas an die Lippen setzte und den Inhalt in einem Zug leerte. Danach fühlte er sich etwas besser. Melissa besorgte ihm unterdessen noch ein feuchtes Handtuch und legte es ihm auf die Stirn. Ihre Fürsorglichkeit rührte ihn.

»Es ist ja kein Wunder, dass du mit den Nerven am Ende bist«, sagte Melissa besorgt. »Dein bester Freund ist ermordet worden, ein anderer Mann wurde in deinem Haus ebenfalls umgebracht und jetzt noch diese schreckliche Explosion! Das alles muss dir ja wie ein Fluch vorkommen!«

»Ein Fluch, ja, vielleicht …«, sinnierte Yannis trübselig. Er zwang sich dazu, Melissa in die Augen zu sehen. »Aber warum muss ich dafür büßen?« Er gefiel sich plötzlich in der Rolle des bemitleidenswerten Geliebten. »Habe ich all die letzten Jahre so hart gearbeitet, nur um jetzt dermaßen Schiffbruch zu erleiden? Das Filmprojekt ist alles, wonach ich jemals gestrebt habe. Es vereinigt gewissermaßen meine Erfolge im Radsport mit meinem Ruhm als Schauspieler, Drehbuchautor und Produzent. Und nun ist alles hin, so kurz vor dem Ziel …« Er seufzte tief und spürte, wie sich seine Augen mit Tränen füllten. Melissa war sichtlich geschockt. Er hatte offensichtlich die richtigen Worte gefunden.

»Aber es ist doch noch nicht vorbei«, sagte sie erschrocken. »Du hast selbst gesagt, dass es kein Problem ist, die zerstörte Technik zu ersetzen.«

»Das wäre es auch nicht, wenn die Versicherung uns das Geld für den Ausfall umgehend erstattet hätte«, antwortete Yannis tonlos und berichtete von seinem Gespräch mit dem Aufnahmeleiter.

»Und was ist mit deinen Geldgebern? Können sie nicht nachfinanzieren?«

»Sie sind alle abgesprungen«, gestand Yannis geknickt. »Cadenet hat sich noch zu Raunards Lebzeiten in die Produktion als Geldgeber geschlichen. Dieser Schuft versucht alles, um sich meine Idee unter den Nagel zu reißen, nur um seinen Geliebten Guesset berühmt zu machen. Er hat den anderen Geldgebern Lügen erzählt, dass wir verschuldet seien. Daraufhin sind sie abgesprungen, verstehst du?«

»Du könntest ihnen erklären, dass er unrecht hat …«

Yannis beschloss, noch ein wenig mehr auf die Tränendrüse zu drücken. »Ach Liebes!«, sagte er schuldbewusst. »Das Schlimme daran ist, dass Cadenet recht hat. Rémy war spielsüchtig. Er hat nicht unerhebliche Teile unseres Geldes auf der Spielbank durchgebracht. Davon habe ich erst nach seinem Tod erfahren. Verstehst du? Ich bin von allen, die mich umgeben, betrogen worden! Ich muss mir vorwerfen, dass ich zu gutgläubig war.« Er seufzte tief und vermied, Melissa in die Augen zu sehen.

»Das musst du nicht! Ich würde alles tun, um dir zu helfen!« Melissa nahm seine Hände und führte sie an ihre Lippen.

»Das kann ich nicht von dir verlangen!« Yannis entzog ihr die Hände und wandte sich beschämt von ihr ab, woraufhin sie seinen Kopf in beide Hände nahm und ihn zwang, sie anzusehen.

»Ich liebe dich!«, sagte sie mit einer Zärtlichkeit, die ihm bis ins Mark ging. »Lass mich diejenige sein, die dir aus der Patsche hilft!«

Dieses Mal hielt er ihrem Blick stand, während sich seine Augen mit Tränen füllten. »Ich bin das alles nicht wert – und vielleicht ist es auch gut so, wenn ich hier und jetzt scheitere. So kannst du dich wenigstens noch rechtzeitig von mir lossagen, bevor es zu spät ist!«

»Was redest du nur für einen Unsinn!« Melissa ließ ihn erschrocken los. Mit einer energischen Bewegung erhob sie sich, um sich wieder das Handtuch umzubinden. »Wir stehen das hier gemeinsam durch!« Sie ging mit großen Schritten durch die Suite und überlegte. »Wir müssen einen Weg finden, um deine

Geldgeber wieder ins Boot zu holen. Ich habe nicht umsonst Betriebswirtschaft studiert.«

Yannis hatte das Gefühl, dass das Gespräch in die falsche Richtung lief. Deshalb wurde er noch deutlicher. »Die Geldgeber sind alle von Cadenet bestochen oder von Rémy hinters Licht geführt worden. Sie werden mich nicht mehr finanzieren. Cadenet hat sie glauben lassen, dass ich nicht zuverlässig bin …« Yannis setzte eine schuldbewusste Miene auf und gab sich als reumütiger Sünder aus. »Du weißt, dass ich ab und zu etwas zu viel getrunken habe …« Er setzte das schiefe Lächeln auf, mit dem er meistens Erfolg hatte. »Und das stimmt auch. Viel zu oft war mir der Alkohol Trost in der Einsamkeit meines Ruhms. Du kannst dir nicht vorstellen, wie allein ich mich gefühlt habe. Erst seitdem ich dich kenne, weiß ich, dass ich das Teufelszeug nicht mehr brauche!« Verächtlich schob er sein leer getrunkenes Glas von sich. Er setzte sich neben Melissa an den Bettrand und zog die Schmuckschatulle aus dem Nachttisch, um sie vor ihr zu öffnen. »Eigentlich wollte ich dich heute bitten, meine Frau zu werden«, sagte er mit brüchiger Stimme. Er legte den kostbaren Ring auf seine Handfläche und hielt ihn ihr hin. »Doch nun wage ich nicht mehr zu hoffen, dass du einen Antrag von mir annehmen würdest. Was will eine Frau wie du schon mit einem Verlierer wie mir?« Er blickte verzagt zu Boden, bis er ihre Hand auf seiner Schulter fühlte. Dann nahm er den Ring zwischen seine Finger und hielt ihn ihr hin. »Du würdest mir jedoch eine große Freude machen, wenn du den Ring als Abschiedsgeschenk annimmst. Vielleicht behältst du mich ja so wenigstens einigermaßen positiv in Erinnerung.«

Melissa starrte erst den Ring, dann ihn an. Ihre Augen füllten sich mit Tränen. »Ich würde dich auch heiraten, wenn du ein völlig unbedeutender Mann wärst«, schluchzte sie ergriffen.

»Das könnte ich nicht ertragen«, wehrte Yannis ein letztes Mal ab. »Ich möchte, dass die Frau, die an meiner Seite lebt, auch zu mir aufsehen kann.«

»Dann lass uns das Filmprojekt gemeinsam durchziehen«, entschied sie bestimmt. »Ich werde dafür sorgen, dass du das notwendige Geld bekommst. Mein Vater wird uns sicherlich helfen! Ich werde gleich mit ihm telefonieren.«

»Würdest du das wirklich tun?« Yannis musste an sich halten, um nicht in Jubel auszubrechen.

»Ich werde es auf jeden Fall versuchen!« Sie lächelte zuversichtlich. Da konnte er nicht anders, als sie zu küssen. Als er sie jedoch nochmals ins Bett ziehen wollte, sträubte sie sich. »Dafür haben wir später noch genug Zeit«, sagte sie und küsste ihn auf die Nasenspitze. »Lass mich erst das Notwendige regeln!« Sie zog sich rasch an und ging dann in den angrenzenden Wohnbereich. Auf dem Weg ins Badezimmer hörte Yannis, wie sie telefonierte. Anstatt sich zurückzuziehen, blieb er bei halb geöffneter Tür stehen und versuchte das Gespräch mit ihrem Vater zu belauschen. Doch sie sah ihn und jagte ihn davon.

*

Melissa hatte das lange Telefonat mit ihrem Vater nachdenklich gemacht. Zum Glück hatte sich Yannis noch einmal zu Lavernier aufgemacht, sodass ihr genug Zeit bis zum Abendessen blieb, um es zu verdauen. Ihr Vater hatte ihrer Bitte nach Geld für eine Investition in Yannis' Film grundsätzlich positiv gegenübergestanden. Damit hatte sie so gar nicht gerechnet. Außerdem schien er überraschend gut informiert zu sein.

»Der junge Mann hat zweifelsohne künstlerisches Potenzial, und als Schauspieler ist er ebenfalls recht angesehen. Ich bin sicher, dass er mit einem Regisseur wie Lavernier den Film zum

Erfolg führen kann«, hatte er ihr zu ihrer Erleichterung bestätigt. Dann gestand er ihr, dass er hinter ihrem Rücken längst Erkundigungen über Yannis eingezogen hatte. »Du bist meine einzige Tochter. Ich muss doch wissen, an wen du dein Herz verschenkst.« Melissa hätte ihm böse sein müssen, doch andererseits schmeichelte ihr das Interesse ihres Vaters auch. Sie wusste, dass er es nur zu ihrem Wohl getan hatte. »Ich wäre durchaus bereit, mein Geld in dieses Geschäft zu investieren«, hatte er daraufhin gesagt, aber dann gezögert, »das kannst du ihm mitteilen. Auch die Konditionen, die er vorschlägt, sind grundsätzlich in Ordnung.« Sie war erstaunt, dass sie mit ihrer Bitte offensichtlich offene Türen einrannte. Aber dann kam der Haken. »Du weißt, dass ich dir normalerweise nicht in dein Privatleben hineinrede«, gab er zögernd preis, »aber dieses Mal sehe ich mich doch veranlasst, dich zu warnen. Ich möchte nicht, dass du enttäuscht wirst.«

»Er hat mir einen Heiratsantrag gemacht«, platzte es aus Melissa heraus, obwohl sie mit der Neuigkeit gern noch ein wenig gewartet hätte.

»Das habe ich befürchtet«, war die nicht sehr erbauliche Antwort ihres Vaters gewesen.

Melissa zeigte sich dementsprechend enttäuscht. »Du hast ihn eben noch nicht richtig kennengelernt.«

Ihr Vater räusperte sich verlegen. »Er hat als Liebhaber einen etwas zweifelhaften Ruf. Ich möchte dich nicht beunruhigen, aber es gibt allerlei Gerüchte über ihn … Auch dass er mit Männern … Du verstehst, was ich meine?«

Melissa hatte erleichtert aufgelacht. »Aber natürlich weiß ich davon, Papa! Yannis ist bisexuell, na und? So eine Veranlagung haben – by the way – achtzig Prozent aller Menschen. Ich störe mich nicht daran.«

»Er wechselt seine Liebhaber wie andere Leute ihre Unterwäsche. Selbst mit dem ermordeten Raunard soll er mal etwas gehabt haben.«

»Nicht mehr, seitdem er mich kennt«, behauptete sie selbstbewusst, und doch gab es ihr einen Stich. Das mit Rémy hatte Yannis ihr nie erzählt. Wie um ihre Zweifel zu zerstreuen, fügte sie noch hinzu: »Yannis liest mir jeden Wunsch von den Augen ab, und er nimmt mich ernst.«

»Ich sehe, dass ich dich mit meinen Warnungen nicht beeindrucken kann«, hatte ihr Vater schließlich resigniert. »Du kannst Quebec unter einer Bedingung zusagen: Du musst dir sicher sein, dass er dich auch wirklich liebt! Versprichst du mir das?«

Die Warnungen ihres Vaters gingen Melissa seither nicht mehr aus dem Kopf. Ihr fiel plötzlich ein, wie verstört diese Louane gewesen war, als Yannis sie aus dem Zimmer geschickt hatte. Ihr Blick hatte etwas Gequältes gehabt, so als wäre zwischen ihr und ihrem Verlobten auch mal etwas gewesen. Melissa schalt sich eine Närrin. Ihr Gefühl sagte ihr, dass Yannis sie aufrichtig liebte.

Abends führte Yannis sie in ein romantisches Restaurant in der Nähe der Dentelles de Montmirail, direkt am lauschigen Ufer eines Flusses. Er hatte extra einen Platz in einer abgeschiedenen Weinlaube für sie reservieren lassen. Nur das leise Plätschern des Flüsschens war dort zu hören. Der mit gestärkten Tischtüchern, Kerzen und kunstvoll gefalteten Servietten liebevoll eingedeckte Tisch, auf dem in einer schmalen Vase nur für sie eine Edelrose stand, zeigte Melissa, dass sich Yannis alle Mühe gegeben hatte, ihnen den Abend so schön wie möglich zu gestalten. Der Maître de Cuisine, ein beleibter, kleiner Südfranzose aus Perpignan, begrüßte sie persönlich. Ganz offensichtlich war es ihm ein Anliegen, den berühmten Schauspieler persönlich mit seinen Künsten vertraut zu machen.

»Ich habe mir für Sie ein spezielles *Menu d'Amour de la Provence* ausgedacht«, verriet er ihnen. Seine buschigen Augenbrauen hüpften beim Reden lustig auf und ab. Er besprach mit ihnen kurz das Menü und die dazu passenden Weine, dann klatschte er in die Hände. Ein Ober in gestärktem weißem Hemd und dunkler Hose servierte ihnen einen leichten spanischen Weißwein mit der frisch-fruchtigen Note von Limetten und Grapefruit, ein anderer brachte auf dunklen Schiefertellern köstlich getoastetes Baguette, das mit Olivenöl und dreierlei Gemüsepasten bestrichen war.

»Voilà! *Les trois tartines aux courgettes, aubergines et poivrons.* Das Baguette stammt aus einer traditionellen Holzofen-Boulangerie. Die Gemüsepasten aus Zucchini, Auberginen und Poivrons werden jeden Tag ganz frisch hergestellt. Bon Appétit!« Damit zog sich der Küchenchef erst einmal zurück.

Der Geruch der köstlichen Tartines machte Melissa erst jetzt bewusst, wie hungrig sie war. Mit Appetit machte sie sich über das Entree her. Sie hatte Yannis unbewusst mit der Zusage ihres Vater noch etwas hingehalten. Vielleicht benötigte sie die Zeit, um einfach noch einmal etwas genauer in sich hineinzuhören. Das war sie, wie sie fand, ihrem Vater schuldig. Yannis reagierte sehr einfühlsam. Er bedrängte sie nicht und tat alles, damit sie sich an diesem Abend ihres ersten Wiedersehens wohlfühlte. Mit Genuss sah sie zu, wie die leeren Teller abgeräumt wurden und zum zweiten Gang *Coquilles Saint Jacques avec une crème aux herbes* aufgetragen wurde. Die kurz gebratenen Jakobsmuscheln wurden mit einem Kräuterschaum aus Kresse und jungem Spinat serviert. Danach folgten mit Mirepoix und Pfifferlingen gefüllte Artischocken in Weißwein, bevor das Hauptgericht *Gî-*

got rôti à la provençale, pomme de terre ratte au four – eine rosafarbene Lammkeule von der Causse mit im Ofen gegarten Ratte-Kartoffeln und einer Knoblauch-Mirepoix-Sauce serviert wurde. Auf jedem Teller lagen die drei unterschiedlichen Fleischsorten, die eine Lammkeule zu bieten hat, nämlich je ein Teil aus der Ober- und der Unterschale und eines von der Nuss. Jedes Stück Fleisch schmeckte anders und eigen. Als passender Wein wurde ein Corbière aus dem Jahr 2013 gereicht, dessen kräftiges und feinkörniges Tannin mit aromatischen Waldbeeren, Pfeffer und Kräuternoten wunderbar ausbalanciert war. Danach folgte ein unter der Käseglocke drei Tage gereifter Brie de Meaux, der in der Mitte aufgeschnitten und mit fein gehobelten Trüffelscheiben bedeckt worden war. Der Brie wurde auf einem rustikalen Holzbrett mit frischem Brot serviert, sodass sich jeder selbst bedienen konnte. Den Abschluss des sechsgängigen Menüs bildete eine Mousse au Chocolat, die mit Olivenöl angereichert war, was dem Dessert einen zum Menü passenden Abgang verschaffte. Der Süßwein, ein Muscat de Beaumes de Venise, machte das kulinarische Erlebnis perfekt.

»Mein Gott, das war einfach köstlich«, seufzte Melissa und legte ihre Serviette beiseite. Yannis griff über den Tisch nach ihrer Hand und sah ihr tief in die Augen. »Für mich gäbe es nichts Schöneres auf der Welt, als dir in Zukunft noch viel öfter solche Momente zu bescheren. Hast du über meinen Heiratsantrag nochmals nachgedacht?«

Melissa war erstaunt, dass er nun ausgerechnet darauf zu sprechen kam. Sie hatte damit gerechnet, dass er endlich wissen wollte, was ihr Vater gesagt hatte. Sie hielt seinem Blick stand und war gerührt über seine Ehrlichkeit. »Bist du dir da auch ganz sicher?«, fragte sie ihn geradeheraus. Er runzelte befremdet die Stirn.

»Wie meinst du das?«, fragte er irritiert.

»Ich habe Angst, dass ich dir als Ehefrau nicht genügen könnte«, gab Melissa offen zu. »Ich habe Augen im Kopf und sehe, wie sehr dich die Frauen und Männer bewundern. Allerdings bevorzuge ich einen Ehemann, der mir auch treu ergeben ist.«

Yannis lachte kurz auf. Aber er hielt ihre Hand noch fester und ließ nicht zu, dass sie sie ihm entzog. »Ich habe mir doch längst die Hörner abgestoßen«, sagte er ernst. »Andere Frauen«, er machte eine kurze Pause und zuckte mit den Schultern, »oder Männer – interessieren mich nicht mehr. In deiner Gegenwart weiß ich endlich, dass ich zu Hause angekommen bin.« Plötzlich ließ er ihre Hand abrupt los und fuhr sich nervös durch die Haare. »Wahrscheinlich ist das nicht sehr glaubwürdig«, gab er zu. »Ich habe einen unendlich schlechten Ruf als Mann. Bestimmt hat das dein Vater auch gesagt.«

»Allerdings«, gab Melissa zu. »Allerdings traut er dir beruflich auch so einiges zu. Er steht deinem Projekt auf jeden Fall nicht ganz abschlägig gegenüber.«

Yannis hob freudig überrascht die Augenbrauen. »Ach wirklich?«

Melissa ruderte wieder etwas zurück und lächelte verhalten. »Nun ja, er ist sich noch nicht sicher …«

Für einen kurzen Augenblick huschte ein dunkler Schatten über Yannis' Gesicht, doch dann lächelte er tapfer. »Ich kann es deinem Vater ehrlich gesagt auch nicht verdenken, wenn er zögert. Ich muss mich vielleicht doch damit abfinden, dass Cadenet und sein Liebhaber als Sieger davongehen. Ich werde dann nur noch ein stiller Teilhaber im Hintergrund sein …« Er lächelte verkniffen. »Dabei hatte ich noch eine besondere Überraschung für dich …«

Melissa legte abwartend den Kopf zur Seite.

»Mir ist erst heute aufgefallen, was für eine wunderbare Ausstrahlung du auf dem Set hast«, rückte er heraus. »Und ich dachte mir, dass es unendlich schade wäre, sie nicht vor der Kamera zu nutzen.«

»Wie meinst du das?«

Yannis strahlte über das ganze Gesicht. »Ich wollte dir vorschlagen, dass wir in meinem Film gemeinsam vor der Kamera stehen.«

»Wie bitte?« Melissa verschluckte sich an ihrem *Petit noir,* den man ihnen gerade servierte.

»Nun ja, es ist keine Hauptrolle«, gab Yannis zu, »aber doch eine größere Nebenrolle, die wir problemlos umbesetzen könnten. Du würdest meine Geliebte spielen in der Szene, in der ich den berühmten Rennfahrer Henri Pélissier mime. Unter anderem ist auch ein leidenschaftlicher Kuss vor der Kamera vorgesehen.« Er zwinkerte ihr munter zu. »Das könnte doch ein wundervolles Zeichen für all unsere Zweifler sein, oder?«

»Du bist verrückt!« Zu mehr Worten war Melissa im Augenblick nicht in der Lage. Gleichzeitig spürte sie ihr Herz wie wild klopfen. Allein schon die Vorstellung, in einem Film mit Yannis mitwirken zu dürfen, war atemberaubend. Ohne weiter nachzudenken, verriet sie Yannis endlich, dass sein Filmprojekt finanziell gesichert war.

30

Der nächste Tag begann für Rosalie relativ ereignislos. Da die Dreharbeiten immer noch unterbrochen waren, schloss sie kurzerhand das *Les Folies Folles* auf. Das gute Wetter hatte nach einer gewittrigen Nacht eine kleine Pause eingelegt. Es war bewölkt, und für den Nachmittag waren weitere Regenschauer angesagt.

Tatsächlich sah am späten Vormittag Jean-Luc Farnauld bei ihr vorbei. Als mittlerweile unabhängiger Kandidat für die bevorstehenden Bürgermeisterwahlen im Herbst war es dem Bäckermeister ein Anliegen, sich möglichst oft bei den Bürgern von Brillon-de-Vassols in Erinnerung zu rufen. So auch bei Rosalie. Mit Schwung öffnete Jean-Luc die Eingangstür, woraufhin die Ladenglocke ein munteres »Frère Jacques …« erklingen ließ, ein Geschenk von Maryse, das ihr Ehemann Josef neulich installiert hatte

»Bonjour, meine liebe Rosalie!«, begrüßte er gut gelaunt die Friseurin. »Auch mal wieder im Dorf?« Er zwinkerte ihr verschwörerisch zu. »Wie ich höre, bist du mal wieder auf Mörderjagd?«

»Ich wollte, es wäre so«, antwortete Rosalie ohne große Begeisterung. Sie dachte an ihren letzten Fall, als Vincent und sie noch an einem Strang gezogen hatten, während im Augenblick jeder mehr oder weniger seiner eigenen Wege ging. Von Ermittlungen konnte wirklich nicht die Rede sein.

Wie für Politiker üblich ging Jean-Luc auf ihre Antwort gar nicht erst ein. »Schön, schön«, sagte er nur und nahm auf einem der Friseurstühle Platz. »Könntest du mir kurz den Nacken ausrasieren? Ich habe gleich einen wichtigen Termin, da sollte alles *tout propre* sein. Du verstehst?« Er lächelte ihr durch den Spiegel jovial zu.

Rosalie fand es erstaunlich, was für ein Stehaufmännchen der Bäcker doch war. Noch vor Kurzem war er von seiner Partei, dem Front Radical, bitter abgestraft worden, weil er den Rechtsnationalen nicht radikal genug gewesen war. Sie hatten ihm bei der Abstimmung zum Bürgermeisterkandidaten eine empfindliche Schlappe verpasst, woraufhin er auf Bestreben seiner ehrgeizigen Frau Arlette nun als Unabhängiger kandidierte, der natürlich weiterhin nationalistische und erzkonservative Werte vertrat. Jean-Luc war eigentlich ein gemütlicher Kerl, der sicherlich auch mit dem Führen seiner Boulangerie zufrieden gewesen wäre. Ganz anders als seine dominante Frau Arlette, die ihn ständig zu neuem Ehrgeiz antrieb. Sie stammte nicht aus Vassols und fühlte sich den anderen Bewohnerinnen allein schon deshalb unterlegen. Als Bürgermeistergattin würden sich auch für sie die Dinge ändern, so hoffte sie. Deshalb musste ihr armer Mann alles tun, um diesen Posten zu ergattern. Und Jean-Luc war so in seine Frau vernarrt, dass er ihr jeden Gefallen tat.

Rosalie holte Frisierumhang und Rasierer und machte sich an die Arbeit. Jean-Lucs Haarwuchs war selbst für einen Mann ungewöhnlich stark und ging wie ein Teppich nahtlos vom Kopf über den Nacken auf Brust und Rücken. Da er die Haare auf dem Kopf kurz geschoren zu tragen pflegte, bildeten die schwarzen, lang gekräuselten Nackenhaare einen seltsamen Kontrast zu den kurzen Kopfhaaren, fast wie bei einem Äffchen, dem man aus Versehen den Kopf geschoren hatte. Während sie sich an ihre Arbeit machte, plauderte der Bäckermeister ungefragt über sein neues Wahlprogramm.

»Wenn ich Bürgermeister bin, werde ich mich darum kümmern, dass vor deinem Haus endlich eine ordentliche Straßenbeleuchtung installiert wird. Alles in Vassols wird freundlicher und lebenswerter werden. Ich werde dafür sorgen, dass kriminelle Elemente gar keine Möglichkeit haben, ans Licht zu treten.«

»Aha?« Rosalie hob amüsiert die Augenbraue. »Und das funktioniert mit besserer Straßenbeleuchtung?«

Jean-Luc sah sie durch den Spiegel irritiert an. »Selbstverständlich nicht allein. Neue Wohnkonzepte müssen her. Weniger Araber und dafür mehr Franzosen oder Europäer sollen in unserer Gemeinde leben.«

»Das hat dir deine Frau aber gut vorgeflüstert«, entfuhr es Rosalie ärgerlich. »Wenn du weiter in dieses Horn stößt, musst du damit rechnen, dass ich dich gleich ganz kahl rasiere.« Zur Bestätigung stellte sie den Rasierer eine Stufe höher, woraufhin er gefährlich laut zu summen begann. »Wir Maghrebiner gehören nun schon seit über fünfzig Jahre zu Frankreich. Die meisten unserer Vorfahren haben in Algerien für Frankreich gekämpft. Nach der Befreiung von Frankreich konnten sie nicht mehr in ihrer Heimat bleiben, weil sie sonst von der neuen Regierung getötet worden wären. Als Dank für ihren Kampfeinsatz wurden sie Franzosen. Vergiss das nicht!« Mit grimmiger Miene fuhr sie mit der Rasur fort.

Die flammende Rede, vielleicht auch die Angst, dass sie ihre Drohung wahr machen könnte, ließ Jean-Luc prompt vorsichtiger werden. »Nun ja, ich würde natürlich keinen muslimischen Bewohner von Vassols ausweisen.«

»Das will ich auch schwer hoffen.«

»Ist es nicht eine Schande, dass der alte Maurel sich so einfach unseren Dorfpolizisten abziehen lässt?«, machte Jean-Luc sofort das nächste Fass auf. »Wer zieht nun die vielen Falschparker zur Verantwortung? Wer sorgt dafür, dass unsere Straßen abends noch sicher sind, hä?« Jean-Luc schüttelte betrübt den Kopf. »Niemand, sag ich dir! Philippe arbeitet für die Police Nationale, und wir haben das Nachsehen. Wir haben nicht einmal einen Ersatz für ihn bekommen. Der Commissaire hätte genauso gut mit der Gendarmerie oder der Police Municipale von Bédoin arbeiten können. Wieso lässt unser Bürgermeister das zu, hä? Ich sag es dir: Weil er alt ist und den modernen Anforderungen, die das Führen einer Gemeinde erfordert, nicht mehr gewachsen.«

»Maurel ist tatsächlich nicht mehr der Jüngste«, musste Rosalie zugeben, »vielleicht ist es wirklich an der Zeit, dass jemand anders den Posten übernimmt. Ich finde, Rachid Ammari wäre ein guter Bürgermeister. Mit seiner diplomatischen Art wäre er genau der Richtige, um die verhärteten Fronten etwas aufzuweichen.« Jean-Luc, der eben noch selbstgefällig doziert hatte, riss empört die Augen auf. Bevor er etwas antworten konnte, ertönte erneut das »Frère Jacques« der Ladentür.

Es war Vincent. Rosalies Herz begann sofort schneller zu schlagen.

»Ach, du hast Kundschaft. Dann werde ich es später noch einmal versuchen.« Vincent machte Anstalten zu gehen. Das wollte Rosalie auf jeden Fall verhindern.

»Nur einen Augenblick noch. Ich bin gleich für dich da!« Sie legte den Rasierer beiseite und entfernte Jean-Luc den Frisierumhang. »Fünfzehn Euro«, verlangte sie, obwohl ihr Preis normalerweise um einiges darunterlag. Die fünf Euro Aufschlag waren für Jean-Lucs unmögliche politische Ansichten. Der Bäcker zahlte, ohne mit der Wimper zu zucken, woraufhin sie bedauerte, nicht noch mehr verlangt zu haben. Sobald sie allein waren, widmete sie sich ganz Vincent.

»Möchtest du dich nicht setzen? Wir können auch nach oben in meine Wohnung gehen. Dann mache ich uns einen Kaffee.«

»Tut mir leid, aber ich bin gerade auf dem Sprung«, erwiderte dieser deutlich reserviert. »Ich bin nur kurz hier, um dir mitzuteilen, dass ich mit Alain telefoniert habe. Raunard ist eindeutig getötet worden. Die Schnellspanner sind raffiniert manipuliert worden.« Er erklärte ihr die genauen technischen Umstände und schloss damit, dass man nur feine Abriebspuren von Gold an dem Verschluss gefunden hatte. »Das ist schon seltsam«, schloss er. »Kein Werkzeug, das ich kenne, ist vergoldet.«

»Wofür hat der Täter es denn gebraucht?«, erkundigte sich Rosalie.

»Keine Ahnung. Wahrscheinlich saß der Spanner so fest, dass er eine Art Hebel brauchte, um ihn zu lockern.«

»Also wäre es doch möglich, dass er improvisieren musste ...« Sie überlegte. Plötzlich fiel ihr das vergoldete Maniküreset von Babette ein. »Könnte er auch einen Nagelzwicker verwendet haben?«

Vincent hob überrascht die Augenbrauen. »Auf die Idee bin ich noch gar nicht gekommen. Allerdings glaube ich nicht, dass man damit einen Spanner lösen könnte.«

»Er könnte es aber damit versucht haben, bevor er ein geeignetes anderes Werkzeug gefunden hat«, überlegte Rosalie.

»Möglich.« Vincent gab ihr immerhin recht.

»Man müsste die Maniküresets aller Tatverdächtigen untersuchen ...«

»Das ist Aufgabe der Polizei«, würgte Vincent ihre Begeisterung ab. Sie spürte förmlich, wie er sich wieder in sein Schneckenhaus zurückzog. Dennoch versuchte sie noch einen Anlauf.

»Hat dir Alain auch etwas über den Mord an Lucas verraten?«

»Ich weiß nur, dass er erst mit einer Bronzestatue niedergeschlagen und dann mit einem Küchenmesser getötet wurde. Sein Gegner hat mehrere Male nicht sehr kraftvoll zugestochen. Einer der Stiche traf zwischen zwei Rippen mitten ins Herz und war letztendlich tödlich. Der Täter muss außer sich gewesen sein, denn er stach noch mehrere Male danach zu.«

»Also doch eine Eifersuchtstat?«, mutmaßte Rosalie.

Vincent ging nicht darauf ein. »Wie gesagt, mich kümmert das nicht weiter. Ich ziehe mich von allen weiteren Untersuchungen zurück. Ich fahre für ein paar Tage in Urlaub.«

Rosalie traf die Neuigkeit wie ein Schlag. Vincents abweisende Art war das eine, aber dass er sich so demonstrativ von ihr distanzierte, schmerzte sie sehr. »Du verreist?«, erkundigte sie sich mit wackeliger Stimme.

»Das wird sich noch weisen. Vermutlich werde ich in den Seealpen radeln. Könntest du währenddessen vielleicht auf Minouche achtgeben? Außer mir vertraut sie nur dir.«

»Sicher. Das war ja so abgemacht.« Es gelang ihr kaum noch, ihre Enttäuschung zu verbergen. »Bring sie mir vorbei, wenn du losfährst.« Vincent nickte ihr zu und verabschiedete sich. Als er ihr die üblichen Bisous auf die Wange hauchte, hatte sie das Gefühl, als befände sich zwischen ihnen ein Abgrund.

*

Den Rest des Tages hing sie trübseligen Gedanken nach. Ab und zu kamen Kunden in ihren Haarsalon. Doch es gelang ihr kaum, sich auf sie zu konzentrieren. Anstatt wie üblich kreativ zu sein, machte sie genau das, was man von ihr verlangte. Dadurch hatte sie genug Zeit, um über ihre Beziehung zu Vincent nachzudenken. Allem Anschein nach hatte sie in die paar Küsse, die zwischen ihnen gewesen waren, viel zu viel hineininterpretiert. Für Vincent war das alles nur ein kleiner, unbedeutender Flirt gewesen. Und sie, die einfältige Kuh, war wieder einmal blauäugig auf einen Mann hereingefallen. Die Erkenntnis schmerzte sie umso mehr, weil Vincent es geschafft hatte, den Panzer, den sie sich nach der Trennung von Jérôme zugelegt hatte, aufzuweichen. Sie hatte sich nicht reif für eine neue Beziehung gefühlt, doch er hatte in ihr eine ganz neue Saite angeschlagen. Er hatte ihr gezeigt, dass er sie bewunderte und achtete. Er war der erste Mann gewesen, der ihr auf Augenhöhe begegnet war und sich auch ihr gegenüber geöffnet hatte. Er machte keinen Hehl daraus, dass er auch verletzlich war und dass es sich lohnte, einander zu vertrauen. Diese Eigenschaft bewunderte sie an ihm, da sie selbst es noch niemals geschafft hatte, so offen zu sein. Die Verletzungen, die sie jahrelang durch Jérôme erlitten hatte, hatten sich tief in ihre Seele eingegraben und waren längst noch nicht verheilt. Zu groß war die Enttäuschung, zu groß die damit verbundene Erkenntnis, dass sie nicht fähig war, einen Mann richtig an sich zu binden.

Nach Stunden des Selbstmitleids entschloss sie sich, endgültig einen Schlussstrich zwischen sich und Vincent zu ziehen. Schließlich war sie keine Frau, die sich in Selbstmitleid suhlte. »Männer sind, wie sie sind«, resümierte sie bitter. »Außerdem sieht mein Lebensplan weder eine Heirat noch eine Familie vor. Auch andere Mütter haben hübsche Söhne.«

Am Abend braute sich ein neues Gewitter über Brillon-de-Vassols zusammen. Dieses Mal schien das Unwetter aus verschiedenen Richtungen zu kommen. Riesige Wolkenmassen marschierten auf den Ort zu und drohten, ihre Kraft genau über dem Dorf zu entladen. Der heftige Knall eines Donners, der mit einer ganzen Serie an Blitzen einherging, erschütterte Rosalie bis ins Mark. Nachdem die letzte Kundin gegangen war, schloss sie eilig den Laden ab und machte, dass sie in ihre Wohnung kam. Ein Blick auf den Himmel zeigte ihr, dass das Unwetter innerhalb der nächsten Minuten seine ganze Kraft entfalten würde.

Sie schloss ihre Eingangstür auf, die sich direkt neben dem Haarsalon befand, und beeilte sich, rasch über die schmale Treppe in ihre Wohnung zu kommen. Untertags war es noch einmal unerträglich schwül geworden. Unter dem bedeckten Himmel hatte die warme Luft am Boden kaum zirkulieren können. Auch in ihrer Wohnung war es so heiß, dass sie trotz des anrückenden Gewitters erst einmal die Fenster aufriss. Ein tropisch warmer Windzug drang in ihre Wohnung und bewegte die Zeitung, die auf dem kleinen Couchtisch lag. Die Luft war unangenehm heiß und brachte keine Erfrischung. Dafür donnerte und blitzte es erneut. Dann sah sie, wie die ersten dicken Regentropfen schwer auf die Straße platschten und dabei den Staub um sich herumtanzen ließen. Gerade als sie das Fenster schließen wollte, sah sie, wie ein Mann die Straße hinab auf ihr Haus zueilte. Er trug mehrere Plastiktüten unter seinem Arm und blickte immer wieder besorgt gen Himmel. Dieser öffnete prompt seine Schleusen und entließ den Regen wie einen plötzlich einsetzenden Wasserfall. Da erkannte sie, dass es Rachid war.

»Willst du zu mir?«, schrie sie hinab. Statt einer Antwort hastete er auf ihren Eingang zu. Rosalie eilte die Treppen hinab, um ihn einzulassen. Ihr Freund war klatschnass, als er bei ihr eintrat.

»*Quel mauvais temps!* – Was für ein furchtbares Wetter«, schimpfte Rachid. Sein Lächeln strafte seine Worte Lügen. »Ich dachte, ich schaffe es noch vor dem Unwetter bis zu dir.« Er streckte Rosalie seine diversen Tüten entgegen. »Hast du schon zu Abend gegessen?«

Rosalie sah ihn erstaunt an. »Sag nicht, dass das hier etwas zu essen ist? Ich sterbe nämlich vor Hunger!«

Rachid freute sich. Dann war sein Überfall also genau das Richtige. »Ich habe dir versprochen, unser Abendessen so bald wie möglich nachzuholen. *Voilà!* Hier ist es.« Er stiefelte hinter Rosalie die Treppe zur Wohnung hoch und zog vor der Haustür die Schuhe aus. Rosalie nahm ihm die Tüten aus der Hand, stellte sie auf die Anrichte in der Küche und reichte ihm ein Handtuch, mit dem er sich abtrocknen konnte.

»Hm, das riecht aber lecker!« Sie streckte die Nase in eine der Tüten. »Was ist denn da drin?«

»Zora hat extra für uns gekocht«, verriet Rachid stolz, während er mehrere abgedeckte Tongefäße aus den Tüten zog und einige davon zum Aufwärmen in den Ofen schob. Außerdem stellte er eine Flasche Champagner kalt. »Ich mach uns noch schnell einen Pfefferminztee, dann können wir gleich essen.« Er hantierte so selbstverständlich, als wäre er bei Rosalie zu Hause. Im Handumdrehen war das Wasser für den Pfefferminztee aufgesetzt. Dazu bereitete er aus losen grünen Teeblättern einen Tee, in den er vier bis fünf frische Minzzweige gab. Innerhalb weniger Minuten hatte sich Rosalies chronisch leere Küche in ein wundervoll aromatisch riechendes kleines Restaurant verwandelt. Dem Ofen entströmte der verführerische Duft fremdländischer Gewürze, der sich mit dem feinen Geruch des Minztees wunderbar vermischte. Selbst an frisch gebackenes Fladenbrot hatte Rachid gedacht.

Rosalie hatte in der Zwischenzeit den Tisch gedeckt und genoss es, von Rachid bewirtet zu werden. Als Erstes goss er ihnen den frischen Minztee in Gläser und gab etwas Zucker hinein. »So kommt das Aroma viel besser zur Geltung«, erklärte er ihr.

Obwohl Rosalie selbst zur Hälfte Algerierin war, hatte sie die Bekanntschaft mit der nordafrikanischen Küche erst gemacht, nachdem sie vor wenigen Monaten nach Vassols gekommen war. Es war eine Bereicherung, wie sie fand. Überhaupt hatte sie dank Rachid und seiner Familie auch diese Seite ihrer Herkunft schätzen gelernt. Rachid schaltete unterdessen den Ofen aus, stellte die restlichen Schüsseln auf den Tisch und deckte sie nacheinander ab. »Voilà! Algerische Gemüsesuppe nach dem Rezept meiner Großmutter«, erklärte er, indem er mit wedelnder Hand den Duft verteilte. »Sie besteht aus Tomaten, Kartoffeln, Lauch, Karotten, Rübchen, Fenchel, Zwiebeln, Sellerie, etwas Fleisch und verquirltem Ei. Sie macht stark für eine lange Nacht!« Er zwinkerte ihr vergnügt zu. »In dieser Schüssel haben wir Lammschulter mit Bulgur. Ihre sämige Konsistenz erhält die Sauce durch geriebene Möhren und Zucchini und den Weizengrieß. Aromatisiert wurde sie durch Koriandergrün und Zitronenviertel.« Wieder wedelte er den Duft in ihre Richtung.

Rosalies Appetit wuchs umso mehr, je ausführlicher er ihr die unterschiedlichen Gerichte erklärte. Außerdem gab es noch feurige Hähnchenschenkel, Linsenragout mit viel Blattpetersilie, Taboulé, einen kalten Couscous-Salat mit Rosinen, Gemüse, Pinienkernen und Minze sowie ihr absolutes Lieblingsgericht Bourek. Die frisch frittierten Hackfleischröllchen in einem Brikteig waren Zoras kulinarische Geheimwaffe. Für sie war Rosalie bereit, alles zu tun. Als Nachtisch gab es Basbousa, einen Grießblechkuchen mit Zitronenaroma und Djamilah, einen Dattelkuchen mit Mandeln und Vanille.

»Bon Appétit!« Rachid forderte sie endlich zum Essen auf.

Rosalie ließ sich nicht zweimal bitten, sondern griff gern zu.

Während des Essens erzählte Rachid von seinem Vorstellungsgespräch, das er an diesem Tag gehabt hatte. »Außer mir waren noch fünf andere Bewerber in die Endrunde geladen«, berichtete er, während er ein Stück des Fladenbrots in das Linsenragout tunkte. »Vier waren Franzosen, einer Schwede und dann ich ... Du kannst dir denken, dass ich mir nicht viele Chancen ausgerechnet habe. Aber dann kam der Chef des Architekturbüros und stellte sich vor ...« Rachid sah Rosalie kichernd an. »Er war so schwarz, dass man ihn im Dunkeln bestimmt übersehen würde. Ich glaube, er stammt aus Kamerun. Von da an fand ich meine Chancen schon nicht mehr so schlecht.«

»Und hast du den Job nun, oder hast du ihn nicht?«, hakte Rosalie ungeduldig nach. Sie hasste es, wenn man sie zu lange auf die Folter spannte. Als Rachids Lächeln immer breiter wurde, kannte sie die Antwort bereits. »Deshalb hast du also den Champagner kalt gestellt!« Rosalie rieb sich freudig die Hände. »Ich freue mich von ganzem Herzen für dich«, meinte sie ehrlich. »Und am meisten freue ich mich darüber, dass du uns nicht ganz verlassen wirst.«

Rachid sah sie an. »Ist das wahr?« Die Frage klang für seine Verhältnisse beinahe schüchtern.

Rosalie zog die Stirn kraus. »Das weißt du doch wohl, oder? Und nun hol schon die Flasche aus dem Kühlschrank! Darauf müssen wir anstoßen.«

Er tat wie ihm geheißen. Geschickt öffnete er die Champagnerflasche und goss die perlende Flüssigkeit in die bereitgestellten Kelche ein. Als Rosalie mit ihm anstoßen wollte, bat er sie zu warten.

»Da gibt es noch etwas, was ich dir sagen möchte«, begann er zögernd. Dann sprudelten die Worte aus ihm heraus wie ein Wasserfall. »Nun, da ich doch genug Geld verdienen werde, um eine eigene Familie ernähren zu können, dachte ich mir, dass es an der Zeit wäre, dich zu fragen, ob du nicht meine Frau werden möchtest.«

Sein Antrag kam so überraschend, dass Rosalie ihn nur ungläubig anstarren konnte. Seine schwarzen Augen ruhten unterdessen voller Wohlgefallen auf ihr. Sie begriff plötzlich, dass er ganz selbstverständlich davon ausging, dass sie seinen Antrag annahm. Vielleicht war es das, was ihr weiterhin die Sprache verschlug, vielleicht auch, dass es zurzeit für sie keinen passenden Moment geben konnte. Schließlich stieß sie nur ein unwilliges Schnauben aus. Zu mehr war sie im Augenblick nicht fähig.

Rachid missverstand ihren Laut als Zustimmung und ergriff ihre beiden Hände, die sie ihm zunächst willenlos überließ. »Ich habe mir schon alles überlegt. Wenn du möchtest, könnten wir Babettes Haus total umbauen. Ich habe schon Pläne im Kopf, wie wir auch das darüberliegende Dachgeschoss noch nutzen könnten, für unsere Kinder. Aber wenn du lieber woanders wohnen möchtest, könnte ich uns auch ein ganz neues Haus entwerfen. Du musst es mir nur sagen.«

Sie ließ seinen Redeschwall wie den Gewitterguss über sich ergehen. Erst als er ihre Hände an seine Lippen führte und sie zu küssen begann, wurde sie wieder Herr ihrer Sinne. Abrupt machte sie sich von ihm los.

»So leid es mir tut! Aber das geht nicht!«, unterbrach sie ihn hart. »Ich liebe dich nicht!« Nun war es heraus. Es tat ihr weh, so schroff zu ihm sein zu müssen, aber sie konnte nicht anders. Sie hatte Rachid nie Hoffnungen gemacht. Sie hatte ihn stets nur als guten Freund gesehen, fast wie einen Bruder, aber nie mehr. Sie schätzte und achtete ihn als Menschen. Er hatte ihr die mütterliche Seite ihrer Herkunft nahegebracht. Ohne ihn und seine Familie hätte sie wohl niemals einen Zugang zu ihren nordafrikanischen Wurzeln gefunden. Dummerweise hatte sie dabei übersehen, dass seine Gefühle in eine ganz andere Richtung gingen. Als sie sein erschrockenes Gesicht sah, tat er ihr unendlich leid. Sie strich ihm kurz über seinen Unterarm.

»Wir würden nicht glücklich miteinander werden«, versuchte sie ihm zu erklären. »Ich bin keine Frau, die man heiratet, und Mutter will ich schon gleich gar nicht werden …« Sie lachte bitter. »Ich hatte ja selbst niemals eine, wie könnte ich da Vorbild sein …?«

»In solch eine Aufgabe wächst man hinein … Außerdem werde ich dir bei der Erziehung immer zur Seite stehen.« Sein Blick füllte sich mit neuer Hoffnung. Rosalie begriff, dass sie sie ihm nehmen musste.

»Es ist ja nicht nur das«, versuchte sie es erneut. »Bis vor gar nicht langer Zeit war ich mit einem Mann zusammen, mit dem ich immer alt werden wollte. Er war ein Gauner, saß mehrere Male im Knast und war unfähig, regelmäßig zu arbeiten. Dennoch habe ich ihn geliebt, weil ich sicher war, dass ich ihm vertrauen konnte.« Sie schluckte und versuchte die wieder aufkeimende Bitterkeit zu unterdrücken. »Ich habe gar nicht gemerkt, wie er mich hintergangen hat. Wir wollten gemeinsam nach Australien auswandern. Ich hatte schon einen Friseursalon in Sydney an der Hand und eine beträchtliche Anzahlung geleistet. Es war mein ganzes Erspartes, mehr als zwanzigtausend Euro. Jérôme hat die finanziellen Dinge für mich geregelt, auch die Flüge für uns gebucht, weil ich damals einen Job hatte und mich nicht darum kümmern konnte. Ich habe ihm blind vertraut, verstehst du? In Wirklichkeit hat er das Geld einfach eingesteckt und nur darauf gewartet, bis sich eine günstige Gelegenheit ergab, um zu verschwinden. Wie sich herausgestellt hat, hatte Jérôme schon eine ganze Weile nebenher eine Geliebte. Mit ihr verprasst er im Augenblick mein ganzes Erspartes.« Rosalie ballte ihre Hände zu Fäusten, um ihre Enttäuschung niederzuringen. »Ich kann einem Mann im Augenblick nicht mehr als meine Freundschaft bieten!«

»Dann nimm dir Zeit ...« Rachid ließ nicht locker. »Ich werde dich nicht bedrängen, aber ich bin sicher, dass du eines Tages die Dinge ganz anders sehen wirst.«

Rosalie schüttelte den Kopf. »Ach Rachid«, seufzte sie, »begreif doch: Ich liebe dich wie einen Bruder. Zu mehr wird es niemals reichen.«

Rachid begriff endlich und senkte den Kopf. Dabei starrte er vor sich auf die Tischplatte. »Bist du wirklich sicher?«

Als sie nicht darauf antwortete, sah er wieder zu ihr hoch und versuchte zu grinsen. »Weißt du, dass ich unbewusst die ganze Zeit befürchtet habe, dass du mich abblitzen lässt?«, sagte er überraschend. »Ich werde dennoch nicht aufgeben. Eines Tages wirst du meine Frau sein!« Er stand auf und packte die leeren Schalen wieder in seine Tüten, um sich dann zu verabschieden. Rosalie blieb allein zurück. Sie fühlte sich schrecklich und noch einsamer als jemals zuvor.

31

Sobald sich das Gewitter verzogen hatte, entschloss sich Vincent zu einem Abendspaziergang mit Minouche. Die Schwüle hatte sich durch den ergiebigen Wolkenguss verzogen und war angenehmer, frischer Luft gewichen. Minouche sprang fröhlich durch die Pfützen und genoss den Ausflug durch die hinter Vassols liegenden Pinienwälder. Der würzige Harzgeruch der Bäume mischte sich mit dem erdigen Geruch der von Wasser getränkten Erde. Vincent atmete tief die ätherischen Düfte ein und überlegte, dass er womöglich doch für ein paar Tage verreisen sollte. Eigentlich hatte er das mit dem Urlaub nur so dahingesagt, weil er Rosalie zeigen wollte, dass er ganz gut ohne sie zurechtkam. Ihre gleichgültige Reaktion hatte ihn dann aber doch verletzt.

»Es müsste ein Medikament geben, das einem hilft, sich Frauen aus dem Kopf zu schlagen«, sagte er zu Minouche, die ihn gerade mit einem Pinienzapfen im Maul zum Spielen auffordern wollte. Er nahm den Zapfen und schleuderte ihn lustlos von sich. Mit einem kurzen freudigen Bellen nahm seine Hündin die Verfolgung auf und kam wenig später mit ihrer Beute wieder zurück. Sie wiederholten das Spiel mehrere Male, dann war es Zeit zurückzukehren.

Zwischen den abziehenden dunklen Wolken zeigte sich die untergehende Sonne und ließ das Dorf in magischem gelbem Licht erstrahlen. Das Wasser auf den Wegen glitzerte in ihrem Widerschein und verlieh der Umgebung einen besonderen Zauber.

Vincent machte einen kleinen Umweg, weil er sich überlegt hatte, noch einen kleinen Absacker im *Mistral* zu nehmen. Als er die Gasse passierte, in der Rosalie wohnte, sah er, wie Rachid aus ihrer Haustür trat. Bei seinem Anblick krampfte sich sein Herz zusammen. Es war also tatsächlich so, wie er befürchtet hatte. Sein ewiger Widersacher hatte das Rennen um Rosalie gewonnen. Am liebsten hätte er auf der Stelle kehrtgemacht, um Rachid nicht seinen Triumph gönnen zu müssen. Doch es war nicht seine Art, ein schlechter Verlierer zu sein. Also setzte er seinen Weg fort. Er bemühte sich um ein möglichst gleichgültiges Gesicht und nahm sich vor, Rachid freundlich zu grüßen. Doch der Algerier nahm gar keine Notiz von ihm, sondern befand sich – völlig in sich gekehrt – auf direktem Konfrontationskurs zu ihm. Vincent musste ihn mit ausgestreckten Armen auf Abstand halten, ansonsten wäre er direkt in ihn hineingelaufen.

»*Pardon!* Ich habe dich nicht gesehen!«, murmelte Rachid fahrig. Den Eindruck eines glücklichen Liebhabers machte er keineswegs. Vincent registrierte es fast erleichtert.

»*De rien!* Auch noch unterwegs?«

Rachid sah ihn an wie ein Hund, der Prügel bezogen hatte, und deutete mit bitterer Miene hinter sich. »War gerade bei Rosalie. Sie hat mich fortgeschickt.«

»Das kann bei ihr schon mal vorkommen. Mach dir nichts draus!«, zwang sich Vincent, wenigstens etwas Anteilnahme zu heucheln. »Rosalie kann sehr eigenwillig sein. Sie meint das bestimmt nicht so.«

Rachid winkte unwillig ab. »Ach was! Sie hat mir eine Abfuhr erteilt, die sich gewaschen hat!«

»Oh!« Vincent war überrascht über Rachids Offenheit, aber unfähig, anders als mit Erstaunen zu reagieren. Gleichzeitig schöpfte er sofort wieder Hoffnung.

»Ich habe dieser Frau gerade mein Leben zu Füßen gelegt – und ihr einen Heiratsantrag gemacht!«, gestand er zerknirscht. »Doch sie will mich nicht!«

Für diese Aussage hätte Vincent den Algerier am liebsten umarmen mögen. Natürlich tat er es nicht, sondern zeigte ihm seine Anteilnahme, die nun sogar aufrichtig war. Er mochte Rachid. Jetzt, wo sie keine Konkurrenten mehr waren, stand einer Freundschaft ja auch nichts mehr im Wege.

»Tut mir ehrlich leid für dich!« Er klopfte ihm leicht auf die Schulter.

»Sie will sich im Augenblick nicht binden«, brummte Rachid geknickt. »Irgend so ein Macker hat sie wohl ziemlich enttäuscht. Die beiden waren viele Jahre zusammen, dann ist er mit ihrem Ersparten auf und davon. Wegen diesem Mistkerl muss ich jetzt auf mein Glück verzichten! Sie sagt, dass sie von Männern überhaupt die Schnauze voll hat!« Er sah Vincent grimmig an. »Und ich dachte immer, du bist mein Hauptkonkurrent!«

»Das dachte ich auch!«, entfuhr es Vincent. »Mich hat sie nämlich auch abgewimmelt.« Sie sahen sich an und mussten beide plötzlich lachen. Rachid hatte ihm endlich eine Erklärung für Rosalies reservierte Haltung gegeben. Warum war ihm das nicht schon früher in den Sinn gekommen? Rosalie hatte gar nichts gegen ihn, sondern gegen Männer allgemein, weil sie enttäuscht worden war. Wieso hatte er es nie ernst genommen, als sie ihm von ihrer verflossenen Liebe erzählt hatte? Er war ein Idiot, dass er immer davon ausgegangen war, dass sie die Geschichte längst verarbeitet hatte. Ihre Zurückweisungen waren so ganz leicht zu erklären. Darüber würde er später noch nachdenken müssen. Er spürte, wie sich seine Laune merklich besserte. »Was hältst du davon, wenn wir gemeinsam noch einen trinken gehen?«, schlug er spontan vor. Mit einem Mal empfand er Rachid nicht länger als Kontrahenten, sondern als einen Verbündeten. »So eine Enttäuschung verträgt bestimmt einen ordentlichen Whisky!«

»Oder auch zwei!« Rachid sah ihn offen an und lachte plötzlich. »Geteiltes Leid ist schließlich halbes Leid, stimmt's?«

Wenig später saßen die beiden wie beste Freunde bei Josef an der Theke – jeder mit einem doppelten Whisky vor sich.

»Auf die verlorene Liebe!« Rachid hob sein Glas.

»Auf das, was vielleicht noch kommen wird!«

Vincent stieß mit seinem einstigen Nebenbuhler an und trank das Glas in einem Zug leer. Rachid tat es ihm nach und orderte gleich eine neue Runde. Zu Vincents Füßen lag Minouche und warf ihrem Herrchen einen vorwurfsvollen Blick zu.

»Hat Rosalie dich auch immer glauben lassen, dass sie auf dich steht?«, wollte Vincent wissen. Der Whisky lockerte seine Zunge. Plötzlich erschien es ihm ganz leicht, über seine Gefühle zu reden. »Ich war bis vor Kurzem fest davon überzeugt, dass ihr etwas an mir liegt. Aber dann war der Moment auch schon vorüber! Buff!« Er deutete mit den Händen eine Explosion an. »… war alles vorüber, und sie tat wieder so, als wären wir nichts als gute Bekannte.«

Rachid sah ihn mit schief gelegtem Kopf nachdenklich an. »Ich bin erst gar nicht auf die Idee gekommen, dass sie nicht auf mich stehen könnte«, gestand er freimütig. »Alle sagen, dass wir gut zusammenpassen. Stimmt doch auch, oder?« Vincent kräuselte missmutig die Stirn, was Rachid nicht davon abhielt weiterzureden. »Rosalie und mich verbindet unser nordafrikanisches Blut. Meine Mutter und meine Schwester mögen sie –

und ich finde, sie ist eine wunderbare Frau. Es ist, als gehörte sie schon immer zu meiner Familie. Das kann sie doch gar nicht anders sehen, oder? Wieso will sie mich dann nicht heiraten?«

»Du stehst auf sie, weil sie gut in deine Familie passt?«, erkundigte sich Vincent ungläubig. »Das hört sich für mich so an, als wolltest du einen wertvollen Teppich erwerben und nicht die Frau fürs Leben!«

»Du siehst das völlig falsch«, begehrte Rachid auf. Dann versuchte er jedoch, Vincent seinen Standpunkt zu erklären. »Wenn die äußeren Umstände nicht passen, hat keine Liebe eine Chance. Zwischen Rosalie und mir gibt es eine hundertprozentige Übereinstimmung!« Er kratzte sich am Kopf. »Oder wenigstens eine achtzigprozentige«, schränkte er etwas ein. »Das reicht für zwei gemeinsame Leben!«

»Liebst du Rosalie?«

»Natürlich! Und du?«

Vincent seufzte auf. »Was spielt das jetzt noch für eine Rolle?«

Wieder mussten sie lachen. Sie stießen erneut an, tranken leer und bestellten sogleich die Anschlussrunde. »Lass uns Rosalie vergessen und den Abend genießen«, schlug Rachid vor und klopfte Vincent kräftig auf die Schulter. Dessen Aufmerksamkeit wurde plötzlich auf eine Frau gelenkt, die einsam an einem Tisch in der hinteren Ecke saß. Rachid bemerkte es und sah ebenfalls hin.

»Kennst du die?«, fragte Vincent schon etwas benebelt. »Ich glaub, ich hab sie schon mal gesehen!«

»Klar, die arbeitet mit Rosalie am Filmset. Ich bin ihr neulich ebenfalls begegnet. Eine hübsche junge Frau, ohne Zweifel, leider etwas reserviert!« Rachid zwinkerte ihm zu. »Sie wirkt ziemlich einsam. Ihr fehlt gewiss etwas Gesellschaft.« Er nickte Vincent auffordernd zu. »Was ist? Wollen wir ihr ein wenig die Zeit vertreiben?« Ohne seine Antwort abzuwarten, erhob er sich von seinem Hocker und steuerte mit dem neuen Whisky in der Hand auf den Tisch der Frau zu. Vincent folgte ihm nach kurzem Zögern. Warum auch nicht?, dachte er beinahe trotzig, obwohl die Frau mit dem Pagenschnitt eigentlich gar nicht sein Typ war.

»Das ist Vincent«, stellte Rachid ihn umgehend vor. »Ich bin Rachid aus Tausendundeiner Nacht!« Er machte eine Verbeugung und nahm ganz selbstverständlich auf dem freien Stuhl neben der Frau Platz. »Ist doch hoffentlich in Ordnung, wenn mein Freund und ich Ihnen ein wenig Gesellschaft leisten?«

»Warum nicht?« Die Frau lächelte ihnen beiden freundlich zu, sodass Vincent gar nichts anderes übrig blieb, als sich ebenfalls zu setzen. Ihre neue Bekannte mochte Anfang bis Mitte dreißig sein und machte einen überaus gepflegten Eindruck, auch wenn der etwas antiquiert wirkende Pagenschnitt nicht so richtig zu ihr passen wollte. Auf Nachfrage stellte sie sich ihnen als Louane Bonnet aus Paris vor, was Rachid sofort zum Anlass nahm, sie noch weiter auszufragen.

»Wir haben uns neulich schon einmal auf dem Markt in Vassols kennengelernt. Sie hatten unsere Freundin Rosalie auf Ihrem Roller und haben die Kirschen abgelehnt, die ich Ihnen schenken wollte«, begann er auf seine unbekümmert charmante Art.

Louanes Lachen klang etwas geziert, aber sie ging auf sein Geplänkel ein. »Das hatte nichts damit zu tun, dass ich keine Kirschen mag, sondern ich hatte es einfach nur eilig«, stellte sie klar.

»Und ich hatte es schon auf mich bezogen«, lachte Rachid. »Darf ich Ihnen dann wenigstens heute Abend einen ausgeben?« Rachid wartete ihre Antwort gar nicht ab, sondern winkte Josef zu, damit er für Louane noch einen Drink machte. Ihr Glas stand leer vor ihr. Vincent fiel auf, dass auch sie harten Alkohol trank, was für eine Frau doch eher ungewöhnlich war. Sobald die Bestellung kam, prosteten sie einander zu. Rachid gab sich alle Mühe, sich von seiner charmantesten Seite zu zeigen. Offensichtlich war das seine Methode, um sich von der Schmach zu erholen, die ihm Rosalie zugefügt hatte. Er machte Späße und brachte die junge Frau immer wieder zum Lachen.

Vincent fragte sich, ob sein Freund sich tatsächlich einbildete, bei dieser Frau landen zu können. Louane war eindeutig nicht seine Kragenweite. Sie gab sich zwar gesellig, aber sie stammte eindeutig aus dem gehobenen Bürgertum. Die Kleidung, die Sprache und vor allem ihre Attitüden verrieten, dass sie es nicht gewohnt war, jeden Tag mit einfachen Leuten Umgang zu haben. Was mochte eine junge Frau wie sie zum Film drängen?, grübelte er.

»Ich darf nicht zu viel trinken«, erklärte Louane eindeutig beschwipst und bestellte sich sogleich einen weiteren Cognac. »Ich bereite mich nämlich gerade auf meine erste Filmrolle vor und muss morgen fit sein.« Sie lachte etwas hektisch auf. »Ich fürchte, dass ich noch einiges lernen muss, bevor ich in der gleichen Liga spiele wie Yannis Quebec.« Vincent fiel auf, dass der Blick ihrer wasserblauen Augen unstet war. Sie vermied direkten Augenkontakt. Überhaupt wirkte sie angestrengt und hatte Ringe unter den Augen, obwohl sie sich alle Mühe gegeben hatte, sie zu überschminken. Wahrscheinlich war ihr vor ihrem großen Auftritt schon ganz schlecht vor Lampenfieber.

»Mir käme kein Wort über die Lippen, wenn ich vor der Kamera etwas sagen müsste«, gestand Vincent, der sich gut in ihre Situation hineinversetzen konnte. »Schauspielerei wäre wohl der letzte Beruf, den ich ergreifen würde, auch wenn ich selbstverständlich die Menschen bewundere, die es über sich bringen, all ihre Gefühle vor der Kamera zu zeigen.«

»Ich konnte mir das bis vor Kurzem offen gestanden auch nicht vorstellen«, gab Louane ehrlich zu. »Es hat auch mich große Überwindung gekostet, doch jetzt brenne ich für diese Aufgabe. Man hat schließlich nicht oft die Gelegenheit, mit einem Yannis Quebec gemeinsam vor der Kamera zu stehen.«

»Kennen Sie ihn schon lange?«, erkundigte sich Vincent.

»Natürlich kenne ich ihn schon lange«, erklärte Louane und lächelte versonnen vor sich hin. Dann straffte sie ihren Oberkörper und berichtigte: »Aber persönlich bin ich ihm hier zum ersten Mal begegnet.«

»Erzählen Sie doch von Ihrer Arbeit«, ermunterte Rachid sie geschickt. Sie war gerade dabei, etwas lockerer zu werden. Bereitwillig begann sie aus dem Nähkästchen zu plaudern. Sie erzählte, dass ihr durch das Casting eine kleine Rolle zugeteilt worden war, die insofern etwas Besonderes war, als sie die Geliebte von Quebec spielen durfte. Bei ihren Schilderungen begannen ihre Augen vor Begeisterung zu glänzen.

Vincent fragte sich, was dieser Schauspieler wohl an sich hatte, das ihn so anziehend für so viele Menschen machte. Davon konnte ein Mann wie er nur träumen. Andererseits wollte er sich auch nicht mit Quebec vergleichen lassen. Im Gegensatz zu dem Schauspieler hatte er immerhin noch ein paar Moralvorstellungen.

»Rosalie hat mir erzählt, dass Sie auf dem Campingplatz in Vassols wohnen«, wechselte Rachid das Thema. »Kann mir gut vorstellen, dass einem die Filmleute mit der Zeit ganz schön auf den Keks gehen können. Wie man so hört, ist Quebec hinter jedem Weiberrock her. Das muss einer Frau wie Ihnen doch furchtbar lästig sein, oder?« Louane wirkte plötzlich ganz befremdet.

»Ich glaube, nicht, dass Sie sich darüber ein Urteil erlauben können«, bemerkte sie spitz. Sie wirkte sogar verärgert.

»Oh, ich wollte Ihnen nicht zu nahe treten«, entschuldigte sich Rachid sofort.

Sie nickte und fügte erklärend hinzu: »Bitte entschuldigen Sie, aber ich mag es nicht, wenn man mich so unverblümt auf private Dinge anspricht.« Ihr Lächeln wirkte mit einem Mal steif und unnahbar.

»Selbstverständlich geht uns das überhaupt nichts an«, gab Rachid ihr sofort nochmals recht. »Ich bin da wohl etwas über das Ziel hinausgeschossen.« Er grinste schuldbewusst. »Wissen Sie, heute ist ganz offensichtlich nicht mein bester Tag im Umgang mit Frauen.«

Louane missverstand Rachid erneut. »Das wäre bei mir auch vergebene Liebesmühe. Ich bin nämlich in festen Händen!« Wie zur Bestätigung trank sie ihren Cognac leer, zückte die Geldbörse und legte einen Fünfzigeuroschein auf den Tisch.

»Ich wünsche den Herren noch einen schönen Abend.« Mit einer lässigen Handbewegung erhob sie sich und steuerte mit nicht mehr ganz sicheren Schritten in Richtung Ausgang.

Rachid und Vincent sahen einander irritiert an.

»Die hat uns noch schneller abserviert als Rosalie«, bemerkte Rachid trocken. Dann grinste er. »Aber so schnell wird die mich nicht los! Morgen mache ich ihr nochmals meine Aufwartung, und dann liegt sie mir zu Füßen. Du wirst schon sehen!«

Vincent lachte nur und bestellte bei Josef die nächste Runde.

32

Maurice fühlte sich von allen Seiten unter Druck gesetzt. Sylvie und ihre ewige Unzufriedenheit, Joël, der sich seit Tagen in sein Zimmer zurückzog und jedes Gespräch mit ihm verweigerte, der Commandant, der schnelle Erfolge forderte, die er ihm nicht liefern konnte, und jetzt auch noch Capitaine Duval, den er vorzeitig aus seiner Fortbildung hatte zurückbeordern müssen, damit er sich um die ungeklärte Einbruchserie kümmern konnte. Sein ehemaliger Vorgesetzter genoss es seit Tagen, sich akribisch in die Akten einzuarbeiten. Mit gespitztem Bleistift sah er die Akten durch und machte sich hier und da auf einem eigenen Zettel Notizen. Ab und zu hob er abfällig die Augenbrauen und schüttelte missbilligend den Kopf. Maurice, der gerade eine E-Mail für die Presse abfasste, spürte plötzlich eine Aggressivität, die er irgendwie loswerden musste.

»Sind Sie endlich fertig?«, schnauzte er Duval an. »So dick sind die Akten nicht, dass man sich tagelang damit beschäftigen müsste.«

Duval warf ihm über seine randlose Lesebrille einen verächtlichen Blick zu. »Wohin Ihr ›Schnell-schnell‹ führt, haben wir ja gesehen«, bemerkte er spitz. »Ich halte es lieber mit der Gründlichkeit. Gut Ding will eben Weile haben!«

»Wir haben aber keine *Weile*, Capitaine«, wies Maurice ihn zurecht. »Wir brauchen endlich einen Ermittlungserfolg. Wissen wir endlich, wem der Lieferwagen gehört, den unsere Kollegen neulich am Tatort verfolgt haben?«

»Der Wagen wurde von einem gewissen Fiodor Toma gemietet. Er gab an, den Wagen für einen Umzug nach Marseille zu verwenden.«

»Hm.« Maurice überlegte.

»Welche Nationalität hatte der Mann?«

»Franzose mit rumänischen Wurzeln.«

»Haben Sie den Typen schon ausfindig gemacht?«

»Die Adresse, die er angegeben hatte, war falsch. Aber wir sind dran. Wir haben den Mann von der Autovermietung gebeten, mit uns ein Phantombild zu generieren. Seit gestern fahnden wir nach dem Mann.«

»Und weshalb erfahre ich erst jetzt davon?« Maurice wurde erneut ungeduldig.

»Sie waren dauernd mit anderen Dingen beschäftigt, von denen ich auch nichts mitbekomme«, beschwerte sich Duval säuerlich. »Wir werden den Kerl bald haben, da bin ich ganz sicher. Außerdem habe ich die Einbruchsfälle hier mit denen im Departement Lozère und im Umland von Offenburg in Deutschland verglichen. Sie laufen alle nach dem gleichen Muster ab. Ich bin sicher, dass wir es mit einer international tätigen Verbrecherorganisation zu tun haben, die immer wieder in Marseille …«

»Sie müssen mir nicht erzählen, was ich schon weiß, Duval«, fuhr Maurice dazwischen. »Kommen Sie endlich auf den Punkt. Was hat das alles mit Marseille zu tun?«

»Wenn Sie mich ausreden ließen, wüssten Sie es längst«, konterte Duval verschnupft. Maurice schnaubte ungehalten und forderte ihn mit wedelnder Hand auf fortzufahren. »Ich habe sämtliche Mietwagenagenturen in Lozère und der Gegend von

Offenburg abtelefoniert und mir alle Mieter von Lieferwagen im Zeitraum der Einbruchserien durchgeben lassen. Dabei ist mir die Häufigkeit von rumänischen Namen aufgefallen, und« – Duval lächelte zufrieden – »die Tatsache, dass die Mietwagen so gut wie immer in Marseille wieder abgegeben wurden.«

Maurice verstand. »Sie glauben, dass die Diebe ihre Ware nach Marseille bringen, um sie dort zu verkaufen …«

»… oder zu verschiffen.«

»Gute Arbeit, Duval.« Maurice fiel es nicht leicht, das zuzugeben. Aber es war immerhin eine Spur, die es lohnte weiterzuverfolgen. »Dann müssen wir nur noch diesen Toma dingfest machen. Setzen Sie alle Hebel in Bewegung, dass uns das gelingt. Ich werde den Commandant bitten, die Fahndung über Interpol auszuweiten. Und lassen Sie alle Mietwagenfirmen im Vaucluse und Var überwachen.«

Maurice machte sich wieder an seine Pressemitteilung, als Arduin mit einer Mappe von der Kriminaltechnik bei ihm hereinschneite.

»Ich hab da was für Sie, *mon Commissaire*«, begrüßte er ihn freudestrahlend. »Das wird Sie brennend interessieren.«

»Können Sie nicht anklopfen?«, beschwerte sich Duval naserümpfend über den beflissenen Kollegen. »Auch die Municipale muss sich an Regeln halten.«

Arduin hielt erschrocken inne und wollte sich gerade entschuldigen. Maurice half ihm aus der Verlegenheit, indem er ihn zu sich an den Schreibtisch winkte. »Schon in Ordnung. Kommen Sie und berichten Sie mir, was Sie für mich haben!«

»Die KTU weiß nun mit Sicherheit, dass die Einbrecher nicht in Quebecs Haus gewesen waren. Weder die Reifenspuren noch andere Hinweise lassen solch einen Rückschluss zu.«

»*Merde*«, knurrte Maurice wenig begeistert. »Darum brauchen Sie aber nicht so viel Aufhebens zu machen.«

Arduin machte keinerlei Anstalten zu gehen. »Da ist noch etwas, *mon Commissaire*«, stotterte er unsicher.

»Dann mal raus mit der Sprache!«

»Es geht um Cadenet«, platzte Arduin unvermittelt heraus. »Als er neulich eine Nacht in U-Haft war, musste ich ihm doch alles abnehmen, bevor er in seine Zelle kam. Unter seinen persönlichen Gegenständen befand sich auch ein Maniküreset, sehr ungewöhnlich für einen Mann, finden Sie nicht auch?« Der Adjoint sah Maurice treuherzig an. Duval schnaubte herablassend. Normalerweise hätte er wohl ebenfalls ungnädig reagiert, aber weil Duval das schon tat, gab sich der Commissaire dieses Mal gnädig.

»In der Tat ungewöhnlich für einen Mann«, bestätigte er seinen jungen Kollegen. Duval prustete entrüstet, was Arduin prompt verstummen ließ. »Was wollten Sie mir sagen, Arduin?«, half Maurice ihm mit ausgesuchter Freundlichkeit wieder auf die Sprünge.

»Nun, ich habe zugegebenermaßen etwas getan, wofür ich eigentlich Ihre Anweisung benötigt hätte«, gab Arduin unsicher zu. »Vielleicht erinnern Sie sich ja daran, dass ich neulich versucht habe, mit Ihnen darüber zu reden …«

Maurice hob erwartungsvoll die Augenbrauen.

»Ich habe das Maniküreset in die KTU geschickt, damit die Kollegen dort es sich mal ansehen«, fuhr Arduin fort und sah seinen Chef an, als käme nun ein Donnerwetter. Duval hörte der Unterhaltung mit gespitzten Ohren zu, so als wartete er nur darauf, dass Maurice nun auch dem Adjoint eine Abreibung verpasste. Doch er tat ihm den Gefallen nicht.

»Das war ganz in meinem Sinne«, antwortete der Commissaire verbindlich. »Nun raus mit der Sprache! Was haben die Kollegen gefunden?«

»Nun, mir war aufgefallen, dass Cadenets Maniküreset vergoldet war. Und Gold hatte man ja auch an dem manipulierten Schnellspanner entdeckt. Also dachte ich mir, lass das doch mal abgleichen ...« Wieder schluckte Arduin, aber dann gewann sein eben erst gewonnenes Selbstwertgefühl die Oberhand. »Wir haben Abriebspuren an der Nagelhautzange gefunden, die hundertprozentig zu den Spuren passen, die wir am Schnellspanner gefunden haben. Unsere Leute gehen davon aus, dass damit versucht wurde, den Spanner zu lösen. Er hat die Enden als Hebel benutzt, um den Verschluss zu öffnen. Allerdings hat er damit keinen Erfolg gehabt. Er muss dann noch mit einer richtigen Zange nachgeholfen haben.«

»Gut gemacht, Arduin!« Maurice atmete auf. Zum ersten Mal seit Wochen ließ der Druck, der auf ihm lastete, etwas nach. »Damit haben wir den Mistkerl!« Er rieb sich erleichtert die Hände. »Ich bin sicher, dass die beiden Morde auf Cadenets Rechnung gehen. Inwieweit Guesset darin verwickelt ist, finden wir auch noch heraus.«

»Ich verstehe, dass Cadenet etwas mit Raunards Tod zu tun hat«, fragte Arduin unsicher nach, »aber wie kommen Sie darauf, dass er auch mit Leroys Tod in Verbindung steht?«

Maurice lehnte sich zurück und forderte seinen jungen Kollegen auf, Platz zu nehmen. Er fand, dass er es ihm schuldig war, die Umstände näher zu erläutern. »Sie müssen lernen, die Dinge in größerem Zusammenhang zu sehen«, belehrte er Arduin milde. »Die Suche nach dem Motiv führt in den allermeisten Fällen auch zu dem Täter. Am Anfang stand Quebecs geniale Idee, einen Film über den Mont Ventoux zu machen, ein Dokudrama, das nicht nur die Filmliebhaber, sondern auch die Sportbegeisterten ins Boot holte. Raunard, sein Freund und Manager, war sofort Feuer und Flamme, nicht zuletzt deswegen, weil er hoffte, mit einem großen Filmerfolg endlich seine Schulden begleichen zu können. Er hatte mächtig Druck. Doch das Projekt war teuer und wegen Quebecs Alkoholproblem und seiner Labilität auch ein gewisses Wagnis. Cadenet, der als ehemaliger Pornoproduzent sein Image aufpolieren wollte, stieg ebenfalls ein. Da Raunard bei ihm Schulden hatte, konnte er sich seinen Anteil erzwingen. Hier kommt meines Erachtens Maxime Guesset ins Spiel. Der hatte erst ein Verhältnis mit Raunard und dann mit Cadenet. Um ihn an sich zu binden, versprach Cadenet Maxime die Hauptrollen. Er dachte, er könne Raunard so unter Druck setzen, dass er ihm das ermöglichte. Doch der blieb Quebec gegenüber loyal und ließ sich nicht erpressen. Also kam Cadenet auf die Idee, Quebec aus dem Spielfeld zu nehmen. Vielleicht wollte er nur, dass er einen kleinen Unfall hatte, der es ihm unmöglich machte, die Rollen zu übernehmen. Auf jeden Fall müssen wir davon ausgehen, dass er seinen Tod billigend in Kauf nahm. Dummerweise klappte das nicht, weil ausgerechnet Raunard anstelle von Quebec an dem Rennen teilnahm, noch dazu mit Quebecs Rennmaschine.«

»Aber wieso sollte er dann auch noch Leroy töten?«, erkundigte sich Arduin, dessen Kombinationsgabe bisweilen noch in den Kinderschuhen zu stecken schien. Maurice bedachte den Adjoint mit einem nachsichtigen Blick.

»Leroy war ein sogenannter Kollateralschaden, jemand, der zur falschen Zeit am falschen Ort war. Ich nehme an, dass Cadenet noch einmal versuchen wollte, Quebec auszuschalten. Er lauerte ihm in Quebecs Haus auf und wurde von dem jungen Mann überrascht. Es gab ein Handgemenge, bei dem Leroy getötet wurde. Um es wie einen Einbruch aussehen zu lassen, hat er die Schubladen herausgezogen.«

»Aber wieso ist Cadenet dann noch einmal zum Tatort zurückgekehrt?«, hakte Duval ein, der Maurice' Vortrag notgedrungen ebenfalls hatte folgen müssen. »Er wäre dabei um ein Haar der Polizei in die Arme gelaufen.«

»Wahrscheinlich hat er nicht damit gerechnet, dass Leroys Leiche so schnell entdeckt wird. Er war besessen davon, Quebec ein für alle Mal auszuschalten. Mit seinem Tod hätte er womöglich alle Rechte an dem Filmprojekt bekommen.« Maurice ließ keinen Zweifel daran zu, dass er mit seiner Theorie recht hatte. »Die Einzelheiten werden wir erfahren, wenn wir uns Cadenet noch einmal vorknöpfen.« Er fixierte Duval hinter seinem Schreibtisch. »Duval, bitten Sie die Gendarmerie um Unterstützung. Cadenet muss so schnell wie möglich verhaftet werden. Dieses Mal entkommt er uns nicht!«

»Aber ich bin mit einem ganz anderen Fall beschäftigt ...«, protestierte Duval. Maurice wischte seinen Einwand mit einer Handbewegung beiseite.

»Um die ausgeweitete Fahndung von Toma kümmere ich mich. Und Sie, Arduin, fahren direkt nach Bédoin und passen auf, dass Quebec nichts geschieht.«

33

Als Yvette zu dem Wagen, in dem sich die Maske befand, kam, stand Louane Bonnet bereits wartend davor. Sie wirkte fahrig und nervös und rauchte eine Zigarette.

»*Bonjour,* meine Liebe!«, grüßte die Maskenbildnerin sie freundlich. »Da kann es aber jemand kaum mehr erwarten, endlich vor die große Kamera zu kommen, *n'est-ce pas?*« Sie zwinkerte ihr gutmütig zu und stapfte die Metalltreppe hoch zur Eingangstür, um sie aufzuschließen. Louane drückte hastig ihre Zigarette aus und folgte ihr in den Wagen.

»Mir ist ganz schlecht vor Aufregung«, gestand sie fröstelnd. »Ich habe beinahe die ganze Nacht kein Auge zugemacht. Hoffentlich bekomme ich überhaupt ein Wort heraus.«

Yvette antwortete mit einem gutmütigen Lachen: »Das gibt sich, glaub es mir! Ich hatte hier schon Kandidaten, die waren vor lauter Aufregung so heiser, dass man die Dreharbeiten schon absagen wollte. Doch kaum hatten sie ihr Take, lief alles wie geschmiert. Glaub mir, bei dir wird das nicht anders sein!«

»Glaubst du?« Louane klang nicht sehr überzeugt. »Ich möchte auf keinen Fall, dass Yannis von mir enttäuscht ist. Deshalb werde ich alles geben!« Der letzte Satz war voller Entschlossenheit. Yvette musterte die junge Frau mit der Erfahrung ihrer fünfzig Jahre. Sie war sich sicher, dass man sich um eine Frau wie Louane keine Sorgen machen musste. Die wusste, was sie wollte.

»Nimm schon mal da vorn Platz«, wies sie die Schauspielerin an. »Rosalie wird ebenfalls gleich hier sein und dich zurechtmachen. Ich packe nur schnell meinen Koffer und geh dann zu Yannis rüber, um ihn zu schminken. Wie du weißt, braucht der Herr eine Sonderbehandlung und möchte in seinem Hotelzimmer geschminkt werden.« Sie zwinkerte ihr vielsagend zu.

»Natürlich.« Louane setzte sich auf den mittleren Stuhl vor den Spiegel und verschränkte die Beine elegant übereinander. Yvette fiel auf, dass sie unter der Masse der anderen Komparsen eindeutig hervorstach. Ihre Bewegungen, ihr Mienenspiel, ihre Wortwahl, alles war kontrolliert, und das trotz ihres Lampenfiebers. Während Yvette ihren Schminkkoffer nochmals überprüfte, nahm sie sich die Zeit, die Schauspielerin durch den Spiegel genauer zu mustern. Mit Kennerblick stellte sie fest, dass Louane schon mehrfach geliftet worden war. Die Lippen waren aufgespritzt, die Wangenknochen hervorgehoben, und wahrscheinlich hatte sie sich auch die Schlupflider beseitigen lassen. Verrückt, was diese jungen Dinger taten, nur um für ein paar Jahre vor der Kamera zu stehen, wunderte sich die Maskenbildnerin nicht zum ersten Mal. Immerhin hatte sie damit Erfolg gehabt, wie es schien. Eigentlich erstaunlich, dass Yannis sich noch nicht an sie herangemacht hatte. Hätte er wahrscheinlich, überlegte Yvette, wenn nicht so viel geschehen wäre in den letzten Tagen. Ihre Gedanken wurden durch die Ankunft Rosalies unterbrochen.

»*Bonjour,* die Damen«, sprudelte es fröhlich aus ihr heraus. Selbstbewusst stakste sie auf ihren Plateausandalen in den Wagen und begrüßte sowohl Yvette als auch Louane mit Küsschen. »Dann heißt es wohl an die Arbeit gehen?«

Yvette rief ihr nochmals die einzelnen Arbeitsschritte in Erinnerung. »Louane muss als Camille unter den anderen Komparsen hervorstechen. Schmink sie auffällig, aber übertreib nicht zu sehr. Sie darf auf keinen Fall billig wirken. Sobald ich mit Yannis durch bin, komme ich und helfe dir, falls es nötig sein wird. Aber ich bin sicher, das schaffst du auch so!«

Wieder ging die Tür auf. Dieses Mal war es Yannis. Er hatte Melissa in seinem Schlepptau, die auf der Türschwelle jedoch stehen blieb und das Innere erst dann betrat, als er sie nachdrücklich in den Vordergrund schob.

»Es gibt eine kleine Änderung in der Rollenverteilung«, platzte er unvermittelt mit seiner Neuigkeit heraus, ohne die Anwesenden zu begrüßen. Er schob Melissa noch weiter in den Vordergrund, was ihr ganz offensichtlich peinlich war. »Melissa habt ihr ja schon kennengelernt. Sie ist meine Verlobte, und« – er grinste breit – »ich habe sie dazu überreden können, in meinem Film die Rolle der Camille zu übernehmen. Ist das nicht wunderbar?«

Sowohl Rosalie als auch Yvette warfen sofort einen alarmierten Blick auf Louane, die wie versteinert dasaß und noch gar nicht zu begreifen schien, was Yannis da eben gesagt hatte.

»Ist das nicht ein wenig kurzfristig?«, wagte Yvette einzuwenden. »Alles ist auf Louane zugeschnitten.« Als Setdinosaurier konnte sie es sich als Einzige leisten, dem Star etwas entgegenzusetzen. »Sie bereitet sich seit Tagen auf ihre Rolle vor. Ihr habt ihr einen Vertrag gegeben. Es gibt keinen Grund, sie einfach auszutauschen.«

Yannis zog ärgerlich die Stirn kraus. »Ich wüsste nicht, was dich das angeht, Yvette«, fuhr er ihr in die Parade. »Kümmere dich gefälligst um die Dinge, für die du bezahlt wirst.« Dann wandte er sich in freundlichem Tonfall an Louane. »Natürlich ist mir bewusst, dass du enttäuscht bist«, versuchte er ihr zu erklären. »Du erhältst selbstverständlich die Gage und obendrauf eine kleine Abfindung mit der Zusage, bei einem meiner nächsten Filme ebenfalls eine Rolle zu bekommen. Das ist ein fairer Deal, wie ich finde.«

Louane wachte aus ihrer Erstarrung auf und sah ihm direkt ins Gesicht. Ihre Miene war immer noch versteinert, doch in ihren wasserblauen Augen loderten Panik und Verzweiflung, die allen zeigten, wie sehr sie um ihre Beherrschung rang. Rosalie war sich nicht sicher, aber für einen Augenblick glaubte sie, dass Yannis zurückschreckte, so als hätte er plötzlich Angst vor ihr.

»Das wagst du nicht«, presste sie schließlich hervor. »Die Arbeit mit dir bedeutet mir alles!« Ihre Hände waren zu Fäusten geballt. Die Knöchel der Hand traten weiß unter der gespannten Hand hervor. Dann verharrte ihr Blick hasserfüllt auf ihrer Kontrahentin, die unwillkürlich zusammenzuckte.

»Ich möchte Louane nicht ihre Rolle wegnehmen«, knickte Melissa sofort ein. Aber Yannis ließ sie nicht weiter zu Wort kommen.

»Wir machen es so, wie ich es gesagt habe«, verkündete er stur. »Du spielst die Camille, und Lavernier wird für Louane sicherlich noch eine andere Besetzung finden, wo sie auch ein paar Sätze zu sagen hat.«

»Aber Camille ist mir vertraut«, flüsterte Louane tonlos. Yannis beachtete sie nicht mehr, sondern wandte sich an Yvette.

»Wir drehen wie geplant«, verkündete er. »Melissa und ich kommen in einer halben Stunde wieder hierher. Du kannst mit Rosalie solange alles vorbereiten. Melissa zuliebe werde ich mich heute hier schminken lassen. So bleibt uns genug Zeit, um die Szenen nochmals durchzugehen. Man sieht sich!« Er nickte allen zu, nahm seine Verlobte an der Hand und verließ den Wagen.

»Dieser Vollidiot!«, rutschte es Rosalie heraus, kaum waren

die beiden verschwunden. »Das kann dieser *fils de pute* doch nicht machen!« Sie wollte Louane die Hand auf die Schulter legen, um sie zu trösten. Doch diese sprang von ihrem Sitz auf. Dabei fiel ihre geöffnete Handtasche auf den Boden, und der gesamte Inhalt verteilte sich auf dem Boden. Sie ignorierte es. Ihr Gesicht war schneeweiß, die Augen weit aufgerissen. Plötzlich fuhr sie sich mit beiden Händen an den Hals und riss den Anhänger, der Rosalie schon neulich aufgefallen war, von ihrem Hals und schleuderte ihn auf den Boden. Dann hastete sie nach draußen. Yvette setzte ihr sofort hinterher, während Rosalie sich erst nach dem Anhänger bückte und dann die Handtasche wieder einräumte, bevor sie ihr folgte.

Yvette kam kurz darauf wieder zurück. Sie hatte Louane nicht aufhalten können. »Sie hat sich auf ihren Roller geschwungen und ist in Richtung Ventoux davongebraust«, teilte sie ihr mit.

»Kein Wunder bei dem Schock.« Rosalie konnte Louanes Emotionen nur allzu gut nachempfinden. Jede weitere Unterhaltung wurde durch Arduin unterbrochen, der in seinem weißblauen Polizeiwagen heranbrauste und direkt vor ihnen anhielt. Als er ausstieg, ließ er das Blaulicht auf dem Dach eingeschaltet.

»Wo ist Monsieur Quebec?«, erkundigte er sich aufgeregt.

»Drüben in seinem Hotel, nehme ich an«, knurrte Yvette nicht sonderlich begeistert. »Er wird aber gleich wieder hier auftauchen.«

»Dann haben Sie ihn also heute schon gesehen?« Arduin schien erleichtert.

»Klar, er und der Tsunami, den er hinterlassen hat, sind wohl kaum zu übersehen«, bemerkte Rosalie verkniffen. »Darf ich fragen, weshalb du ihn sprechen willst?«

Arduin warf sich in die Brust. »Wir fahnden nach Cadenet.

Der Commissaire geht davon aus, dass er Rémy Raunard und Lucas Leroy umgebracht hat. Möglicherweise hat er es nun auf Yannis Quebec abgesehen.« Er berichtete ihnen ausführlich über ihre Ermittlungen, auch dass es gelungen war, Cadenet anhand einer Nagelzange zu überführen. »War Cadenet in den letzten vierundzwanzig Stunden vielleicht hier?«, fragte er abschließend.

»Ich habe ihn gestern Abend gesehen«, meldete sich Yvette wieder zu Wort. »Er und Quebec sind noch einmal ordentlich aneinandergeraten. Ich dachte schon, dass sie anfangen, sich zu prügeln, aber dann ist Cadenet wutentbrannt weggefahren, während Yannis ihm schadenfroh hinterhergesehen hat.«

»Soso.« Arduin schien mit der Nachricht nicht besonders viel anfangen zu können. »Auf jeden Fall müsst ihr sofort die Polizei verständigen, falls er nochmals hier auftaucht. Der Typ ist brandgefährlich!« Er sog heftig Luft durch die Nase ein und wollte noch etwas anfügen, als die Leitstelle sich meldete und er den Anruf entgegennehmen musste. Als er auflegte, war er sichtlich entspannter.

»Sie haben Cadenet in Valence auf dem Gare TGV aufgegriffen«, teilte er ihnen mit. »Er wollte sich gerade in Richtung Paris davonmachen. Ich muss dann mal wieder zurück. Der Commissaire braucht mich an anderer Stelle.« Er tippte wichtig mit dem Zeigefinger an seine Uniformmütze und verabschiedete sich.

»Wenn der Mörder nun endlich gefasst ist, kann ja wohl in Zukunft bei den Dreharbeiten nicht mehr allzu viel schiefgehen«, bemerkte Yvette sarkastisch.

»Noch ist nicht aller Tage Abend«, unkte hingegen Rosalie, der die These, dass Cadenet sowohl der Mörder von Raunard als auch der von Lucas Leroy sein sollte, noch nicht so recht einleuchten wollte. »Mein Gefühl sagt mir, dass mein Bruder sich wieder einmal auf dem Holzweg befindet. Dieser Pornoproduzent mag wohl ein Motiv gehabt haben, Quebec aus dem Weg zu räumen, wobei er dabei unglücklicherweise Raunard erwischte, aber wieso sollte er Leroy auch noch töten, nur weil er ihn in Quebecs Haus überraschte? Leroy hätte sich doch sicher irgendwie herausreden können. Schließlich waren die beiden ja so etwas wie Geschäftspartner.«

»Der Commissaire wird schon wissen, was er tut«, meinte Yvette. »Was hast du denn da in der Hand?« Sie deutete auf den Anhänger, mit dem Rosalie gedankenverloren spielte.

»Den hat sich Louane doch vorhin vom Hals gerissen.«

Yvette nahm ihn ihr aus der Hand und betrachtete ihn eingehend. »Oh, là, là, das erklärt vieles«, meinte sie plötzlich ernst. »Ich kenne diese Art Anhänger. Yannis besitzt mehrere davon.«

Rosalie horchte auf. »Yannis?« Plötzlich fiel es ihr wie Schuppen von den Augen. Auch sie hatte diesen Anhänger, ein silbernes springendes Einhorn, schon einmal gesehen. Deshalb war es ihr auch neulich, als sie mit Louane auf dem Motorroller saß, in die Augen gestochen. Natürlich! Sie hatte solche in einer der Schubladen in Quebecs Schlafzimmer gesehen, an dem Tag, an dem Lucas gestorben war. Wieso hatte sie sich nicht früher daran erinnert?

»Yannis ist nicht besonders originell, was die Geschenke angeht, die er seinen vielen Geliebten gibt«, erklärte Yvette abfällig. »Er hat sich diese Anhänger im Dutzend bestellt und verteilt sie gewissermaßen wie Trophäen ... Arme Louane!«

»Aber sie hat doch immer behauptet, Yannis erst hier kennengelernt zu haben.« Rosalie sträubte sich, das zu glauben. »Außerdem hatte ich nicht den Eindruck, dass Yannis sie kennt. Sie sind sich vorher nie begegnet.« Dann fiel ihr ein, dass Yannis vorhin, als Louane so wütend geworden war, für einen Augenblick irritiert gewirkt hatte. Sie war verunsichert.

»Louane trägt frische Operationsnarben im Gesicht. Das ist mir vorhin erst aufgefallen«, behauptete Yvette und machte aus ihrer vagen Vermutung Gewissheit. »Ich wette, sie war bei einem Gesichtschirurgen. Deshalb wird er sie nicht erkannt haben.«

»Bist du dir da ganz sicher?«

»Ich arbeite seit dreißig Jahren als Maskenbildnerin. Da bekommt man einen Blick dafür.«

Rosalie kaute auf ihrer Unterlippe. »Du glaubst also, dass Louane und Yannis früher einmal ein Verhältnis gehabt haben könnten?«

»Das ist nicht unwahrscheinlich. Woher sonst soll sie diesen Anhänger haben, und warum hat sie ihn jetzt so wutentbrannt auf den Boden gepfeffert?« Yvette hob beide Hände. »Wenn du mich fragst, gibt es bald mehr Frauen, die mit ihm in der Kiste waren, als solche, die noch nicht das Vergnügen hatten.« Sie verzog das Gesicht. »Der Kerl ist sexsüchtig. Louane ist nur eines von vielen Opfern. Schlimm ist nur, dass sie so naiv war zu glauben, dass sie nochmals bei ihm landen könnte, wenn sie ihr Aussehen veränderte. Die Rechnung ist wohl nicht aufgegangen.«

34

Seit ihrem gemeinsamen Trinkgelage waren aus Rachid und Vincent beste Freunde geworden. Die Rivalität um Rosalies Gunst entzweite die beiden nicht länger und gab ihnen endlich die Möglichkeit, ihre Gemeinsamkeiten festzustellen. Als Josef sie schließlich weit nach Mitternacht vor die Tür gesetzt hatte, waren sie Arm in Arm die Straße hinuntergetorkelt, bevor sie sich mit einer brüderlichen Umarmung voneinander verabschiedet hatten.

Als Vincent am nächsten Tag gegen Mittag erwachte, hatte er das Gefühl, dass in seinem Kopf eine Bombe tickte. An den vorigen Abend konnte er sich nur noch vage erinnern. Rachid hatte sich an diese Louane Bonnet herangemacht und dabei die zweite Abfuhr an diesem Abend kassiert, was sie beide dazu bewogen hatte, die Unnahbarkeit der Frauen in noch mehr Whisky zu ertränken. Was für ein Schwachsinn! Vincent versuchte aufzustehen und sank sofort wieder nieder. Jede noch so kleine Bewegung verursachte ihm höllische Kopfschmerzen. Plötzlich kam auch noch Übelkeit dazu, die ihn doch zwang aufzustehen und so schnell wie möglich die Toilette aufzusuchen. Nachdem er sich erleichtert hatte, eine eiskalte Dusche genommen und zwei Schmerztabletten eingeworfen hatte, ging es ihm langsam etwas besser.

Minouche, die das seltsame Verhalten ihres Herrchen aufmerksam verfolgte, schien regen Anteil an seinem Kater zu nehmen. Jedes Mal, wenn er vor Schmerz das Gesicht verzog, legte sie den Kopf schief und ließ ein leises Jaulen hören. Vincent war sich nicht sicher, ob es Mitleid oder Vorwurf war. Ein Glück, dass Wochenende war und er nicht in die Apotheke musste. Gegen halb zwölf sah Rachid bei ihm vorbei. Im Gegensatz zu ihm sah man seinem Freund die Folgen der letzten Nacht nicht im Geringsten an. Ja, er war sogar unverschämt gut gelaunt in Anbetracht der Tatsache, dass sie gestern mindestens eine Flasche Whisky gemeinsam geleert hatten.

»Du siehst scheiße aus.« Rachid grinste und stellte einen Korb mit frischen Kirschen vor ihm ab.

»Und ich dachte immer, Muslime vertragen keinen Alkohol«, knurrte Vincent. »Du bist ja trinkfester als ein Kapitän auf hoher See!«

»Keine Sorge, das sieht nur so aus.« Rachid klopfte Vincent kameradschaftlich auf die Schulter. »Ich hab das alles, was du gerade durchlebst, schon gestern Abend durchgemacht.«

»Dann bin ich ja beruhigt. Kaffee?«

»Einen doppelten bitte!«

Während Vincent seine Kaffeemaschine anstellte und die Kaffeetassen aus dem Schrank holte, erzählte Rachid, dass er gerade vom Campingplatz kam. »Du glaubst doch wohl nicht, dass ich dir die Kirschen vorbeibringen wollte, oder?«, feixte er.

»Du wolltest sie Louane bringen, schon klar! Aber sie hat dir nochmals einen Korb gegeben, hab ich recht?«

»Nicht ganz«, gab Rachid zurück. »Sie war nicht da. Ich hatte ganz vergessen, dass sie ja heute auf dem Set arbeiten.«

»Davon hat sie doch gestern den ganzen Abend erzählt.« Vincent drückte den Bedienungsknopf der Maschine und zuckte kurz zusammen, als das Mahlwerk laut zu knirschen begann.

»Im Nachhinein bin ich fast froh, dass sie nicht da war«, gestand Rachid plötzlich. »Ich hab da was Merkwürdiges in ihrem Wohnmobil entdeckt. Das hat meine Einstellung ihr gegenüber drastisch geändert.«

»Du warst in ihrem Wohnmobil, obwohl sie nicht da war?«, tadelte Vincent entrüstet seinen Freund.

Rachid hob abwehrend die Hände. »Es war nicht so, wie du denkst! Ich habe angeklopft, dabei ist die Tür aufgesprungen. Ich wollte nur nachsehen, ob sie vielleicht noch schläft. Aber sie war nicht da. Also dachte ich mir, dass ich ihr kurz die Kirschen auf den Tisch stelle und mich dann wieder verdrücke.« Er schüttelte befremdet den Kopf. »War echt krass, was ich da zu sehen bekam. An den Wänden und Schränken hingen überall private Fotos von diesem Quebec herum. Nicht nur hier vom Set, von Paris, irgendwo am Atlantik, sogar nach London muss sie ihm gefolgt sein. Wenn du mich fragst, ist Louane krankhaft besessen von diesem Typen.« Er zog aus der Brusttasche seines Hemdes ein Foto heraus und zeigte es Vincent. »Ich habe lange überlegt, ob ich es mitnehmen soll, aber nach allem, was geschehen ist, dachte ich, es interessiert dich und Rosalie vielleicht.«

Vincent nahm das Foto und sah es sich an. Das Foto zeigte Yannis Quebec, wie er einer attraktiven Frau, die Vincent nicht kannte, den Arm um die Schulter legte. Sie standen vor dem Grand Rex in Paris – auf den ersten Blick ein Fanfoto, wie es sie zu Hunderten gab. Yannis hatte es signiert und darunter geschrieben:

Für meine bezaubernde Violet! Dein Yannis Q.

Vincent verstand nicht. »Warum zeigst du mir das Foto von Yannis und einer fremden Frau? Bist du eigentlich verrückt, es einfach an dich zu nehmen?«

»Sieh genauer hin!«, forderte Rachid ihn auf. »Sieh dir die

Augen an und die Art, wie sie lächelt. Fällt dir denn gar nichts auf?« Vincent tat ihm widerwillig den Gefallen. Es behagte ihm nicht, dass sie im Leben einer flüchtigen Bekannten einfach so herumspionierten. Doch dann sah er es auch. Haarfarbe, Haaransatz, die Nase und der Mund waren bei der Frau auf dem Foto komplett anders als bei Louane, aber die wasserblauen Augen, die etwas diffus ins Leere starrten und dabei doch eine Intensität hatten, der man sich schwer entziehen konnte, erinnerten sehr stark an sie, ebenso wie das Lächeln, das die Augen nie erreichte.

»Glaubst du, das ist Louanes Schwester?«, fragte Vincent verwirrt. »Steht die etwa auch auf den Typen?«

Rachid schüttelte den Kopf. »Ich bin mir fast sicher, dass es Louane selbst ist«, eröffnete er Vincent überraschenderweise. »Sieh dir das Muttermal an ihrem Halsansatz an. Es ist dasselbe, das mir gestern auch bei Louane aufgefallen ist.«

»Es könnte auch eine Zwillingsschwester sein«, beharrte Vincent. »Unter dem Foto steht der Name Violet.«

»Ich glaube, dass Louane lügt«, sagte Rachid entschieden. »Gestern Abend hat sie noch behauptet, Quebec erst hier kennengelernt zu haben. Die Fotos in ihrem Wohnmobil sprechen aber eine ganz andere Sprache. Die ist doch ganz besessen von dem Typen. Sie hat ihn überall fotografiert, sogar in seinen Hotelzimmern. Möglich, dass er ihr mal eine Abfuhr erteilt hat und sie sich nicht damit abfinden will.«

»Aber warum sieht sie jetzt anders aus?« Vincent beantwortete sich selbst die Frage. »Weil sie möglicherweise beim Schönheitschirurgen war und sich einbildete, so noch einmal seine Aufmerksamkeit gewinnen zu können? Mannomann, eine krasse Theorie!«

»Kein Wunder, dass sie von mir nichts wissen will!«

»Nimm's nicht so schwer!« Vincent ließ die Neuigkeit nicht mehr los. »Aber seltsam ist das Ganze schon.« Er überlegte. »Ich habe einen Bekannten bei der Pariser Kriminalpolizei. Er könnte für mich herausfinden, wer Louane Bonnet in Wirklichkeit ist und ob sie etwas mit dieser Violet zu tun hat. Vielleicht sind sie wirklich nur Schwestern.«

35

Louane spürte, wie das Blut durch ihre Adern raste und sich immer mehr Druck in ihrem Inneren aufbaute. Sie fühlte sich wie ein Dampfkessel, der kurz vor dem Explodieren stand, so verzweifelt, so niedergeschmettert und gleichzeitig rasend vor Wut. Sie rannte über den Platz und hörte nicht auf Yvette, die ihr irgendwas hinterherrief. Nur weg von hier! Sie stolperte über eine Kabelrolle und stürzte hart auf die Knie. Den stechenden Schmerz missachtend rappelte sie sich wieder auf und hastete weiter zu ihrem Motorroller, den sie etwas außerhalb geparkt hatte. Sie verzichtete darauf, ihren Helm anzulegen, und startete sogleich den Motor. Dann raste sie mit aufheulendem Motor davon.

Die nächste Abzweigung führte auf die Route de Flassan. Sie folgte ihr einige Hundert Meter und bog dann auf den Chemin de Granges ab, der auf die Route du Mont Ventoux führte. Ihr erster Gedanke war, auf den Berg der Berge zu fahren, um sich von irgendeinem Felsen einfach hinabzustürzen. Stattdessen bog sie ziellos mehrere Male ab und befand sich plötzlich am Rande eines Pinienwäldchens, das einmal ein alter Ockersteinbruch gewesen war. Ohne groß nachzudenken, machte sie hier halt, ließ ihren Roller stehen und flüchtete sich in den kühlen Schatten der Bäume. Ein Pfad über bemerkenswert feinsandigen roten Boden führte in eine Senke, in der sie sich unvermittelt merkwürdigen Gesteinsformationen gegenübersah. Sie glaubte sich zu erinnern, dass der Steinbruch von den Einheimischen »Les Demoiselles coiffées«, die frisierten Damen, genannt wurde. Tatsächlich sahen die etwa zehn bis fünfzehn Meter hohen Sandsteinfelsen, die einzeln verteilt über einer größeren Fläche standen, wie menschliche Figuren aus, deren Köpfe man flach gefräst hatte. Wind und Wasser hatten den roten, gelben und ockerfarbenen Sandstein erodieren lassen und daraus diese merkwürdigen Figuren geformt. Louane sah ihre Schönheit nicht, sondern hastete weiter, bis sie am Ende des ehemaligen Steinbruchs angelangt war und sich vor ihr eine steilere Felswand auftat. Sie ließ sich auf einen Felsvorsprung fallen und schnaufte durch.

Der erste Zorn hatte sich gelegt und war etwas anderem gewichen, einem heftigen Gefühl, das in ihrer Brust nur so brodelte und das in seiner Zerstörungskraft nicht minder gefährlich war: Hass gespeist aus Verbitterung durch das Wissen, was für ein Unrecht ihr angetan worden war. Nicht von Yannis. Sie kannte ihn. Er war weich, sensibel und verständnisvoll. Seine Verletzlichkeit und Naivität hatten ihn blind gemacht für wesentliche Dinge, allem voran für die Tatsache, dass sie beide zusammengehörten wie Yin und Yang, eine Einheit, die ohne den anderen nicht sein konnte. Seit Wochen und Monaten konzentrierte sich jeder ihrer Gedanken, jede Erinnerung auf diesen Mann. Beinahe ebenso lange hatte sie gebraucht, um die Schmach und die Erniedrigungen zu vergessen, die sie schon einmal von ihm erfahren hatte.

Was war das doch für ein verheißungsvoller Start gewesen an jenem Abend, als sie sich vor über einem Jahr bei der Premiere von Yannis' letztem großen Film kennengelernt hatten. Ihre Werbeagentur hatte das Event im Grand Rex auf den Grands Boulevards organisiert. Als sie ihm kurz vor der Vorführung vorgestellt worden war, hatte es sofort zwischen ihnen beiden gefunkt. Sie hatte in seine wundervollen Augen geblickt und gewusst, dass er der Mann ihres Lebens war. Mit einer Selbstverständlichkeit, die keinen Zweifel an seinen Gefühlen ließ, hatte er sie bei sich untergehakt und war mit ihr auf dem mittleren Balkon flaniert, der für die VIPs reserviert war, und hatte darauf bestanden, dass sie neben ihm der Premiere beiwohnte. Es war wie im Märchen gewesen. Allein das Ambiente dieser außergewöhnlichen Location, die einem das Gefühl gab, als befände man sich draußen im Freien, war außergewöhnlich. Der Kinosaal, der eine Mischung aus andalusischen Fassaden war, gemischt mit dem mediterranen Stil venezianischer Paläste, griechischen Statuen und Palmen unter einem riesigen Sternenhimmel, die Leinwand, die mit einer Fläche von dreihundert Quadratmetern die größte Europas war und ihr Yannis in einer weiteren Dimension präsentierte – alles war so fantastisch, so unglaublich und doch real gewesen, dass es keinen Zweifel mehr gab, dass sie und er zu einem untrennbaren Ganzen zusammengefunden hatten. Immer wieder hatte er Champagner eingeschenkt, ihr dabei tief in die Augen geblickt und sie um ihre Meinung gebeten. Dann hatten sie wieder gescherzt und über dieselben Dinge gelacht. Als er beinahe beiläufig ihre Brüste berührte und ihr dabei tief in die Augen sah, hatte sie keine Zweifel mehr, dass auch seine Gefühle für sie entbrannt waren. Die Nacht war im Taumel ihres Glücks verstrichen. Er hatte sie mit auf sein Hotelzimmer genommen und ihr die unglaublichste Nacht ihres Lebens beschert.

Louane schloss unwillkürlich die Augen, um noch einmal jener wunderbaren Zeit der Leidenschaft nachzuspüren. Doch dann stellte sich die Erinnerung ein, wie sie am nächsten Morgen allein in dem riesigen Bett voller Luxus aufgewacht war. Ihr

Geliebter war einfach nicht mehr da gewesen, abgereist, ohne eine Nachricht für sie zu hinterlassen, nur eine silberne Kette mit einem Anhänger in Form eines springenden Einhorns lag auf dem Kopfkissen. Als sie sich in der Hotellobby nach einer Nachricht von ihm erkundigte, fand sie ebenfalls nichts vor. Ihre Telefonnummern hatten sie nicht ausgetauscht.

Während der ersten Stunden war sie am Boden zerstört gewesen. Doch nach und nach hatte sie sich wieder beruhigt. Das, was zwischen ihnen gewesen war, war kein Zufall gewesen, davon war sie felsenfest überzeugt. Je länger sie nachdachte, desto mehr gewann die Einsicht Oberhand, dass sie Opfer einer Intrige geworden sein musste. Eine andere Erklärung gab es einfach nicht. Yannis liebte sie. Das war so sicher wie die Tatsache, dass der Eiffelturm in Paris stand. Ein solches Gefühl, wie sie es erlebt hatte, gab es nur einmal im Leben. Das würde sie sich nie wieder nehmen lassen. Sie hatte lange nachgedacht, wer dieser Jemand sein konnte. Doch sie kannte Yannis noch nicht gut genug, um es zu wissen. Louane war bereit gewesen, für ihre Liebe zu kämpfen. Nichts und niemand sollte sich ihrem Glück entgegenstellen. Sie war schon immer eine Kämpferin gewesen, jemand, dem man nicht ungestraft sein Lieblingsspielzeug entwendet. Über die Kontakte der Werbeagentur war es ein Leichtes gewesen herauszufinden, wo Yannis steckte. Sie war ihm nachgereist, bis nach Biarritz, wohin er sich mit seinem Manager zurückgezogen hatte. Er war erstaunt gewesen, sie zu sehen, noch mehr, als sie ihm offen ihre Liebe gestand. Doch er war verändert gewesen, hatte nichts mehr von ihr wissen wollen, sie sogar weggeschickt und abgespeist, als wäre die Nacht mit ihr nur ein One-Night-Stand gewesen. Als sie nicht ging, mischte sich dieser Rémy Raunard ein. Yannis' Manager war ein Kotzbrocken, jemand, der ihr Yannis streitig machen wollte, das hatte sie gleich gespürt. Er war schuld, dass ihr Geliebter nichts mehr von ihr wissen wollte. Sie hatte sich dennoch nicht abspeisen lassen.

Louane lachte wild auf, als sie daran dachte, wie es ihr immer wieder gelungen war, Yannis nahe zu sein, ohne dass dieser eine Ahnung davon hatte. Einmal hatte sie sogar die Nacht auf seinem Balkon verbracht und war dabei Zeugin geworden, wie Raunard sich ihrem Geliebten auf widerliche Weise genähert hatte. Er hatte ihn bestiegen wie einen Gaul und dabei gegrunzt wie ein wild gewordener Eber. Er musste Yannis vorher Drogen verabreicht haben, anders konnte sie sich dessen Willfährigkeit nicht erklären. Damals war sie ausgerastet, hatte sich, ohne nachzudenken, auf den Widerling gestürzt und versucht, die beiden zu trennen. Ihre Fingernägel hatten sich tief in seinen nackten Rücken gebohrt, bis der Kerl endlich von Yannis abgelassen hatte. Doch statt ihr dankbar zu sein, war Yannis außer sich geraten, hatte sie von sich gestoßen und sie beschimpft. Die beiden Männer hatten sie aus dem Zimmer geworfen und die Polizei verständigt. Daraufhin war sie wegen Stalking verurteilt worden und hatte sich ihm nicht mehr nähern dürfen. Was für eine lächerliche Maßnahme. Louane schlang die Arme um ihren Leib und spuckte angewidert in den roten staubigen Sand vor sich.

»Niemand wird uns trennen«, zischte sie mit neu aufkeimendem Hass. »Rémy Raunard hat es bitter bereut, und dir wird es nicht anders ergehen, Melissa Broutignant!«

36

Rosalie machte sich nur widerwillig an ihre Arbeit. Es widerstrebte ihr, nun Melissa anstatt Louane für die Rolle der Camille herzurichten. Nicht dass sie etwas gegen Yannis' Verlobte gehabt hätte, aber die Art und Weise, wie man Louane abserviert hatte, empörte sie zutiefst. Dementsprechend einsilbig verhielt sie sich, nachdem Melissa aus dem Wagen der Garderobiere zurückgekehrt war. Sie trug nun ein knöchelfreies gerade geschnittenes Abendkleid, dessen Rückendekolleté bis kurz über ihren Po reichte. Um die Hüften hatte man ihr einen Gürtel aus falschen Juwelen gelegt, so wie man es in den Zwanzigerjahren des vorigen Jahrhunderts zu tragen pflegte. Auch ohne Schminke und passende Frisur sah sie darin bezaubernd aus. Rosalie war mit ihr allein im Wagen, da Yannis noch kurz zu einer letzten Besprechung mit Lavernier gerufen worden war und Yvette mit sich genommen hatte.

»Ich hoffe nur, dass Louane nicht allzu sauer auf mich ist«, versuchte Melissa schließlich eine Unterhaltung in Gang zu bringen, während Rosalie ihr mehrere Perücken anprobierte. »Sie wirkte so außer sich. Das tut mir wirklich leid! Dabei hatten wir uns auf der Fahrt vom Flughafen hierher sogar schon etwas angefreundet.«

Sie sah Rosalie hilfesuchend durch den Spiegel an.

»Ich kann ihren Ärger und ihre Enttäuschung sehr gut verstehen!« Rosalie konnte sich nicht verstellen. »Und wenn Sie mich fragen, haben wir alle Verständnis für sie. Was würden Sie denn sagen, wenn man Ihnen so einfach die Rolle vor der Nase wegschnappt! Louane hat sehr viel investiert, um sie zu bekommen.« Als sie sah, wie Melissa zusammenzuckte, registrierte sie es mit Befriedigung. Wenigstens besaß diese Frau noch einen Rest von Anstand. Heftiger als beabsichtigt zog sie an der Perücke und löste beim Abziehen auch den Strumpf, den sie über Melissas Haare gezogen hatte. Das ziepte. Melissa beschwerte sich mit keinem Ton.

»Mir ist klar, dass alle hier denken, dass ich rücksichtslos und karrieregeil bin.« Melissa war mit einem Mal ganz kleinlaut. »Aber ich bin sicher, dass Yannis sein Versprechen halten und Louane eine andere Rolle verschaffen wird.«

»Das will ich stark hoffen«, brummte Rosalie. Sie steckte Melissas lange Haare wieder unter den Strumpf, bevor sie es mit einer neuen Perücke versuchte, die in etwa dem Pagenschnitt von Louane entsprach. Es tat ihr nun leid, dass sie Melissa durch ihre Taktlosigkeit so eingeschüchtert hatte. Im Grunde genommen traf sie ja keine Schuld. »Wie haben Sie Yannis denn kennengelernt?«, fragte sie versöhnlicher.

Melissa war sich nicht sicher, ob Rosalies Frage ernst gemeint war. Als diese ihr jedoch kurz zulächelte, begann sie stockend zu erzählen, wie sie und ihr Verlobter sich in Paris zum ersten Mal begegnet waren, was sie miteinander verband, aber auch, was sie kritisch an ihrer Beziehung sah. Rosalie musste zugeben, dass Melissa keinesfalls so oberflächlich oder berechnend, wie sie es vermutet hatte, sondern gebildet, feinsinnig und überdies auch noch sozial engagiert war. Als sie ihr erzählte, wie es ihr gelungen war, sogar Yannis dazu zu bringen, sich sozial zu verhalten, ließ sie endlich alle Vorbehalte fallen. Allerdings konnte sie sich nicht ganz aufrichtig für Melissa freuen. Sie war sicher, dass es nur eine Frage der Zeit war, bis Yannis auch sie enttäuschen würde. Dass Yannis' Verliebtheit einen handfesten Grund hatte, wurde ihr spätestens dann klar, als seine Verlobte ihr völlig arglos verriet, dass sie ihren Vater dazu überredet hatte, als Hauptinvestor in das Filmprojekt einzusteigen, um dem Einfluss von Cadenet ein für alle Mal zu entgehen.

Daher weht also der Wind, dachte Rosalie grimmig. Das erklärte auch, weshalb er ihr die kleine Rolle zugeschanzt hatte. Dieser Typ wurde ihr immer unsympathischer. Leider konnte sie Melissa schlecht vor ihm warnen, dazu waren sie sich zu fremd. Doch dann hatte sie eine Idee, wie sie sie wenigstens zum Nachdenken anregen konnte. Beiläufig, ohne dass es Melissa auffiel, legte sie Louanes Einhornanhänger auf die Ablage, um zu sehen, ob sie darauf reagierte. Wenn Yvette recht hatte, dass er jeder seiner Geliebten solch eine Trophäe hinterließ, war es gut möglich, dass er auch ihr einen geschenkt hatte. Tatsächlich wurde Melissa auf das Schmuckstück aufmerksam.

»Gehört das Ihnen?«, erkundigte sie sich freundlich. »Es ist hübsch!«

Rosalie hatte sich eine andere Antwort erhofft. »Nein, es gehört Louane. Sie hat es sich vorhin vom Hals gerissen. Angeblich war es ein Geschenk von Yannis.«

»Oh! Er hat ihr ein Geschenk gemacht?« Melissa hob überrascht die Augenbrauen. Falls sie eifersüchtig war, wusste sie es gut zu kaschieren.

»Er muss es ihr schon vor einer Weile geschenkt haben«, goss Rosalie noch ein wenig mehr Öl ins Feuer. »Yvette behauptet, dass solche Geschenke typisch sind für Yannis, wenn Sie wissen, was ich meine …«

Als Rosalie bemerkte, wie Melissa errötete, tat es ihr schon leid, dass sie so forsch gewesen war.

»Ich weiß, dass Yannis vor mir viele Frauen und auch Männer hatte«, sagte Melissa und sah sie durch den Spiegel offen an. »Aber das ist nun vorbei. Ich glaube ihm, wenn er mir sagt, dass er nur mich liebt und das ausschließlich!«

Rosalie wusste nicht, was sie darauf erwidern sollte. Im nächsten Augenblick trat Yannis ein, gefolgt von Yvette. Er spürte sofort die seltsame Stimmung im Raum. Mit der Sensibilität eines Mannes, der ständig ein schlechtes Gewissen hat, trat er auf Melissa zu und umfasste liebevoll ihre Schultern.

»Alles okay?«, erkundigte er sich besorgt.

»Alles bestens«, antwortete Melissa knapp. Sie deutete auf den Anhänger auf der Ablage. »Wir sprachen gerade darüber, dass du diese Art Anhänger gern an deine Verehrerinnen verschenkst.«

Yvette warf Rosalie einen ärgerlichen Blick zu, den sie geflissentlich ignorierte. Yannis erkannte den Anhänger sofort. Rosalie sah, wie die Kaumuskeln seines Kiefers sich anspannten und er die Augen zusammenkniff. Dann warf er ihr einen abschätzenden Blick zu, der ganz und gar nicht freundlich war.

»Die Dinger verschenke ich ab und zu an besonders treue Fans«, sagte er möglichst beiläufig. »Sie haben keine besondere Bedeutung. Es sind Werbegeschenke.« Er hob gleichmütig die Schultern und lächelte Melissa durch den Spiegel an.

»So ein ›Werbegeschenk‹ kann aber auch etwas ganz anderes suggerieren«, bemerkte diese nicht ganz zufrieden mit seiner Antwort, »zum Beispiel, dass du diese Verehrerin außerordentlich schätzt!« Sie behielt ihren Verlobten genau im Auge. Doch der ließ nur sein charmantes Jungenlachen erklingen und hauchte ihr einen zärtlichen Kuss in den Nacken. »Du musst nicht eifersüchtig sein, *ma Chérie*! Diese Anhänger haben wirklich keine Bedeutung. Woher hast du ihn eigentlich?«

»Louane hat ihn sich vorhin abgerissen, als sie davon erfahren hat, dass sie ihre Rolle los ist«, mischte Rosalie sich in die Unterhaltung ein. Sie wollte sich nicht entgehen lassen, wie Yannis darauf reagierte.

»Louane? Der habe ich niemals einen Anhänger geschenkt! Diese Frau war mir bis vor Kurzem völlig unbekannt.«

»Möglicherweise sah sie früher einmal anders aus …«

Yannis stutzte. Rosalies Bemerkung hatte offensichtlich etwas in ihm ausgelöst. Doch dann wurde er wütend. »Was soll das alles überhaupt?«, wandte er sich direkt an sie. »Versuchst du etwa einen Keil zwischen mich und meine Verlobte zu treiben?«

»Melissa hat mich nur gefragt, woher dieser Anhänger stammt«, stellte Rosalie in aller Ruhe richtig. »Alles andere hat sich von allein ergeben.« Sie grinste ihm unschuldig zu, was ihn nur noch mehr aufbrachte.

»Noch mal: Ich habe keine Ahnung, wie diese Louane zu dem Anhänger gekommen ist«, zischte er. »Und jetzt sollten wir uns endlich auf den Dreh konzentrieren. In einer Stunde fällt die erste Klappe!«

Er setzte sich demonstrativ auf seinen Stuhl und wartete darauf, dass Yvette mit ihrer Arbeit an ihm begann.

*

Die folgende Stunde konzentrierten sich alle auf die Maske und Requisiten. Da die Zeit knapp geworden war, musste Rosalie sich nun vollständig um Melissas Maske kümmern, während Yvette Yannis herrichtete. Rosalie hatte alle Mühe, Yvettes Anweisungen, die sie ihr nur nebenbei erteilen konnte, gerecht zu werden. Lavernier legte großen Wert darauf, dass seine Schauspieler möglichst authentisch aussehen sollten. Außerdem sollten sie ihren Vorbildern im wirklichen Leben möglichst gleichen. Yvette hatte deswegen nach alten Fotografien Latexmasken angefertigt, die entweder das ganze Gesicht umfassten oder gar den ganzen Kopf samt Haaren. Der Vorteil der Ganzkopfmasken aus Schaumlatex bestand darin, dass man sie einfach überstreifen konnte und keine Latexteile durch Kleber am Gesicht angebracht werden mussten, was oft viele Stunden in Anspruch nahm. Für Yannis, der sich ja in ständig wechselnden Rollen präsentierte, existierten davon ein halbes Dutzend, die ihn je nach Rolle älter, jünger, dicker oder faltiger erscheinen ließen. Für Louane war nur eine Gesichtsmaske angefertigt worden. Allerdings musste die nun Melissas Gesicht angepasst werden, was einiger Korrekturen und einer Menge Geschicklichkeit bedurfte, damit sich Melissas Gesichtsausdrücke auch auf die Maske übertrugen. Als die Maske schließlich straff saß, zeigte ihr Yvette, wie sie die Übergänge zu den Lippen und Augen geschickt überschminken konnte.

Kaum waren sie fertig, als auch schon die rote Lampe über dem Eingang ihnen anzeigte, dass am Set alles bereit für den Dreh war. Yannis zeigte sich mit einem Mal von seiner besten Seite. Er lobte Yvettes und Rosalies Arbeit und machte seiner Verlobten verliebte Komplimente, unter denen Melissa nur so dahinschmolz. Dann reichte er ihr galant seinen Arm, und sie verließen den Maskenwagen in Richtung Drehort.

»Arroganter Blender«, schnaubte Rosalie. Sie sah den beiden kopfschüttelnd hinterher. Bevor sie sich ans Aufräumen machte, warf sie einen Blick auf ihr Telefon. Vincent hatte ihr eine Nachricht hinterlassen und bat dringend um Rückruf.

37

»Noch einmal – weshalb sind Sie heute auf dem Bahnhof in Valence vor der Polizei geflohen?« Maurice stellte die Frage nun schon zum dritten Mal, ohne dass Cadenet ihm darauf geantwortet hätte. Seine Erfahrung sagte ihm, dass es nicht mehr lange dauern würde, bis der Mann seine Zurückhaltung aufgab. Dieses Mal saß ihm der Pornofilmproduzent weitaus weniger selbstgefällig gegenüber. Auf seiner Stirn standen Schweißperlen, und seine Hände fuhren unruhig über seine feisten Beine, die in einer viel zu engen Hose steckten, während er trotzig vermied, ihn anzusehen. »Wenn Sie nicht antworten wollen, werde ich Ihnen sagen, zu welchen Überlegungen wir gekommen sind«, fuhr Maurice unbeeindruckt fort. »Sie hatten die Hosen gestrichen voll und fürchteten, dass wir Ihnen wegen der Geschichte mit Raunard auf die Schliche gekommen sind, stimmt's? Tatsächlich ist es auch so …« Er machte eine längere Pause, um Cadenet Zeit für eine Reaktion zu geben.

»Ich bin nicht geflohen! Ich wollte nur nicht meinen Zug verpassen. Verdammt! Ich hatte einen Termin in Paris, den ich dank Ihnen nun verpasst habe. Ich möchte sofort meinen Anwalt sprechen.« Er sah Maurice kurz an, bevor er seinen Blick wieder trotzig senkte.

»Ihren Anwalt werden Sie schon noch zu sehen bekommen. Aber erst stelle ich Ihnen ein paar Fragen!« Maurice beugte sich über den Tisch, um Cadenet etwas mehr auf die Pelle zu rücken. Sein Blick bohrte sich in die Augen seines Gegenübers, bis der ihn endlich ansah. Zwischen ihnen stand ein Tonbandgerät, das alles aufzeichnete. »Sie haben außerordentlich gepflegte Hände«, wechselte Maurice scheinbar das Thema. »Es kostet sicherlich viel Zeit und Mühe, sie immer so in Schuss zu halten.« Cadenets Augen funkelten irritiert. Jetzt hatte Maurice seine Aufmerksamkeit. Er ging wieder auf Distanz und lehnte sich auf seinem Stuhl zurück. »Wir haben Ihr Maniküreset kriminaltechnisch untersuchen lassen. Dabei haben wir festgestellt, dass Ihre Nagelzange leicht beschädigt ist. Unsere Leute haben Abriebspuren darauf entdeckt.«

»Was soll das?« Auf Cadenets Stirn bildeten sich nun überall Schweißtröpfchen. »Wie Sie bemerkt haben, ist das Set in ständigem Gebrauch. Da ist es doch völlig normal, dass es etwas abgenutzt ist.«

»Ach ja?« Maurice hob scheinbar erstaunt die Augenbrauen. »Mir ist nicht bekannt, dass eine Nagelzange so stark beansprucht werden kann, wenn man sie ordnungsgemäß an den Fingernägeln verwendet.« Sein Tonfall wurde schärfer. »Wir haben Spuren Ihrer Nagelzange an dem Fahrrad entdeckt, mit dem Raunard verunglückt ist. Das Material ist identisch. Es besteht kein Zweifel daran, dass damit versucht wurde, den Schnellspanner zu lockern.«

»Das ist ja lächerlich!« Cadenet fuhr sich nervös durchs Haar. »Keine Ahnung, was Sie damit meinen. Ich habe mit Raunards Unfall nichts zu tun. Wir waren Freunde!«

»Freunde, aus denen dann Rivalen wurden, nicht wahr? Sie wollten Raunard aus dem Weg räumen, damit Sie an seiner Stelle Einfluss auf den Film nehmen konnten.«

»Das können Sie mir nicht beweisen!«, brauste Cadenet auf. »Ich habe mit der Sache nichts zu tun!«

»O doch! Auf der Nagelzange fanden sich nur Ihre Fingerabdrücke, und ich bin sicher, dass wir auf dem Fahrrad auch noch Spuren Ihrer DNA finden werden. Geben Sie doch einfach zu, dass Sie Raunard aus dem Weg räumen wollten!«

»So ein Blödsinn! Mit Raunard wäre ich schon klargekommen. Yannis war das Problem!« Cadenet biss sich auf die Unterlippe, als ihm klar wurde, dass Maurice ihm eine Falle gestellt hatte.

»Also gut. Ich stelle fest, dass es bei dem ersten Mord gar nicht um Raunard ging, sondern um Yannis Quebec.« Maurice beugte sich wieder vor, bevor er weitersprach. Zwischen ihm und Cadenet war nun nur noch eine Armeslänge Abstand. »Sie haben Quebecs Fahrrad manipuliert in der Hoffnung, dass er damit verunglückt. Möglich, dass Sie dabei nicht einmal seinen Tod geplant hatten, sondern vielleicht nur die Absicht hegten, dass er schwer verletzt wird. Damit wäre er als Schauspieler ausgefallen, und Sie hätten Ihren Günstling Guesset einsetzen können. Die Richter könnten das womöglich als Totschlag gelten lassen. Dummerweise fuhr aber nicht Quebec, sondern Raunard das Rennen. Statt Quebec wurde Raunard das Opfer, das unglücklicherweise auch noch starb. Und nun standen Sie wieder vor demselben Problem wie zuvor. Sie hatten zwar eine Menge Geld investiert, aber keinerlei Einfluss auf die Rollenvergabe. Also versuchten Sie es erneut mit einem Mordanschlag. Sie hatten von der Einbruchserie in der Gegend gehört und dachten, dass es ein Leichtes sein müsse, den Verdacht auf die Einbrecher zu lenken. Also lauerten Sie Quebec in seinem eigenen Haus auf, um ihn zu beseitigen. Doch wieder lief nicht alles nach Plan. Dieses Mal kam Ihnen Lucas Leroy in die Quere. Er überraschte Sie, wie Sie den Einbruch vortäuschten, und stellte Sie zur Rede. Es kam zu einem Gerangel, bei dem Sie ihn töteten. Monsieur Cadenet, Sie sind überführt!«

Cadenet begann plötzlich hektisch zu schnaufen. »Das können Sie mir nicht anhängen«, keuchte er entsetzt. »Ich habe mit dem Tod dieses Mannes nichts zu tun.«

»Sie waren zur Tatzeit in der Nähe von Quebecs Haus«, konfrontierte ihn Maurice mit weiteren Tatbeständen. »Ich war selbst Zeuge, wie Sie vor der Polizei Reißaus nahmen.«

»Ich wollte noch einmal mit Yannis reden. Okay, ich habe versucht, ihn unter Druck zu setzen, nachdem es mir gelungen war, einige andere Investoren zum Ausstieg aus dem Filmprojekt zu überreden. Ich dachte, wenn Quebec das Wasser bis zum Hals stünde, würde er schon auf meine Forderungen eingehen. Schließlich war er immer noch am Gewinn beteiligt. Aber ich wollte ihn niemals umbringen, das müssen Sie mir glauben!« Cadenets Stimme klang nun fast weinerlich.

»Sie haben es nachweislich schon einmal versucht«, erinnerte ihn Maurice hart. Cadenet sah ihn entsetzt an, dann knickte er unter dem zunehmenden Druck endlich ein.

»Ich wollte nur Maxime glücklich sehen«, gestand er endlich. »Er hat sich so sehr gewünscht, die Hauptrollen in dem Film zu spielen. Sie hätten seinen Durchbruch bedeutet. Als er mir einmal verriet, wie man ein Fahrrad manipulieren kann, ohne dass jemand Verdacht schöpft, fasste ich den Plan. Es war ganz leicht, an Quebecs Fahrrad zu kommen. Er bewahrte es in einem Carport vor seinem Haus auf. Kurz vor dem Rennen waren wir alle in Quebecs Haus eingeladen. Ich schlich mich zum Carport und machte mich an seinem Vorderrad zu schaffen. Dummerweise war der Spanner so schwer zu lösen, dass ich mit meiner Nagelzange etwas nachhelfen musste. Doch auch damit wollte es nicht gehen. Ich schwöre Ihnen, ich habe den Spanner nicht losbekommen! Mir ist es ein Rätsel, wie sich das Rad dennoch lösen konnte. Das müssen Sie mir glauben.«

Maurice musste sich zusammenreißen, um sich sein Hochgefühl nicht anmerken zu lassen. Das war so gut wie ein Geständnis! Auch Arduin, der mit im Verhörzimmer stand, atmete auf. Jetzt ging es nur noch darum, ihm auch den Mord an Leroy nachzuweisen. Da Cadenet bereits angefangen hatte zu gestehen, war es nun geraten, ihm so etwas wie Verständnis entgegenzubringen.

»Sie haben also aus Zuneigung zu Maxime Guesset Quebecs Fahrrad manipuliert. Leider kam dann Raunard zu Tode, und so hatten sich Ihre Probleme immer noch nicht gelöst«, drang er nochmals in ihn ein. Cadenet zuckte hilflos mit den Achseln. »Sie wollten so sehr Maxime helfen, dass Sie es noch ein weiteres Mal versuchten. Schließlich vertraute er auf Sie.«

Cadenet sah plötzlich panisch auf, als er begriff, was Maurice ihm damit unterstellen wollte. Dann knallte er aufgebracht mit den Fäusten auf den Tisch. »Ich habe diesen Leroy nicht umgebracht!«, brüllte er und sprang auf. Arduin kam sofort und drückte ihn wieder auf seinen Stuhl. Cadenet wehrte sich so sehr, dass auch Maurice einschreiten musste, um ihn zu beruhigen. Als er schließlich wieder auf seinem Vernehmungsstuhl saß, sprach er kein Wort mehr, sondern verlangte nur noch nach seinem Anwalt. Maurice blieb schließlich nichts anderes übrig, als ihn abführen zu lassen. Dennoch war er mit dem Ergebnis hochzufrieden. Er würde sich Cadenet noch einmal vornehmen und war sicher, dass er dann auch noch den zweiten Mord zugeben würde.

38

Sobald Rosalie Vincents Nachricht abgehört hatte, rief sie ihn zurück. Er meldete sich sofort. »Ich glaube, Rachid und ich haben da etwas Interessantes herausgefunden«, teilte er ihr zu ihrer Überraschung mit. »Es handelt sich um Louane. Du darfst sie auf keinen Fall aus den Augen lassen.«

»Ich fürchte, dafür ist es zu spät.« Rosalie berichtete ihm von dem Eklat, den es kurz vor Drehbeginn gegeben hatte, und Louanes überstürzter Flucht. »Sie heult sich sicherlich irgendwo die Augen aus. Das war ein schwerer Schock für sie.«

»Louane ist nicht die, für die sie sich ausgibt«, rückte Vincent mit der Neuigkeit heraus. Er erzählte ihr von dem vergangenen Abend und von Rachids Entdeckung in Louanes Wohnmobil. Rosalie wunderte sich über die plötzliche Freundschaft zwischen den beiden Männern. Doch Vincents Neuigkeiten waren viel zu aufregend, als dass sie sich jetzt darüber ausgiebig Gedanken machen konnte.

»Ich habe meine Kontakte in Paris angezapft«, berichtete er weiter. »Dabei stellte sich heraus, dass eine Louane Bonnet in den Zentralregistern gar nicht existiert. Dafür gibt es eine Violet Goullet, die ebenfalls dieses ungewöhnliche Wasserblau als Augenfarbe hat sowie am Hals ein Muttermal an derselben Stelle wie Louane. Das Gesicht ist ziemlich verändert. Ich bin überzeugt, dass die Frau mehrere Male zur Behandlung bei einem Schönheitschirurgen gewesen sein muss. Höchstwahrscheinlich ist es ein und dieselbe Person.« Rosalie brauchte eine Weile, um die Neuigkeit zu verdauen.

»Aber wieso sollte Louane einen falschen Namen benutzen?«

»Weil sie von Quebec nicht erkannt werden will?«, schlug Vincent vor. »Wenn man die Fotos bedenkt, die Rachid in dem Wohnmobil gefunden hat, so hatte Violet Goullet wohl ein Verhältnis mit Quebec, das er wahrscheinlich beendet hat. Ich vermute, dass sie ihn nicht vergessen konnte und dass sie hoffte, mit einem veränderten Aussehen und einer neuen Identität noch einmal bei ihm zu landen.«

»Aber das ist ja krank!«, rutschte es Rosalie heraus. Dann überlegte sie, dass Vincents Theorie gar nicht so abwegig war. Schließlich hatte Yvette sie selbst darauf hingewiesen, dass Louane etwas an ihrem Gesicht hatte verändern lassen. »Du hältst sie für eine Stalkerin?«

»Sie ist definitiv eine Stalkerin«, stellte Vincent fest. »Gegen Violet Goullet liegt ein Stalkingurteil vor, das ihr verbietet, sich Quebec zu nähern. Angeblich hat sie ihn in flagranti mit Raunard erwischt und dann sogar ein Feuer gelegt.«

Rosalie fröstelte. »Das wirft ein ganz neues Licht auf unsere Todesfälle.« Sie dachte daran, wie Louane das erste Mal bei ihr aufgetaucht war, um Haarfarbe und Frisur zu ändern. Ihr hätte auffallen müssen, wie fadenscheinig ihre Erklärungen gewesen waren. Schließlich gab es Perücken. »Glaubst du, dass sie dahintersteckt? Sie wirkt so unschuldig und freundlich. Eigentlich kann ich es mir gar nicht vorstellen. Ich werde sie fragen, sobald sie wieder zurück ist.«

»Sei bloß vorsichtig!«, warnte Vincent. »Am besten wartest du, bis ich vor Ort bin. Ich mach mich gleich auf den Weg! Versprich mir, dass du wartest, bis ich bei dir bin! Und ruf deinen Bruder an. Er sollte auch Bescheid wissen.«

Rosalie versprach, auf ihn zu warten, schon allein, weil sie sich freute, dass er sich ihr gegenüber wieder offener verhielt. Sie versuchte, ihren Bruder anzurufen, doch sie erreichte nur Duval.

39

Als Maurice in sein Büro zurückkehrte, fand er Duval ebenfalls dort vor. Sein Kollege arbeitete sich mal wieder durch einen Stapel Akten.

»Wir haben den Mörder von Raunard und Leroy dingfest gemacht. Er hat bereits gestanden«, informierte ihn Maurice großspurig. »Ich werde den Commandant sogleich darüber Bericht erstatten. Wie weit sind Sie in der Einbruchsache?«

Duval sah kurz auf und antwortete mit einem Knurren. Er war gerade dabei, sich etwas zu notieren. Als er damit fertig war, geruhte er endlich zu antworten. »Wir gehen nach wie vor von einer rumänischen Diebesbande aus. Dieser Fiodor Toma scheint ihr Anführer zu sein. Doch er muss Hintermänner haben, die ihm die Ware abnehmen und verkaufen. Ich checke gerade die Hafenlisten in Marseille.« Er lieferte noch einige Einzelheiten über die Vorgehensweise der Einbrecher, die Maurice jedoch nicht weiter interessierten. Im Hinausgehen stutzte er und blieb stehen. Den Namen Fiodor hatte er doch früher schon einmal gehört.

»Haben Sie die Phantomzeichnung von diesem Fiodor?«, erkundigte er sich. Duval schob ihm die computerunterstützte Zeichnung über den Tisch. Als Maurice sie sah, fiel ihm sofort wieder ein, wo er den Mann schon einmal gesehen und seinen Namen gehört hatte. Warum war er nicht früher darauf gekommen!

»Ich glaube, ich weiß, wo dieser Fiodor steckt«, teilte er Duval mit. Sein Kollege verzog skeptisch das Gesicht. Maurice ließ sich davon nicht beeindrucken. »Los, los! Informieren Sie die Kollegen. Sie sollen sich sofort zu Éduard Sagan nach Vaison-la-Romaine aufmachen und sein Anwesen nach Diebesbeute durchsuchen. Knöpft euch vor allem seinen Bodyguard vor. Wenn mich nicht alles täuscht, ist das der Typ, den wir suchen. Wenn wir dort nichts finden, suchen wir weiter in Marseille. Nehmt Sagans Spielhallen unter die Lupe. Ich bin sicher, dass er unser Mann ist!«

»Und woher kommt jetzt die plötzliche Erleuchtung?«, protestierte Duval, der sich schon aus Prinzip gegen Maurice' forsche Art sperrte. »Sie können doch nicht so einfach irgendeinen Verdächtigen aus dem Ärmel schütteln.«

Maurice sah sich genötigt, Duval einige Erklärungen zu geben. Er berichtete ihm, dass er im Mordfall Raunard auch gegen Sagan ermittelt hatte, ihn aber wegen seines Alibis von der Liste der Verdächtigen hatte streichen müssen. »Während unseres Gesprächs fiel auch der Name Fiodor. Ich hätte ihn vergessen, wenn Sie ihn nicht wieder aufs Tapet gebracht hätten. Als ich das Phantombild sah, habe ich ihn sofort erkannt. Und dann fielen mir wieder Dinge ein, die ich in anderem Zusammenhang beobachtet hatte. Spuren von Transportern im Kies der Auffahrt, Sagans Personal, die alle ausländischer Abstammung waren. Das kann kein Zufall sein. Die Diebesbande kann sich nirgendwo so gut verstecken wie in dieser Villa!« Er sah Duval triumphierend an.

»Ich werde alles in die Wege leiten«, gab sich sein Kollege endlich geschlagen. Maurice war eben dabei, sich mit dem Staatsanwalt in Verbindung zu setzen, um einen Durchsuchungsbeschluss zu erwirken, als ihn Duval nochmals aufhielt.

»Ihre Schwester hat übrigens vorhin angerufen«, informierte er ihn knapp. »Sie war ziemlich aufgeregt und meinte, Sie sollten sie dringend zurückrufen oder am besten gleich in Bédoin vorbeisehen. Angeblich hat sie eine heiße Spur im Mordfall Leroy.«

»Das hat sich ja wohl erledigt«, winkte Maurice lässig ab. »Sagen Sie ihr, falls sie nochmals anruft, dass wir den Mörder von Leroy und Raunard gefasst haben. Sie kann ihr Detektivspiel nun guten Gewissens aufgeben.«

40

Rosalie beschloss, den Drehort für alle Fälle im Auge zu behalten. Möglich, dass Louane, nachdem sie sich etwas beruhigt hatte, wieder zurückkehrte. Ob sie wirklich so gefährlich war, wie Vincent vermutete? Sie konnte es sich nicht vorstellen. Louane hatte auf sie immer beherrscht und ausgeglichen gewirkt. Bestimmt war alles harmloser, als es im Augenblick aussah. Sie mischte sich unter die im Stil der Zwanzigerjahre eingekleideten Statisten, die in Grüppchen beieinanderstanden.

Lavernier hatte sich für die Szene rund um den Etappensieg ein repräsentatives Bürgerhaus aus dem achtzehnten Jahrhundert ausgewählt, das direkt im Ortskern lag. Das Haus strahlte durch seine warme ockerfarbene Fassade, den großzügigen Eingang mit Rundtreppe und die hohen Fenster mit braunen Fensterläden einen herrschaftlichen Charme aus. Der mit Steinmauern eingefasste Platz vor dem Haus war eine ideale Kulisse für die Menschenmenge. Über dem Eingang des Bürgerhauses befand sich ein Präsentierbalkon, auf dessen gemauerten Balustraden schwere Blumentöpfe standen. Sie waren mit üppig blühenden Petunien und Begonien bepflanzt. Direkt darunter hatte man die Tribüne errichtet, auf der die Verleihung der Trophäe nachgestellt werden sollte. Die Szene sah vor, dass Camille überraschend aus der Menge auf die Tribüne trat und Henri Pélissier stürmisch umarmte. Danach würde er, seine Geliebte im Arm, der Menge zujubeln.

Im Augenblick herrschte allerdings noch Chaos. Der Aufnahmeleiter, der Regisseur und die Regieassistenten diskutierten gerade noch mit den Beleuchtern, während Yannis in seinem antiquierten Radfahrertrikot und einer Ballonmütze auf dem Kopf mit Melissa schäkerte. Rosalie fiel auf, wie nervös diese war. Immer wieder zupfte sie an ihrem Kleid herum und sah sich unsicher um. Plötzlich glaubte Rosalie in dem Getümmel der Statisten Louanes brünetten Pagenkopf ausfindig gemacht zu haben. Sie reckte ihren Kopf, um sie im Auge zu behalten. Da war sie auch schon wieder verschwunden. Als sie sie nochmals entdeckte, beschloss sie trotz Vincents Warnung, ihr auf den Fersen zu bleiben.

*

Maurice rieb sich zufrieden die Hände. Zwei Ermittlungserfolge an einem Tag. Das würde mit Sicherheit der ersehnte Durchbruch für seine Beförderung sein. Die Kollegen von der Gendarmerie waren in Sagans Haus in Vaison-la-Romaine fündig geworden, während er selbst die Aktion in Marseille koordinierte. Sie hatten in dessen Haus tatsächlich Diebesgut gefunden, das gerade in Richtung Marseille abtransportiert werden sollte. Auch Sagan war festgenommen worden. Fiodor Toma hingegen war noch auf der Flucht. Doch Maurice war sicher, dass es nur noch eine Frage der Zeit war, bis die Kollegen ihn aufgespürt hatten. Außerdem hatte man Fiodors Tochter sowie einige Komplizen dingfest gemacht. Die Einbruchserie hätte somit eindeutig ein Ende.

Plötzlich fiel ihm wieder Rosalies Anruf ein, und er entschied sich, sie wenigstens kurz anzurufen. Das war er ihr schuldig, nachdem sie sich so aufopfernd um Joël gekümmert hatte. Ohne sie wäre sein Sohn wohl von der Schule geflogen. Als sie nicht ans Telefon ging, beschloss er, einen kleinen Umweg über Bédoin zu machen. Als er wenig später dort eintraf, sah er, wie Vincent Olivier sich in der Nähe des Kamerateams suchend umsah. Er steuerte auf ihn zu, um ihn nach Rosalie zu fragen.

»Sie wollte hier auf mich warten«, informierte ihn der Apotheker nervös. »Hoffentlich verfolgt sie Louane nicht auf eigene Faust. Ich habe sie ausdrücklich gewarnt.«

»Louane? Ist das nicht die kleine Schauspielerin?« Maurice verstand nur Bahnhof. Vincent sah ihn erstaunt an.

»Ich dachte, Rosalie hätte Sie informiert!«

»Können Sie mir vielleicht erklären, was das alles soll?«

»Sie wissen nicht Bescheid?« Vincent wurde nun noch nervöser. Während er weiterhin nach Rosalie Ausschau hielt, erklärte er Maurice, dass die Frau unter falschem Namen und mit verändertem Aussehen hier war und offensichtlich hinter Quebec her war. Für Maurice war das noch lange kein Grund, sich Sorgen zu machen. Gerade als er Vincent das mitteilen wollte, entdeckte dieser Rosalies roten Haarschopf in der Menge.

»Da vorn ist sie! Kommen Sie, wir dürfen sie nicht aus den Augen verlieren!« Noch bevor Maurice etwas sagen konnte, setzte sich der Apotheker auch schon in Bewegung. Ihm blieb gar nichts anderes übrig, als Vincent zu folgen.

☆

Rosalie hatte Louane immer wieder aus den Augen verloren. Die zahlreichen Statisten, die sich auf dem Platz tummelten, boten ihr eine gute Deckung. Schließlich hatte sie sie wieder erspäht. Ihre helle Bluse stach immer wieder zwischen den Leuten hervor. Rosalie sah, wie sie auf das Haus zusteuerte, vor dem die Tribüne aufgebaut war. Sie wollte offensichtlich nicht auffallen, denn sie achtete darauf, sich immer im Schatten der Häuser, die den Platz säumten, aufzuhalten. Nun passierte sie das Haus, das als Filmkulisse diente, und folgte der schmalen Gasse, die daran vorbeiführte. Rosalie holte auf und sah gerade noch, wie Louane direkt hinter dem Haus um die Ecke verschwand. Als sie vorsichtig um die Ecke lugte, beobachtete sie, wie sie sich zielstrebig an der Hintertür des Hauses zu schaffen machte. Offensichtlich besaß sie so etwas wie einen Dietrich. Nach einigen Versuchen sprang die Tür auf, und sie verschwand, nachdem sie sich noch einmal kurz umgesehen hatte, im Inneren. Rosalie, die eigentlich vorgehabt hatte, Louane offen zur Rede zu stellen, entschloss sich, ihr unauffällig zu folgen, um zu sehen, was sie vorhatte. Auch sie sah sich vorsichtshalber um, bevor sie ebenfalls durch die Tür schlüpfte. Im Haus roch es nach chemischen Putzmitteln. Das Gebäude war, wie Rosalie wusste, Teil der städtischen Verwaltung, wenn es nicht für die Filmarbeiten genutzt wurde. Am heutigen Sonntag war es ohnehin geschlossen.

Rosalie hörte, wie Louane die Treppen hochstieg, und fragte sich, was sie wohl vorhatte. Einen kurzen Augenblick überlegte sie, ob sie Vincent darüber informieren sollte, wo sie gerade steckte, doch das hätte sie unweigerlich verraten. Sie stellte ihr Handy auf lautlos und achtete darauf, dass sie immer genug Abstand zu Louane hielt. Das Treppenhaus nahm den zentralen Teil des Gebäudes ein und war entsprechend weitläufig. Als Rosalie den ersten Absatz erreicht hatte, spähte sie um die Ecke und sah, wie Louane im ersten Stockwerk direkt auf die mittlere Tür zusteuerte. Auch die erwies sich als verschlossen, woraufhin sie sich am Schloss zu schaffen machte. Rosalie drückte sich an die Wand und überlegte, was Louane in dem Zimmer wohl suchen mochte. Auf dem Hinweisschild im Treppenhaus las sie, dass sich in dem Raum das Meldeamt befand. Sie konnte sich beim besten Willen keinen Reim darauf machen.

In der Zwischenzeit war es Louane gelungen, auch diese Tür zu öffnen. Sie machte sich nicht die Mühe, sie hinter sich zu schließen, sondern betrat das Büro und durchquerte es zielstrebig. Rosalie, die versuchte, ihr weiterhin unauffällig zu folgen, lugte um die Ecke und sah, wie Louane die Balkontür öffnete und in gebückter Haltung nach draußen in Richtung Balustrade schlüpfte. Von unten hörte sie das Gemurmel der Statisten und Schauspieler. Kurz darauf dann Laverniers Aufforderung, alle sollten ihre Plätze einnehmen.

»Szene zehn, die Erste«, meldete die Regieassistenz, gefolgt von dem Klack der Klappe. Plötzlich begriff Rosalie, was Louanes Absicht war, und erschrak. Sie befand sich direkt über Yannis und Melissa, und Rosalie sah, wie sie sich an einem der steinernen Tröge zu schaffen machte.

41

»Cadenet hat den Mord an Raunard so gut wie gestanden«, versuchte Maurice Vincent im Laufen mitzuteilen. Dieser hörte ihm nur mit halbem Ohr zu. Er war immer noch damit beschäftigt, Rosalie in der Menge auszumachen. Dann hatte er sie wieder entdeckt.

»Verdammt! Sie verfolgt tatsächlich Louane! Dabei hat sie mir doch versprochen, auf mich zu warten. Sie laufen auf das Gebäude zu, vor dem die Dreharbeiten stattfinden. Kommen Sie!«

Maurice hielt Vincent am Ärmel fest. »Erst sagen Sie mir, weshalb Ihnen diese Louane so große Angst einflößt!«

Vincent fuhr zu ihm herum. »Verstehen Sie immer noch nicht? Diese Frau ist eine tickende Zeitbombe. Violet Goullet hatte in Paris vor etwas über einem Jahr ein Verhältnis mit Yannis Quebec. Was für ihn nur eines seiner vielen Liebesabenteuer sein sollte, war für Violet die große Liebe. Sie hat sich niemals mit der Zurückweisung abgefunden und ihn penetrant verfolgt. Selbst in sein Schlafzimmer ist sie eingedrungen und hat seinen Geliebten tätlich angegriffen. Es war übrigens Raunard …« Vincent sah Maurice vielsagend an. »Daraufhin wurde sie von Quebec verklagt, und das Gericht untersagte ihr, sich Quebec jemals wieder zu nähern. Kurze Zeit später gab es einen Brand in Raunards Hotelzimmer. Er entkam dem Feuer nur mit knapper Not …«

»Wollen Sie damit sagen, dass Louane beziehungsweise diese Goullet hinter dem Brand steckte?«

Vincent zuckte mit den Schultern. »Sie wurde auf jeden Fall verdächtigt. Allerdings konnte man ihr nichts nachweisen. Verstehen Sie jetzt, dass diese Frau zu allem bereit ist, wenn sich ihr etwas in den Weg stellt?«

Maurice musste widerwillig zugeben, dass Vincents Recherchen ein ganz neues Licht auf den Fall warfen. »Sie fürchten, dass Rosalie in Gefahr ist, wenn sie ihr zu nahe kommt?«

»Ich möchte auf jeden Fall nicht, dass sie etwas riskiert!« Vincent deutete auf die schmale Gasse neben dem Gebäude. »Sie sind da langgelaufen. Ich werde ihr jetzt folgen.« Er machte sich los und verschwand in der Menge. Maurice blieb fluchend zurück. Verdammt, musste ihm seine kleine Schwester denn jedes Mal in die Quere kommen? Er überlegte, zurück zu seinem Dienstwagen zu gehen, um selbst herauszufinden, was es mit dieser Louane auf sich hatte.

Unterdessen riefen die Setrunner über Megafon zur Ruhe auf. Die Statisten versammelten sich nun um die Tribüne, die sich direkt unter dem blumengeschmückten Balkon des Hauses befand. Dann ertönten ein paar Regieanweisungen, bevor die Regieassistentin das Zeichen zum Dreh gab: »Szene zehn, die Erste.«

Maurice sah, wie Quebec als Henri Pélissier, der Etappensieger der Tour de France 1919, auf das Podest stieg und von einem Statisten ein Trikot überreicht bekam. Die Statisten brachen in Jubel aus, während sich aus der Menge eine junge Frau löste, zu Pélissier auf die Tribüne stieg und ihn stürmisch umarmte. Der Tourheld stutzte kurz, dann umfasste er seine Geliebte und küsste sie vor den Augen aller Zuschauer, bevor er sich mit ihr als Sieger präsentierte.

»Wir wiederholen das gleich noch einmal«, erklang nun die Stimme des Regisseurs. »Yannis, du stehst zu sehr im Vordergrund. Lass Melissa beim nächsten Mal nach vorn treten und zeig sie den Zuschauern als deine Trophäe.«

Maurice wollte sich endgültig abwenden, als sein Blick mehr oder weniger zufällig nach oben auf die blumengeschmückte Balustrade fiel. Er machte eine Bewegung aus. Dann erkannte er zwischen den steinernen Pfeilern der Balustrade die Schemen zweier Frauen. Sie schienen miteinander zu ringen. Er glaubte, einen metallenen Gegenstand aufblitzen zu sehen, dann erkannte er Rosalies roten Haarschopf.

»Verdammt!«, zischte er und versuchte sich durch die Menge einen Weg zum Eingang des Hauses zu bahnen.

*

Nachdem Rosalie begriffen hatte, dass Louane es darauf abgesehen hatte, einen der Steintröge auf das direkt unter ihr stehende Schauspielerpaar zu stürzen, zögerte sie nicht länger, sondern stürmte aus ihrer Deckung heraus durch den Raum auf den Balkon hinaus. Louane mühte sich gerade damit ab, mit einem Brieföffner, den sie auf einem der Schreibtische gefunden haben musste, den Mörtel zu lösen, mit dem die Blumenkästen auf der Balustrade befestigt waren. Da die Statisten unten dem vermeintlichen Tourhelden zujubelten, bemerkte sie Rosalie erst, als sie direkt hinter ihr stand.

»Mach dich nicht noch unglücklicher, als du es schon bist«, rief Rosalie. Louane schnellte zu ihr herum und sah sie erst verblüfft und dann voller Verachtung an. Anstatt sich von ihr abhalten zu lassen, machte sie sich wieder hektisch an ihr Werk.

»Du hältst mich nicht von meinem Vorhaben ab«, zischte sie erregt. »Wenn ich Yannis nicht haben kann, dann soll ihn keiner haben. Und diese Schlampe muss auch sterben.« Sie stemmte sich mit aller Kraft gegen den Steintrog, der sich nun von seinem Untergrund lösen ließ. Rosalie blieb nichts anderes übrig, als sich auf Louane zu stürzen und zu versuchen, sie von hinten aus dem Gleichgewicht zu bringen. Doch Louane war auf sie vorbereitet und stieß ihr mit einer heftigen Bewegung den Ellenbogen in die Seite. Rosalie japste auf vor Schmerz, umfasste jedoch sofort wieder die Hüften ihrer Gegnerin. Dabei verloren sie beide das Gleichgewicht und fielen nach hinten. Es gab ein wildes Gerangel, bei dem Louane immer wieder versuchte, Rosalie mit dem Brieföffner zu verletzen. Sie hatte alle Mühe, den Stichen auszuweichen. Dann rollte Louane sich unvermittelt zu einer Kugel zusammen und drehte sich seitwärts blitzschnell weg, während Rosalie auf dem Rücken liegen blieb. Geschmeidig wie eine Katze sprang Louane auf die Füße und ging in Kampfstellung. Ehe Rosalie begriff, was geschah, machte ihre Gegnerin einen Satz auf sie zu und schlug ihr mit einem Handkantenschlag auf die Halsschlagader. Sie versuchte noch, nach Luft zu schnappen, dann wurde ihr schwarz vor Augen.

*

Maurice war es mittlerweile gelungen, sich bis kurz vor die Tribüne zu kämpfen, ungeachtet der Tatsache, dass die Filmleute gerade die zweite Klappe abdrehten. Er wollte versuchen, über die Tribüne zum Haupteingang zu kommen, um so ins Haus zu gelangen. Er hatte gesehen, dass die Tür nur angelehnt war. Als er noch einmal den Blick nach oben warf, sah er, wie sich eine der Frauen an einem der Steintröge zu schaffen machte. Zentimeter für Zentimeter wuchtete sie ihn weiter nach vorn. Direkt unter dem Zweizentnertrog stand Melissa, die sich als Camille von den johlenden Statisten feiern ließ, ein Schritt dahinter Yannis als Henri Pélissier. Maurice begriff schlagartig, was sie vorhatte.

»Runter von der Tribüne«, schrie der Commissaire und stürzte im gleichen Augenblick nach vorn, um die Rampe zu erklimmen. Einer der Setrunner packte ihn an der Schulter. Er riss sich los und schwang sich auf die Tribüne, kam auf die Beine und hechtete mit einem Satz direkt auf Melissa zu, um sie und Yannis mit der Kraft seines Körpers aus der Gefahrenzone zu bringen. Im gleichen Augenblick ertönte ein gewaltiges Krachen, und das mächtige Ungetüm aus Stein sauste ungebremst auf die Tribüne nieder und zerbarst. Staub, Dreck und Steinstücke wurden durch die Luft geschleudert und prasselten hernieder. Die Menge schrie auf, als sie drei Menschen unter den Trümmern begraben sahen. Darauf folgte eine fassungslose Stille.

*

Als Rosalies Benommenheit nachließ, sah sie, wie sich Louane erneut an dem Steintrog zu schaffen machte. Obwohl ihr immer noch ganz schwummrig war, versuchte sie, ihre Kräfte zu bündeln, um die Verrückte an ihrer schrecklichen Absicht zu hindern. Da sie sich nicht auf den Beinen halten konnte, kroch sie auf sie zu. Tatsächlich schaffte sie es, ihre Beine zu umklammern. Doch es war zu spät. In dem Augenblick, als es ihr gelang, Louane aus dem Gleichgewicht zu bringen, stürzte der Steintrog über den Abgrund. Sie hörte noch sein dumpfes Aufschlagen und die bestürzten Schreie der Zuschauer. Rosalie schloss vor Entsetzen die Augen, während sie von Louane ein triumphierendes Lachen vernahm. Sie mochte sich nicht ausmalen, was dort unten gerade geschehen war. Immer noch hielt sie ihre Beine umklammert. Beide Frauen keuchten vor Anstrengung.

»Du hast sie beide umgebracht«, brachte Rosalie schließlich fassungslos hervor. »Wie konntest du das nur tun?«

Louane stieß ein weiteres irres Lachen aus. Sie befreite sich aus Rosalies Umklammerung und raffte sich auf, um mit einem Blick über die Brüstung ihr Werk zu begutachten. Ihre Kaltblütigkeit brachte Rosalie vollends aus der Fassung. Sie spürte, wie sich ihr Entsetzen in Wut wandelte und sie plötzlich das Bedürfnis hatte, die Mörderin für ihre Tat zur Rechenschaft zu ziehen. Mit einer Kraft, die sie sich normalerweise nicht zugetraut hätte, rappelte auch sie sich auf und ging mit einem Schrei auf sie los. Louane wurde von dem schnellen Angriff überrascht und musste von Rosalie zunächst mehrere empfindliche Schläge auf den Oberkörper einstecken. Als es Rosalie gelang, ihr auch noch mit den Fingernägeln mehrere Kratzer quer durchs Gesicht zuzufügen, ging sie zur Gegenwehr über. Sie stieß Rosalie ihr Knie in die Magengrube, woraufhin diese zusammenklappte wie ein Taschenmesser und zu Boden sank. Als sie versuchte, wieder aufzustehen, hinderte Louane sie daran, indem sie wieder und wieder mit den Füßen nach ihr trat. Es bereitete ihr offensichtlich Vergnügen, die Oberhand über sie zu haben.

»Du hättest dich besser aus dieser Angelegenheit herausgehalten«, zischte sie und trat zu. Rosalie krümmte sich vor Schmerz und versuchte, aus ihrer Reichweite zu kommen. Doch Louane hatte sie in die Ecke der Balkoneinfassung gedrängt, aus der es kein Entkommen gab. Nach einem weiteren heftigen Tritt in den Magen wurde Rosalie erneut schwarz vor den Augen. Als sie wieder sehen konnte, bückte sich Louane gerade nach dem Brieföffner, den sie bei dem Gerangel hatte fallen lassen. »Du lässt mir keine andere Wahl. Jetzt muss ich dich leider auch töten.« Ihre blauen Augen funkelten irr. »Dabei hatte ich schon angefangen, dich zu mögen.« Sie trat näher und hielt den Brieföffner bereit zum Stoß. Rosalie sah sich vergeblich nach einer Möglichkeit zur Flucht um, Louane versperrte ihr jedoch den Weg. Verzweifelt versuchte sie es mit Reden.

»Sag mir vorher noch, wieso Yannis nun auch sterben sollte«, verlangte sie fast wahnsinnig vor Angst zu wissen. »Ich dachte, du liebst ihn?« Sie rechnete mit keiner Antwort und bereitete sich auf ihr Ende vor. Doch plötzlich hatte die Mörderin keine Eile mehr. Rosalies Frage hatte sie offensichtlich nachdenklich gemacht. Sie schloss die Augen für einen Moment, als müsste sie erst selbst über den Grund nachdenken.

»Er hat mir doch keine andere Wahl gelassen«, meinte sie schließlich fassungslos. »Er war zu gut für diese Welt, armer geliebter Yannis.« Plötzlich traten ihr Tränen in die Augen, und in Rosalie keimte die leise Hoffnung auf, dass sie aufgeben könnte. Doch im nächsten Augenblick war der Anflug von Mitleid vergessen, und ihre Gesichtszüge verhärteten sich aufs Neue. »Menschen wie Raunard, Leroy und Melissa, sie alle haben Yannis kaputt gemacht. Sie haben ihn umgarnt und mit falschen Versprechungen und Drogen gefügig gemacht. Ich weiß, wie er wirklich war, denn er hat nur mich geliebt.« Ihr Blick wurde wieder sanfter und glitt gedankenverloren über den Horizont. Sie ignorierte den Lärm und den Aufstand, der sich unten auf dem Platz ausbreitete, so als hätte sie von dort nichts zu befürchten. Rosalie erkannte, dass sie auf Zeit spielen musste, wenn sie überleben wollte. Innerhalb der nächsten Augenblicke musste doch jemand nachsehen kommen, was sich hier oben abgespielt hatte.

»Hast du sie deshalb alle umgebracht?«, fragte sie mit zitternder Stimme. Louane hüllte sich in Schweigen, fast als hätte sie vergessen, dass Rosalie ebenfalls anwesend war. »Raunard musste sterben, weil er ein Verhältnis mit Quebec hatte, nicht wahr?«

Louanes Lächeln erstarb. Ihr Gesichtsausdruck wurde grimmig.

»Dieses kleine, miese Schwulenschwein hat Yannis besudelt. Ich habe schon mal in Paris versucht, ihn aus dem Weg zu räumen. Leider ist es misslungen.« Sie kniff die Augen zusammen, um zu sehen, ob Rosalie ihr folgen konnte.

»Du warst sauer, das verstehe ich«, sagte Rosalie rasch. »Und dann hast du sein Fahrrad manipuliert, als du herausgefunden hast, dass er statt Yannis das Rennen fährt.«

Louane nickte. »Es war ganz einfach. Ich musste nur das tun, was Cadenet am Vortag versucht hatte.« Sie lachte rau. »Yannis hatte die ganze Crew in sein Haus eingeladen. Wir waren alle da, denn er wollte um jeden Preis, dass die Stimmung am Set gut war. Cadenet war auch da. Ich habe gesehen, wie er sich heimlich in dem Schuppen an Yannis' Fahrrad zu schaffen machte. Er hat erst versucht, den Spanner des Vorderrads mit einer Nagelzange zu lockern, der Idiot. Dabei ist er natürlich gescheitert. Ich habe mich vergewissert, weil ich nicht wollte, dass Yannis etwas geschieht.«

»Aber dann hast du mitbekommen, dass Yannis gar nicht das Rennen fährt.«

»Stimmt genau!« Louane betrachtete den Brieföffner in ihrer Hand und prüfte mit dem Zeigefinger seine Schärfe. »Es war die Gelegenheit, um Raunard, dem Schwein, einen Denkzettel zu verpassen. Er hat schon immer einen schlechten Einfluss auf Yannis gehabt. Ich musste nur den Spanner öffnen und hoffen, dass ihm ein Unglück widerfuhr. Wie du siehst, hat es geklappt.«

»Und Leroy? Wieso musste er sterben?«

»Er war genauso ein Perversling wie Raunard!« Louane zuckte angewidert zusammen. Dann fuhr sie stockend fort: »Er hat mich in Yannis' Haus überrascht ...«

»Wie bist du hineingekommen, und was wolltest du dort?«

Louane zuckte lässig mit den Schultern. »Ich habe mir einen Nachschlüssel besorgt. Weißt du, ich war oft in seinem Haus, meist, wenn er fort war, aber manchmal auch nachts, wenn er schlief ...« Sie lächelte versonnen. »An diesem Tag wollte ich ihm eine Überraschung bereiten, gewissermaßen als Vorbereitung auf unseren großen Tag, der heute hätte sein sollen ... Ich hatte weiße Rosen für die Reinheit unserer Liebe mitgebracht und sie im Flur verteilt, als Leroy mich dabei störte. Er hatte ebenfalls einen Schlüssel, sodass ich ihn zu spät hörte. Als er mich wegen der Blumen zur Rede stellte, entschloss ich mich, die Wahrheit zu sagen, nämlich, dass Yannis und ich ein Paar wären. Daraufhin lachte er mich aus und behauptete, dass er gleich mit ihm ein Rendezvous habe und dass Yannis kein Mann sei, der nur einem gehörte.« Ihr Blick huschte Verständnis suchend zu Rosalie. »Verstehst du, dass mich das wütend machte? Er hat Yannis genauso in den Dreck gezogen wie all die anderen. Als er mir kurz den Rücken zudrehte, nahm ich die Figur vom Sideboard und schlug damit auf ihn ein. Niemand nimmt mir Yannis weg! Niemand!« Ihr Blick begann wieder zu flackern, bevor sich eine tiefe Traurigkeit über ihrem Gesicht ausbreitete. »Wenn Melissa nicht aufgetaucht wäre, wären wir heute zusammen.«

»Hat Yannis dich wirklich nicht erkannt?« Rosalie sog sich die nächste Frage aus den Fingern, denn sie hoffte, solange sie Louane am Reden hielt, würde sie sie verschonen.

»Es hat fast ein Jahr gedauert, bis ich so aussah, wie ich jetzt aussehe ...« Sie sah sie an. »Gefall ich dir?«

»Du bist eine wunderschöne Frau«, versicherte Rosalie rasch. Sie begriff mit Schaudern, dass Louane längst den Sinn für die Realität verloren hatte.

»Ich habe das alles für ihn gemacht. Er sollte mich noch einmal ganz neu kennenlernen, damit er verstehen konnte, was ihm an Violet Goullet verloren gegangen war ...« Wieder ging der Blick in die Ferne. »Er hat mich nicht wiedererkannt, aber ich wusste, dass ich kurz vor meinem Ziel stand. Ich hatte alles getan, um die Rolle der Camille zu bekommen, und sobald er mich küsste, würde er wissen, dass es nur mich für ihn gab ... Weißt du, dass ich auch dafür gesorgt habe, dass das Mädchen, das die Rolle vorher bekommen sollte, einen kleinen Unfall hatte?« Sie kicherte, während Rosalie vor ihrer Skrupellosigkeit zurückschreckte. Immerhin war Louane so in ihre verwirrte Gedankenwelt versponnen, dass sie unaufmerksam zu werden begann. Rosalie nutzte die Gelegenheit, um sich Zentimeter für Zentimeter aus ihrer Ecke fortzuschieben. Mit dem Rücken zur Balustrade rutschte sie auf dem Boden in Richtung Balkontür. Als sie diese schon fast erreicht hatte und sich gerade aufrichten wollte, wurde Louane wieder auf sie aufmerksam. Vom Treppenhaus her waren Schritte zu hören.

»Du entkommst mir nicht«, lachte sie verächtlich und verstellte ihr erneut den Fluchtweg. Rosalie wusste, dass dies ihre letzte Chance war. Sie sprang auf die Füße und versuchte, an Louane vorbei durch die Tür zu schlüpfen. Doch sie stolperte über die Schwelle und schlug der Länge nach hin. Im nächsten Augenblick kniete die irre Mörderin über ihr. Rosalie sah noch ihr zu allem entschlossenes Gesicht mit dem blitzenden Brieföffner in der Faust und wusste, dass sie dieses Mal keine Gnade zu erwarten hatte.

42

Vincent war Rosalie in die Gasse gefolgt und hatte sie kurz darauf aus den Augen verloren. Er lief in die schmale Straße bis zur nächsten Kreuzung und nahm die erstbeste Abbiegung. Die Wege innerhalb des Ortskerns waren typischerweise alle gewunden und äußerst unübersichtlich. Ab und zu führte ein *Impasse,* ein überdachter Durchgang, zu einer anderen Straße, sodass es im Labyrinth der Wege unmöglich erschien, sie zu finden. Dabei verlor er kostbare Zeit. Als er einige Minuten ziellos herumgeirrt war, beschloss er, wieder zu dem Platz zurückzukehren, wo die Filmaufnahmen stattfanden.

Möglicherweise machte er sich ja völlig umsonst Sorgen um Rosalie. Im Allgemeinen wusste sie sich immer zu helfen. Dennoch blieb ein ungutes Gefühl. Er hatte sein Ziel noch nicht erreicht, als er von fern lauten Tumult hörte. Vincent widerstrebte es weiterzugehen. Er hasste Menschenmengen, vor allem, wenn sie in Unruhe gerieten. Zwar hatte er seine Agoraphobie mittlerweile einigermaßen im Griff, doch in solchen Augenblicken kehrte sie immer wieder zurück. Automatisch verlangsamte er seinen Schritt. Nur Rosalie zuliebe zwang er sich, seinen Weg fortzusetzen. Mittlerweile hatte er die Rückseite des Gebäudes, vor dem die Filmaufnahmen stattfanden, erreicht und sah im Vorübergehen, dass der Hintereingang offen stand. Was, wenn Rosalie gar nicht die Gasse entlanggegangen, sondern hier abgebogen war? Befanden sich Louane und sie womöglich im Haus?

Noch während er überlegte, hörte er, wie ihm vom Platz her zwei Männer entgegenkamen. Sie diskutierten aufgeregt. Vincent fragte sie, was geschehen war.

»Auf Yannis Quebec und seine Verlobte wurde ein Attentat verübt«, berichtete der Stämmigere von beiden. »Jemand hat einen Steintrog auf die beiden geworfen. Wir sollen dafür sorgen, dass niemand das Gebäude betritt oder verlässt.«

Plötzlich war Vincent klar, wohin Rosalie gegangen war. Sie musste Louane in das Haus gefolgt sein. Nur sie konnte für die schreckliche Tat verantwortlich sein. Die Sorge um seine Freundin reichte, um seine eigenen Ängste zu bezwingen. Er achtete nicht auf die beiden Männer, die ihn davon abhalten wollten, das Gebäude zu betreten, sondern schubste sie beiseite und stürmte durch den Hintereingang ins Innere. Noch während er das Treppenhaus hinaufhastete, hörte er die Stimmen von Rosalie und Louane. Er wollte gerade erleichtert aufatmen, als er hörte, wie Louane mit gellender Stimme rief: »Du entkommst mir nicht!« Dann hörte er, wie jemand auf dem Boden aufschlug. Wahnsinnig vor Sorge hetzte er die letzten paar Meter durch die Tür und sah gerade noch, wie Louane mit einem spitzen Gegenstand in der Hand auf Rosalie einstach.

*

In dem Augenblick, als der Steintrog über den Rand der Balustrade fiel, hatte Maurice dank der Wucht seines Sprungs Melissa zu Fall gebracht und unter sich begraben. Auch Yannis, der unmittelbar hinter seiner Verlobten gestanden hatte, hatte er mit sich gerissen. Im nächsten Augenblick gab es ein ohrenbetäubendes Geräusch, als der zentnerschwere Steintrog auf die Bühne krachte, in unzählige Teile zersplitterte und eine Fontäne von scharfen Gesteinsstücken, Erde und Blumen über sie verteilte. Maurice spürte einen Hagel von harten Schlägen, von denen einer ihn am Hinterkopf traf und ganz benommen machte. Ansonsten hatte er Glück gehabt und blieb einigermaßen unverletzt. Nachdem er sich vom ersten Schock erholt hatte, rollte er sich vorsichtig von Melissa herunter. Sie stöhnte, denn sie hatte sich die Rippen gequetscht, als er so hart auf ihr gelandet war. Er half ihr auf die Füße. Yannis lag jammernd daneben. Er hatte weniger Glück gehabt als sie. Als Maurice einen Blick auf die hässliche Wunde oberhalb seines Knöchels warf, wusste er, dass das Bein des Schauspielers gebrochen war. Durch den Schlag auf den Kopf brauchte er eine Weile, bis er wieder klar denken konnte.

In der Zwischenzeit kamen immer mehr Helfer auf die Tribüne, um nach ihnen zu sehen. Der Regisseur war kreidebleich und murmelte nur immer wieder etwas von einem Fluch, der auf den Dreharbeiten lastete. Einer der Setrunner verständigte die Ambulance. Ansonsten herrschte ein heilloses Durcheinander. Maurice warf einen Blick hoch zur Balustrade, konnte aber nichts erkennen.

»Jemand muss dafür sorgen, dass niemand dieses Gebäude verlässt«, verschaffte er sich endlich kraft seines Amtes Gehör. Er beauftragte damit den Mann, der den Krankenwagen gerufen hatte. »Nehmen Sie sich noch jemanden mit und halten Sie die Personen auf, die das Haus verlassen wollen. Ich komme gleich nach.« Dann rief er seine Kollegen in Carpentras an und verständigte den Commandant in Avignon.

*

»Aufhören!« Vincent schrie aus Leibeskräften und stürzte sich auf Louane, wohl wissend, dass die Zeit zu knapp war, um sie rechtzeitig von ihrem Vorhaben abzuhalten. Wie in Zeitlupe sah er, wie sich der spitze Dolch mit Wucht auf Rosalie herabsenkte.

Rosalie hatte bereits mit ihrem Leben abgeschlossen, als sie Vincents Schrei hörte. Louane wurde dadurch aufgeschreckt und zögerte für einen Bruchteil von Sekunden, weil sie kurz in seine Richtung sah. Rosalie nutzte die Gelegenheit und rollte sich blitzschnell zur Seite. Im nächsten Augenblick kratzte die metallene Spitze des Brieföffners über den harten Marmorboden. Bevor Louane zu einem nächsten Angriff ansetzen konnte, brachte sich Rosalie aus ihrer Reichweite. Dann war Vincent auch schon zur Stelle, entriss der Wahnsinnigen die Waffe und drehte ihr den Arm auf den Rücken. Als Louane einsehen musste, dass sie verloren hatte, gab sie ihren Widerstand auf. Doch ihr eiskalter Blick sprach Bände.

»Alles okay?« Vincents Stimme klang besorgt, während er Louane nicht aus den Augen ließ. Rosalie nickte und lächelte tapfer. Plötzlich zitterte sie am ganzen Leib, als ihr klar wurde, wie knapp sie gerade dem Tode entronnen war.

Wenige Augenblicke später erschien Maurice bei ihnen und vergewisserte sich, dass sie alle unversehrt waren. Rosalie schenkte er sogar ein erleichtertes Lächeln. Dann nahm er sich Louanes an, legte ihr Handschellen an und klärte sie über ihre Rechte auf. Rosalie sah erst jetzt, dass auch ihr Bruder reichlich derangiert aussah. Seine Uniform war voller Schmutz, ebenso sein Gesicht. An seinem Hinterkopf hatte er eine Platzwunde, aus der Blut tropfte. Louane ertrug ihre Festnahme völlig ungerührt. Die wasserblauen Augen starrten auf einen unbestimmten Punkt in der Ferne. Die Lippen umspielte ein feines Lächeln.

»Sie hat alle Morde zugegeben«, erklärte Rosalie, die ihren Anblick kaum noch ertragen konnte.

»Ich habe mein Ziel erreicht«, antwortete Louane siegessicher. »Wenn Yannis nicht mir gehören kann, wird er keinem mehr gehören!«

»Yannis Quebec und seine Verlobte sind am Leben«, informierte Maurice sie kalt. »Und Sie werden ganz sicher nicht mehr die Gelegenheit bekommen, ihnen noch einmal in die Quere zu kommen!«

Louane fuhr zu ihm herum. »Sie lügen!«, fauchte sie. »Ich habe gesehen, wie der Trog auf ihnen zerschellt ist! Yannis und seine Nutte sind tot, tot, tot!« Sie versuchte sich freizumachen und gebärdete sich wie eine wild gewordene Furie. Sie schrie und trat um sich und hätte sich fast noch einmal befreit, wenn Maurice sie nicht am Arm gepackt und unsanft auf den Boden geschleudert hätte. In der Zwischenzeit hatten sich noch zwei weitere Polizisten zu ihnen gesellt und halfen dem Commissaire, die Frau festzusetzen. Unter lautem Protest wurde sie abgeführt.

43

Eine Woche später

Nach den ereignisreichen Tagen am Filmset mit zwei Morden, Intrigen und sonstigen Betrügereien hatte sogar Rosalie erst einmal vom Kriminalisieren und vom Filmemachen die Nase voll. Auch nach einer Woche steckte ihr der Schreck, nur knapp mit dem Leben davongekommen zu sein, noch in den Gliedern. Außerdem wollte ihr Louanes Schicksal einfach nicht aus dem Kopf gehen. Wie konnte sich eine Frau so krankhaft verlieben, dass sie bereit war, dafür sogar Menschenleben zu opfern? Rosalie, die gerade auf dem Rückweg von einem Besuch bei der Familie ihres Bruders in Avignon war, bog von der vierspurigen Schnellstraße in Monteux ab und nahm den Umweg über Land in Richtung Brillon-de-Vassols. Sie brauchte die Zeit, um noch ein wenig ihre Gedanken zu ordnen.

Maurice hatte sich – entgegen seiner Gewohnheit – dieses Mal viel Zeit für sie genommen und sie über die Hintergründe der Vorkommnisse aufgeklärt. So hatte sie erfahren, dass Louane, bevor sie Yannis begegnet war, erfolgreiche Miteigentümerin einer angesehenen Werbeagentur in Paris gewesen war. Ihr Vorleben war völlig unauffällig gewesen, bis vielleicht auf die Tatsache, dass sie vor Yannis niemals mit einem Mann gesehen worden war. Offensichtlich hatte die für den Schauspieler so belanglose Begegnung bei ihr einen Vulkan zum Ausbruch gebracht, der unterschwellig in ihr schon lange gebrodelt hatte. Der Staatsanwalt hatte ihre Unterbringung in einer Psychiatrischen Klinik angeordnet. Die Ärzte gingen von wahnhafter Liebe aus, aus der übersteigerte Machtansprüche resultierten. Hinzu kam eine schwere psychotische Störung, die zu einem krankhaften Realitätsverlust geführt hatte, bis hin zu der Tatsache, dass sie davon besessen gewesen war, vollkommen ihr Äußeres und auch ihre Identität zu verändern. Rosalie war jedoch nicht bereit, in der Frau nur das Monster zu sehen, für das Yvette und die anderen Filmleute sie jetzt hielten. Dafür hatte sie während der Zeit, in der sie mit ihr zu tun gehabt hatte, auch andere Seiten an ihr kennengelernt wie zum Beispiel Mitgefühl und eine große Sensibilität. Wäre ihr nicht ausgerechnet der triebgesteuerte Yannis über den Weg gelaufen, sondern ein Mann, der es auch ernst mit ihr gemeint hätte, wären ihre dunklen Seiten womöglich nie hervorgetreten. Sie konnte nur hoffen, dass Louane beziehungsweise Violet in der Klinik ihren Frieden fand. Maurice deutete an, dass sie wohl viele Jahre ihres Lebens dort würde verbringen müssen.

Ihrer Arbeit am Filmset von Bédoin trauerte Rosalie nicht nach. Zwar hatte sich so etwas wie eine Freundschaft zwischen ihr und der energischen Yvette entwickelt, auf der anderen Seite fehlten ihr die undurchsichtigen Intrigen und Unaufrichtigkeiten, die zumindest an diesem Drehort geherrscht hatten, in keiner Weise. Deshalb war sie auch nicht traurig gewesen, als man ihr vor einigen Tagen mitgeteilt hatte, dass die Dreharbeiten nun endgültig eingestellt worden waren. Lavernier hatte sich als Regisseur aus dem Projekt zurückgezogen. Die Querelen zwischen den Geldgebern würden seiner künstlerischen Kreativität nur schaden.

Yannis fiel für die nächsten Wochen ohnehin aus. Sein Knöchel war tatsächlich gebrochen. Außerdem hatte sich das Verhältnis zwischen ihm und Melissa empfindlich abgekühlt. Die junge Frau war am nächsten Tag abgereist und mit ihr wohl auch die Aussicht, den Kunsthändler Broutignant als Hauptinvestor für Yannis' Filmprojekt zu gewinnen. Rosalie schämte sich nicht für ihre Schadenfreude, die sie darüber empfand. Für Yannis war nun endlich der Punkt gekommen, wo er den Bogen überspannt hatte. Auch er hatte in Rosalies Augen eine empfindliche Persönlichkeitsstörung, ein Narzissmus gepaart mit einem krankhaften Sexualtrieb. Außerdem hatten die Kriminaltechniker herausgefunden, dass er es gewesen war, der den Brand am Set verursacht hatte. Er hatte einen Kurzschluss in der Technik herbeiführen wollen, um die Dreharbeiten an diesem Tag zu sabotieren, in der Hoffnung, dass die Ausfallversicherung dafür ordentlich zahlte. Statt eines technischen Ausfalls hatte er aber ein unberechenbares Feuer ausgelöst, das beinahe zum Tod des Tontechnikers geführt hatte. Es war einer von Yannis' verzweifelten Versuchen gewesen, Geld für den Film zu organisieren. Als sich das auf dem Set herumgesprochen hatte, wandten sich viele seiner Freunde von ihm ab. Yannis stand nun eine Anzeige wegen Brandstiftung und Versicherungsbetrug ins Haus. Er selbst ertränkte wie gewohnt seine Probleme in Selbstmitleid und Unmengen von Alkohol. Nur Yvette, die schon seit Jahren mit ihm zusammenarbeitete, stand noch treu zu ihm. Vielleicht gelang es ihr ja durch ihre mütterliche Art und Weise, Yannis zu einer Therapie zu bewegen.

Doch das war nicht Rosalies Problem. Ihre Gedanken wanderten zu ihrem Neffen Joël, um den sich nicht nur seine Eltern große Sorgen machten. Tagelang hatte er sich nach der Schule in sein Zimmer verkrochen und war kaum ansprechbar gewesen. Er trauerte immer noch um Fatima und war nur von dem einen

Gedanken besessen, sie ausfindig zu machen. Ihre Familie hatte sie aus der Stadt gebracht. Angeblich war sie nun bei Verwandten in Paris, wo sie ihre Schule beenden sollte, um dann zu heiraten. Als Rosalie Joël in seinem Zimmer aufgesucht hatte, war er auch ihr gegenüber verschlossen geblieben. Erst als sie ihm etwas aus ihrem Leben und den darin erlittenen Enttäuschungen erzählte, gab er sich etwas zugänglicher.

»Ich werde Fatima finden«, teilte er ihr schließlich mit. »Sobald Ferien sind, werde ich nach Paris fahren und sie suchen, ganz egal, was meine Eltern dazu sagen.«

»Vielleicht begleitet dich ja dein Vater. Er ist Polizist und hat sicherlich seine Möglichkeiten, dir zu helfen.«

»Der soll erst mal seine eigenen Probleme in den Griff bekommen«, hatte Joël verächtlich geantwortet.

Rosalie hatte Maurice in Schutz genommen, obwohl sie wusste, dass an Joëls Einschätzung einiges richtig war. Bestimmt nicht, dass Maurice an Joël kein Interesse hatte, aber doch die Tatsache, dass er viel zu wenig Zeit mit ihm und seiner Familie verbrachte. Ihr war außerdem nicht entgangen, wie angespannt das Verhältnis zwischen Sylvie und Maurice immer noch war. Rosalie hatte einen siebten Sinn für Unstimmigkeiten und war eine gute Beobachterin. Wenn sie nicht alles täuschte, war Sylvie gerade drauf und dran, mit einem anderen Mann eine große Dummheit zu begehen. Sollte Maurice die Anzeichen nicht rechtzeitig erkennen, würde er bald allein sein. In diese Sache würde sie sich jedoch nicht einmischen. Aber ihrem Neffen, dem konnte sie zur Seite stehen.

»Wenn dein Vater nicht mit dir nach Paris reist, dann komme ich eben mit«, schlug sie spontan vor. »Du weißt doch, dass ich eine fast genauso gute Kriminalistin bin wie Maurice.« Sie grinste.

Joël sah sie an und grinste zurück. »Möglicherweise bist du sogar viel besser.«

Als sie sich voneinander getrennt hatten, waren sie fast so etwas wie Verbündete gewesen. Rosalie berichtete den Eltern kurz von ihrem Gespräch, auch dass Joël vorhatte, in den Sommerferien nach Paris zu reisen.

»Er muss sich dieses Mädchen aus dem Kopf schlagen«, hatte Maurice unwillig gebrummt. »Das hat doch sowieso keine Zukunft.«

Sylvie sah es ähnlich, machte aber sofort klar, dass sie sich in den Ferien auf den Jakobsweg machen werde und es Maurice' Aufgabe sei, seinen Sohn vor größerem Unheil zu bewahren. »Ich habe jahrelang für alles gesorgt. Jetzt bist du dran.«

»Ich werde Joël vorschlagen, mal wieder mit mir zum Angeln an die Sorgue zu fahren«, versuchte Maurice einzulenken. Sylvie hatte darauf nur schnippisch reagiert.

Als Rosalie sah, wie verhärtet die Fronten zwischen den beiden waren, hatte sie sich zum Rückzug entschlossen. Maurice hatte sie noch zum Auto begleitet, wo er ihr tatsächlich zum Abschied noch ein Lob aussprach.

»Du und dein Apotheker, ihr habt sehr viel kriminalistischen Instinkt bewiesen«, gab er zu. »Ohne eure Hilfe stünde jetzt der Falsche unter Anklage, auch wenn er Ähnliches vorhatte.«

»Dann habt ihr Cadenet freigelassen?«

»Uns blieb nichts anderes übrig. Dadurch, dass Violet Goullet zugegeben hat, dass sie den Schnellspanner gelöst hat, und die Kriminaltechniker bei einer nochmaligen Untersuchung auch noch den Abdruck einer Zange feststellen konnten, ist er aus dem Schneider. Glaub mir, es fiel mir nicht leicht, diesen widerlichen Typen gehen zu lassen.«

»Dennoch hast du beide Fälle erfolgreich zu Ende gebracht«, rang sich Rosalie nun auch zu einem Lob durch.

»Die Einbruchserie ist ebenfalls aufgeklärt«, grinste Maurice zufrieden. »Im Grunde genommen bin ich durch den Fall Raunard auf den Täter gestoßen. Raunard hatte Spielschulden bei einem gewissen Sagan, weshalb ich ihn befragt habe. Dabei stachen mir einige Dinge ins Auge, die später eine Rolle spielen sollten. Sagan hat unter seinem Dach eine ganze Bande rumänischer Diebe beherbergt. Sie nutzten sein Haus in Vaison als Basis für ihre Raubzüge. Das Diebesgut versteckten sie entweder dort oder in angemieteten Hallen in Marseille. Sagan sorgte dafür, dass das Zeug nach England oder in die USA verkauft wurde.«

»Gratuliere, dann steht deiner Beförderung ja wohl nichts mehr im Wege, und du kannst dich endlich um deine Familie kümmern!« Rosalie hatte sich die Bemerkung doch nicht verkneifen können.

*

Mittlerweile war sie in Vassols angekommen. Sie stellte ihr Auto auf dem Marktplatz ab und überlegte, dass das Wetter viel zu angenehm war und der Tag noch viel zu jung, als dass sie ihre Freizeit in ihrer Wohnung verbringen wollte. Die große Hitze der letzten Tage hatte etwas nachgelassen, und es wehte nun gegen Abend ein angenehmer Wind. Außerdem verspürte sie den Drang nach etwas Bewegung. Kurzerhand holte sie ihr Fahrrad aus dem Kellerraum und beschloss, über den Lac de Paty in Richtung Col de la Madeleine zu radeln. Hinter Caromb bog sie rechts auf den direkten Weg zum See ab. Die Steigung war höllisch. Schon nach wenigen Kurven musste sie absteigen und schieben. Sie machte sich nichts daraus, sondern genoss die gute würzige Luft und den wunderbar klaren Ausblick, der sich nach jeder Kurve auf das Rhônetal bot. In der Ferne sah sie die Zinnen des Papstpalastes. Kurz darauf wurde sie von einer Horde Fahrradfahrer überholt, die offensichtlich eine bessere Kondition als sie hatten. Jedem so, wie er es eben kann, dachte sie ohne Bitterkeit und war froh, dass die Landschaft wieder den Radfahrern selbst gehörte und nicht mehr dem Filmteam, das ihren Sport nur zum Thema machte.

Sobald sie die Höhe erklommen hatte und das saphirgrüne Wasser des Lac de Paty zwischen den Pinien aufleuchten sah, saß sie wieder auf und radelte weiter, vorbei an einer Lamazucht, bis auf die Straße, die auf den Col de la Madeleine führte. Eine gute halbe Stunde später hatte sie die Anhöhe erreicht und legte eine Pause ein. Sie stellte ihr Rad ab und wanderte ein Stück bis zu der Stelle, von der aus man einen unverstellten Blick auf den Luberon und das Rhônetal hatte. Die Luft war lau, und der würzige Duft von Thymian mischte sich mit dem süßlichen des gelb blühenden Ginsters. Erst spät entdeckte sie, dass auf einem vorspringenden Felsen noch jemand saß. Ihr Herzschlag beschleunigte sich, als sie in der Person Vincent erkannte. Sie hatten sich seit Louanes Festnahme nicht mehr gesehen. Ihr Verhältnis war immer noch recht kühl. Sie zögerte, auf ihn zuzugehen. So vieles war in der letzten Zeit zwischen sie getreten. Immerhin schien er sie gehört zu haben und wandte sich um. Als er sie sah, lächelte er und winkte sie scheu zu sich heran. In der kleinen unbedeutenden Geste lag solch eine Zärtlichkeit, dass Rosalies Bedenken hinweggewischt wurden. Ohne ein Wort zu sagen, nahm sie neben ihm auf dem steinigen Untergrund Platz und blickte mit ihm in die Ferne. Sie trennte fast eine Armeslänge, und doch spürte sie seine Nähe und roch das rauchige Parfüm, das sie so sehr an ihm mochte.

»Ich habe dich vermisst in letzter Zeit«, sagte sie. Die Worte kamen ihr ohne ihr Zutun über die Lippen. Immer noch starrte sie wie er in die Ferne, als könnten sie dort ihr Glück finden.

»Es tut mir leid, wenn ich dich zu sehr bedrängt habe«, unterbrach er schließlich das Schweigen, das von dem lauten Zirpen der Zikaden übertönt worden war. »Ich weiß jetzt, dass du noch nicht reif für eine neue Beziehung bist.«

Rosalie wandte sich ihm überrascht zu. Er begegnete ihrem Blick und hielt ihm stand. Als sie in seine wunderbar braunen Augen blickte, die sie voller Zärtlichkeit und Liebe, vielleicht auch mit einem Hauch Traurigkeit ansahen, da wusste sie, dass er unrecht hatte.

Worterklärungen

À bientôt: bis bald!

Aioli: eine aus dem Mittelmeerraum stammende kalte Creme, die vor allem aus Knoblauch, Olivenöl und Salz besteht. Aioli wird als Vorspeise mit Brot und Oliven oder als Beigabe zu Fleisch, Fisch und Gemüse serviert.

Ambulance: Rettungswagen

Arrête!: Stopp!

Bacc: Abkürzung von Baccalaureat – gemeint ist ein dem deutschen Abitur vergleichbarer Abschluss auf dem Lycée (Gymnasium)

Basbousa: algerischer Grießblechkuchen mit feinem Zitronenaroma

Bien sûr: Aber sicher!

Bolos!: umgangssprachlich: Verlierer, Dummkopf

Bon courage: Nicht den Mut verlieren!

Boucherie: Metzgerei

Boulangerie: Bäckerei

Bourek: algerische Hackfleischröllchen im Brikteig. Zora verwendet zartes Lammfleisch, Schalotten, Raz el Hanout-Gewürz und frische glatte Petersilie für die Röllchen, die im Ofen gegart werden.

Café noir/Petit noir: kleiner schwarzer Kaffee, ähnlich einem Espresso. Er wird aus scharfgebrannten Bohnen gemacht.

C'est n'est pas fair-play: Das geht nicht mit rechten Dingen zu.

Clafoutis: frz. Nachspeise, eine Mischung aus Kuchen und Auflauf. Das typische Clafoutis wird mit Kirschen zubereitet und stammt ursprünglich aus dem Limousin.

Collège: franz. Mittelschule. Sie schließt an die fünfjährige Grundschulzeit an und dauert vier Jahre.

Coquilles St. Jacques: Jakobsmuscheln

Cremant de Dié: Schaumwein, der nach Champagnermethode aus der Traube Clairette de Die hergestellt wird. Sein Anbaugebiet liegt im mittleren Abschnitt der großen Weinbauregion Rhône.

Daube: provenzalisches Schmorgericht, das einem Ragout ähnelt. Die Basis ist meist Wildschwein, aber auch Stierfleisch, Lamm, Hammel oder Schwein werden verwendet. Ursprünglich wurde am Morgen der tönerne Topf, die Daubière, mit Fleisch, Zwiebeln, Möhren, Navette und Knoblauch gefüllt und auf dem offenen Herd bei kleiner Flamme geköchelt. Das Fleisch garte 8 bis 10 Stunden, je nachdem, wie lange der Arbeitstag war. Die einzige Aufgabe der Hausfrau bestand darin, die Daube immer wieder mit Wein abzulöschen.

De rien: Gern geschehen (wörtl.: nichts)

Dîner: frz. Abendessen

Djamilah: algerischer Dattelkuchen, der mit Mandeln und Vanille verfeinert wird.

Fils de pute: umgangssprachlich für Hurensohn

Fini!: Schluss jetzt! (Ausruf)

Flageolets: hellgrüne Kerne der Flageoletbohne. Sie bezaubern durch ihren feinen Geschmack im ganzen Mittelmeerraum. Sie passen sowohl in Suppen, Eintöpfe, Tomatensaucen oder sind lecker als Gemüse oder Salat mit einer Zitronen-Olivenöl-Vinaigrette.

Garde Champêtre: Forstpolizist. Er untersteht ebenfalls wie die Police Municipale der Kommune.

Gendarmerie: Im Unterschied zur Police Nationale ist die Gendarmerie dem französischen Verteidigungsministerium unterstellt. Sie übernimmt polizeiliche Aufgaben im ländlichen Raum. Sie ist von der Police Nationale unabhängig.

Gigot d'agneau: gegrillte oder geschmorte Lammkeule, die gerne mit Knoblauch gespickt wird und an der frischer Thymian nicht fehlen sollte.

Hameau: Weiler, also eine Wohnsiedlung, die aus wenigen Gebäuden besteht. Sie ist kleiner als ein Dorf, aber größer als eine Einzelsiedlung.

Haute Ville: der oben gelegene Teil des Ortes

Île Flottante: eine herrliche Eischnee-Nocken-Kreation, die auf englischer Creme schwimmt und mit gerösteten Mandeln bestreut wird und manchmal auch noch einer Karamellsauce

Impasse: überdachter Durchgang, den man des Öfteren zwischen den engen Gassen provenzalischer Dörfer findet.

Les Folies Folles: Rosalies Friseursalon, meint ungefähr: Die verrückten Torheiten

Les trois tartines aux courgettes, aubergines et poivrons: Tartines sind mit Olivenöl bestrichene Baguettescheiben, die im Ofen geröstet und anschließend mit einem Belag angereichert werden. Hier sind es Pasten aus Zucchini, Auberginen und Paprika. Während die Zucchinipaste kalt gerührt wird, werden die zwei anderen Pasten im Ofen gegart.

Lycée: Gymnasium

Maître de Cuisine: Küchenchef

Ma Chérie: Meine Liebe

Menu d'Amour de la Provence: hier: Menü für Verliebte nach provenzalischer Art

Mon Dieu: Mein Gott!
Merde: Mist! (Schimpfwort)
Mince!: Verflixt!
Mirepoix: Röstgemüse zum Würzen von Soßen und Suppen oder als Füllung für Artischocken. Es besteht in der Regel aus Zwiebel, Lauch, Möhren, Staudensellerie.
Mesclun: Mischung von jungen Blattsalaten. Früher gab es Mesclun nur im Frühjahr, und er bestand aus allen essbaren Kräutern, die man auf den Wiesen finden konnte. Ein wesentlicher Bestandteil sind jedoch frischer Kerbel und Petersilie.
Muscat de Beaumes de Venise: provenzalischer Likörwein, der zur Familie der Vin Doux Naturel, der natürlichen Süßweine, gehört. Er darf nur in einem speziellen, sehr kleinen Anbaugebiet rund um das Dörfchen Beaumes-de-Venise angebaut werden.
N'est-ce pas: Nicht wahr
Pain à l'ancienne: rustikales Baguette mit einer knusprigen Kruste
Pâté de sanglier: Wildschweinpastete, die in einer Tonform zubereitet wird. Neben Wildschweinfleisch beinhaltet sie auch Schweineleber, etwas Schalotten und Knoblauch, Salz, Pfeffer, Lorbeer und Thymian sowie einen Schuss Cognac.
Perroquet: eigentlich: Papagei, aber hier ist ein Aperitif gemeint, der aus Minzsirup mit Pastis besteht. Der Minzsirup verleiht dem Getränk eine originell grüne Farbe.
Police Municipale: Kommunalpolizei. Sie ist zum Teil bewaffnet und untersteht der Hoheit der Gemeinden unter der Verantwortung ihrer Bürgermeister. Sie ist für die Wahrung der öffentlichen Ordnung, Sicherheit und öffentlichen Hygiene zuständig.
Police Nationale: Sie ist neben der Gendarmerie das wesentli-

che Exekutivorgan in Frankreich. Während die Gendarmerie mehr für die Polizeiarbeit auf dem Land zuständig ist, wirkt die PN meist in Städten. Zur PN gehört auch die Kriminalpolizei (Abkürzung: DCPJ oder noch kürzer: PJ), zu der auch Maurice Viale gehört.

Salade Forestière: wörtl.: Waldsalat: besteht aus etwas Pellkartoffeln, Champignons, evtl. frischen Steinpilzen, gemischten Salatblättern, Walnusskernen und frischem Kerbel. Eine Vinaigrette aus Weinessig, Walnussöl, Salz, Pfeffer und einem Schuss Zitrone rundet den Salat ab.

Salut: frz. Gruß

Séjour: Wohnzimmer

superbe: fantastisch

Taboulé: Salat aus Couscous, klein geschnittener Tomate, frischer Minze, Rosinen, kleingeschnittener Paprika und Zucchini und etwas frischer Zitrone, kann nach Belieben auch mit Hähnchenfleisch angereichert werden.

Tajine: Tajine ist ein in Nordafrika oft verwendetes Kochgefäß aus Ton mit einem zylinderförmigen Deckel, eine Art Dampfkochtopf. Darin werden mit Vorliebe Eintöpfe mit Gemüse, Fleisch oder Fisch schonend gegart.

Tomates Provençales: eine beliebte provenzalische Vorspeise oder Beigericht zu Fleisch. Dabei werden reife, runde Tomaten halbiert und ausgehöhlt, um dann mit einer Mischung aus gehackter Petersilie, etwas Knoblauch, dem Inneren der Tomaten, Semmelbröseln, provenzalischen Gewürzen, Olivenöl, Salz und Pfeffer gefüllt zu werden. Die gefüllten Tomaten werden bei geringer Hitze möglichst schonend gegart. Vincent fügt der Füllung noch etwas klein gehackte Sardellen hinzu, was den Tomaten ein raffiniertes Aroma verleiht.

tout propre: alles in Ordnung

Traiteur: traditioneller Kochberuf in Frankreich. Traiteure arbeiten oft in Metzgereien und organisieren, planen und führen anspruchsvolle Festmahle durch.

Autorin

Julie Lescault ist das Pseudonym von Patricia Mennen, einer vielfach und erfolgreich veröffentlichten Autorin atmosphärischer Frauenromane. Sie hat schon als Kind die Welt bereist und so früh ihre Lust am Beobachten, Geschichtenerzählen und Theaterspielen entdeckt. Nach ihrem Studium arbeitete sie einige Jahre als Redakteurin in einem Jugendbuchverlag. Heute lebt sie mit ihrer Familie abwechselnd in Oberschwaben und in der Provence.

Weitere Romane mit der quirligen Hobbydetektivin Rosalie sind bei Goldmann in Vorbereitung.

Julie Lescault im Goldmann Verlag:

Rosalie und der Duft der Provence. Roman
Rosalie und die Farben des Südens. Kriminalroman

(Alle auch als E-Book erhältlich)

GOLDMANN
Lesen erleben